图书 影视

# 那个
# 不为人知
# 的故事

The Untold Story

Twentine
作品

四川文艺出版社

Chapter 1
陶器·警察局·雨
001

Chapter 2
烟·学业·奇怪的男人
033

Chapter 3
泥沼·青春·难言之隐
067

Chapter 4
迷途·永恒·理想国
095

Chapter 5
旅行·列车·我是好人
139

Chapter 6
山·水·菩萨
181

Chapter 7
从前·告别·远方
201

Chapter 8
昆明·黑暗·公主和女巫
225

Chapter 9
画·毒·家
249

Chapter 10
刘伟·暗算·新年快乐
289

Chapter 11
高考·明月·自我
319

Chapter 12
偶然·圆满·不为人知
341

[番外]
雪山雪山
363

后　记
375

Chapter 1

# 陶器・警察局・雨

她一直将烟抽到半根没了的时候，才发动了车。
　　杨昭开着车，迅速又平稳地行驶在二环路上。她将车窗打开一条缝，让烟雾顺着缝隙飘出去。
　　街头灯火通明。
　　杨昭很快抽完这根烟，她将烟头掐灭，然后才开始想她弟弟杨锦天的事情。
　　其实这是个可怜的孩子。
　　三年前的一场事故让他失去了双亲，杨昭的父母将杨锦天领回自己家抚养。杨昭也是那年回到了这座城市。
　　她在外很久，久得让她对叔叔一家的惨剧甚至不能感到痛苦。她难过，但是还不到痛苦的程度。至于这个弟弟，杨昭大他九岁，与他的关系谈不上亲密。
　　杨家人的相处模式恭敬且疏远，杨昭对小时候的杨锦天印象并不深刻，真正让这个男孩烙印在她心里的恰恰是叔叔一家的葬礼。
　　在葬礼上，那个十五岁的男孩哭得像是整个世界都塌了。杨家人的感情内敛，杨昭从不知道原来一个男人也能绝望成这样。
　　也就是从那天起，杨昭决定留下来。她并没有同父母一起住，而是在外租了一间公寓，她连租了上下两层，下面的用来生活，上面的用来工作。
　　杨昭尽可能地照顾自己的弟弟，但现在看起来效果甚微。
　　杨锦天由于事故而休学一年，他今年读高三，正是关键的时候，但是他对学习一点也不上心。杨锦天读的是全市最好的高中，那是他自己考上的，然而中考之后没多久便出了事，之后他再没认真学习过。
　　不管是杨昭的父母还是杨昭，都没有苦口婆心地劝说过杨锦天好好读书，这是杨家约定俗成的习惯——如果你不愿意，那没人管得了你。

可这不代表他们对他漠不关心。事实上，杨锦天几乎是杨昭生活中最关心的人。

她每个月都会给他很多生活费，给他买很多书，希望他有一天能从悲伤中走出来。她也会在他需要的时候随时出现在他身边。

就好比现在。

凌空派出所不太好找，杨昭在导航的帮助下也绕了许多圈，最后在路口的一栋简陋的小房子前停下了。

这路口昏暗得很，只有一盏路灯。派出所前停着两辆执勤的破摩托，还有一辆出租车。

杨昭下了车，往派出所里走，在路过那辆出租车的时候，她瞟了一眼车牌号——J-4763。

那是一辆随处可见的出租车，杨昭只看了一眼就走了。

进了派出所，门口没有看门的。这派出所管辖范围本来就不大，平日来往人员也少，杨昭一直走到最里面才碰到了第一个人。

那是个有些发福的中年男人，谢顶十分严重。他看见杨昭，皱着眉头过来问："你找谁啊？"

杨昭对他说："我来找我弟弟，他刚才打电话说在你们这里。"

男人"啊"了两声："那伙打架的是吧？跟我来吧。"

杨昭跟着他往二楼走，男人边走边说："现在的年轻人就好冲动，跟出租车司机也能打起来，你是家长就好好管管。"

杨昭一句话都没有说，走廊里出奇地安静。那男人回头看了杨昭一眼，杨昭面无表情，男人觉得自己的话没人搭茬有点儿没面子，想再开口，那一刻杨昭刚好抬眼看着他，让男人一瞬间觉得好似自己在偷瞄她一样。男人马上转过头接着领路，也没再说话。他脸色有些不好，这女人让他觉得很不舒服。

他将杨昭领到二楼，有几间屋子亮着灯，男人带她走到把边的一间，推开门朝里面说了一声："老王，来领人的。"

杨昭进了屋，观察了一下。这屋子好像是个小办公室，有一张办公桌，上面堆着乱七八糟的东西。办公桌旁有两个穿着警服的人，另一旁是两条长凳，凳子上坐着三男一女，其中就有杨锦天。

这四个年轻人好似只有杨锦天还有理智，剩下的都醉得东倒西歪。虽然开着窗，屋子里却还是有着浓浓的酒气。

被称为老王的警察走过来问："你是谁的家长？"

杨昭没有答话，她走过去，托起杨锦天的下巴，杨锦天的脸上并没有伤痕。

杨锦天皱着眉头甩开杨昭的手，杨昭问他："你不是说被打了，伤到了吗？"

老王过来，打了个圆场："什么被打啊，胳膊被拉了几下，都没事。"

杨昭听完，伸手将杨锦天的袖子撸起来，杨锦天的手腕上有一圈红痕，有些红肿。杨锦天收回手，不耐烦道："我没事！"

杨昭转过头，看着老王："打人的人在哪儿？"

另外一个警察看着杨昭里外不顺眼。

其实杨昭没有做什么，但就是这份什么都没做让人觉得她根本没把人放在眼里。

那个警察将手里的一沓材料往桌子上一放，声音虽不算响，但足以吸引全屋人注意了。

他的年纪看起来比之前的两个警察都小，三十不到。他眼睛看着杨昭，手指头指着杨锦天。

"酒后滋事！跟一个八十多岁的老太太闹事！你是他什么人，就是这么教育孩子的？"

"哎哎，小宋，你别吵吵。"老王将他指着人的手拍下去，"不是什么大事，回去好好管教一下就行了。"

杨昭站在屋子中央，她看着那个叫小宋的警察："打人的人在哪儿？"

老王的手也停下了，他转头看着杨昭。小宋低声骂了一句，老王把他按下去，又对杨昭说道："事情是这样的，这几个小朋友晚上喝多了，打了辆车要回家。结果车停下的时候吧，有个老太太也想坐，司机觉得老太太可怜，就想拉这老太太，结果这几个小孩可能是喝多了脑子有点浑，就非不让。"老王说到这儿，手一拍，"不就这样嘛，这就起了点争执。"

杨昭听完后，看着老王说："谁先打的车？"

老王说："什么？"

杨昭说："谁先招的手，谁先把这辆车拦下的？"

"这……"老王一脸笑，道，"给老太太让座不是应该的吗？你再怎么着也不能跟个八十多的老人争车啊。"

"啊。"杨昭点点头，"也就是说，是我弟弟先打的车。"

老王听到这儿也有点不乐意了。

"你怎么说话呢，就这点事计较个没完了是不是？你跟个八十多的老太太抢座那是啥啊，那不是人渣吗？"

杨锦天低着头坐在一边，听到这话马上站了起来。

"你说谁人渣？！"

小宋可算逮到他站起来了，他狠狠地一拍桌子，瞪着眼睛指着杨锦天："你给我坐下！坐下听见没？！是不是想被拘留？！"

杨锦天醉了酒之后胆子也大了,他甩了一下袖子就要冲上去。杨昭拦住他:"你坐下。"

杨锦天想要挣开她:"你松手!我会怕他们?你松手!松手!"

"啪!"

杨昭一个耳光扇过去,所有人都安静了。

杨锦天侧着脸,僵硬无比,他的脸上慢慢显出红印。

杨昭轻声细语:"你坐下,剩下的事姐姐给你处理。"

杨锦天不知是想到了什么,眼眶泛红,他埋着头坐下,杨昭不知道他是不是在哭。

杨昭转过头,没有看两个警察,而是看向屋子里的另一个角落。那里有些昏暗,如果不仔细看,几乎看不到墙角还站着个人。

杨昭看着那个人,说:"打人的那个司机,是你吧?"

杨昭说完这句话的时候,那两个警察也愣了一下。老王率先反应过来,堆了一脸笑地看着杨昭,说道:"什么打人啊,就拉扯了两下,私了怎么样?"

杨昭没有看老王,她一直看着那片阴影:"打人的是不是你?"

小宋皱着眉头说:"我说你这女的怎么回事啊?你装什么啊?这是两方责任,你弟弟酒后滋事你还想怎么的?"

杨昭转眼看着小警察。

"两方责任?酒后滋事?"杨昭语气平淡,"是他们先打的车,有法律规定一定要给八十岁以上的老人让车吗?还有,先动手的人是谁?"杨昭说着,看向阴影里的那个人,"我了解我弟弟,他有可能不让座,但他绝不会先动手打人。剩下那几个醉得站都站不直。先动手的人是你吧?至于你们……"杨昭看了一眼办公桌旁站着的两个警察。

"我不知道你们一直向着这个司机是为了什么,不过,吓唬我是没用的。如果这个司机不赔偿、不道歉,那咱们就法院见吧。"

杨昭这一段话是把后路都堵死了,那两个警察也卡住了,他们好像还没见过这种红脸、白脸都不吃的女人。

"是我动的手,你要多少?"

角落里的那个人终于说话了,他的声音很低、很平。

杨昭说:"道歉,然后拿五千。"

小宋马上说道:"五千?手腕拉红了就要五千,你讹人啊?"

"行。"

"生哥!"小宋走到墙角,低声对那男子道,"他们这纯是讹你呢,你不用答应,我帮你说。"

那人摇摇头："不用了,多谢你们了。"他对杨昭说,"能不能宽限几天?我现在拿不出这么多钱。"

杨昭说:"那就先道歉好了。"

那人静了静,然后低声说了一句:"对不起。"

杨昭开口,还要再说什么,杨锦天叫住她:"姐,算了。"

杨昭回头看他,杨锦天低着头,看着自己的手指。杨昭静默片刻,对老王说:"我现在能领他们走了吗?"

老王也觉得五千有点多了,他皱着眉摆手:"走吧走吧。"

"等等。"

在杨昭要领着杨锦天他们离开的时候,角落里的那个男人叫住了她。杨昭回头,看见小宋送来了一张字条。

那男人说:"这是我的联系方式,你容我半个月,我还你钱。"

杨昭看了一眼小宋。这个男人面子倒是大,连个字条都是警察帮着送。她接过字条,看见上面有个手机号码,杨昭把字条揣进口袋,领着人离开了。

回去的车上,杨昭把三个醉得不省人事的年轻人放到后座,让杨锦天坐在副驾驶。

"我先送你去医院。"

杨锦天没拒绝,他也觉得手腕很疼。

杨昭开了车窗,但是她没抽烟。杨锦天在的时候,她一直克制着。

"跟一个八十岁的老太太抢车,你真行啊。"

"我没想抢的!"

杨昭发动汽车,掉头往公路上拐。

"那怎么打起来的?"

"是那个司机!"杨锦天皱着眉头说道,"那个司机看不起我们!"

杨昭说:"你们这行为想让人看得起也不容易。"

"一开始的时候他就瞧不起!"杨锦天声音变大了,"你不知道他看我们的眼神,就像……就像看垃圾一样!"

杨昭没有再说话,杨锦天将头扭到一侧,看着车外一闪而过的路标。

杨昭将车开到了最近的三院。夜里医院也有许多人,杨昭让杨锦天在车里等着,她去挂了号。

"来吧。"

杨昭带着杨锦天去看了医生,拍完片子,他们在放射科外的长廊上坐着等待结果。其间杨昭去厕所抽了一根烟。

结果出来后，杨昭把检查报告单拿出来看了一眼，然后放回去站起来说："软组织损伤，程度达到轻伤，咱们不私了了，我要告那个司机。"

"姐。"

杨昭回头，杨锦天坐在凳子上，他看了一眼杨昭，轻声说道："算了，别找他了。"

杨昭说："他是怎么打的你，用工具了吗？"

"我说算了！"杨锦天叫了一声，走廊里的人都看向他们这边。杨锦天低着头，年轻的身板显得分外单薄。

杨昭走过去，轻轻抱住他的头。杨锦天挣扎了一下，最后放弃地倒在杨昭的怀里，杨昭感到弟弟在微微地颤抖。

"姐，我是不是垃圾啊？"杨锦天终于哭了出来。

杨昭深吸了一口气，轻声说："不，小天，你只是还没醒悟。"

杨锦天痛哭出声："我也不想，姐，我也不想……我没办法……"

杨昭抚摸着弟弟的头发，低声安慰着他。

那晚，杨昭将车上的人都安全送回家后已经是下半夜了。杨昭的父母询问了杨锦天的手为何受伤，杨昭帮他掩饰了一下，说是在回学校的路上摔在台阶上了。

等杨昭回到公寓的时候，累得直接躺在沙发上，衣服、鞋都没脱，就睡着了。

第二天早上，杨昭是被电话吵醒的。她迷迷糊糊地抬起头，从包里摸出手机，屏幕上显示的来电人是"薛淼"。

杨昭躺在沙发上翻了个身，接了电话："喂。"

"有气无力，你还没起床？"

杨昭没答他，说："怎么了，有什么事？"

薛淼说："东西补得怎么样了？"

杨昭说："那破碗坏得眼看碎成渣了，你说补得怎么样了。"

薛淼在那边笑了一声，杨昭听见手机那头有清脆的声音，好像是餐具刮到了瓷盘。杨昭问道："你在吃饭？"

"嗯。"薛淼一叉子叉起一块牛肉，"你可别让它碎了，它碎了我的心也碎了。"

杨昭笑了一声，说："再给我一个月吧。"

"我给你五十天。"薛淼咽下牛肉，大度地说道，"我知道修补急不得，你可以慢慢做。"

"好。"

薛淼又说:"我说,你怎么不回这边?这里的工作环境比你那儿强很多,我也可以给你配几个助手。"

"不用。"杨昭另一只手搭在眼睛上,挡着窗外照进来的阳光,"人多嘴杂,我喜欢单干。"

"好,你愿意怎么都好。"薛淼笑道,"好好工作。"

杨昭淡淡地"嗯"了一声,又说了几句,把电话挂了。

杨昭又在沙发上懒了一会儿,然后起来洗了个澡,出来之后明显觉得舒服了不少。

她打电话叫了外卖,然后到书房看书等待。杨昭的书房很大,她在搬进来的时候,特地把最大的一间屋子留作书房。书房里很乱,各种书籍资料堆得到处都是。她的书很杂,她也懒得分门别类,所有的书都叠在一起。

书房墙上挂着一幅绢画,看起来有些年头了,画的最下方画有一条鲤鱼,上方则是大片大片的留白。杨昭的座位就摆在这幅画的前面。她戴上眼镜,随手拿起一本书,翻开的时候她停了一下,想起来什么,她拿起手机给刚才那家外卖店打了电话。

"你好,我是华肯金座刚刚订外卖的那家,请问外卖送出了吗?"

"那帮我加一瓶矿泉水,要大瓶的。"

"好,谢谢。"

放下电话,杨昭翻开书开始读。

屋子里的钟挂在门口的墙上,指针嘀答嘀答地转动。这座公寓算是市里比较高档的,院子深,很少听见外面马路上的汽车声。

阳光顺着窗缝洒进来,屋子里安静得像是没有活物一样。

过了一会儿,门铃响了。杨昭晃了晃脖子,将书页做了个记号,放到一边。

开门,来送外卖的是个小姑娘。

"你好,请问是杨小姐吗?"

"是。"

"这是您的外卖,一共七十八元。"

杨昭从钱包里拿了张一百的递给小姑娘,小姑娘低头找钱。杨昭先将外卖拿进屋。

小姑娘找好零钱给杨昭,说:"杨小姐,你好像经常订我们家的外卖。"

杨昭冲她笑了笑:"是吗?你记得我?"

小姑娘说:"是这样的杨小姐,我们店里现在有活动,充值会员卡的话,所有菜品打八八折。"

"嗯?"

小姑娘连忙又说:"不过这个活动仅限于外卖菜品,如果在店里吃是不打折的。"

杨昭说:"会员卡多少钱?"

小姑娘说:"最低充值三百元。"

杨昭想了想,说:"好,我办一张,你在这儿等我。"她转身回屋,拿了三百块钱回来。小姑娘没想到自己这么轻易就推销出去一张会员卡,显然有些高兴。

"杨小姐,我们店的菜品可划算了。"

送走了热情的外卖员,杨昭回到客厅吃饭。

她足不出户已经三天,偶尔恍惚地觉得自己可能一辈子都要跟这个破碗待在一起了。

她的修补工作已经进行了大半,这个碗也陪伴她两个月了。

其实严格说起来,这个碗的价值并不高,最多几万块钱,但是薛淼却肯花十几万来修复它。两个月前,薛淼拿着这个破损严重的陶碗找到她,要她帮忙修复。

那个时候她手里正在处理薛淼之前给她的一幅明代山水画,杨昭看了一眼那个碗,然后对薛淼说:"你越来越没品位了。"

薛淼走进客厅,他西装革履地赶了两天两夜,从加州飞来中国北方这座小城市,已经十分疲惫,不过他一向注重自己的仪表,此刻仍优雅地坐在客厅的沙发上。

"有时候,东西的价值不能只看表面。"

杨昭放下手里的小毛刷,转过头看着薛淼:"你是不是想告诉我这碗里有藏宝图?"

薛淼仰头乐了一声:"小昭,我喜欢你的幽默感。"

杨昭懒得理他,转头接着干活。

薛淼站起来,走到杨昭的身后,他抬起一只手,轻轻拉住杨昭的手腕。

这个动作,很值得考究。

在杨昭的余光里,薛淼的手指修长,指节分明。她面无表情地看了一眼,说:"在我们这行里,最忌讳的就是抓住别人的手。"杨昭瞥了薛淼一眼,"尤其是在工作的时候。"

薛淼无辜地耸耸肩。

杨昭放下小毛刷,站直身子面对薛淼:"说吧,怎么回事?"

薛淼低头看着杨昭:"一言难尽。"

"那就长话短说。"

薛淼讲了半天，杨昭听了个大概。

其实，抛开薛淼添油加醋的深情描绘，故事只用一句话就能概括——这碗是薛淼奶奶的，在薛淼和他老婆吵架的时候，不慎充当了泄愤物品。

这在别人看来可能很奇怪，这碗虽然不是什么名贵的文物，但好歹也算是个古董，就算泄愤，也该砸个不值钱的东西才对。

这不能怪薛淼。杨昭去过一次薛淼的半山别墅，他家中一个吐口水的痰盂都价值连城，所以吵架砸了一个陶碗，已经是经过深思熟虑了。

"坏了就坏了，你赔一个更值钱的就好了。"

"不不不。"薛淼摇头道，"我可爱的小昭，你还太年轻，你不懂这世上真正值钱的东西其实是感情。那陶碗承载了我的祖母大半生的情感，它是无价的。"

杨昭"哦"了一声，说："所以你砸了它。"

薛淼卡住了。

"那是个意外，谁都难免有情绪激动的时候，情绪激动的时候砸了什么都不意外。"

杨昭说："你怎么没有'意外'地把你卧室的那个翡翠瓶砸了？"

在薛淼的卧室里有一尊清朝兽面纹翡翠瓶，那是薛淼刚入手的宝贝，他爱到疯狂。

薛淼说："我与它正处在热恋期，你不能让我做一个残忍的男人。"

杨昭冷笑一声："修复师有很多，你别指望我放弃这幅画去修那个没有油水的碗。"

薛淼笑得很温柔："修复师再多，我也只相信你一个。你知道我有洁癖，不喜欢乱七八糟的人碰我的东西。"

杨昭抱着手臂，冷淡地看着他。

薛淼说："二十万。"

杨昭挑眉，这个报价很高，比她手里的这幅画高多了。

"看来这个碗真的很重要。"

薛淼痛苦地摇摇头："我的祖母已经快九十岁了，我怕她受不了这个刺激，那我就成了家族的罪人。"

杨昭说："加一个假期。"

一谈条件，薛淼精明的目光又回来了。

"假期？你想要假期？今年的古董拍卖竞争有多激烈你知道吗？行情这么好，你竟然在这个时候跟我要假期。小昭，别这么残忍。"

杨昭说："我已经有两年的时间没有假期了。"

薛淼说："你要假期做什么？我从来没有见你去哪儿玩过。"

杨昭静了静，说："我需要这个假期。我的弟弟今年高三，明年就要高考了，但他没有做好准备，我要抽个时间找他谈谈。"

薛淼说："需要多久？"

杨昭说："两个月。"

"两个月？！"薛淼深吸一口气，评价道，"还真是一场漫长的谈话。"

杨昭说："两个月，你不给就找别人修吧。"

薛淼在客厅走了走，最后靠在桌台旁，说："十五万，加两个月的假期。"

杨昭眯起眼睛："你这个奸商。"

薛淼淡笑着说："你不适合同别人谈条件，你想要什么实在太过明显了。我敢打赌就算我一分钱不给你，只要有两个月的假期，你还是会给我修。"

杨昭转过身，不理他。

薛淼走到杨昭的身后，他有着混血儿特有的高大身材，将杨昭轻轻揽在怀里："不过我还是要付你钱，小昭，我是个大度的男人。"

薛淼身上喷着高级的香水，味道很淡，但是一直萦绕在身边。杨昭在他怀里转过身，手指点在他的胸口，把他推开了。

"希望你对你老婆也能大度一些。"

薛淼轻笑一声："不是我不大度，小昭，她是个傲慢又自以为是的人，我与她有代沟。"

杨昭"呵呵"两声，不再说话。

所幸薛淼也累了，他走到酒架旁，拿了瓶酒看了看："我能喝吗？"

杨昭说："随意。"

薛淼说了一句"好吧"，然后将酒打开，他先去洗了澡，出来后喝了一杯酒，然后晕晕乎乎地进了客房睡觉。

自从杨昭搬来这里，每次薛淼来找她都不会住酒店，而是直接住在她家里。

话说回来，薛淼送来这个碗后，第二天就回了美国，不过他保持着两天一个电话的频率，全方位地跟踪陶碗的修复情况。

杨昭打了个哈欠，抬起头，天已经黑了。今天天气很阴沉，虽然才六点，可天已经像深夜一样。

把碗拼起来不难，难的是要完好无缺。薛淼不想让他奶奶知道这个碗曾经像街边的破烂一样被摔个稀巴烂，这就要求杨昭在补碗面的时候分外小心。

电话响起，杨昭接起来，是快递员打来的。

这里不比在美国的工作室，有许多材料都欠缺，每次都是她打电话给那边，准备好东西再给她邮寄过来。

电话里，快递员跟杨昭说今天已经有点晚了，快递已经不派发，如果要送货上门得等到明天才行。杨昭不想等，她急需那颜料修补碗口的花纹，她决定亲自去领。

她穿好衣服，拿着包出门。

杨昭刚一踏出公寓门的时候，天上唰地闪了道光，紧接着响起一声雷，震耳欲聋。

豆大的雨点一滴一滴地砸下来，眨眼的工夫，雨越下越大。

杨昭在门口看了一会儿，然后转身回屋取了把伞冲进雨里。她没有开自己的车，华肯金座到快递点不近，其中有段路正在施工，是个低洼地段，如果雨还这么一直下的话，保不齐车会过不去。

她在门口拦了一辆出租车。

"十一路快递点。"

司机按下计价器，开始朝目的地开。

雨点砸在车前窗的玻璃上，声音很大。司机师傅有些担心地说："照这么个下法，过一会儿天桥下面就积水了，难走了啊。"

杨昭"嗯"了一声："师傅麻烦你快一点。"

"我也想快啊，这怎么走啊？"

雨越下越大，杨昭开始后悔自己出门的行为，但是她依旧很想拿到材料。

最后还差一个路口的时候，司机停了车。

"不行，走不了了，我得在这儿拐了。姑娘你下车吧，钱可以不用给了。"

杨昭没有说什么，照价付了钱，然后下车。

打开车门的一瞬，雨花迎面扑来，杨昭连伞都没来得及打开，车就已经开走了。

风很大，雨四处乱飞，伞打跟没打一个样，没半分钟杨昭的身上就已经湿透了。

杨昭顶着狂风暴雨来到快递点，快递站的工作人员已经准备下班了，看见个黑乎乎的人影冲进来，都吓了一跳。

杨昭收起伞："我来拿快递。"

有个女工作人员看着她，难以置信地说："这么大的雨还来，这么着急啊？"

杨昭点点头："是国际件。"

工作人员领她来到放快件的屋子，国际件不多，杨昭很快就找到了。一个箱子，不小。杨昭填好签收单，然后抱着箱子出了门。

她光抱着箱子就已经很困难了，别说再打伞。杨昭叹了口气，先把箱子放到门口，自己出去打车。

雨打得人连眼睛都睁不开，杨昭站在路口，看着来往的车辆。

她的手一直伸着,但是没有车停。杨昭浑身湿透,她把伞挡在脸前,也不管身上了。

好不容易来过两辆车,司机一问她要去华肯的方向,都摇头不干。

"那边桥下已经积水了,不好走。"

"现在哪能去那头。"

杨昭抱紧手臂。北方的九月已经很冷了,被雨淋着,再被大风一吹,杨昭禁不住打了个喷嚏。

就在她几乎要绝望的时候,又有一辆车在她面前停下。

车窗摇下来,司机在看见她的一瞬间愣了一下。杨昭的嘴唇冻得有些发紫,她问司机:"师傅,华肯金座,去吗?"

司机看着她,犹豫了一下,杨昭以为又会被拒绝,谁知司机静了片刻后对她点点头,低声说道:"上车吧。"

杨昭简直不敢相信自己的耳朵,她对司机说:"太好了,你等我一下!我有个东西要搬。"杨昭得拼命地大声说话才能让声音透过雷鸣和雨声传到对方的耳朵里。

杨昭也顾不得伞了,她抱着箱子来到车旁,将箱子塞到后座,然后到副驾驶的位置上了车。

车窗摇上,门关好,总算隔绝了大雨。

杨昭浑身湿淋淋的,刚一坐下椅子就湿了。她显然也发现了这一点,有些不好意思地对司机说:"对不起,我身上太湿了,等下我多给你一些车费吧。"

司机摇摇头:"不用。"他发动汽车,掉头往华肯金座开。

车开得很慢,不过一直很平稳,可能是怕蹚水熄火,司机开得很小心。

这个司机同之前的那个不同,他开车时一句闲聊的话也没有,除了雨声和雨刮器的声音,杨昭什么都听不见。

她的头有些发沉,她觉得可能是刚刚冻到了。

恍惚间,她看到副驾驶前的出租车驾驶员信息牌,无意识地瞄了一眼。

一寸照是所有人的噩梦,不过这个司机照得倒还不错。照片上的男人有一头干爽的短发,脸上没有多余的表情,端端正正。

杨昭向下看。

陈铭生,车号:J-4763。杨昭在心里默念了一遍,她对这串数字隐约有种熟悉的感觉。忽然间,她想起来了。

J-4763——这不是前几天跟杨锦天打架的那个司机的车牌号吗?

杨昭坐直身子,余光里,司机专心地开着车,没有注意到她。

上一次在派出所里,陈铭生站在阴暗的角落中,杨昭自始至终也没有看清楚他的脸。可她依稀记得他的声音。在那个有些喧哗的派出所里，杨昭记得他的声音，他的声音很平缓，他没有跟杨昭争吵。

想起刚刚他对她说的"上车"，杨昭知道，那天站在角落中的，就是他。

他刚刚摇下车窗的时候停顿了一下……是不是因为认出了她？

杨昭心里有些不是滋味，这人可以不拉她，但他还是让她上车了。他什么都没说，就像不认识她一样。

或许……杨昭有些阴暗地想，他可能是怕她向他要钱呢。

杨昭思前想后，迷迷糊糊间车忽然剧烈地晃荡了一下，然后停了。杨昭往外看了一眼，离华肯金座已经很近。不过这明显不是司机停的车，最不想发生的事还是发生了，出租车在过一个水沟的时候熄火了。

在水中熄火的车是不能尝试点火的，杨昭对司机说："咱们下去试着推一下吧，我对这儿很熟悉，这里并不算太深，应该能推出去。"

司机手握着方向盘，不知在想什么，杨昭又叫了他一声，他才反应过来。他对杨昭说："离得很近了，你下车走过去吧。"

杨昭说："没事，我可以帮你一起推。"

司机摇摇头："不用，你走吧。"

杨昭心里有些不满，她觉得这个陈铭生很小气。不用就不用好了，杨昭从钱包里拿出钱，正好的零钱，放到陈铭生面前的零钱筐里，然后一句话不说地下了车。

雨依旧铺天盖地。

杨昭到后座取出快递箱，整个过程陈铭生坐在驾驶位上一动不动。

杨昭关上门，往公寓走。

一直走了很远，杨昭转了个头，看见陈铭生依旧坐在车里没出来。

"莫名其妙……"杨昭嘀咕了一声，继而又打了个喷嚏，她加快脚步回到公寓。

快到公寓楼下的时候，杨昭的脚步放慢了。她对刚刚发生的事情不能释怀，这个司机的行为举止一直萦绕在她的脑海中，让她觉得自己好像是一个邪恶的人。

终于，杨昭将快递箱放到院门口的保安室里，然后折返回去。

一路上，她觉得自己可能疯了。

她一边想着，一边脚下不停，朝刚刚车熄火的地方走去。

已经过去快十分钟了，不知道那人有没有将车推走。

杨昭拐过一个路口，她透过茫茫大雨，一眼便看到了雨中的那道身影。

司机穿了一身黑色的衣服，他没有打伞，在车后推着车尾，想把车从水坑中弄出去。杨昭鬼使神差地走过去，那司机没有看到她。

杨昭觉得司机推车的姿势有些奇怪。常人在推车的时候，都是压低身体，把重心放低，然后使劲。他却是侧着身，完全用左边的身体来顶着车。

而且……

杨昭总觉得，这个司机的力气是不是有些小？

他推车的时候感觉很费力，总有种使不出劲的感觉。他不是瘦弱的类型，事实上，杨昭觉得这人的身体相当结实。

过了一会儿，司机可能觉得推得有些费力，他来到车门边，想晃一晃方向盘。

就在他从车后走到车门的这短短两步路里，杨昭总算明白奇怪的地方在哪儿了。这个司机走路时，用右手拖着右胯，整条腿十分僵硬，走得相当吃力。

这个司机……杨昭挑了挑眉毛。

怪不得当时那张字条是警察帮他递过来的。

杨昭走过去。

在距离十米左右的时候，陈铭生发现了杨昭。他在看见她的一瞬间，马上站在原地不动了。杨昭走到车尾，对他说："来吧，一起推出去。"

陈铭生看着杨昭，倾盆大雨在他们之间淋着，两人的面目都看不太真切。

杨昭对他说："你站着车不会自己出去。"

陈铭生低下头，他拖着腿，来到杨昭身边。

杨昭这时才发现，陈铭生的个子很高。

他们推着车尾，多了一个人，虽然是个女人，但是还是多了一份力量。车被顺利地推出水坑。

杨昭挽起湿透的裤腿，对陈铭生说："要不要试一试能不能发动？"

陈铭生摇摇头，说："发动机进水了，这车太旧，突然点火连杆可能会坏。"

杨昭只会开车，对车的构造什么的一窍不通，她问陈铭生："那怎么办？"

陈铭生说："推到一边吧，再找修理厂的人来。"

"修理厂？"杨昭哼笑一声，"你开什么玩笑，你现在给修理厂的人打电话，他们能过来？什么修理厂这么敬业？"

杨昭一连串的发问让陈铭生沉默了，杨昭忽然也不说话了，大雨中，两个人就这么干淋着。过了一会儿，陈铭生先开口了："你走吧，剩下的我来处理。"

杨昭说："这周围是开发区，没有落脚的地方，你要怎么处理？"

陈铭生抬眼看了她一眼，刚刚那句话明显是让她离开的意思。这个女人不傻，为什么装作听不懂？

杨昭擦了一下脸上的雨水，刚擦完，马上又湿了。她不知道自己是怎么想的，她对陈铭生说："我家就在附近，你把车停在旁边，在我那儿避避雨吧。"

在这整个夜晚陈铭生表情第一次有了些变化，他好像没听清楚杨昭的话，杨昭对他又说了一遍。陈铭生低下头，拒绝道："谢谢，不用了。"

杨昭说："我都没怕，你怕什么？"

这种激将法很幼稚，但是对男人来说格外有效。

陈铭生皱了皱眉，说："跟那无关，你先走吧。"

杨昭说："还是你记着仇呢？"

陈铭生抬眼，看见杨昭在大雨里看着他。陈铭生明白杨昭也认出了他，他低下头，低声说："跟那也无关，钱我正在准备，很快会给你。"

杨昭说："我不是在跟你要钱。"

陈铭生不想再多说什么，他拖着腿打开车门，要进去坐着。他刚开了门费力地坐下，门便被杨昭拿手扒着，她低头看着他，说："你拒绝？"

陈铭生没有看她："我自己能解决。"

从杨昭这个角度，刚好能看见陈铭生的头顶。他的头发因为被雨淋了，湿淋淋地黏在一起，陈铭生的头发属于又短又硬的那种，就算是湿透了也是根根立起。杨昭看了一会儿，忽然冷笑一声，说："我不是在跟你商量。"

陈铭生没有说话。

杨昭淡淡地说："你找了多少层关系拿到的这个出租车的驾驶证？"

她说完这话，明显感到陈铭生的身子顿住了。杨昭的头有些沉，但是她思路依旧清晰。

"我不记得中国有法律允许残疾人开出租。我看派出所的警察们跟你的关系不错的样子，是不是造假的时候他们也出力了？你做了什么，送礼？行贿？你说如果我举报上去的话，会怎么罚你们？"

陈铭生的手按在自己的右腿上，他手抓着外裤，几乎握成了拳。杨昭歪着头看着里面，陈铭生回过头，杨昭看见他的眼眸很黑，不知是不是雨水造成的错觉，她觉得那双眼黑得发亮。

陈铭生的声音明显带着忍耐的怒意："你到底想怎么样？"

杨昭回过神，淡淡地说："我说了，将车停到一边，你到我家避雨。你不按我说的做，那咱们就走着瞧。"

陈铭生终于还是妥协了。

他们将车推到路边停放好——其实杨昭基本就是搭了把手，第二次推车的时候她头晕得几乎要栽倒在地，差不多都是陈铭生一个人费力弄好的。

之后，杨昭晕晕乎乎地带着陈铭生回了家。

她记不清一路上到底发生了什么，杨昭几乎是凭借着本能回到家中。她只隐约有个印象，就是他们走得很慢，相当慢。陈铭生临走前将车锁好，从后备厢里拿出一支拐杖。

回到家之后，杨昭坚持着要洗澡，她咬紧牙关拖着身体进了浴室，简单冲了一下出来，对坐在客厅的陈铭生说："那边是浴室，你去洗一下吧，要不会着凉的。"

她不记得陈铭生有没有回她话，一头栽在沙发上睡着了。

陈铭生看着这个只裹着一身浴袍的女人，就那么躺在他面前。他抬眼，环视了一圈，整间公寓装修得很漂亮，规整而有条理，每一处都能看出主人的品位。

沙发是成套的，猩红色，衬得躺在上面的人更为艳丽。杨昭裹着白色的浴袍，漆黑的长发没有干，水顺着发梢一滴一滴地落在地板上。

陈铭生坐了一会儿，然后扶着拐杖站起来，他将拐杖架在右腋下，然后腾出手卸下了右腿的假肢。摘下接受腔的时候他咬了咬牙，因为下雨再加上今日的磨蹭，他的腿很疼。

陈铭生将假肢靠在椅子上，然后拄着拐杖进了洗手间。

他的确得冲个热水澡，不然腿可能会撑不住。

杨昭的浴室很大，陈铭生一进去就闻到了浓浓的茉莉味，那是沐浴液的味道。浴室有一个三角形的大浴缸，旁边是洗手台，上面摆着许许多多的化妆品。浴室有一面很大的镜子，比一般人家安的都要大，应该是主人特别安装的。

陈铭生看着镜子中面无表情的人，他拄着拐杖，只有一条腿。

他将拐杖放到一边，一脚站在地上脱衣服。他脱得很快，将衣服扔到一边，蹦了两下，进到浴缸里。

热水淋在残肢上的时候生疼，陈铭生强忍着擦洗。他的腿前不久又破了，今天又渗了雨水，如果处理不好的话很可能会感染，那就麻烦了。

陈铭生没有用杨昭的东西，洗发水、沐浴露甚至是香皂都没有用。他洗好之后，在浴室里站了一会儿，等着浴霸差不多把身上烤干了，才捡起湿衣服一件一件穿了回去。

一热一冷间，他觉得腿很不好受，不过他还是忍下了。

回到客厅，陈铭生坐在沙发上。他往窗外看了一眼，雨丝毫没有要停的意思。

再回头，他看着面前的女人。

杨昭睡得很沉，她翻了一下身，浴袍滑下来一些，露出胸口白花花的一片。

陈铭生从头到脚地看了杨昭一遍，他脸上很平静。

他想起刚刚杨昭在楼下挑衅似的话语——我都不怕，你怕什么？

"呵。"陈铭生莫名觉得有些好笑，他抱着手臂，坐在对面的沙发上闭眼休息。

第二天早上六点，陈铭生准时睁开眼。昨日折腾了一晚上，让他觉得有些疲惫。

清晨淡淡的阳光从外面照进来，天放晴了。

陈铭生醒来第一眼便看到面前沙发上睡着的女人。她似乎睡得很不安稳，在梦中依旧皱着眉头。陈铭生站起身，穿了一晚的湿衣服让他身体各处都泛疼。他深呼一口气，拄着拐杖穿戴假肢。

因为陈铭生的右腿是大腿截肢，而且残肢较短，所以他的假肢不仅要有带锁的髋关节，还要有骨盆带才能戴结实。

陈铭生戴好假肢后，想直接离开。在他拄着拐杖迈出第一步时，他忽然听到了杨昭微弱却急切的喘息声。

陈铭生停住，回头。

杨昭看起来有些不对劲。

陈铭生想了想，拄着拐杖走过去，他拍了拍杨昭的手臂："你还行吗？醒一醒。"

杨昭没有醒，她的眉头皱得更深，呼吸也更急促了，表情也有些痛苦。陈铭生戴着假肢，蹲不下去，只能强弯着腰，伸手探了探杨昭的额头。

一摸之下，额头滚烫。

陈铭生叹了口气，直起身看着她。

他在心里考量了一番，最后又叹了一口气，拄着拐杖来到门口。门口的衣架上挂着杨昭的外衣，陈铭生翻她的口袋——他看到昨天杨昭开门后将钥匙放到了口袋里。

结果，他不仅找到了钥匙，还找到了另一样东西。

那是他几天前留给她的联系方式。纸早已经皱得不成样子，而且因为雨水浸泡，上面的墨水已经化开了。

陈铭生手拿着那张纸，看了片刻。

杨昭没有给他打过电话，她没有催过他还钱，甚至连张欠条都没要他打。有时候陈铭生甚至觉得杨昭根本不在乎这五千块钱他还还是不还。

陈铭生将字条放回杨昭的口袋，拿着钥匙出了门。

他先打电话叫了修理厂的员工，他和他们很熟，告诉了对方车坏的位置，让他们直接来拖走。然后他拄着拐杖，顺着街道找药店。

陈铭生走路很费劲，尤其是现在他身体情况并不好。他走了一会儿，发现这一片挺荒凉，超市什么的都很少，他开始后悔戴着假肢出来。不戴假肢的话，他走得还能爽快点。

　　陈铭生低声骂了一句，他戴假肢是为了看起来完整一些，他不喜欢在街上被所有人注目，他很明白自己这种自欺欺人的心理。

　　没用，但是忍不住。

　　终于，在走了半个多小时后，他找到一家药店。

　　他进去，卖药的女孩抬头看见一个撑拐的男人进来，愣了一下，然后说："先生你有什么需要吗？"

　　陈铭生对她说："淋雨发烧，帮我开些药。"

　　"啊，好的。"女孩麻利地挑了几盒药出来，"这几天降温，风寒感冒的人很多，症状怎么样，有没有痰，嗓子疼不疼？"

　　陈铭生说："你就当疼吧。"

　　女孩"哦"了一声，将几盒药递给陈铭生看："先生，这几种都是风寒感冒的，很管用。"

　　陈铭生也没有接过来，点头说："行，帮我装一下。"

　　女孩拿了个袋子把药装好，递给陈铭生："一共四十六。"

　　陈铭生结完账，左手提着药出了药店。

　　回去又是漫长的一条路，走在路上，陈铭生尽量让自己的注意力分散开，不去想腿有多疼。等他回到杨昭的公寓时，胳膊都开始抖起来。

　　杨昭还是没有要醒的迹象，陈铭生先将拐杖放到一边，将假肢卸下来。

　　少了假肢，陈铭生觉得身子轻多了。他拿回拐杖，将药盒拆开。从一堆药里看来看去，最后挑中康泰克。

　　这个药他以前吃过，应该挺管用。

　　结果药片都已经拿出来了，陈铭生走遍了屋子都没有发现水。

　　这座公寓的厨房就跟摆设一样，一尘不染，同样一点油星都没有。陈铭生找了半天终于在橱柜里翻出一个没开封的奶锅，他把奶锅拿出来，接了水之后又发现公寓的煤气阀都没有开过。

　　陈铭生不想计较杨昭是怎么生活的，他拖着一条腿跪在地上，将橱柜里面的煤气阀打开。

　　烧热水的时候，陈铭生想，这可能是这间厨房的处女秀。

　　他烧好水，将水倒在杯子里，放在茶几上等着凉。

　　其间，他又看了一眼杨昭，杨昭依旧没有醒过来。

　　又过了一会儿，陈铭生把药片捻成粉末，放在温水里。他坐在沙发的侧翼上，扶着杨昭的头，低声说："你把水喝了。"

　　杨昭迷迷糊糊，她睡得口干舌燥，这杯水可谓解了燃眉之急，杨昭紧闭着眼，就着陈铭生的手大口地喝水。

"慢点……"陈铭生扳着水杯，怕她呛到。

喂她吃下了药，陈铭生在屋子里走了一圈，找到杨昭的卧室。他从她床上拿来一条薄被，给杨昭盖上。

做完这一切，陈铭生已经有些虚脱了。昨晚就没有吃饭，今早还没有吃饭，再加上淋雨，他觉得自己可能也需要吃点药。

他把剩下的药吃了几粒，然后坐在沙发上休息。他想的是等杨昭退烧了他就离开，可是他太累了，坐在沙发上竟然再一次睡着了。

而这一次，先醒来的是杨昭。

她是被喉咙干醒的。

杨昭知道自己感冒了，她无比清楚。睁开眼，杨昭被第一眼看到的东西吓了一跳，要不是喉咙干燥，她几乎惊呼出声。

她第一眼看到的是一条腿——当然了，是一条假腿。

杨昭第一反应就是陈铭生还没走，这是废话，他肯定没走，不然这条腿怎么会在这儿。

昨晚杨昭就知道陈铭生腿有残疾，但她没想到残疾得如此严重，竟然都没了。

杨昭咽了咽唾沫，想找陈铭生理论一下他随便放他的假腿吓唬人的问题。她坐起身，身上的被子滑了下去。

杨昭这人有个优点，就是她很少脑子犯浑，就算是在病中，她头脑依旧清晰。

她知道昨晚她是没有盖被子的。

杨昭转过头，看见茶几上放着的药盒，还有水。

再抬眼的时候，杨昭看见陈铭生安安静静地闭着眼，靠在沙发上睡着了。

那一瞬间，杨昭的感觉很奇怪。

她一直没有好好地看过陈铭生，虽然她同他讲了话，还把他带回家来避雨，但她真的没有仔细看过陈铭生的脸。

这个出租车司机长得不难看。

按照现在年轻女孩的标准的话，陈铭生不算帅气，也没有活力，没有飘逸又邪魅的眉眼，最多只是五官端正而已。

但是他很符合杨昭这个年龄段的女人的审美。

陈铭生的外表很朴实，他留着一头干净利索的黑色短发，眼睛不大，轮廓分明，杨昭还记得他的眼睛有多黑、多深沉。

虽然他少了一条腿，但是看起来一点也不单薄。相反，他的身体看着很结实，他的胸膛厚实，肩宽腰窄，杨昭在脑中将他另一条腿补全，然后略显惊讶地发现陈铭生的身材其实相当不错。

他的嘴唇扎实，有人睡觉的时候，嘴唇会很松散，但陈铭生不是，就算是熟睡的时候，他的嘴唇也紧紧地闭上，他的唇边有淡淡的法令纹印记。

杨昭看过一本面相书，书上说有这样唇形的人都是性格极端固执的人。

陈铭生是不是，杨昭不知道。

杨昭看向一旁，那里放着差点吓坏她的假肢。那假肢看起来不算高级。薛淼曾经的一个客户也是个被截肢的残疾人，是一个美国佬，杨昭见到他时正是夏天，他毫不掩饰地穿着短裤，那条小腿的假肢看着很高科技，像是美国大片里的机械人，他走路也跟正常人一样，没有任何差别。

杨昭隐约记得陈铭生走路的姿势，很笨重。

陈铭生抱着手臂睡觉，对于一个熟睡的人来说，他坐得很端正。

最后，杨昭看了一圈，回到面前的茶几上。

茶几上有水杯，有药盒，还有她家门的钥匙。杨昭短短思考了一下，然后差不多清楚了事情的经过。

她站起身，去卧室换了一套衣服。

在一走一过间，杨昭心里想到的第一件事是——那五千块钱，不用还了。

杨昭换了一身亚麻的长袖衣裤。她回到客厅，拿出手机到阳台上打了电话叫了双人份的外卖。刚刚那一觉她发了汗，已经退了烧，虽然还有些难受，不过还忍得住。她回到客厅里，端坐在沙发上，端起水杯喝了一口。

水杯里的水还温着，哪来的热水？

闲坐的时候，她就在脑中思考这个没什么营养的问题，然后静静地等着陈铭生醒过来。

这个司机还是让她有些感动的。

杨昭是个冷情的女人，事实上，杨家的人都有这个毛病，他们的人际关系明了而简洁。从小到大，除了每年老人的生日和除夕的年夜饭，杨昭从来没有参加过家庭聚会。她也从来没期待过。杨家的每个人都有自己的生活圈子，大家平淡如水，互不干涉。

杨昭交过两个男朋友，一个中国人，一个老外。他们做了恋爱中的男女能做的所有事，然后不了了之。直到现在，杨昭回想起这两个男友，甚至连长相都模糊了。

他们分手的原因都是性格不合。

杨昭知道自己性格冷漠，她清清楚楚，但是却没有要改的意思。

她每时每刻都有事做，她的工作围绕着那些充满了故事的陈年旧物，繁杂而充实。现在除了她的弟弟杨锦天，她的生活几乎没有一丝一毫的波澜。

所以，这个司机带来的一丝丝感动，杨昭感受得分外真切。

在杨昭闲坐的时候，陈铭生醒了。

他睁开眼，看见杨昭的时候顿了一下，好像是反应了一会儿，然后他坐直身子，手指掐了掐鼻梁。

"不好意思，我睡着了。"陈铭生的声音带着刚刚睡醒时的低沉。

杨昭看着他，说："我叫杨昭。"

陈铭生一愣，不知道杨昭为何突然自报家门，他顿了片刻，说道："你好，杨小姐。"说完后，他想了想，又说，"我叫陈铭生。"

杨昭点点头，看了一眼桌子上的药盒："这是你买的吗？"

陈铭生点点头："嗯，你昨晚发烧了，我拿了你的钥匙出去买的药。钥匙给你放在桌子上了。"他看了一眼，发现桌子上没有钥匙，正在奇怪之时，杨昭说道："钥匙我收起来了。"

陈铭生停了一下，然后说："我一着急就直接翻你衣兜了，对不起。"

杨昭那句"收起来了"听起来很像是责怪，杨昭和陈铭生都意识到了。

杨昭摇头说："我不是那个意思，谢谢你帮我买药。"

陈铭生不知道说什么，简单说了一句"不用客气"，然后两边就冷场了。

陈铭生犹豫着想要穿戴假肢离开，但是面前这个女人一直看着他，让他动弹不得。他的假肢穿戴很麻烦，要将裤子全挽起来，陈铭生还没有开放到随便在一个女人的面前露出自己的残腿。

"杨小姐，我该走了。"

"你没吃东西吧？我叫了外卖，很快就到了，吃完再走。"

陈铭生没有想到在他睡觉期间杨昭都把外卖叫了，他摇摇头，说："不用了，我回去吃。"

"那我已经叫了怎么办？我一个人吃不下，扔了浪费。"

陈铭生还想再说几句，但看见杨昭坚持的表情，就放弃了。

"好吧，那麻烦你了。"

杨昭没说话，两人又冷了场。

不过这场冷得并不让人觉得尴尬，陈铭生也不是一个话多的人。杨昭看了一眼桌上的水杯，想起什么，对陈铭生说："你从哪儿弄来的热水？"

"我没找到水，这是现烧的，拆了你一个新锅。"

杨昭静默了片刻。

陈铭生以为她生气了，又道歉说："不好意思，没经过你允许就……"

"我家有锅？"

"啊？"

杨昭看着陈铭生，满眼疑问："我家有锅？我怎么不知道？"

陈铭生觉得这女人有些跳脱，他斟酌了一下，对她说："有一口，没拆封的，放在厨房最下面的柜子里。"他怕她还想不起来，还仔细描述了一下，"一口奶锅，牌子是苏泊尔，不锈钢的。"

杨昭面无表情地回想着，然后轻轻地"啊"了一声，"是买厨具赠送的，我想起来了。"

陈铭生不知道说什么，就点了点头。

杨昭看着陈铭生，忽然说："你身体不舒服吗？"

陈铭生看了她一眼，杨昭说："你脸色看起来很不好。"

陈铭生下意识地低下头。他的确觉得不舒服，衣服还是潮的，黏在身上很难受。尤其是右腿截断的地方，胀痛无比。陈铭生很想去趟洗手间，他怀疑腿已经感染了。

杨昭见他不说话，差不多验证了自己的想法。她端着水杯去厨房，奶锅里还有半锅水，杨昭倒了杯子里剩下的水，重新盛满，然后回到客厅。

她把水递给陈铭生，说："你是不是也受寒了？"她将茶几上的药拿起来看了看，"你也吃点药。"

陈铭生接过水杯，并没有喝水。他对杨昭说："谢谢，我没事，不用吃。"

他说的是实话，他的腿才是问题所在，这些药治不了他的腿，吃了也没用。

杨昭说："你是哪里不舒服？"

陈铭生没有向外人解释自己伤情的习惯，他只是摇摇头，说："我没事，过一会儿就好了。"

杨昭听出他的拒绝，没有再说什么。

又坐了一会儿，外卖送到了。

杨昭将外卖取回来，放到茶几上拆开。她拆到一半就停下了。

陈铭生看了看她，杨昭说："就一副筷子。"

"再拿一副就行了。"

杨昭抬眼看着他，说："我家没筷子了。"

陈铭生真的不知道该说什么了，他下巴轻扬了一下，说："那你吃吧。"

"不行。"杨昭摇摇头，"我点的是双人份的，怎么就给我一副筷子，你先吃，我打电话叫他们送过来。"

陈铭生不知道一双筷子有多严重，要再让人跑一趟，他想了想，对杨昭说："不用了，我用勺子吧，刚才那个拆开的锅里赠送了一个勺子。"

"是吗？"杨昭站起来去厨房，半晌，她拿了一把长长的勺子出来，"你确定这个能吃饭？"

陈铭生点点头："行，就给我这个吧。"

杨昭把勺子递给他，然后两个人一语不发地开始吃东西。

陈铭生端着饭盒，他吃得很快，勺子基本是扒饭用的。他想快点吃完，趁着腿伤还没完全发作赶快离开。

杨昭吃得比陈铭生慢许多，陈铭生的速度给了她莫名的压力，她吃了一点就放下了。

陈铭生的饭吃得很干净，一粒饭粒都没剩。他将饭盒放到桌子上，说："谢谢你的招待，我得走了。"

杨昭点点头，他的确该走了。

陈铭生伸手拿拐杖，拐杖在沙发右边搭着，他探身去够的时候难免压到右侧的肢体，杨昭看见他顿了一下，眉头皱起，暗自咬了咬牙，强撑着一般将拐杖拿到手。

陈铭生站起的一瞬间，肩膀是塌着的，这说明他撑不住自己的身体。陈铭生一头冷汗，心里低骂一句，越是不想来的就越来。

杨昭没有多想，在他左腿哆嗦地颤抖时，站起身来扶住了他："你怎么样？还行不行？"

杨昭抓住陈铭生的手臂，后者的手臂绷得很紧。

陈铭生脸白了白，稳住了身子："谢谢。"

杨昭看他一头汗水，皱眉说道："你是不是不舒服？"

陈铭生摇头，说："没事。"

杨昭低头看了一眼，陈铭生的右胯一直在微微地颤抖。她抬头，陈铭生的脸近在咫尺。杨昭稍稍往后一点，对陈铭生说："你这样不行，我带你去医院。"

陈铭生惊讶地看着她，这个女人倒是不嫌麻烦。不过他还是拒绝了。

"我真的没事，不用麻烦了。"

"你这样走得了吗？"

杨昭的眼睛细长，她很少瞪人，眼睛一直很平淡。陈铭生看了她一眼，分辨了一下这句话是不是带有恶意，最后他移开眼，说："我能走。"

杨昭转身，伸手将挂在门口的外套拿来，她转头对陈铭生说："我带你去医院。"

陈铭生深吸一口气，杨昭一语不发地看着他。陈铭生从她的眼中看不出波动，他也懒得再说，点了点头。

"我下楼取车，你自己能下楼吗？"

陈铭生又点点头。

杨昭开门先走了，陈铭生朝她离去的方向看了足足半分钟才开始动作。

他挽起裤腿，低头看了一眼，如他所料，腿已经感染了。陈铭生叹了口气，转个身将假肢拿在手里，然后出了门。

幸好这座公寓楼有电梯……陈铭生靠在电梯间里，心想。

杨昭将车停在门口，陈铭生将假肢放到后座上，本来他想坐在后面，但是杨昭探身给他开了副驾驶的门。

陈铭生坐进去后，又将拐杖放到后座上。

车发动起来，半天没开，陈铭生有些奇怪，刚好杨昭转过头看着他。

"安全带。"

陈铭生点点头，将安全带系好。

杨昭发动车，往小区外开。她一边开车，一边问道："去三院？这里离三院最近。"

"不用去医院，麻烦你送我去市康复中心。"

"康复中心？"车子顿了一下，杨昭用余光看了陈铭生一眼，问道，"康复中心在哪儿？"

陈铭生说："在十三纬路的路口。"

杨昭将车停在路边，开始设置导航。陈铭生沉默地看着她摆弄半天也没弄好，他说："十三纬路就在岐山路旁边，从这里开车二十分钟就到了，我可以给你指路。"

杨昭坐了回去："那你领路吧。"

车里很安静，两个人都没怎么说话，杨昭也没有在车中听广播和音乐的习惯。陈铭生只在关键的路口给杨昭指点一下。其实也就只拐了一个弯，然后一路走到头。杨昭从来不知道离她的住处这么近的地方有一家康复中心。

开了二十来分钟，他们到了目的地。

杨昭从车里看了一眼，康复中心好像是新建的，楼有四层。门口停了一排车，杨昭找了个空位将车停好。

陈铭生解开安全带，对杨昭说："谢谢你了，剩下的我自己来就可以了。"

杨昭拔了车钥匙："我今天没事，送你看好病再走。"

陈铭生没答话，他从车里下去，单脚站着打开后门。杨昭的车停得与另外一辆车靠得很近，车门不好开，杨昭看见了，对他说："你等一下，我帮你拿。"

杨昭从另外一侧将他的拐杖取出来，她在看到后座的假肢时顿了一下，最后决定只拿拐杖。

"走吧，这里用挂号吗？"

陈铭生拄着拐杖走在杨昭身旁，他说："不用，我给医生发过短信，把药取了就行。"

"哦。"

康复中心门口是坡路，他们进了一楼，杨昭看见一楼楼口的地方放着几辆轮椅，好像是为了方便患者使用的。杨昭对陈铭生说："这个随便坐吗？你要不要坐？"

陈铭生没说话，杨昭推了一辆过来："坐着吧，省些力气。"

陈铭生的确站得很费力了，他平时不喜欢坐轮椅，但是现在由不得他逞强。

杨昭将他的拐杖拿在手里，陈铭生坐在轮椅上前后划动几下。

"医生在几楼？"

陈铭生划着轮椅往电梯的方向走，他看起来对这里十分熟悉："三楼。"

杨昭跟在他身后，她走在康复中心的楼里，随处可见无障碍设施、坡路、盲道，还有把手。杨昭没有这么近距离地接触过残障的世界，她紧跟着陈铭生。

到了三楼，电梯门一开杨昭就看见楼口的指示牌，上面写着"肢体恢复"。

走廊里很安静，两侧有几个房间。杨昭路过的时候，看见其中一个房间开着门，里面有几根把杆，中间有医生在指点病患走路。

陈铭生直接来到最里面的办公室，他敲了敲门，里面很快有人开门。

开门的是个年纪不小的医生，面相和善，他看见陈铭生高兴地笑了。

"是小陈啊，快进来。我收到你的短信了，怎么弄的，腿感染了？"陈铭生和杨昭一起进了办公室，里面很宽敞，只有老医师一个人。屋子里有一张办公桌，角落里养着几盆花草。

老医师拉来一条长椅，拍了一下："来，坐下，我给你看看。"

"张医生……"陈铭生从轮椅上挪到长凳上，右腿僵硬地虚搭着。

张医师皱着眉头说："哎哟，看起来还肿了，你怎么搞的？"

陈铭生低声说："不小心弄的。"

杨昭站在一边，心情有些复杂。

这应该是昨天淋雨淋的，她想。如果他没有送她回家的话，可能腿也不会出问题。而且，刚才杨昭扶着他的时候注意到他的衣服还是潮的，他穿了一晚的湿衣服，不出问题才怪。

杨昭回想起昨晚她拿陈铭生的残疾作为要挟，让他跟自己回家避雨。手段虽然恶劣，不过她觉得那是明智的决定，不然在秋雨里淋一晚，没准儿更严重。

张医师拿来一盘酒精棉，坐在陈铭生对面："来，挽起来我看看。"

陈铭生手压在裤腿上，抬眼看了一眼杨昭，明显犹豫了一下。

张医师顺着他眼光看过去，猛然想起来，问杨昭说："这位是……"

一问之下，两个人都默然了。

该说是什么？朋友？明显不是。萍水之交？好像也不算。

那就是债主和欠债人的关系了，可这又说不出口。

陈铭生张张嘴，杨昭在他之前开口说："我是他邻居。"

陈铭生看她一眼，把嘴闭上了。

"邻居啊。"张医师毫不怀疑，他拿镊子夹了一块消毒棉，接着对陈铭生说，"来，我先给你检查一下。"

陈铭生又看了杨昭一眼，后者显然没有明白他想让她回避一下的意思，陈铭生叹了口气，松开手。

张医师将陈铭生的裤腿掀起来，杨昭尽可能地让自己看上去冷静一些。

说没点儿震撼是不可能的。

陈铭生这条腿……或者在杨昭的眼里，这已经算不上腿了。它只剩了短短的一截尾骨，腿根处的肌肉看得出有些萎缩，但是却又因为浮肿而红胀起来。

截肢面上有一道长长的伤疤，杨昭觉得这伤疤并没有完全恢复——事实上她觉得如果一个人的身上有这样一道还在流脓的伤口的话，他除了医院哪里都不应该去。

张医师"啧啧"两声，拿消毒棉球在他的伤口附近清理了一下。杨昭看着都觉得很疼，但是陈铭生低着头，一点声音都没有发出来。

"你啊，穷折腾！"张医师严肃地批评道，"本来你的理疗就只进行了一半不到，然后回去又不好好休养，你再这样下去会越来越严重！"

不知道陈铭生是因为忍着疼痛没法开口，还是张医师的话让他无法反驳，反正他只是安安静静地靠墙坐着。

"住院吧，已经感染了。"张医师最后总结说。

陈铭生这才有了反应，他说："不用，我回去自己养一养就行了。"

"你别拿年轻当本钱！"张医师有些生气了，"当初理疗你不做，就说回去养，结果呢？你一点护理的常识也没有，我不是吓唬你，你再这样下去这腿还要截！"

陈铭生沉默了。

张医师可能觉得自己的话有些重了，他语气放轻了些，说："住院好好护理一下，你现在这样光抹点药不管用的。"说着，张医师忽然回头对杨昭说，"你也劝劝他！他就是死倔！"

杨昭忽然被拉进谈话里，吓了一跳，她看着眼睛瞪得圆溜溜的张医师，点点头附和说："啊……是啊，你住院吧，有人照顾能好得快一点。"

"你看这位小姐多懂事。"张医师找到同盟，觉得攻坚概率大了不少，"也不用住多长时间，差不多一个月就行了。这可是自己的身体，是你自己难受。"

陈铭生静默了一会儿，最后低声说："不用，您帮我开药吧。"

"唉……"张医师拍腿，叹了口气，他可能知晓陈铭生的脾性，也没再继续劝，"我去给你拿药，你在这儿等着。"

张医师走后，杨昭站在原地，她看着低着头忍痛的陈铭生，忽然觉得这个出租车司机跟常人有些不一样。

张医师很快将药取了回来，包在一个袋子里交给陈铭生。

"内服外用的我都开给你了，用法你也知道。"他看起来还是想劝陈铭生住院，"小陈啊，你不能硬撑，要是过几天还没消炎的话一定要过来，这可不是玩笑啊！"

陈铭生点点头："我知道，谢谢您了。"

张医师叹了口气，坐回办公桌前写着什么。杨昭说："这就走了？"

张医师发话道："走什么走？在这儿等着，挂个消炎药水再走。"

杨昭看张医师开了张单子，然后又出去了，没一会儿回来的时候拿着输液袋。他将针管调好，然后把输液袋递给杨昭："来，帮我拿一下。"

杨昭下意识地接过来，然后看着他熟练地给陈铭生扎针。杨昭将输液袋举了起来。针刚刚扎好，办公桌上的电话就响了，张医师接起来说了几句挂掉，对杨昭和陈铭生说："楼下有事，我得下去看一下，很快回来。等我回来给你拿个输液架，等等啊。"

张医师出去，屋里就剩下杨昭和陈铭生。

陈铭生靠在墙上坐着，他的衣服有些潮，又压了一晚上，折腾得有些垮了，松松地搭在身上。

杨昭能看出来他很疲惫。

她找不出什么话题来说，也不擅长安慰别人。结果屋里就这么一直沉默着，没一会儿杨昭胳膊和腿都开始酸了，可张医师还没有回来。

陈铭生动了动，他抬头看了杨昭一眼，说："你坐下吧，我自己举着。"

杨昭说："你这个样子怎么举？我来好了，反正快打完了。"

"今天真的麻烦你了。"

"没事。"

一袋药要挂多久？

杨昭看着输液袋里的药液一滴一滴地往下淌。

应该差不多是二十分钟。她记得很清楚，有一次她生病在医院挂吊瓶，她拎着吊瓶到吸烟区。从开始挂，到最后拔掉针，她一共抽了两根烟。杨昭抽掉一根烟的时间是十分钟，一直都很准。

在杨昭从输液袋上回过神的时候，她惊讶地发现，陈铭生睡着了。

他扎着针的手搭在右侧的凳子上，背靠着墙，低头睡了。

屋子里十分安静。

杨昭不再看输液袋，而开始看这个熟睡的男人。

他垂着头的样子看起来有些沉郁，事实上陈铭生整个人给人的感觉都十分压抑，杨昭具体描述不清那种感觉。

又过了一会儿，屋外传来急促的脚步声，杨昭马上回过头去，在张医师进屋的一瞬间做了一个"嘘"的手势。张医师反应倒还算快，没有发出声音。杨昭示意他陈铭生睡着了，张医师了然地点点头，他推着一个输液架过来，小声对杨昭说："哎哟，耽误的时间太长了，你举得累了吧？"

杨昭摇摇头："没事。"

虽然嘴里说没事，但真等张医师将输液袋从她手里拿走的那刻，杨昭还是忍不住甩了甩肩膀。

张医师小声说："这药有止疼和安眠作用，他睡了也正常。"

杨昭点头。

药袋还吊着，张医师闲得没事，和杨昭闲聊："你是小陈的邻居？"

"嗯，我叫杨昭，您叫我小杨吧。"

"啊，好好。"张医师和杨昭来到办公桌旁说话，避免把陈铭生吵醒。

"小杨啊，你跟小陈认识多久了？"

杨昭顿了一下，说："没认识多久，我是刚搬家不久。"

张医师了然地点点头，说："他从来都是一个人来中心，我还是第一次见到有人跟他一起来。"

杨昭问道："他一直都是自己来吗？"

"可不是？"张医师说，"根本就是胡闹，大概半年前他手术做完出院来中心，理疗做了一半就跑了，伤口一直没有妥善处理，断断续续，好好坏坏，每次都是化脓感染了才知道来拿药，唉……也不知道家属怎么想的，糟蹋人吗不是？"

杨昭安静地听完张医师的话，她看着陈铭生，侧面看过去她刚好能看见他缺失的右腿。这个低着头熟睡的男人，逆着阳台的光，显得有些脆弱。

之后，张医师唠唠叨叨地说了半天，大概就是在埋怨陈铭生的家人不重视他，埋怨陈铭生自己不知好歹瞎搞身体。杨昭做了一个忠实的好听众。

没有一会儿，输液袋已经挂完了。张医师拔针的时候，陈铭生醒了。他显然没有想到自己会睡着。他拿没打针的手抹了一把脸，坐直身子。

杨昭看着他坐回轮椅上，她觉得他已经相当疲惫了。

他们告别张医师，离开康复中心。

在门口，陈铭生说自己打车离开。杨昭想都没想就拒绝了。

"你现在站着都费劲，还要自己走？"杨昭将车开了过来，她本来想扶一下陈铭生，但最后还是只帮他开了门。

"我送你回家。"

到了这个时候，陈铭生也没有力气再说什么了。

"你家在哪儿？"

"七马路。"陈铭生的声音里带着明显的疲惫。

七马路在市南，离凌空派出所的位置不远，杨昭知道大概的方向。

车开得很稳，车里一如既往的安静。

陈铭生在车上再次睡着了。

从康复中心开车到陈铭生的家，得花五十多分钟的时间，陈铭生睡得很沉，头歪着。杨昭尽可能地将车开得平稳，结果到的时候花了一个多小时。

七马路在本市不算繁华路段，都是老楼，基本都是六七层，也没有电梯。

杨昭将车停在路边，她想了一会儿，还是没有将陈铭生叫醒。

车熄了火，杨昭将椅子往后倒了点，然后从大衣兜里掏出烟。烟盒在手里拿了一会儿，杨昭侧眼看了看睡着的陈铭生，最后又将烟盒放了回去。

陈铭生醒过来的时候天已经黑了。他睁开眼，满眼通红的血丝。陈铭生撑起身体，左右看了看，明显还没完全清醒过来。

外面街道上的路灯已经亮了，昏黄昏黄的。

陈铭生吸了一下鼻子，有些反应过来了："杨小姐……"

杨昭知道他要说什么，打断道："没什么，我看你睡得太沉了，就没叫醒你。"

陈铭生沉默了片刻，最后低声说了一句"多谢"。

"你家在什么地方？"

"前面转个弯就到了，我自己走吧。"

杨昭也没说话，直接发动了车。陈铭生注意到杨昭将车内空调的温度调得很高，车椅也加热了。虽然他衣服还是有些潮，却也没那么冷了。

陈铭生看了杨昭一眼，杨昭正在专心地开车。

车子拐出主干道，拐进了一个小胡同里，杨昭开车技术一般，在这种黑黢黢的路里，她不由得往前探身，仔细地看道。

陈铭生看她把车开成这样，说："就在这里停吧。"

杨昭一个眼神都没赏给他，依旧专心致志地看路："你家在哪儿？"

陈铭生伸手指了一栋楼，杨昭点点头，说："好。"

陈铭生见她完全没有要停车的意思，深吸一口气，坐着安心地等。

这两步道被杨昭开了快十分钟才到头，车子停下的时候，杨昭听到陈铭生明显地呼出一口气，就像一块大石落地了一样。

她努努嘴，侧过脸看着陈铭生。

陈铭生刚要开口道谢，一抬眼就看见杨昭直勾勾地看着自己。

"杨小姐？"

杨昭淡淡地挑了一下眉："我开得不好？"

"什么？"

"你刚刚叹气是觉得我开车技术差？"

陈铭生一头雾水，他张张嘴，又不知道从何解释："杨小姐……你误会了。"

杨昭转过头，将车钥匙拔了出来："走吧。"

陈铭生迷迷糊糊地下了车，腿上依旧疼得厉害，只不过他对这疼已经麻木了。

下过雨的空气格外的好，杨昭深吸了一口气，对陈铭生道："你家在哪儿？我送你回去。"

都到这儿还让送的话，就有点过了。陈铭生拄着拐杖，对杨昭说："不用了，我自己回去就行了。"

"你家几层？"

陈铭生本来不想再说什么，奈何杨昭问得太随意了，他也就下意识地说了出来："五层。"

"这楼没电梯吧？"

"嗯。"

杨昭说："我送你上去。"

"不用了，今天已经很麻烦了。"

"我也没什么事，走吧。"

陈铭生终于皱起了眉头，他低声说："我自己回去。"说完他也不等杨昭回话，拄着拐杖转身就走。

杨昭听出了陈铭生明显的不耐烦，她看着他的背影，一瘸一拐地走进小区，最终也没有跟上去。

回到车里，杨昭没有打火，反而是点了一根烟。

"有什么大不了的。"杨昭喷了一声，"真是上赶着不是买卖。"

十分钟，一根烟抽完，车子里已经满是烟味。杨昭忽然想起了什么，她翻着自己的大衣兜，从兜里掏出一张皱皱巴巴的纸。

她将内车灯打开，在灯下将纸展平。

上面模糊一片，已经什么都看不清了。

杨昭盯着那破烂的纸看了一会儿，说不清是什么感觉。最后她叹了口气，将纸丢在烟缸里。

就在转身的一瞬，她忽然看见后车座上的东西。

那一条假肢正安安静静地躺在车座上。

杨昭看着那条腿，低低地笑了一声。

再转过头时，在车灯映照的最远处，一个挂着拐杖的人影正朝着她走过来。杨昭看都没有看他一眼，倒着车出了巷道。

陈铭生怎么可能追得上她，他试着叫了几声，杨昭也装作没听见。

开着车回家的路上，杨昭心里舒坦极了。

"我就说吧，上赶着不是买卖……"

Chapter 2

# 烟·学业·奇怪的男人

又开了将近一个小时的车回到华肯金座，杨昭在车库里停好车，将那条假肢拎回了家。

她将假肢立在墙角，放直之后她还饶有兴致地站到一旁同自己的腿比量了一下，然后并不意外地发现这假肢比自己的腿长了不少。

比量了一会儿，杨昭坐到沙发上，点了一根烟。

她透着迷蒙的烟雾，看着那条假腿，半眯的眼睛里，神色不明。

那天晚上，杨昭睡得很不踏实。她做了一个梦，一个断断续续的梦，梦里奇奇怪怪地出现了很多东西，她醒过来的时候才凌晨三点多。

杨昭揉了揉头发，在黑暗中坐起身。

华肯金座平日就不吵，夜里更是静得出奇，杨昭迷迷糊糊地坐在空荡的房间中，恍然觉得自己好似处身星空之中一样。

那个司机……

也不知道为什么，杨昭莫名其妙地想起了陈铭生。

在他们短暂的接触中，留给杨昭印象最深的，是陈铭生的睡颜。

第一次是在家里，他给她买完药，坐在沙发上睡着了。

第二次是在康复中心，他在挂吊瓶的时候睡着了。

还有就是她开车送他回家的时候，他在车上睡着了。

好像这两天里，陈铭生一直在睡觉一样。

杨昭在黑暗中轻声道："也许是话说得太少了……"

那天，杨昭一直坐到了天亮。出奇的是她一点也没觉得疲惫，反而精力充沛。

她在等，等陈铭生。

杨昭知道陈铭生一定会来找她，他不像是有闲钱再配一副假肢的人，而不戴假肢他根本不能出车。

她的确等到了。

不到八点陈铭生就到了。他没有门卡，也不知道楼门的密码，只有托保安联系杨昭。杨昭亲自下楼去接他。

下楼之前，她先把他的假肢收了起来。

"杨小姐……"

陈铭生换了身衣服，上身一件灰蓝色的长袖卫衣，下面穿着麻布裤子，右腿的裤腿高高挽了起来，别在腰带里。

对于这个季节来说，陈铭生穿得有点单薄。

杨昭同保安道了谢，对陈铭生说："上楼吧。"

陈铭生握着拐杖，对杨昭说："杨小姐，我……"

"叫我杨昭。"

杨昭穿得很随意，脚上还踩着拖鞋，漆黑的头发顺肩披下，显得脖颈又细又白。

陈铭生微微低着头，跟在杨昭的身后。

进了屋，陈铭生站在玄关处，没有往里走。

杨昭回头看他："进来啊。"

陈铭生说："我就不进去了，拿了东西就走。"

杨昭抱着手臂看着他，说："不进来，怎么拿东西？"

杨昭没再理他，扭头进了卧室，陈铭生站在原地进退不得。

进屋得脱鞋。他脱鞋没有那么简单，得坐到地上才行，可他不想这么直接坐在地上。

过了一会儿，杨昭从卧室里出来，她换了一条裙子。这是一条墨绿色的长裙，一直垂到脚踝。样式很简单，可是十分衬托身材。

陈铭生双眸黑漆漆的，静静地看着杨昭。

杨昭端着一杯水，喝了一口，淡淡地说："怎么了？"

陈铭生的声音沉得发闷："我不进去了，假肢呢？"

杨昭放下杯子，对陈铭生说："你别误会，我没有恶意。你的病还没好，现在不能开车。"

陈铭生皱起眉头。

杨昭接着说："等你把病养好，我就把假肢还给你。"

陈铭生看着杨昭，半晌，低声说："你是不是有点多管闲事了？"

杨昭说："随你怎么想。"

陈铭生脸上已然带着些微的怒色："假肢呢？"

"你要找也得进屋才能找。"

"你到底要怎样？"

杨昭往前走了几步，来到陈铭生面前，说："进来坐。"

陈铭生凝眉看着杨昭，杨昭没有抹化妆品，纯正的素颜。她长得不算很美，只是她身上有股独特的气质，冰冰凉凉的，很拿人。

陈铭生握着拐杖，没有动。

杨昭垂眸看了一眼，淡淡地道："不用脱鞋，直接进来就行。"

陈铭生说："东西给我。"

杨昭挑眉看他。

陈铭生脸上线条很硬朗，轮廓清晰。他看着杨昭，说："东西给我。"

杨昭看着陈铭生的样子，忍不住轻笑了一声："你这人这么倔呢？"

"我不想跟你发火，把东西给我。"

杨昭抱着手臂，后退两步站定："不给呢？你打算怎么跟我发火？你打女人吗？"

陈铭生忍无可忍道："你是不是有病，你拿条假肢能干什么？"

"能等你来。"

陈铭生霍然抬起头。

杨昭不管说什么话都是一副神态、一种腔调。她淡淡地看着陈铭生，说："进来坐。"

陈铭生忽然不合时宜地想着，如果有一天两个神经病争论一件事的话，肯定是病重的那个赢。

他拄着拐杖进屋，在那张猩红色的沙发上坐下，杨昭转身进了厨房。

陈铭生干巴巴地坐着，他四下看了一圈，没有发现假肢。

当然了，如果主人故意藏起来的话，怎么可能这么轻易就被他看到？

又过了一会儿，杨昭还是没有出来，陈铭生犹豫了一会儿要不要叫她。要叫的话喊她什么？杨小姐？还是杨昭？

哪个他都不愿意叫，他现在只想拿了假肢快点离开这里。

在陈铭生等得快不耐烦的时候，杨昭从厨房快步走了出来。她盯着陈铭生，后者被她看得莫名其妙。

"怎么了？"

杨昭问："你怎么点的火？"

"什么？"

杨昭拿手朝后面厨房的方向比画了一下，说："昨天，你怎么烧的水？为什么火点不着？是不是昨天弄坏了？"

陈铭生对这女人简直无话可说，他一手捞过拐杖，撑着站了起来，两步就迈了过去。杨昭惊讶地发现虽然陈铭生就剩一条腿，可他步子依旧很大。

陈铭生进了厨房，杨昭跟在他身后，边走边说："我点了好多次了，根本就点不着，也一点声音都没有。"

陈铭生没说话，走过去在开关上拧了拧。

"是不是打不着？"

陈铭生依然沉默着。

"你等着，我给厂家打电话，还在保修期。"

"你没开煤气阀。"

"嗯？"

陈铭生拿手指头点了点下面的橱柜："煤气阀没开，你点什么火？"

"煤气阀？"杨昭皱着眉头，眼睛在疑惑间有些严肃，"在哪儿？"

陈铭生手指头位置没变，又点了两下。

杨昭绕过他，把橱柜打开，猫着腰往里看："哪个是啊？"

"蓝色的，扳横过来。"

"看到了。"杨昭起了一下身，把裙摆提起来准备了一下，又猫了下去。重新下去后，裙子依旧铺了一地。

陈铭生叹了口气，拉着杨昭的手臂，给她拽了起来。

"嗯？"

陈铭生说："我来吧。"

杨昭被他拉到一边，陈铭生把拐杖随手一伸，杨昭下意识地接过来。陈铭生单腿蹲下，将手伸到橱柜里，半秒钟的工夫，看都没看一眼就站了起来。

"好了。"

杨昭将拐杖递给他，陈铭生看了她一眼，说："你点火做什么？"

杨昭说："热牛奶。"

陈铭生忍不住说："你平时热牛奶吗？"

"不热。"她把厨台上的奶锅拿起来，举给陈铭生看，"昨天你不是找到了一个奶锅吗？我早上出去买了牛奶，准备试一下。"

杨昭回到厨台前，把一罐牛奶尽数倒到奶锅里，然后又一次开始点火。她在开关上拧来拧去，还是没有点着。

杨昭把橱柜打开："没扳过来？"

陈铭生在一旁看得无言以对，他一手把橱柜关上。在开关上一按一转，火苗"啪"的一下蹿了起来。

"哎？"杨昭看了陈铭生一眼，"怎么回事？你拧就好用。"

"按着转。"说完，他想了想，又对在试验的杨昭说，"你刚刚那样是在放煤气，很危险。"

杨昭"哦"了一声，自己也把火点起来了。

"行了。"她端着奶锅，放到火苗上。

陈铭生自问长这么大，还没见过这种女人。他靠在厨台上，问一脸专注的杨昭："你没进过厨房？"

杨昭眼睛盯着奶锅，答道："没进过这个。"随后，她又补充道，"我会用电磁炉。"

陈铭生问道："那你装修这厨房干什么？"

"不是我装修的，这是精装房，是我租来的。"

"你平时怎么吃饭？"

杨昭看了他一眼："叫外卖。"

陈铭生点点头，不再说话。

没一会儿，奶要潽锅了，杨昭将奶锅端起来放到一边，又将火关了。她去客厅拿了杯子，倒了半杯牛奶递给陈铭生。

陈铭生摇摇头："谢谢，不用了，你自己喝吧。"

杨昭说："我不喜欢喝牛奶。"

陈铭生匪夷所思地看着杨昭："你不喜欢喝牛奶你买牛奶干什么？"

杨昭说："试锅。"

陈铭生接过杯子，不过也没有喝。他端着杯子，对杨昭说："杨小姐，你还是把假肢还给我吧，我这样很不方便。"

杨昭淡淡道："养好病就给你。"

"你得讲点道理吧？"

"养好病就给你。"

陈铭生深吸一口气，看着杨昭。杨昭比他矮了近一个头，一直仰着头看他。

杨昭的眼睛颜色有些淡，配上她那冷漠的表情和平淡的语气，让人的火气往往没发出来就被浇灭了。

陈铭生转头，将手上的杯子放到厨台上："那我先走了，等病好了我来拿假肢。"

"你这就要走？"

陈铭生点点头。

"喝完牛奶再走吧。"

"不用了，我也不喜欢喝牛奶。"

杨昭看着被放到一旁的牛奶，杯子里还冒着热气。

"那好，你回去养病吧。"

陈铭生本想本能地说声"谢谢"，可是转念一想杨昭藏了他的假肢的事情，"谢谢"两个字又怎么都说不出口，最后只能点点头，拄着拐杖转身离开。

杨昭没有送陈铭生下楼，她在窗台上看着。陈铭生出门后，她就像闲得无聊的病人一样，在窗边默默地数数。

等她数到六十七的时候，看见陈铭生从单元门里出来，朝着小区大门走去。

杨昭换了个姿势，额头轻轻贴在落地的玻璃窗上，看着那个低头走路的背影，直到消失不见。

过了几天，杨昭一直没有等到陈铭生的电话。

不过她正在尽心尽力地为薛淼干活，修补工作又极需精力集中，所以她只是偶尔在工作之余，坐在书房的书桌前，看见墙角文竹盆栽旁立着的假肢，会想起那个男人。

她时常告诉自己，不应该总去想他，这样很奇怪。可她又会想，当她这样告诉自己的时候，她已经开始想他了。

在陈铭生离开后的第六天，杨昭的修复工作最后一个阶段进行得很顺利。下午三点的时候，她放下手中的工具，穿上大衣出门。

走廊里，她点了一根烟，快速地走向电梯，高跟鞋在大理石的地面上发出"嗒嗒"的声响。

她从打开门坐上车，到点着火出小区门，一路顺畅无比。杨昭是半个路痴，每次在开车前都要好好想一想要去的地方才能出发，这次是难得的思路清晰。

七马路，老房区，五层。

杨昭开到目的地的时候，差不多是下午四点。她把车停在路边，自己紧了紧身上的风衣。在下车前，她从包里拿出化妆盒，补了一个淡妆。

她看着小镜中的自己，脸上一点表情都没有。她"啪"的一下扣上镜子，从车上下来。

外面的冷风让杨昭觉得脸上的皮肤瞬间紧实了不少，她拎着包，走进小区。

这是一个很老很老的小区，杨昭看着那房子，觉得基本是二十世纪八十年代末的造型。整个小区有三栋楼，包成品字形，中间是院子。

杨昭走进去，看见院子中有很多人，有聚在自行车库门口聊天的老人，还有追打玩闹的小孩。

她四周看了一圈，院子里被每楼一层的住户用木篱笆划分开来，地上没有铺水泥，而是松土，土里种着许多东西，只不过现在这个季节都谢得差不多了，光看着树杈子，杨昭也分辨不出是什么。

她走了几步，看见几只猫翻着肚皮在路上躺着。她从猫身边走过去，野猫一点要动的意思都没有。

这里和杨昭住的地方相差太大，以至于她在院子里足足溜达了十几分钟，才想起来自己要做什么。

她走进上次陈铭生进的那栋楼。楼里没有电梯，楼道里散发着淡淡的霉味。每户的门长得都不太一样，有木头的，也有铁的。

她还记得上一次陈铭生说，他住在五楼。

杨昭转着楼梯走上五楼，看到一共有两户人家。

两边都是老旧的铁门，门上贴着乱七八糟的小标贴，有办证的、开锁的，还有各种广告。可能唯一的区别，就是左边的那个门上贴着一副快要掉光色的春联，右边的则只有广告和外卖单，其他什么都没有。

杨昭看了看，然后走向右边的门。

她在门上找了半天，最后发现这个款式的门根本没有门铃。

"嘭嘭嘭——"杨昭敲响房门。

她只敲了一次，然后就拎着包站在门口静静地等。

杨昭觉得自己心如止水，她有一种感觉——陈铭生一定会从这个门里出来。事实也的确如此。

在杨昭敲门之后，过了两三秒，屋里便传来了脚步声。声音很大，杨昭听出那是塑料拖鞋踩在水泥地上的声音。在陈铭生开门的前几秒，她在脑海中勾勒了一下那只拖鞋的样子——他绝不是那种会穿人字拖的人，应该是那种老式的澡堂拖鞋，感觉是深蓝色的……

这老旧的铁门上，猫眼早就被小广告糊死了。杨昭本来做好了要应答的准备，她甚至在短暂的时间里在脑子中设想了许多情节——比如陈铭生听见她的声音不给她开门该怎么办，或者开门后冷言相对该如何处理……

可哪知道，那拖鞋声传到门口，然后门就直接被打开了。

陈铭生连一句话都没有问。

杨昭感到很奇怪，门一边被打开，陈铭生一边说："小李，你……"等门被打开，看到杨昭的身影出现在面前的时候，陈铭生的话戛然而止。

杨昭明白他是认错人了，他以为敲门的是别人。

杨昭看着陈铭生："陈铭生，我来找你了。"

她一直觉得陈铭生的脸上表情不多，所以现在这副基本可以称得上"目瞪口呆"的表情让她看得很愉快，她又开口："小李是谁？"

陈铭生反应了老半天，然后犹豫地说："杨小姐？"

杨昭点头，说："你不认识我了？"

"不是……"陈铭生上下看了看,说,"你是怎么来这儿的?"

"当然是自己找来的。"

"你怎么知道我住这儿的?"

"上次知道的。"

她一笔带过,陈铭生也不喜欢刨根问底。他觉得这女人简直神奇。

"那,你来做什么?"陈铭生见杨昭没有说话,开口问。

杨昭看着陈铭生的目光慢慢变得有些奇怪,陈铭生看了看自己,觉得没什么问题:"怎么了?"

杨昭摇摇头,想了想,又说:"你为什么不让我进屋?"

"什么?"

难道自己这么明显的拜访他也看不出来?杨昭心里觉得很奇怪,在她的认知里,或者在她的立场中,现在陈铭生就应该请她进屋才对。

陈铭生看着面前的女人,觉得自己脑袋很不够用。不过基本的察言观色他还是会的,他侧过身子,对杨昭说:"先进屋吧,外面太冷了。"

杨昭点头:"好。"

陈铭生先进屋,杨昭跟在他身后,站在门口打算脱鞋,陈铭生看见了,对她说:"不用了,就这样进吧,屋里也没地板。"

杨昭看了一眼,这屋子全是水泥地,的确没有必要脱鞋。

房间不大,一室一厅,一个洗手间,厅里摆着一张圆桌,看起来是当餐桌用的,厨房在客厅的角落里。这整个房子看起来还没有杨昭公寓的一个屋大。

房子小,东西却不少,但没有凌乱地堆放,而是分门别类放在一起,所以屋子看起来很整齐。

陈铭生带着杨昭往卧室走,杨昭打量着他的背影。

直到现在,她才仔细地将他看了一遍。

陈铭生下身穿着一条白色运动棉长裤,右腿的裤腿并没有挽起来,空荡荡的,在他一走一动间随便摆动。而他的上身……

杨昭想,这个年代,穿背心的男人真不多了。

陈铭生穿着一件黑色背心,紧贴在身上。他上肢十分结实,并不是特别塑造的健壮,而仿佛是长年累月、一点点积攒下来的、充满力量感的身材。杨昭是学艺术出身,她在陈铭生的身后一块肌肉一块肌肉地辨认着。

陈铭生带着杨昭进了卧室。

"杨小姐,我这……"

"叫我杨昭。"

陈铭生一顿,然后说:"我这地方小,你先坐这里吧。"

杨昭看了一眼，陈铭生的卧室的确很小，屋子里的家具很少，只有一张床、一个床头柜、一台电视机，还有一个短沙发。

杨昭坐到沙发上，陈铭生说："我去给你倒杯水。"

杨昭点点头："谢谢。"

陈铭生到厅里烧水，杨昭看到卧室连着一个阳台。和她家的落地阳台不同，这是真正的阳台。杨昭看了一会儿，刚想站起来过去看看，陈铭生就端着水回来了。

她看他一手拿着水杯，一手拄着拐杖，很不方便，连忙站起来接过水。

杨昭低头喝，陈铭生低头看。

杨昭今天穿了一条黑色的半身裙，上身穿着灰色的毛衣，外面披着风衣，脸上化着淡淡的妆容，看起来简单而知性。陈铭生看到她微微弯曲的细长的脖颈，在杨昭喝完水前，移开了目光。

"谢谢。"杨昭把水杯还给陈铭生。

陈铭生接过，对杨昭说："那……你来做什么？"

他觉得杨昭来这儿的唯一理由就是还东西，可他并没有看见杨昭带假肢来。

"我来找你。"杨昭回答。

"找我？"陈铭生看着她，说，"有什么事吗？对了，我病好得差不多了，你把东西还我吧。"

杨昭没有回答，而是微微歪着头看了看他，似乎在判断他说的"病好得差不多"有没有可信度。最后她点点头，说："看起来是好了。"

"那……"

"病好了为什么不来找我？"杨昭先一步说。

"我这几天有事情，没抽出时间。"

"什么事？"杨昭皱起眉头，"你去开车了？"

"没有。"说完他看了杨昭一眼，"我这样怎么出车？"

只要不傻，应该都能听出陈铭生这话里带着点责怪的意思。但杨昭不是一般人，就算听出了责怪，只要她觉得自己做得没错，就半分动摇都没有。她对陈铭生说："你先坐下吧。"

陈铭生合计着这里到底谁是主人，不过他也没多话，坐到了床上，看着杨昭坐在沙发上。两人对视了一会儿，陈铭生忽然笑了出来。

杨昭一愣，觉得陈铭生那张脸笑起来有种说不出的味道。她感觉自己的脸有些发热，她问他："你笑什么？"

陈铭生摇摇头，说："没什么，不好意思杨小姐，你别见怪。"

"叫我杨昭。"

陈铭生脸上的笑容一顿，然后转成了另外一种淡淡的笑意："杨昭。"

杨昭觉得自己脸上更热了，她吸了一口气，说："你在笑什么？"

陈铭生低了一下头，又抬起来，说："你坐得太端正了，感觉像是领导要训话一样。"

杨昭眨眨眼，坐姿？端正？她低头看了看自己。她只是按平时的坐法坐着，并没有觉得怎么样。看过了自己，她又抬头看陈铭生，他坐在自己的对面，距离大概有三步远，背微微地弯着，看着十分放松。还有他的腿……

杨昭的目光不由自主地看向陈铭生的腿，他的右腿从大腿部分就截掉了，他坐下的时候将右腿的裤腿堆到了床上。

陈铭生自然是注意到了她的目光，不过他也没动，只是坐在那里，任由杨昭看着。

"你的腿，是怎么弄的？"杨昭问。

"出了点儿事。"陈铭生从床头柜上摸了一包烟，直接叼出一根在嘴里，然后抬眼看了杨昭一眼，"抽烟行吗？"

杨昭很意外他居然会询问自己的意见。

"没事，你随便。"

陈铭生把烟点着，薄薄的烟雾让他微微眯起了眼睛："你走吧，明天我去你那儿拿东西。"

杨昭隔着一层烟雾看着陈铭生，感觉自己的胸口有些发紧，就像上小学第一次当升旗手时一样，有些紧张，也有些跃跃欲试。她没有听从主人逐客的意愿，而是脱下风衣，对看着她的陈铭生说："给我一根吧。"

陈铭生一愣，看了眼自己的手，又抬眼："烟？"

"嗯。"

陈铭生问："你抽烟？"

杨昭反问："不能抽？"

陈铭生把烟叼在嘴里，伸手把床头的烟拿过来，边递给杨昭边说："我这不是什么好烟。"

杨昭看了一眼烟盒，的确不是好烟。

"没事。"她站起身，接过烟，陈铭生反手要拿打火机的时候，杨昭拉住他的胳膊，"不用了。"

陈铭生还没反应过来，就看到杨昭弯下腰，把烟对在他的烟头上，然后轻吸了两口。

火星在两人之间淡淡地亮起，又轻轻地熄灭。杨昭站起身，长发黑浓，从脸颊两侧垂下。

陈铭生坐在床上，抬头看着杨昭。他低沉开口："你什么意思？"

杨昭站在他面前，将烟夹在手里。她丝毫没有回避陈铭生的眼神："点烟。"

陈铭生哼笑一声，眉毛轻挑："点烟？"

杨昭没有说话。

陈铭生低下头，弹了一下烟灰，青白的灰烬一点点撒在冰冷的水泥地上。

"你走吧。"

杨昭看着陈铭生，他低着头，坐在自己的面前。杨昭看到他的头顶上有两个旋，头发很短，又很黑，看起来发质有些硬。杨昭看着看着，伸出一只手放到了陈铭生的头发上，她没有碰到他的头，只是在那一层头发上来回动了动。

陈铭生抬起头，杨昭说："你头发摸起来比看起来要软。"

陈铭生一下拉住她的手腕。

杨昭觉得他的手掌很大，将自己的手腕整个攥住了。她不由得向前低了低身子，黑色的裙摆垂在陈铭生的左腿前，轻轻晃动。陈铭生的脸离她很近，她甚至能感觉到他身上散发的热气。

陈铭生低头看了一眼，黑色的裙摆就像翻滚的烟云，下面是精巧的脚掌。他低声说："下次别穿成这样。"

杨昭闻到了浓浓的烟草味道，她不知道那味道是来自他，还是来自自己，或者是他们共同的。

"为什么？"

陈铭生低笑了一声，也没说原因。

杨昭觉得他笑得有些意味深长："你别笑得这么下流。"

"下流？"陈铭生淡淡地道，"杨小姐，你多大了？"

"叫我杨昭。"

陈铭生点头："好，杨昭，你多大了？"

"二十七。"

陈铭生一挑眉："二十七？"

"怎么了，不像？"

陈铭生放开杨昭，向后靠了靠，上下打量杨昭，说："你长得很年轻，我还以为你才二十三四岁。"

不管怎么说，被人说年轻总是让女人开心的，杨昭说："你呢，多大了？"

"三十四。"

杨昭点点头，陈铭生抽完了烟，把烟头掐掉，对杨昭说："你走吧。"

杨昭站在他面前，没有说话，也没动。

陈铭生又说了一遍："走吧。"

"陈铭生。"杨昭忽然叫了他的名字。

陈铭生看着她，杨昭说："你不要以为我是随便的女人。"

陈铭生笑了一下，虽然没有说话，但那神情明摆了就是在说"你这话听着不怎么可靠"。

杨昭自然也看出来了，她解释道："今天……今天是……"她脸上依旧没什么表情，可颜色已经开始泛红。她想表明今天她的确有些反常，从前她不会做这种事情。

"我是……"她想给自己找理由，憋了很久，终于说出一句，"我想见你。"

陈铭生脸上的笑意渐渐淡了，他看了看地面，对杨昭说："见我干什么？"

"不知道，就是想见你。"她忽然觉得，不用想什么理由，说真话最简单了。像现在，她说完了缘由，换成陈铭生沉默了。

他又拿了一根烟出来，点着火。

"我没什么可图的。"他说。

杨昭说："我也没打算图你什么。"

陈铭生抿嘴，杨昭觉得差不多了，对他说："我走了，下次再来看你。"

杨昭到沙发上取回风衣，穿好。陈铭生一直叼着烟坐在床上看着她。杨昭穿好后，陈铭生开口："下次能不能把我的东西拿过来？"

杨昭冲他浅笑了一下，说："好。"

陈铭生没有起身送她，杨昭走出卧室，陈铭生倒在床上，回想刚刚那个笑容。刚想了个开头，就听见外面杨昭的声音。

"你家的门是坏的吗？为什么我打不开？"

他几乎是乐着站起来的，然后拿过拐杖，去给杨昭开门。杨昭一点尴尬的意思都没有，说了句"谢谢"，潇洒地离开了。

临走时，她有意无意地低头看了一眼——陈铭生的拖鞋只露出一半，剩下的藏在了长裤中。但她还是在那么不到一秒钟的时间里给予了自己的猜测一个肯定的回答。

没错，就像她猜的那样——深蓝色的澡堂拖鞋。

杨昭的高跟鞋声渐渐消失在楼道中，回到车上，她拉下镜子看了看，发现自己脸色很轻松。对于她来说，这是一场难以形容的见面。总结起来就是十分的矛盾——既盲目莽撞，又充满了目的性。

在她看着镜中的自己发愣的时候，手机响了。她拿出来看了一眼，是家里来的。

"喂。"

"小昭。"电话另一边传来一道男人的声音。

"爸。"杨昭有些奇怪，她父亲很少主动打电话给她，"什么事？"

"你弟弟在你那儿吗？"

"小天？"杨昭微微坐直身体，"不在，他没在学校吗？"

杨父沉默了一会儿，然后对杨昭说："学校刚才来了电话，他已经三天没去上学了。"

"什么？"杨昭皱起眉头，"是孙老师打来的？"

"嗯。"

杨昭说："我知道几个地方，先去找一找，晚些给你打电话。"

"好的。"

杨昭本要挂掉电话，谁知杨父在静了一会儿后又开口了："小昭……你弟弟……"

"怎么？"

杨父的声音有些低沉，说道："锦天跟一般孩子不同，现在这个年纪又正是小孩子叛逆的时候，要是没弄好的话很容易跌跟头的。他父母走得早，他又不愿意听我和你妈的话，你这个做姐姐的要多帮帮他。"

杨昭顿住，这番话若是出自别人之口，倒没什么奇怪。但是按照杨家向来的惯例，杨父能说出这样的话来，已经代表他对杨锦天下了苦心。杨昭半晌才开口，声音同以往一样平淡："我知道，我留在国内就是为了他。"

杨昭挂断电话，又拨了另外一个号码。接电话的是一个年轻人。

"喂？"

杨昭说："你是刘元吗？"

那边的声音很吵，接电话的人用十分大的声音喊着："什么？你说啥？"

杨昭深吸一口气，声音放大了些："你是不是刘元？"

那边的人总算是听到了，他说："对啊，你谁啊？"

杨昭说："杨锦天是不是在你那里？"

那边的声音顿了一会儿，杨昭听见嘈杂声小了一点，好像是走进了一个房间里。然后那个叫刘元的人对另外的人说："杨锦天，这谁啊？找你的把电话打我这儿来了。"

那边又静了一会儿，然后换了一个人接电话："喂？哪位？"

杨昭听见这个声音，松了一口气，说："是我。"

"姐？"

杨昭听见那边的杂音又小了点，她猜测杨锦天应该是走进了洗手间。她的声音也随之降低，说："你在哪里？"

"你怎么有刘元电话的？"

"你在哪儿？"

杨锦天的语气似乎有些不耐烦，他说："在外面。"

杨昭一字一句地又问了一遍："我问你，你在哪儿？"

杨锦天抱怨了一声，说："我都说在外面了，一会儿就回家。"

杨昭说："你这几天是不是逃学了？"

杨锦天静了一会儿，然后低声说了一句："我先挂了。"

"小天！"杨昭难得地主动拔高了嗓音。

杨锦天对姐姐杨昭多少还有些畏惧，他没敢真挂断电话，在那边"嗯"了一声。

"你在哪里？我现在就去接你。"

杨锦天听出杨昭是真的生气了，心里也泛虚，终于说道："在学校门口的乐迪歌厅。"

杨昭挂断电话，发动车子离开。

她开到乐迪歌厅门口的时候，杨锦天已经在门口站着了。他看见杨昭的车，自己主动走了过来。

杨昭摇下车窗，简单地说了一句："上车。"

杨锦天打开车门，坐到后座上。

杨昭在后视镜里看了他一眼，淡淡地说："安全带。"

杨锦天扣好安全带，杨昭才再次上路。

开车的过程中，杨昭问杨锦天："你的书包呢？"

杨锦天拄着胳膊看着窗外："在学校。"

杨昭没有再说话。

她把杨锦天带回家，打电话订了外卖，挂断之后回过头，看见杨锦天闷着头坐在沙发里。

屋子里出奇地安静。

杨昭在电话旁站了一会儿，然后来到杨锦天身边，坐在了他的对面："你为什么逃学？"

杨锦天依旧低着头，小声说："不想去。"

"为什么不想去？"

杨锦天没说话。

杨昭说："的确，喜欢上学的孩子不多。"

杨锦天抿了抿嘴，顿了一会儿，小声说："之前有考试。"

"什么考试？"

"阶段测试。"

"你不想考试？"

"我考了一半出来的。"说完，他又说，"题我都不会。"

杨昭淡淡地吸了一口气，看着杨锦天低垂的头："题不会是你自己的问题。那个刘元，你下次不要跟他一起玩。"

说到刘元，杨锦天抬起头，微微皱着眉看了杨昭一眼，说："你哪儿来的刘元电话？"

"哪儿来的你不用知道，这个人人品有问题，你离他远一点。"

杨锦天闭上嘴，头又低下去了。

杨昭看着重陷安静的杨锦天，也沉默了。

她能看出来，杨锦天并没有把她的话放在心里。她不擅长劝人，更不擅长批评，杨锦天的静默让她毫无办法。

外卖到了，杨昭让杨锦天先吃饭，她去书房给家里打了个电话，告诉父母自己找到了杨锦天。

"今天让他在我这里住，明天我送他去学校。"杨昭说。

第二天，杨昭把杨锦天送到学校，看着他走进校门。她并没有就此离开，而是将车停好，自己也往校园里走。

这是全市最好的重点高中，门卫也非常负责，见到不认识的人马上拦了下来。

杨昭对门卫说自己是家长，来见老师的。门卫问了是哪个班的，杨昭报出班级和老师姓名，门卫才放人。

这所高中位于市中心，校园很大，里面种了很多树，这也是杨昭的母校。

学校夏天时最美，校园里的花树都开了，花瓣被风吹下来，洋洋洒洒，就像是一道珠帘，十分美丽。

在市中心能有这样的景色，很不易。所以杨昭很喜欢这里，她看着校园里来来往往的学生，他们充满了希望和活力。

她找到教师办公室，敲门："请问孙老师在吗？"

她问完，就看见办公室最里面的座位上站起来一个三十几岁的女人，正是杨锦天的班主任，孙艳华。

孙老师看见杨昭愣了一下："这位是……"

杨昭说："我是杨锦天的姐姐。"

"啊，你好你好。"孙老师把杨昭带到走廊里，站在一个窗户边上谈话。

"你就是不来，我也要打电话请了。"孙老师明显有不少话要跟杨昭说，"杨锦天前几天逃课了，这家里都知道吧？"

杨昭点点头，说："知道了，昨天是我把他找回来的。"

孙老师戴着一副细边框眼镜，眉头轻轻皱着，看起来十分犯愁。

"这孩子的难处我也知道，但是这样下去不是办法，今年已经高三了，眼看着明年高考，他这个成绩……"孙老师没往下说，叹了口气。

"他的课程落下了多少？"

"高二的课程基本没学，期末的时候三科没及格，你在这儿等等我。"说完，孙老师回头往办公室走，没一会儿就回来了，手里还捧着一沓试卷。

"来，家长看一下。"孙老师把试卷放在大理石窗台上，一一摊开。杨昭看过去，都是杨锦天的考试卷。她拿起几张来，上面不是红叉就是空白。

"这是他高二下半年的考试卷子，人家别的同学都拿回家了，他就在学校放着，要不是我给他留起来了，保不齐他就直接扔了。"孙老师推了推自己的细边眼镜框，对杨昭说，"上次的阶段测验他考了一半就跑了，我也给家里打电话了。"

杨昭看着窗台上摆着的一张张试卷，问道："孙老师，小天现在的成绩，能考上大学吗？"

孙老师比杨昭矮了半头，人也有点胖，她紧皱眉头地看着杨昭，声音也有些急促："光考上大学能行吗？他初中那么好的成绩，全班第二高分进的我们实验中学，你不能就把目标定在考大学上啊。现在的大学遍地都是，那些野鸡大学拿钱就随便去，有什么用啊，孩子不毁了吗？！"

杨昭被呛得说不出话，孙老师又说："现在这孩子，心理上的关卡还是过不去，他家里出了那么大的事，我们做老师的也心疼，但人还是得向前看。这已经快两年了，孩子还是不能走出来，这就是你们亲属的责任了。再这样下去好好的一个孩子就完了，就不说书读得怎么样了，人再学坏了可怎么办？"

跟孙老师谈完话，杨昭进了学校的女厕所里抽了足足三根烟才出来。她很想去杨锦天的班级看一看，但是最终还是忍住了。

杨昭坐回车里，她临走的时候，对孙老师说："小天是个好孩子，现在这个样子，完全是我们的责任，但是请老师您务必不要放弃他。"

务必不要放弃他……

杨昭头疼欲裂。她从小到大没有碰到过这类事情，她回忆自己上高中时的事情，那时她是个优等生，每天作息规律，看书睡觉。她也不是完全循规蹈矩的学生，碰到喜欢的电影上映，她也会逃课去看一场。父母或许知道，或许不知道，但谁都没有多说什么。

但是杨锦天的逃课和她当年的逃课不同，完全不同。

杨昭隐约觉得这样下去杨锦天会出问题，她拿出电话，却不知道要打给谁。

父亲？母亲？

杨昭闭上眼睛都知道父母会用什么样的方法教导杨锦天。

把人叫到客厅，沏一壶茶，然后让杨锦天说一说自己的难处，再劝说几句——就像当初他们教导她一样。

杨昭不是觉得这个方法不好，只不过，她觉得这办法对于杨锦天可能不管用。

杨昭在车里坐了两个多小时，想了很多种办法，也想了很多交谈的方式，最后全部归为一声叹息。

就在她抽完了一整包烟的时候，手机响了。

杨昭翻出手机看了一眼，是一个陌生的号码。她看着屏幕上的一串数字，慢慢坐直身体。

那是一种直觉。

杨昭接起电话，电话另一边传来一道低沉平缓的声音："喂，杨小姐吗？我是陈铭生。"

杨昭"嗯"了一声，陈铭生又说："等下你方便吗？我去你那儿拿东西。"

杨昭看了看表，正好是中午，她说："方便。"

陈铭生说："那我一会儿过去，大概半小时后到。"

"等等。"

"嗯？"

杨昭听着这轻轻的一声"嗯"，那声调好像通过话筒，直直地传入她的胸腔，带着她的心脏一起扑通扑通地跳动。

她对陈铭生说："正好是中午，我们一起吃个饭吧。"

说完，她静静地等着陈铭生的推托。

这一次，陈铭生静默了两三秒，低声答了一句："好。"

杨昭在听见那一声"好"的时候，轻轻地低下了头。

她回想陈铭生的容貌，想着他淡笑的神情，她觉得那简简单单的一声"好"里有些让人禁不住松下肩膀的东西。车里浓浓的烟味，好像也没有那么呛了。

电话另一边，陈铭生接着说："地点你定吧。"

杨昭想了想，说："你现在在哪儿？"

"在家。"

"那就去你家附近吧。"

陈铭生停了一会儿，又说："你那儿离我家不近吧，方便吗？"

杨昭抿了抿嘴，说："没事，反正也开车。"

说完，她听见电话那边一声轻轻的笑。杨昭心里一跳，那一日陈铭生垂眉低笑的神情浮现在眼前，她说："你笑什么？"

陈铭生说:"没什么。"

他的语调很轻松,杨昭皱了皱眉,说:"你笑什么?"

陈铭生又笑了。

"不好意思杨小姐。"陈铭生说,"我不是有意的,我只是觉得……"他说了一半,顿了顿。

杨昭问:"觉得什么?"

电话里又静了一会儿,杨昭看了一眼车窗外。杨锦天的高中位于市中心,车流量很大,十字路口一个绿灯亮起来,大批的车辆行驶过来。

杨昭看着一辆一辆车开过去,静静地等着陈铭生的回答。

"没什么……"陈铭生低声说。

杨昭把车座往后调了调,仰头躺在上面,又问:"你觉得什么?"

"你是不是所有问题都要问出答案来?"

杨昭看着灰色的车顶,说:"也不都是。"

陈铭生说:"你什么时候到?"

杨昭见陈铭生不回答,也不再追问,她看了一眼表,说:"四十分钟以后吧。"

这时路旁行驶过一辆货车,鸣了一声笛,陈铭生在电话另一边问:"你在外面?"

"嗯。"杨昭答了一句,又说,"我在我弟弟的学校。"

陈铭生说:"在哪里?"

杨昭说了地址,陈铭生:"那离得更远了,要么挑一个折中的地方吧。"

杨昭说:"不用,你等着我就行。"

陈铭生说:"那好。"

两人都无言了片刻,陈铭生开口:"那就这——"

"这是你的号码吗?"杨昭打断陈铭生。

"是。"

杨昭说:"你等着我吧,我到了给你打电话。"

"好。"

她说完就要挂断,陈铭生在那边忽然道:"你设导航的时候,直接设置凌空派出所,那条路最近,也正好路过我家门口。"

杨昭没说话。

陈铭生犹豫着说:"你会使用导航吧?"

杨昭吸了一口气,平静地说:"会,等会儿见。"说完,她没再等陈铭生回话,直接挂断。挂断之后她把手机丢到副驾驶的位置,坐直身体,盯着车上的导航仪，面无表情。

不就是上次定位的时候慢了一点嘛……杨昭伸出手指，戳了戳导航仪，在上面输入凌空派出所。

导航成功。

"呵，这么简单。"杨昭冷笑一声。笑完又觉得自己太傻，摇了摇头。

她看见被丢在一旁的手机，拿起来，查看通话记录，一串数字安安静静地躺在屏幕最上方，她手指在那串号码上长长地按住，然后在跳出的页面上选择"新建联系人"，输入"陈铭生"，完成。

杨昭打开通讯录，点字母C，陈铭生排在很后面。杨昭想重新输一个名字，让他排得稍稍靠前一点，但想了许久都没有想出来。她不是一个擅长开玩笑的人，她的手机里所有的联系人都是本名，没有一个昵称。

杨昭想了一会儿，最后还是放弃了。

就这样好了。

开到陈铭生家附近的时候，已经快一点半了，她正准备找地方停车，就看见一个小路口里，陈铭生正在路边抽烟。

那个路口很窄，是直接从小区里通出来的，勉勉强强能过一辆车。路口也很深，道路两边种着杨树。

杨昭看见陈铭生的时候，他还没有注意到她，嘴里叼着一根烟，正看着路边发呆。陈铭生穿了一件白T恤，衣摆别进裤子里，外面套了一件浅灰色的外套。

杨昭再一次觉得，陈铭生的身材，是真的很不错。

当然了，抛开那条腿不算的话。

杨昭的目光不由自主地看向陈铭生的那条腿。右腿的裤腿并没有改过，陈铭生只是把裤腿折叠起来，最后塞进背后的腰带里。他的拐杖就在身边，胳膊半搭在上面，不时弯过手肘，取下嘴里的烟，轻弹烟灰。

他站得很稳。

杨昭觉得自己总是莫名其妙地被陈铭生的那条腿吸引，那份缺失让他看起来很脆弱。但杨昭知道，他并不是脆弱的人，他与这个词半点关系都没有。

这种极致的矛盾落在杨昭的眼里，就成了一种难言的性感……

没错，性感。

陈铭生很快注意到了杨昭的车，他掐灭烟，站直身体看着她。

杨昭在路口把车掉头，开到陈铭生身边。

她按下车窗。

"你怎么在外面等？"

陈铭生低头，看着杨昭笑了笑，低声说："你开车可真够慢的。"

杨昭又一皱眉，"慢？"她看了一眼表，一点半。

她从车里往外看，"你觉得慢吗？"她看着陈铭生，一脸严谨地说，"我是从市中心过来的。"

陈铭生看着杨昭认真地跟自己说明实验中学的地址，忍不住转头看了看路边的树坑。

杨昭解释完，对陈铭生说："上车吧。"

"嗯。"陈铭生打开后座门。

杨昭说："坐前面吧。想去哪儿吃饭？"

"你想吃什么？"

"随意。"

陈铭生想了想，说："你找个想吃的吧，这顿我请，算是谢谢你那天的帮忙。"他说的是杨昭陪他去康复中心的那天。

杨昭没有拒绝，转头问陈铭生："你饿吗？"

"饿。"

杨昭说："那就找个就近的地方吧。"

说完，陈铭生以为杨昭要开车了，但他等了一会儿也不见车动，于是看了杨昭一眼，发现杨昭也在看着他。

"怎么了？"

杨昭说："安全带。"

他有点不知道该说什么，默默地系好安全带，杨昭才开车。

陈铭生住的这片儿没有什么像样的餐厅。杨昭也不在乎，她在路边找了家家常菜馆，问陈铭生："这里行吗？"

陈铭生有点意外。

他认识杨昭也没几天，除了一些稀奇古怪的事情外，杨昭给他的第一感觉是个有钱人。

看车就知道了，捷豹 XJ，5.0L 手自一体，少说也得两百万——虽然被她开得有点憋屈了。

还有他当初避雨的偌大公寓。另外，虽然陈铭生不怎么熟悉牌子，但他也看得出杨昭穿的衣服虽然样式简单，但绝不是普通的地摊货。

总之，杨昭里里外外看起来都不像是能进十几平方米的"二姐饺子馆"里吃午饭的人。

杨昭停好车，陈铭生从车后座拿了拐杖，拄着进了店。刚好还有一处空桌，正好两个人面对面坐。

店里地方小，客人坐得又随意，陈铭生绕了几个人才到座位上。他少了一条腿，十分惹人注意，屋子里的人都有意无意地瞄了过来。

杨昭趁着服务员拿菜单的时候转头看了看周围，对陈铭生说："这里好像有很多出租车司机。"

"嗯，这家店便宜，位置也比较好，中午有不少司机来吃饭。"

"你也来过？"

"来过。"

杨昭想象了一下，然后说："也是中午跟着大家一起来？"

陈铭生随手解开领口的一颗扣子，活动了一下脖颈，道："我怎么跟着一起来？"

"嗯？"

陈铭生抬眼看了杨昭一眼，似笑非笑道："被你一个看出来都这样了，我还跟一群人一起吃饭，这活就别想再干了。"

杨昭抿着嘴，定定地看着陈铭生，陈铭生被她盯得有些发毛，刚要开口，她便说道："我不是真的威胁你。"

陈铭生顿住。

杨昭说："可能你不信，但当时我只是想让你上去避雨。"

陈铭生微微低下头，低声说道："我知道，开个玩笑而已。"

服务员拿着菜单过来，杨昭小声问陈铭生："这里吃饭能行吗？会不会有人认出你？"

陈铭生接过菜单看了看，一边说："没事，没有认识的人。"

他也懒得解释他们公司有固定的餐饭点，基本没有人会自己花钱吃午饭的。

陈铭生看着菜单，发现杨昭许久没动静，他从菜单里抬起头——杨昭今天穿了一件黑色的针织衫，看起来很素气，她的腰板挺直，手规规矩矩地放在自己的腿上。看见陈铭生抬头，她的身体微微前倾，似乎是怕对话被人听见。

杨昭的眉头轻蹙着，她一本正经地小声对陈铭生说："不保险，快吃。"

陈铭生点了三盘猪肉白菜汤饺，又点了盘软炸里脊和一盘酱牛肉，然后问杨昭还有没有要的。杨昭想了想，说："要个地三鲜。"

点完了菜，两个人面对面坐着等。

店里面吵吵嚷嚷的，显得他们之间更安静了。

陈铭生本来在盯着桌子上的酱油罐看，偶然一抬眼，发现杨昭正直勾勾地看着他。陈铭生说："怎么了？"

杨昭摇摇头，她说："我从实验中学直接过来的，你的腿还在我家，等下去拿。"

"我的腿……"陈铭生笑了一声,手里拎着桌上的调味瓶,有一下没一下地晃动。

杨昭说:"等下我回去拿。"

"不用麻烦了,我开车去吧。"

杨昭往下瞄了一眼,好像透过桌子看见陈铭生的腿一样:"你这样,开车被抓了怎么办?"

陈铭生不知想到什么,轻扯嘴角,说道:"你也知道我这样会被抓了?"

杨昭哑口无言。

这时候菜上来了,陈铭生倒了半碟酱油,然后将瓶子递给杨昭,杨昭接过来也倒了一点。

陈铭生吃东西很快,一个饺子吹温了一口下去,他这边吃了半盘子了,一抬眼发现杨昭的盘子里还一个没动,他问杨昭:"你不喜欢吃?"

"对不起,我道歉。"杨昭说。

陈铭生又蒙了:"什么?"

杨昭正襟危坐,又说了一遍:"对不起,我道歉。之前做的事情确实有欠考虑。"说完,她朝陈铭生低下头。

陈铭生的筷子里还夹着一个饺子,就那么定在半空中,酱油顺着饺子皮慢慢滴下来。

"没事。"陈铭生说。

杨昭点点头:"谢谢你的原谅。"

陈铭生默默地把手头的饺子吃下去,什么味道都没吃出来。

他们吃完了饭,陈铭生买单。

"一共是六十三。"

陈铭生掏钱。其实他觉得这顿饭算不上请,就算他是个开出租的,没什么钱,这饭也有点儿寒酸得过头了。而且这桌子上的菜基本进了他的肚子,杨昭只吃了三个饺子就放下筷子了。

他觉得杨昭或许不饿,但更有可能的是,她的确不愿意在这样的小饭馆吃,选了这家,完全是在迁就他而已。

想到这,陈铭生只能在心底微微苦笑。

"你等我一下。"杨昭说,"我去把车开到门口。"

陈铭生说:"一起去吧。"他挂着拐杖站起来,跟着杨昭出了店门。

"杨小姐,你把我放到七马路路口就行,我的车停在那儿。"陈铭生说。

"你要开车?"

"我跟着你去拿。"

"你这样……"她没说完，但目光已经瞄到了陈铭生的腿上。陈铭生站着没动，说："没事，不拉人就行了，谁没事儿会扒着窗户往出租车里面看。"

杨昭点点头。

陈铭生开着自己的车，跟在杨昭后面。

他再一次切身体验了杨昭的车开得有多慢。每过一个红绿灯，离着还有好几十米，她就开始减速，而且减速减得相当之慢，就算是绿灯也如此。在没什么人的道上，她开得跟在闹市区差不多。

陈铭生摇开了窗户，点了一根烟，胳膊肘搭在车窗上，看着前面那辆银白色的捷豹以一种近乎龟爬的速度慢慢往前蹭。

忍了一个小时，终于到了杨昭家，陈铭生长长地舒出一口气。

杨昭让陈铭生把车开到自家楼下，然后敲陈铭生的车窗，说："上来坐会儿吧。"

陈铭生第一反应就是开口拒绝，但他侧过头，看见车窗外杨昭弯着腰看着他，脸上还是那副清清淡淡的神色，鬼使神差地，他答应了下来。

这已经是他第三次来杨昭家了。

进了屋，杨昭跟陈铭生说："不用脱鞋了，你先坐，我去给你拿东西。"说完她进了书房，陈铭生看了看光洁的地板，最后还是坐在门口，把鞋脱了。杨昭出来的时候，正看见陈铭生拄着拐杖重新站起来。

她过来扶了他一下。

"谢谢。"

陈铭生看向杨昭手里，她怀里抱着的正是他的大腿假肢。

陈铭生莫名有点尴尬，就好像真的是自己身体的一部分被杨昭抱在怀里了一样。

杨昭从柜子里给陈铭生拿了一只拖鞋。陈铭生看着她弯着腰，把拖鞋放到自己的脚边，在杨昭抬起头的时候，陈铭生移开了目光。

"进来坐吧。"

"谢谢……"

陈铭生坐在客厅的沙发上，杨昭说："我帮你倒点水。"

陈铭生说："你会用厨房了？"

杨昭扭过头，看见陈铭生坐在沙发上看着自己，脸上的神情三分认真、七分调侃。杨昭觉得自己的脸慢慢有些红了，她不知道是窘的，还是气的。

"当然会用。"杨昭说，在走向厨房的路上，她又想到什么，转过头，郑重地说，"导航也会用。"

陈铭生看着杨昭的背影消失在视线中，这回他是真的没忍住，笑了出来。

杨昭很快烧好了水，端了过来。陈铭生看着她手里的托盘，又看了看那两个杯子——杯子款式实在是老，就跟二十世纪九十年代老学究用的茶缸一样，跟整个房间格格不入。

这两个杯子是杨昭新买的。前几天她去超市买水果，看见有卖这种热水杯的。她在杯子前站了很久，这白缸蓝边的杯子总让她想起那个有些老土的司机，在看了十几分钟后，她把它们买了回来。

陈铭生喝了一口水，杨昭说："你要不要检查一下？"

"嗯？"

杨昭指了指靠在沙发上的假肢，陈铭生看了一眼，有些疑惑地说："检查什么？"

杨昭说："走之前你检查一下，或者穿戴一下，看看有没有什么问题。"

陈铭生还是不太明白："能有什么问题？"

"我也不知道。"杨昭说，"我拿回来后并没有动它，但是也保不齐路上磕碰过，你还是检查一下，如果有问题我赔偿给你。"

陈铭生注视杨昭半晌，觉得她不是在开玩笑。他放下水杯，把假肢拎过来，单腿站了起来。

陈铭生扶着假肢里外看了看，对杨昭说："上次……应该还有个绷带套吧？"

"啊，对的。"杨昭想起来了，连忙站起身，"有的，你等下。"她回到屋子里，过一会儿，陈铭生看见她拿了一个叠好的绷带套过来。

"刚刚忘记了，给你。"

陈铭生接过来，看着手里干干净净的绷带套："你洗过了？"

"不能洗的？"

"没事。"

陈铭生拉了几下绷带套，杨昭看着他，说："你不穿上吗？"

陈铭生顿了一下，说："不用了吧。"他拉扯了一会儿，把假肢放到一边。

杨昭说："没问题？"

陈铭生笑了："能有什么问题。"

杨昭一边点头，一边说："没问题就好。"

下午的阳光从落地窗外照进来，十分柔和。杨昭坐在沙发上，手里捧着那个老式茶缸。陈铭生看着她，问道："杨小姐，你是做什么工作的？"

杨昭看着陈铭生，说："叫我杨昭。"

"杨昭。"

杨昭喝了一口水，说："我没有固定工作，偶尔接一些艺术品修复的活儿。"

"艺术品修复？"

"嗯，你知道这行吗？"

陈铭生摇摇头："我不懂。"

"就是修补些字画或者瓶瓶罐罐。"

陈铭生笑了："瓶瓶罐罐？"

杨昭看着陈铭生，阳光照在他的侧脸上，他的笑容很平淡。她放下茶缸，跟陈铭生说："你跟我来。"

陈铭生一挑眉，站了起来："去哪儿？"

"楼上。"

杨昭领着他进到自己的工作室。

陈铭生第一次来杨昭的工作室。整间工作室都打通了，只有洗手间被隔开。

工作室中央放着两张长桌，上面铺着平整干净的白布，其中一张桌子上摆着一个小型的密码箱。

在桌子不远处，有一个洗手台，杨昭走过去，仔细地消毒洗手，然后戴上薄手套，将密码箱打开。

她看了一眼陈铭生，奇怪地说："你站那么远干什么？"

陈铭生犹豫了一下，说："我也洗手？"

"不用，你不要碰到就行。"

"嗯。"

说完，杨昭静了一会儿，陈铭生有些奇怪之际，看见杨昭又抬起头，陈铭生与之四目相对，听见她说："碰到也没事，影响不大。"

陈铭生反应了半天，意识到这可能是杨昭觉得刚刚说话说重了，在进行弥补。

他看着半低着头整理箱子的杨昭。他个子比杨昭高很多，站在杨昭身边，杨昭不抬头就看不见他的神情。

陈铭生就在这空闲的间隙里，轻轻地笑了。

那天，杨昭和陈铭生聊了很久。

杨昭给陈铭生看那只陶碗，问陈铭生好不好看，陈铭生看了许久，最后摇摇头，说："不太好看吧。"

"哪儿不好看？"

"没花纹。"

杨昭把陶碗放回密码箱里，又带着陈铭生参观她的工作室。

杨昭的工作室很讲究，不管是布局还是设备，都规整素净、井井有条。转了一圈后，杨昭与陈铭生回到楼下的房间。

已经傍晚了。

陈铭生说:"时间不早了,我先走了。"

杨昭看了看表,说:"好,我送你。"

"不用了。"

说完,他拿起竖在桌边的假肢,也没穿戴,稍折了一下拎在手里。杨昭送他到了电梯,陈铭生看了看杨昭,说:"就到这儿吧。"

杨昭点点头。

陈铭生站在她的身边,杨昭看着地上被廊道灯光映照的淡淡的影子,开口说道:"陈铭生,下次我再找你。"

"叮"的一声,电梯刚好到达,陈铭生拄着拐杖走进去,转过身时,杨昭怔怔地看着他。

电梯门关上。

他没有回答。

一直到楼下,陈铭生推开单元门,一步一步地来到自己的出租车边。他打开门,把假肢放到后座上,等他回到驾驶位,刚刚发动汽车的时候,看见另外一辆车开了过来。

陈铭生将车侧过来一些,给后面的车让开路,但那辆车并没有开过去,而是停在了单元门的旁边。

陈铭生倒车离开,最后的一刻,他瞄了一眼后视镜。那辆银灰色的保时捷里下来一个西装笔挺的男人。

杨昭听见敲门声的时候,以为是陈铭生回来了。

"你忘记拿什……"她话刚问到一半,就看见了门外的人。

"薛淼?"杨昭有些惊讶,"你怎么来了?"

薛淼看起来精神不错,一双眼睛亮晶晶的,他从怀里变出一枝花来,递给杨昭,笑着说:"惊喜。"

杨昭看着薛淼,平淡地评价道:"轻浮。"

薛淼扒着门边,低头看着杨昭,说:"不请我进去?"

杨昭也懒得理他,转身进屋,薛淼跟在她身后。

杨昭从冰箱里拿出一瓶矿泉水,摆在桌子上,薛淼见了,皱着脸说:"小昭,我远道而来,你就这么招待我,真是狠心。"

"你这次要待多久?"

薛淼坐在沙发上,松了松领口,说:"你想让我待多久?"

"东西我需要再收个尾,你等一等,明后天就可以拿走了。"

薛淼歪着头:"听起来,好像是'拿了东西就快走'的意思。"

"差不多。"

薛淼仰头枕在沙发上,叹气地说:"残忍。"

杨昭坐在他对面,没有说话。

薛淼躺了一会儿,还没有要起来的架势,杨昭站起身,走到他身边。

"你睡着了?要睡就进屋去……"

杨昭话说了一半,薛淼的手忽然抓住她的胳膊,微一用力,杨昭毫无防备,直接倒在了薛淼的身上。

杨昭动了动,没有挣开。

"薛淼,松手。"

薛淼低下头,杨昭能感觉到自己的发丝因为薛淼的靠近,一点点地压下。

"薛淼。"杨昭再开口时,话中已经带着警告的意味。

薛淼低声说:"小昭,我和她又吵架了。"

杨昭淡淡地吸了一口气,说:"松手。"

薛淼轻轻放开杨昭,杨昭站起身,从桌上拿了包烟,点了一根。

薛淼皱眉地看着她,说:"女人不要抽烟。"

杨昭看都没有看他一眼,两指夹着烟,说:"你是男人,不也不抽烟?"

"我要为我的健康着想。"

杨昭轻笑了一声,坐到沙发对面。

薛淼透过朦胧的烟雾,静静地看着杨昭的脸。

过了一会儿,杨昭在桌上的烟灰缸里弹烟灰,无意道:"你看什么?"

薛淼摇摇头,他的目光移到茶几上,那里放着一本书。薛淼拿起来看了看,是一本历史学的书籍,他翻开几页,刚好看见一句话,便随口念了出来:"历史是模糊的,就像是人的灵魂,一半真实,一半虚假,一半存活于梦境,一半扎根于现实……"

杨昭听到这句话,慢慢地眯起眼睛。

"没错。"薛淼合上书,笑着说,"一半是现实,一半是梦境。"

杨昭抬眼,在那个瞬间,薛淼的笑容显得格外俊朗。她突然想到了另外的事情。

人的渴望——女人的渴望,是不是也分成两半?

像薛淼这样的男人——成熟、英俊、幽默、多金,他是所有女人的梦。

她感觉到浓烈的烟草味充斥着自己的肺腑,她想起了另外一个人。

"小昭……"

等杨昭回过神,便看到薛淼默默地看着自己,他轻声道:"你刚刚在想什么……"

烟燃尽了，杨昭把烟头压灭："没什么。"

薛淼看着杨昭，说："我跟我的妻子吵架了。"

"你刚刚已经说过了。"

"小昭，我不愿再忍耐了。"

"忍不忍都是你自己的事情。"

薛淼忽然笑了，他揉了揉自己的太阳穴，微显疲惫地说："好的，好的，都是我自己的事情。"

杨昭站起身，说："你拿走东西，我就要开始休假。两个月的假期，我们之前谈好的。"

听到杨昭要休假，薛淼一改之前的哀伤，一个打挺站了起来："你现在就要休假？"

"没错。"

薛淼伸出三根手指，说："过了秋拍再休怎么样？我给你加三成奖金。"

没有讨价还价的余地，杨昭说："不行，我们说好的。"

"哦，小昭……"薛淼长长地一叹气。

杨昭凝眉说道："这是之前说好的，两个月的假期。"

薛淼说："只为了你弟弟？"

杨昭一顿，没有说话。

薛淼没有注意到她的停顿，他摊开手掌，说："小昭，过度的监管对小孩没有任何好处。"

"那是我家的事情，你不需要参与。"杨昭说着，挑了一下眉，语气清淡地道，"我想，你已经自顾不暇了。"

薛淼屡说未果，最后失望地去洗澡了。

杨昭把薛淼安排到客房休息，自己回到房间。

她躺在床上，回想这一天的事情。陈铭生的容貌总是不知不觉地浮现在她的脑海，杨昭拿来手机，找到他的号码。

她想了想，编写了一条短信——陈铭生，我是杨昭。

发完短信，杨昭把手机放到自己的枕头边。过了一会儿，手机振了一下，杨昭转身把手机拿到手里，上面显示"一条未读短信"。

杨昭点开，里面有三个字——我知道。

她看着这三个字，想象着它们从陈铭生的嘴里说出来的声调。

应该是平缓的，稍稍有些低沉的声音。

或者，杨昭想……也有可能是轻快的，那种他调侃她时所用的语气。

这是一种很奇妙的感觉，杨昭捧着手机，看着那简简单单的三个字。她第一次有这样的体验,她不知道要如何形容自己的感觉。

就像是她的期待,终于有了回应。

第二天薛淼就拿着陶碗离开了,在离开的时候,他留给杨昭一个礼物盒。

杨昭拿着盒子,问他:"这是什么?"

薛淼笑着说:"送给你的。"

薛淼走后,杨昭把盒子拆开,里面是一套翡翠首饰——项链、耳环、手镯和戒指。杨昭估算了一下这套首饰的价格,最后把它们锁在了保险柜里。

当天晚上,她去学校接杨锦天。

杨锦天平时住校,她找老师谈妥,暂时晚上接他回家住。

高三的学生晚自习要上到九点半,而且杨昭的公寓离实验中学不算近,等杨昭带着杨锦天回家的时候,已经快十一点了。

"把你测验的试卷给我看看,你去洗个澡休息吧。"杨昭对杨锦天说。

"试卷我都没带回来。"杨锦天说。

"小天。"杨昭站在客厅中央,风衣还没有脱下,她看着杨锦天,说,"别骗我,把试卷给我,你去洗漱睡觉。"

杨锦天低头皱了一下眉,把书包扔到沙发上,自己头也不回地进了洗手间。

杨昭自己翻出杨锦天的试卷,拿到书房的桌子上放好。然后进厨房,热了一锅奶。

等杨锦天洗完澡出来,杨昭把热好的牛奶倒进杯子里:"小天,你把这个喝了。"

杨锦天看了一眼就把脸转过去了:"我不喝牛奶。"

"喝牛奶有助睡眠。"

杨锦天不耐烦地说:"我都多大了还喝牛奶,要喝你自己喝。"

杨昭没办法,只能把杯子放到一边。

杨锦天坐在沙发上擦头发,对杨昭说:"我饿了。"

"什么?"

"我饿了,有吃的没?"

"我打电话帮你叫外卖,你要吃什么?"

杨锦天皱眉说:"几点了还叫外卖,你给我做点,下个面条就行。"

杨昭蒙了:"下面条?"

"嗯。"

杨昭拿起钥匙,说:"姐姐去给你买,你等着。"

"不用了。"杨锦天话音未落,杨昭已经出门了。

公寓周围有两家24小时开门的便利店,杨昭买了一份咖喱面,在店里热好了拿回来。

可等她到家的时候，杨锦天已经睡着了。

杨昭看了一眼倒在床上的杨锦天，又看了看手里的咖喱面，站了半晌，最后把面扔进了垃圾桶。

走进书房，杨昭把杨锦天的试卷按课程分好类，然后一门一门地看过去。

累了的时候，杨昭拿起桌上的手机，发了一条短信——陈铭生。

没过多一会儿，收到了回复——嗯。

杨昭想了想，继续发——你会做饭吗？

这次回复的时间长了一点——会，怎么了？

杨昭又发了一条——能不能教我？

杨昭把手机放到面前的桌子上，然后接着看杨锦天的试卷。过了好一会儿，她抬头，手机还是一点动静都没有，她想了想，觉得陈铭生拒绝了她。

杨昭放下笔，喝了一口水，然后继续看试卷。

就在她打算把手机扔到一边的时候，手机振了起来。她以为短信来了，可发现振动的声音一直都没有断。

是来电话了。

杨昭拿过手机，看着屏幕上显示的"陈铭生"三个字，缓缓按下接听。

"喂？"

"是我。"

"我知道。"

陈铭生顿了顿，然后说："你刚才说要学做饭？"

"嗯。"

"学做饭干什么？"

杨昭说："我把我弟弟接回家住了，晚上想给他做饭吃。"

陈铭生说："叫外卖好了。"

"他不喜欢外卖，而且……"杨昭说着，停了一下，接着道，"而且，我想自己给他做。你能教我吗？"

杨昭说完，听见电话那边一声轻轻的响声，像是打火机的声音。陈铭生似乎是点了一根烟。

"你家里没有人会做饭吗？怎么要我教？"

"我想跟你学。"

陈铭生没有说话，杨昭又说："我可以付给你学费。"

陈铭生低声说："多少钱的学费啊？"

杨昭还真的认真想了想，然后说："学一道菜，两百块钱，你觉得行吗？"

陈铭生没忍住，在那边轻笑出声。杨昭听着那低低的、短促的笑声，觉得贴着手机的脸越发热了起来。

"陈铭生，你别笑。"

陈铭生吸了一口烟，说："好，不笑。"

"那你同意吗？"

陈铭生淡淡地说："同意什么？"

教做饭。

杨昭本来打算脱口而出的话，到了嘴边硬是卡住了。她感觉到一股莫名其妙的羞耻，深呼吸，还是没有任何改变。

"嗯？"陈铭生没有听到杨昭的回话，问了一句，"同意什么？"

杨昭清楚地听出了陈铭生的放松，这种放松与她目前的情况形成了鲜明的反差，杨昭觉得自己处于下风。

她推了一下书桌，站了起来，来到窗台边。

窗外是浓浓的夜，只闪着几家灯火，低述着未眠人的故事。

"陈铭生。"杨昭抱着手臂，静静地看着窗外，"你是不是在笑话我？"

陈铭生在那边毫无迟疑地"嗯"了一声。

杨昭觉得自己的脸瞬间就像是烧着了一样，热到发烫："陈铭生！"

电话那边又是一阵低低的笑声，陈铭生开口说："杨小姐，别发火。"

杨昭缓和了一会儿，说："叫我杨昭。"

"你这个时候都不忘……"陈铭生简直是认了，说，"嗯，杨昭。"

杨昭没说话，她看着窗户外面的一只小虫子，沿着玻璃缝没有方向地爬来爬去，好像入了迷。

"你……"杨昭许久没说话，陈铭生犹豫地说，"你生气了？"

杨昭目光移开，陈铭生又说："我只是开个玩笑，你别在意。"

杨昭听着他的话，敏感地察觉到自己好像从那个毫无还手之力的不利位置爬出来了。她换了一只手拿电话，依旧没吭声。

"杨昭？"陈铭生叫她，"怎么不说话……真的生气了？"

杨昭仔细地听着。

陈铭生又等了一会儿，见杨昭还没回话，开口道："那就先这样了，我挂了。"

杨昭忽然说："我没生气。"

陈铭生忍着笑："嗯。"

那一刹那，杨昭知道自己又掉回了刚刚那个不利的大坑里，这次再也爬不出来了。

"你想学做什么菜?"

"什么都行,适合孩子吃的。"

"你弟弟就是上次那个?"

"没错,就是被你打了的那个。"

陈铭生低笑一声,说:"我可没动他。"

杨昭皱眉,说:"没动他?要不要给你看看验伤证明,软组织损伤,我完全可以告你。"

陈铭生没有说话。

杨昭马上意识到自己说重了,她微低下头,说:"我……"

"我真的没有动他。"陈铭生低声说,"当时我只是扣住了他的手腕,是他自己挣脱时磕在车上了。"

"不说这个了。"杨昭说。

陈铭生"嗯"了一声,说:"下次……我是说等你想学做菜了,就联系我。"

杨昭说:"你都什么时间上班?"

陈铭生说:"车是我自己的,什么时间都可以。"

"那,那明晚行吗?"

"可以,具体什么时间?"

"小天晚上九点半放学,我晚上八点多要去接他。"

"那就晚上六点好了,我去找你。"

我去找你——这四个字让杨昭有了一种奇妙的感触,她莫名地弯了弯嘴角。

"好。"

"那……我先挂了。"

"嗯。"

"晚安。"

杨昭放下电话,又站了一会儿,才回到书桌边接着看试卷。

第二天早上,杨昭五点钟爬起来去给杨锦天买早餐。杨锦天醒来后,看见客厅摆放好的餐具,没有说话。

杨昭说:"小天,坐下吃饭。"

杨锦天说:"我早上吃不下……"

杨昭买了豆浆、油条、米饼和咸豆花,她看着杨锦天干巴巴地坐在凳子上,也没动筷子,说:"为什么不吃,不喜欢?"

杨锦天摇摇头,夹起一根油条,吃了起来。

吃过早饭,杨昭送杨锦天上学。

车上,杨昭同杨锦天说:"小天,以后把每天在学校做的试卷拿回家。"

杨锦天说:"干什么?"

杨昭说:"我要看。"

杨锦天皱着眉头,看着窗外。杨昭侧眼:"小天,姐姐昨天看了你的试卷,你的基础是有的,只是解题的技巧和方法没有掌握,想要补的话会很快。"

杨锦天嘴巴紧闭成一条线,杨昭又说:"补习课程从数学入手,你的数学基础最——"

"我考不上大学就这么丢你的人吗?!"

杨昭的话被杨锦天打断了。杨锦天转过头瞪杨昭,说:"我知道,咱们家都是名牌大学的毕业生,现在出了我这么个不长脸的,给你们丢人了是不是?"

杨昭没有回话,车里死一样的沉寂。

一到学校,杨锦天像逃一样地推开车门,杨昭才淡淡地开口:"小天,人生是你自己的,没有人会给别人丢人。"

杨锦天"嘭"的一声关上车门,头也不回地进了校园。

Chapter 3

# 泥沼・青春・难言之隐

杨昭把车开回家，看了一会儿书，觉得有些困了，躺到床上补觉。结果一觉睡到下午，电话把她叫醒了。

　　杨昭接电话的时候还迷迷糊糊的："喂？"

　　"你在睡觉？"

　　杨昭听出陈铭生的声音，她从床上坐起来："没有。"

　　陈铭生说："我已经到了。"

　　杨昭反应了一会儿，才想起来昨晚的约定，她看了看表，已经晚上六点了。

　　杨昭难得的有些慌乱："你……你到哪儿了？"

　　陈铭生说："你家楼下。"

　　杨昭从床上爬起来，来到窗边。

　　夕阳下，一个人影靠在一辆红色的出租车旁。

　　离得有些远，杨昭看不清陈铭生的脸，只能看到他的头顶，还有黑色的外套。他一手拿着手机，拐杖靠在一边。

　　蓦地，陈铭生好像意识到了什么，他抬起头。

　　杨昭看着他的面容，直直地落进眼帘，她也不知怎么了，忽然往后撤了一步，躲到了角落里。

　　手机里传来低笑，陈铭生说："你躲什么呢？"

　　杨昭也觉得自己有些莫名其妙，她说："你等我一下，五分钟。"

　　"好。"

　　杨昭放下电话，冲到洗手间，镜子里的女人一看就是刚刚睡醒，头发蓬蓬的，眼睛也没什么神采。

　　杨昭揉了揉脸，又拍打几下，洗好脸，然后从洗手台上的第一个瓶子开始，一罐一罐地用过去。

整理得差不多了，杨昭去衣帽间拿衣服。

时间紧迫，她本想拿一套运动服直接套上，但翻动衣服的时候，余光忽然扫见旁边挂着的一排裙子。

她忽然想起了第一次去见陈铭生时的情景。

她抿了抿嘴，最后挑了一件亚麻色的半身裙，上身穿了一件八分袖的薄毛衫。

冲下楼的时候，他还是刚刚那个样子，靠在出租车上，低头抽烟，他又没有穿戴假肢，拐杖靠在一边。听见声音，陈铭生抬起头。

他把烟夹在手里，冲她笑了笑，说："已经十五分钟了。"

杨昭来到他身边，还不住地喘着气。

陈铭生看她这个样子，问道："你跑下来的？"

杨昭说："电梯……电梯在六楼一直没动，我就走了楼梯……"杨昭的气息不匀，声音轻轻的。

陈铭生掐了烟，说："你急什么？"

杨昭说："我晚了。"

陈铭生直起身，拿过拐杖，说："我买了点菜，你看看够不够。"

他打开车门，从后座上拎了几个塑料袋，杨昭看了看，里面都是青菜。

杨昭说："我送你上去，我要去趟超市，很快就回来。"

"去超市干什么？"

杨昭觉得自己下午这一觉实在是太耽误事了，她低着头，说："没有锅，我去买锅。"

陈铭生无言以对。

杨昭抬起头，说："走吧，你先上楼休息。"

陈铭生说："一起去吧。"

"嗯？"

陈铭生垂眉看着杨昭，说："我陪你一起去。"

杨昭总算是缓了过来，她抬头看着陈铭生，觉得他的容貌在余晖下显得比平日柔和了许多。她慢慢点点头，说："好，那就一起去。"

杨昭带着陈铭生来到最近的一家超市，进门后她拿了个手提篮，陈铭生看了看，说："你还是推个车吧。"

杨昭说："用推车？"

陈铭生点点头。

事后证明，推车的建议是正确的。

杨昭买起东西来才发现自己的厨房缺的东西实在太多了。锅碗瓢盆、油盐酱醋，杨昭把一辆手推车装得满满的。

"够了吗？"杨昭问陈铭生。

那时，他们差不多已经逛了一个小时，陈铭生一直默默地跟在杨昭身后。

女人对逛街似乎有天生的才能，杨昭看着两个在陈铭生眼里没有任何区别的平底锅，过了足足十分钟才选了一个。

杨昭询问陈铭生的意见："哪个好？"

陈铭生只希望她快些买完，随手指了一个："这个。"

杨昭平淡地问他："哪儿好？"

陈铭生没话可说了。

于是杨昭似乎是明白了陈铭生并没有认真地给出意见，在下一个商品的选择上，她开始相信自己的判断。

所以，陈铭生吸取教训，在杨昭回头问出"够了吗"的时候，陈铭生故意停顿了一会儿，表明自己在思考，然后才点了点头："够了。"

杨昭很受用："那就这样吧。"

他们买好东西，最后出超市的时候有四个大袋子。陈铭生指了指袋子，说："我拎吧。"

杨昭给了他一个，陈铭生说："都拿来吧。"

杨昭说："这么多，你怎么拎？"因为陈铭生还拄着拐，只有一只手可以用。

"没事。"陈铭生伸出手。

杨昭认真地看着陈铭生，说："我再问一遍，你真的想拎吗？"

陈铭生笑了笑，说："嗯。"

杨昭就真的把所有的袋子都给了他。陈铭生左手提了三个，右手三根手指钩住一个袋子，拇指和食指用来拄拐。

杨昭同他一起回家。陈铭生走在她身边，一路上速度平缓，不快也不慢。

回到家，陈铭生把袋子放到厨房，杨昭进屋换了一套衣服。出来的时候对陈铭生说："洗手，我们做饭。"

陈铭生点点头。

厨房里，陈铭生帮着杨昭把饭锅拆封，放好。杨昭则是在一旁仔细阅读说明书。

她看得太认真了，以至于陈铭生摆放好了锅碗，她都没有察觉。

过了一会儿，杨昭看完了说明书，抬起头来——陈铭生靠在对面的厨台上，**静静地看着她。**

他的脸上没有多余的表情，没有考究，没有笑意，他就那么静静地看着她。

走了那么久，他却没有什么变化。他或许有些累，或许完全没有感觉，杨昭无从判断。她只能看见他漆黑的眼睛，还有利索的短发。

她看见他缺失的腿，裤腿压在厨台上，堆起繁复的皱褶。他剩下的肢体并不瘦弱……陈铭生穿着一条灰白色的长裤，杨昭看着那一截躯体，她能感受到它依旧有力。

杨昭的心不可抑制地快速跳动起来。

她再抬眼，陈铭生依旧在深深地看着她。

太阳已经落下了，可天地间又分明还剩一丝红光。厨房里安安静静的，陈铭生微微低头，眼光无声无息。

那份沉郁的感觉越发明显了，压得杨昭透不过气。

"如果你向往的方向是一片黑暗的泥沼，你还会不会往前走？"

杨昭站起身，陈铭生的胸口微微一动，他的目光一直追随着她。

杨昭走到他的面前，抬起手臂，踮起脚尖，将陈铭生牢牢吻住。

她用那修复精美艺术品的双手捧着男人的脖颈。她感觉到手指下的肌肤，感觉到指尖与发根摩擦的触感，感受到唇齿相贴的轻柔。

"我会继续，继续往前走。"杨昭想。

"因为那片泥沼，是那么安静，那么温柔。"

陈铭生抱住杨昭，将她紧紧贴在自己的身上。温热的身体让杨昭忍不住喘息，他的手干燥而有力，抱着杨昭纤细的腰，吻得她背脊战栗。

杨昭抬起脸，抬头看着他。

她刚刚回家的时候将脸上的妆都洗掉了，清淡的眉眼映着他的容貌。杨昭第一次这么近地看他，她对他说："去屋里……"

杨昭没有让陈铭生拿拐杖，她扶着他到了卧室。

没有开灯，杨昭将陈铭生推倒在床上，欺身上去，再一次亲吻他的唇角。

陈铭生忽然拉住她的手腕，声音低沉嘶哑："你想好了……"

杨昭没有说话，直接用行动表示了自己的回答。

陈铭生猛地一翻身，将杨昭压在身下，他一手撑在杨昭的脸边。

杨昭看着陈铭生，他的额上显出丝丝的青筋，胸口一起一伏，目光中似有无数要说的话。而最后，他嘴唇轻颤，也只道出一句："杨昭，你别玩老子……"

杨昭抬手："快点，我还要接小天放学。"

陈铭生看着杨昭，半晌，终于笑了一声。

杨昭在黑暗中摸上了他的那截断肢。

第一次看到它时，陈铭生在病中，那时的腿红肿不堪。

如今呢……

陈铭生忽然顿住了。

杨昭看着那截腿，它在她的手里。

就像她之前想的一样，陈铭生的断肢并不瘦弱。

它像一个独特的个体……杨昭心想，它里面的生命活力健壮，可它被困在了这短短的一截皮肉里。而这条细长的伤疤就像是一扇关紧的门，把美好的一切全部关在了门的另一边。

或许是被碰得有些痒，陈铭生微微动了动。

它动了的一霎，杨昭就像是触了电一样，一瞬间浑身丝丝麻麻。

陈铭生低头看她，说："吓着你了？"

杨昭迎着他的目光，说："你开什么玩笑……"

这是一次无法形容的云雨。

杨昭从来没有过这种体验，她一只手抱着陈铭生的背，另外一只手慢慢向下，一直抚到他的断肢。

她一遍又一遍地体验那种戛然而止的矛盾感，她沉醉不已。

她享受他的身体，享受他的汗水，享受他的灵魂。

他似乎为她打开了一道门，门的那边，晦暗、孤寂。没有鲜花掌声，没有美酒佳肴。但是，那边却有一些，更为真实的、更为原始的东西。

最后那一刻，杨昭紧紧抱住陈铭生。

她想到了莫迪里阿尼的女人画像，那种在纯色中添加黑色形成了暗色，再加上平淡的灰色所形成的色调。

简单的构图，朴素的笔触……还有那强烈的、个人色彩的、情爱主义画面。

陈铭生时间掐得很准，还给杨昭和自己留出了一根烟的空闲。

他们躺在床上。

落地窗外，街道上车辆通行，偶尔传来几声鸣笛。杨昭躺在陈铭生的胳膊上，屋里安静极了。

杨昭手夹着烟，微微转过头，看到陈铭生的下巴，她问他："你在想什么？"

陈铭生摇摇头："没什么。"

杨昭又躺了回去。

她的长发散在陈铭生的身上，让他有些微微的茫然。

这一根烟的时间，格外漫长。

杨昭和陈铭生都静静地看着黑暗中的火星轻轻燃起，又淡淡熄灭。一次又一次，一遍又一遍。

最后，烟终于尽了。

杨昭对陈铭生说："我要接小天了。"陈铭生点点头，他先一步下床，单腿跳了两下，捡起一旁的衣服穿好。

杨昭坐在床上看着他，说："陈铭生。"

陈铭生抬起头："怎么了？"

杨昭像是忽然想起什么来，定定地看着陈铭生，说："菜怎么办？"

他来这儿是因为杨昭叫他教她做饭，但是现在好像……

"等下你弟弟回来要吃吗？"

杨昭："嗯，他们在学校下午五点多吃饭，回家差不多要晚上十一点，会饿。"

陈铭生说："要不买点现成的？"

杨昭低头不语。

陈铭生看着杨昭，说："要么，你去接他，我帮你把饭做好再走。"

杨昭抬头："可以吗？"

陈铭生说："可以。"

杨昭想了想，说："就这样。"

陈铭生说："用锁门吗？"

杨昭走进洗手间，说："不用，那门是密码锁，自动锁的。"

陈铭生穿好衣服，靠在椅子上休息了一下。他看着外面的灯火，听着洗手间里的淋浴声，一时无言。

杨昭接回杨锦天的时候，陈铭生已经离开很久了。

她打开房门，目光不由自主地看向客厅的桌子，上面摆了三盘菜。杨昭走过去，看见一盘青椒土豆丝、一盘糖醋排骨，还有一盘凉拌莴笋。

杨锦天脱了鞋进屋，看到桌上的饭菜，稍稍有些惊讶："姐，你做饭了？"

"啊？"杨昭转头看着杨锦天，杨锦天有些诧异，"怎么了？"

"没什么。"杨昭不想说谎，又不想让杨锦天知道陈铭生的事情，她对他说，"小天，先吃饭吧。"

"嗯。"杨锦天今天很给面子，洗了手，坐到桌子边上。他问杨昭："姐，没有米饭吗？"

"米饭？"杨昭依旧有些茫然，"我去帮你看看。"

杨昭回到卧室，发现被子已经叠好了。她走到房间角落里，悄悄拿出手机，给陈铭生打了电话。

响了几声，陈铭生接了："喂？"

杨昭压低声音："陈铭生，是我。"

陈铭生："我知道。"

杨昭接着说："你做饭了吗？"

陈铭生说："我放在桌子上了。"

"不是，我是说米饭。"杨昭说。

"哦，也做了。"陈铭生顿了一下，轻笑着说，"你都不去看看电饭锅吗？"

她觉得今天晚上自己简直蠢透了。

杨昭挂断电话，埋怨自己一样地皱了皱眉，回到屋子里。杨锦天在啃排骨，他抬头看了一眼杨昭，说："没有饭？"

"有的，你等等。"杨昭去厨房，打开电饭锅，里面冒出热腾腾的水汽，一股米香味飘出来。杨昭给杨锦天盛了一碗饭，端出来。

当天晚上，杨锦天把桌上的排骨一扫而光，然后洗澡睡觉。

杨昭给他照顾妥当后，自己也盛了半碗饭。

杨锦天挑食挑得厉害，青椒土豆丝整盘都没动一下。杨昭夹了一口放在嘴里，菜已经有点凉了。

杨锦天已经睡着了，屋子里一片寂静。杨昭看了一眼表，晚上十一点半了。

那根短短的时针在她的眼中慢慢回转，她想起四个小时前……

杨昭拿出手机，看了半天，也不知道自己要做什么。

这样不行……杨昭告诉自己，这样不行。她重新把手机放回去，站起身收拾餐桌，然后回到书房整理杨锦天的作业。

杨昭放下了手头所有的工作，只为帮杨锦天提高分数。

杨昭为了整理出杨锦天的考试试卷，每天都做到深夜。她一本一本地记录笔记，将杨锦天做错的题目分类整理。她从不告诉杨锦天她为他做过的事情，不会告诉他她为他做了所有的考试规划，不会告诉他她曾很多次地找到孙老师，紧跟着他在学校的课程。

他是她的弟弟，她对他有所期待，但也只有如此而已。就像她之前说过的，杨锦天的人生是他自己的，她无权也不想横加干涉。

第二天，杨昭照例早起给杨锦天买早餐，送他上学。之后她来到市图书中心，挑选高考辅导书。

杨昭虽然没有在国内读大学，但是她也参加了当年的全国高考。

杨昭高中的时候是理科生，学习成绩优异。参加完高考后直接出了国，在俄罗斯列宾美术学院读了本科，又辗转美国继续深造。

她与薛淼是在美国相识的。薛淼做老板做得慷慨大方，杨昭便一直为他工作到现在。

十年过去，高考改革了好几次，杨昭选了几本参考书，在图书中心的咖啡厅里坐下翻看。

好在杨锦天学的也是理科，高中知识也有固定的范围，杨昭看了几本书，觉得高考出题依旧换汤不换药，以杨锦天的基础，考大学还是很有希望的。

不知不觉中，一天过去了。杨昭中午就在咖啡厅里叫了个面包吃，她挑选了几本觉得有用的书，剩下的放回原位。

在她打算离开的时候，手机响了。

是陈铭生。

杨昭的心情放松了一些，她接通电话："喂。"

"是我。"

杨昭听见电话那边微微有些嘈杂，她说："你在外面？"

"嗯，刚刚下班。"他顿了顿，又问，"你在哪儿？"

"市图书中心。"

"吃饭了吗？"

"没有，我帮我弟弟买参考书来了。"

陈铭生停了停，问道："我也没有吃饭，一起吃吗？"

他在邀请她。

杨昭抱着参考书，站直身体，正式地说："好。"

陈铭生让杨昭在市图书中心等他。没过多久，杨昭的手机响了，她在翻出电话的时候，已经看到陈铭生的车慢慢开了过来。

他今天穿了工作服，白衬衫、西服裤子。她向下看去，陈铭生今天穿戴了假肢。

他看起来如此完整。

陈铭生转过头，看杨昭一直在看他，说："怎么了？"

杨昭摇摇头。

陈铭生看着杨昭，说："原来你近视啊？"

杨昭今天戴了眼镜，穿了一身简单的运动服，为了方便还背了一个双肩包。整个人看起来就像是大学校园里的学生一样。

"嗯，平时我戴隐形眼镜。"杨昭说。

陈铭生笑了笑，杨昭把书放到后座，然后开始拉前座的安全带。

陈铭生微微局促："我这车太旧了，平时也没人系安全带，可能不太好用了。"

杨昭拉扯半天没结果，一语不发地转头看陈铭生。

陈铭生和那双平淡的眼睛对视了一会儿，然后说："过几天我去换。"

杨昭这才坐回原位。

陈铭生看了她一眼，问道："想吃什么？"

杨昭说："面条。"

陈铭生点了点头，将车掉了个头往后行驶。陈铭生开车速度很快，看起来对街道也十分熟悉，拐了几条杨昭叫不出名的小胡同，陈铭生最后把车停在了一家"四季面条"门口。

　　已经是饭点了，门口的车有不少。

　　杨昭说："我把书留在你车上行吗？"

　　陈铭生找好位置，倒车停稳，说："行啊，放在这儿吧。"

　　今天陈铭生穿戴了假肢，没有拄拐，杨昭看着他扶着自己的腿下车，对他说："要不我去买回来，我们在车上吃。"

　　陈铭生摇摇头说："没事，走吧。"

　　进了店，里面有不少客人，杨昭看了一圈，一楼已经没有位置了。一个服务员看见来了客人，对他们俩说："二位楼上坐，楼上有位置。"

　　店里楼梯很窄，上面还有些油腻的痕迹，杨昭踩上去觉得十分不稳妥。她走了几步，回头看陈铭生，目光有些担忧。

　　陈铭生上楼很吃力，一直得用手扳着自己的大腿才能勉强走上来，他发现杨昭停下了，便抬起头，刚好看见杨昭担心的神情，他笑了笑，冲她伸出手，说："来，搭个手。"

　　杨昭握住陈铭生的手，陈铭生稍稍一借力，往上走了两级台阶。

　　好在二楼比较空，杨昭和陈铭生找了个靠窗的位置坐了下来。

　　杨昭到柜台点好菜，回来的时候看见陈铭生在无意识地揉自己的右腿，她坐到他对面，说："怎么了，腿疼？"

　　陈铭生松开手，摇头说："没有。"

　　"没有你揉它干什么？"

　　陈铭生说："只是戴的时间有点长了。"

　　杨昭犹豫了一下，说："你……"她欲言又止。

　　陈铭生看着她，说："我怎么？"

　　杨昭说："我觉得，你戴个不如不戴方便。"

　　陈铭生一怔，随后微微低下头，低声说："是不太方便。"之后他看向窗外，杨昭看着他轮廓分明的侧脸，问道："你每天都这个时间下班？"

　　陈铭生转过头，说："我时间不固定，因为不用交车，所以几点下班都可以。"

　　杨昭说："那你明天晚上能来吗？"

　　陈铭生抬眼："来哪儿？"

　　杨昭坐在窗边，背对着夕阳，脸色平淡。余晖在她的周身勾勒出一圈淡淡的红边，好像是洗去了平日的凌厉，换上了一股柔和的气息。

她看着他，轻声说："我家。"

陈铭生看得有些愣神了。

杨昭又笑了笑，说："或者你家。"

杨昭不常笑，至少陈铭生无法在脑海中勾画出她的笑容。但是奇怪的是，每当陈铭生想起杨昭，想起她平淡的、没有丝毫浮动的神情时，他总觉得她是笑着的。尤其是她看着他的时候，不躲闪、不逃避，她的目光总是清澈的。

杨昭说："行吗？"

陈铭生张了张嘴，刚要回答的时候，杨昭的手机响了。

她低声说了一句"不好意思"，便起身到一旁接电话。

陈铭生重新看向窗外，窄窄的街道旁种着杨树，路边有几家连在一起的门市店，有小卖铺、擦鞋店、牛奶站……

他隐约听到杨昭的语气有些急，问了许多的问题。

等她匆匆挂断电话，回到座位的时候，还不等陈铭生问她，她就说道："对不起，我今天有事，先走了，我再联系你。"

陈铭生看她紧皱的眉头，在她转身的时候拉住了她的手腕。

杨昭转过头，看见陈铭生坐在座位上看着自己。

"你别慌，出了什么事？"

杨昭抿了抿嘴，说："刚刚学校打来电话，说我弟弟不见了，我要去找他。"

陈铭生看到杨昭的神情十分严肃，眉头也轻轻皱着。他拉着她的手腕，说："你别慌，慢慢说。"

杨昭被他宽厚的手掌握住，真的慢慢静了下来。她看着陈铭生，说："我得去找他。"

陈铭生说："他逃学了？"

杨昭沉默了一下，然后说："嗯。"

"他有手机吗？先给他打个电话。"

杨昭点点头，拿出手机拨了一串号码。她很快就放下了，说："他关机了。"

陈铭生说："你知道他一般逃课会去哪儿吗？"

杨昭思索了一下，然后再次拿起手机，拨了一个电话。这回她听了很长时间，就在陈铭生以为她又要挂断的时候，她忽然说话了："喂？你是刘元吧？"

陈铭生听不到电话另一边的声音，他看着杨昭的眉头越皱越紧。

"我问你是不是刘元？杨锦天在不在你那里？喂？"

杨昭放下电话看了看，陈铭生说："怎么了？"

杨昭说："我弟弟经常跟这个人在一起玩，上次他逃课我就是在他那儿找到的。"

陈铭生说:"这次他没告诉你?"

杨昭的眼睛一直盯着手机屏幕,手指噼里啪啦地按着,似乎在打一条短信,她说:"他好像迷迷糊糊的,我不知道我说话他有没有听见。"

陈铭生说:"喝多了?"

杨昭说:"不知道。"

这时,杨昭点的面端上来了,服务员把两碗面条放在桌子上,说了句"请慢用"就离开了。杨昭看了眼桌上的鸡丝面,说:"对不起,我得先走了。"

陈铭生站起身,说:"你弟弟上次逃课你是在什么地方找到的?"

杨昭抬头看他,说:"在他学校旁边的一家歌厅里。"

陈铭生点点头,说:"走吧。"

杨昭有些意外:"你要跟我一起去?"

陈铭生说:"嗯,你不是没有开车来吗?"

杨昭本来是开了车的,她的车停在市图书中心的地下车库里,她本想和陈铭生一起吃完饭,再回去取车,没想到半路碰到了这样的事。

"那麻烦你了。"

两碗面条就那么放在桌子上,杨昭和陈铭生离开了面馆。

车上,杨昭一语不发。陈铭生偶尔转头看她一眼,她都是看着窗外,一脸沉思。

陈铭生知道乐迪歌厅的位置,他很快将车开到那里。杨昭对他说:"你在这里等我,我进去找。"

"用不用我陪你去?"

杨昭想起刚刚陈铭生费力上下楼的情景,摇摇头,说:"不用了,我很快出来。"

乐迪歌厅规模不算大,而且也不是十分正规,大厅里七七八八坐着几个人,周围的啤酒箱堆成一面墙。

杨昭进去后直奔柜台,柜台服务员是两个小姑娘,浓妆艳抹。

看见杨昭,一个服务员笑着说:"小姐你好,有什么需要吗?"

杨昭说:"我找人。"

服务员一愣:"找人?"

杨昭说:"你这里有广播吗?我想找我弟弟。"

旁边那个服务员听见,"扑哧"一声笑了:"广播?"她上下打量杨昭,说,"小姐不好意思,我们这儿没广播。"

杨昭说:"那有记录吗?"

服务员见她不订位,态度就有点心不在焉,说:"找不到的。"

杨昭说："你看看有没有一个姓刘的先生订包房。"

服务员看杨昭坚持要找，不耐烦地点了点电脑，说："姓刘的好几个呢，我们这儿只显示姓，没有名字，你找谁啊？"

杨昭从随身的包里拿出一个小本，又掏出一支笔，对服务员说："都是哪些房间？"

服务员有点不高兴了："你还要挨个去找啊，我们不允许说的。"

杨昭一愣，说："有规定吗？"

其实哪有什么规定，就是服务员不愿意说。她点点头，说："不能说的，小姐麻烦你要是不订位置就去旁边等，我们还有其他客人呢。"

杨昭把本子和笔放回包里，眼睛微微一眯，刚要开口，余光里一道人影一闪而过。杨昭转眼，看见一个背影走进了洗手间。

"你倒是让一让啊。"服务员没有注意到，只顾着赶人。杨昭看了她一眼，没有说什么，朝洗手间走过去。

她站在洗手间门口等着。

刚刚那个人……如果杨昭没有看错的话，应该是总跟刘元在一起的。杨昭接杨锦天的时候，有好几次看见他和杨锦天一起出校门。

等了两三分钟，那个人晃晃悠悠地从洗手间里出来。杨昭本想上去问一下，但是看见他的脸，瞬时就停住了。

他满眼通红，眼神恍惚，胸口大起大伏地喘着气。

喝醉了？

杨昭看着他直愣愣地从自己的身边经过，朝里面的一间房间走过去。

杨昭跟在他身后。

走廊里的地毯味道很重，两旁的房间门口都放着空酒瓶。那人走到最里面，杨昭听见了屋里震耳欲聋的音响声。

他推开门进去，杨昭紧走两步，在门快要关上的时候，拿手垫了一下。

她顺着打开的门往里看去，里面昏昏暗暗的，她隐约看见沙发上并排坐着六七个人。她目光再一转，看见旁边的小沙发上单独坐着一个人。

那个人没有喝酒，也没有唱歌，他低着头一个人坐在那里。

杨昭一眼就认出了那是她的弟弟——杨锦天。

她推开门。

电视上放着一首吵闹的歌，沙发上的所有人都目不转睛地看着荧屏，不时大声地吵嚷几声，开始的时候没有人注意到有人进屋了。

直到杨昭站在杨锦天的面前，杨锦天抬起头看见她，惊讶地叫了一声"姐"的时候，屋里的人才纷纷转过头来。

唱歌的人也注意到了，歌也不唱了，转头看过来。

杨锦天还坐着："姐？"

杨昭的脸色很平淡，杨锦天知道她永远都是这样一种表情。他不知道她现在到底生没生气，或者究竟有多生气。

"跟我走。"

杨锦天回过神，看向沙发的方向。

杨昭顺着他的目光看过去，看见沙发边上坐着的刘元。但她的目光很快越过他，看向沙发中间的人。

他绝对不是高中生，他的年纪至少有三十岁了，穿着一件宽松的半袖衣服，身体十分瘦。

此时他打量着杨昭，冲杨锦天挑了挑下巴，说："这谁啊？"

杨锦天小声说："是我姐。"

杨昭说："不好意思，我要带他先走了。"

那男的笑了一声，杨昭觉得他笑起来很像一种非洲的野鸟，脸上的皮都皱在一起。他往前探了探身子，说："姐姐，跟弟弟们一起玩呗。"

他的语气很轻佻，杨昭不知不觉眯起了眼睛。

"不用了，"杨昭转头，对杨锦天说，"小天，走了。"

杨锦天好像很怕那个男人，他也不敢看杨昭，支支吾吾地说："那冯哥我先走了……"

被叫冯哥的男人马上拍了拍桌子，苦口婆心地说："走走走，走什么啊，来来——"他伸手招呼杨昭，"来，姐姐，坐这儿。"他指了指身边的位置，那里本来也坐着个女孩，见他这样，捶了他肩膀一下。

冯哥瞪她一眼，斥责道："干啥，给姐姐让座啊。"

杨昭不再看他，拉起杨锦天的胳膊，把他从座位上拉了起来。

杨锦天稍稍挣脱一下，杨昭没有松手，拉着他往外走。

刚刚那个唱歌的人站在门边上，似有似无地堵着门。杨昭看他一眼，说："借过。"

那人满头黄毛，敞着衣怀，目光也有些涣散，他拿着麦克风冲杨昭"啊啊"地叫了两声。声音太响，杨昭后退了两步。

那黄毛叫了两声，觉得效果不错，扯开嗓子就要再喊。谁知手里的麦克风忽然被拿掉了。

"嗯？"他反应慢了好几拍，原地转了两圈，才发现他的身后——也就是门口的地方站着一个人，手里正拿着他的麦克风。

是陈铭生。

黄毛瞪了陈铭生一眼，伸手去拿。他脑袋迷糊，脚下站得也不稳，刚伸过去自己就差点一个打滑摔地上。

这一个趔趄，他看见了陈铭生的腿。

陈铭生卸了假肢，拄着拐杖。他把裤腿系了一个扣，吊在半空中。那黄毛看见的瞬间吓了一跳，反应过来后又开始笑。

"哈哈哈！"他笑得倒在地上，也顾不得麦克风了。

杨昭拉着杨锦天走出门。

杨锦天也看见了陈铭生，他震惊地看着他。

"你？！"他马上扭头看杨昭，一眼看去，什么话都不敢说了。

杨昭直直地看着他，眼神冷得像冰一样。

陈铭生看着杨昭，低声说："你们先出去。"

杨昭领着杨锦天先走，陈铭生拄着拐进了屋。

屋子里的人都在打量他，两个女人看见他的腿，做了个鬼脸，把头埋了起来。那个冯哥仰着下巴看着他："怎么，兄弟，想干啥？"

陈铭生没有说什么，他把麦克风放到桌子上："打扰了。"

他的语气很低沉，不过还算客气。那冯哥鼻孔"哼"了一声，不耐烦地比画了两下手，意思是你快滚。

陈铭生拄着拐杖离开。

在转身的一瞬，他看了一眼在地上哼唧的黄毛，还有那个一直猫在角落里喘气的男人，最后收敛眉眼，关门离开。

外面，杨锦天靠在电线杆旁边，杨昭站在他面前，两个人都是一语不发。

陈铭生走过来，杨昭回头对他轻声说了一句："失陪一下。"她与陈铭生错身而过，陈铭生看见她从衣兜里摸出一盒烟，他淡淡地转过眼。

杨锦天不怀好意地看着他。

陈铭生也摸了根烟，咬在嘴里。

夜里的冷风呼呼地吹，薄薄的烟雾还没等飘起，就已经散了。

杨锦天看着陈铭生，冷冷地说："你是来还钱的？"

陈铭生在烟雾中眯起眼睛，没有说话。

杨锦天又回想起那天，他也是这样的眼神。他顿时就火了，双手一推，陈铭生抬起左手，扣住杨锦天的手腕，微一用力，扭到背后。

杨锦天骂了一句脏话，大喊："你放开我！"

陈铭生把烟叼在嘴里，拐杖也松开了。他单腿站在地上，右手按在杨锦天的脸上，拇指覆上杨锦天的下眼皮，朝下一扒，往里看了看。

杨锦天奋力挣扎，从陈铭生的手里抽了出去。他蹭了一下脸，抬脚就要往陈铭生的左腿上踹。

就在这时，陈铭生忽然开口了。

他把嘴里的烟拿下，淡淡地说："那东西，你最好别碰。"

杨锦天一下子就定住了。

陈铭生的语气平平淡淡，却也是万分笃定。

杨锦天定在当场，眼神惊疑地看着陈铭生，说："什么东西，什么别碰？"

陈铭生在烟雾中抬起头，打量着杨锦天："以后多听你姐姐的话，别让她担心。"

杨锦天眯起眼睛："你算什么东西，管我？"他的眼神有意无意地看向陈铭生空空的裤管，嗤笑一声撇过眼去。

陈铭生看向一边的街道，默默地抽着烟。

杨锦天站了一会儿，心里有些没底。他用余光看了陈铭生一眼，这个男人靠在一边的电线杆上，一点表情也没有。

杨锦天问道："喂，你刚刚说的什么意思？"

陈铭生弹了一下烟，没有说话。

烟灰被风吹散了，零零星星地落到马路上。不知为什么，看着平静的陈铭生，杨锦天越来越紧张。

他只能用吵嚷掩盖自己的心虚："我问你呢，你听不见啊？！你刚说的是什么东西？"

陈铭生抬头看他，淡淡地说了两个字："毒品。"

杨锦天想过或许陈铭生看出了点什么，但他没有想到他能这么平静地说出这两个字。他的语气、他的神情，都是如此平静，好像在他的眼里，毒品和饮料没有任何区别。

陈铭生静静地看着杨锦天，后者脸色煞白，紧张得手脚不时痉挛。

他低头，又吸了一口烟。

说白了，也不过是个孩子而已。

杨锦天看着烟头越来越短，他知道杨昭也快回来了。他心底烦透了陈铭生，可还是不得不求他："你……你别跟我姐乱说！"

陈铭生看着他，杨锦天有些激动地往前走了两步，急促道："我没……我没抽那个！他们要给我，我没碰！"

陈铭生还是没有说话。

杨锦天已经绝望了，他冲过来抓住陈铭生的胳膊，说："我真的没碰！你别跟我姐瞎说！听见没有？！"

陈铭生本就没扶拐，单腿站着，此时被杨锦天突然一拉，差点没摔倒。他一手扶住路旁的电线杆，一手把杨锦天抓着他的手拉开。

"你到底听见没有？！"

陈铭生看了看眼眶泛红的杨锦天，撇开眼，低声说："我知道你没碰。"

杨锦天愣愣地站在当场，最后像终于松了口气一样，使劲揉了揉自己的头发。

陈铭生把烟头掐灭，将最后一口烟吐了出来。

他知道杨锦天没碰。今天没碰，以前也没碰过。哪个瘾君子会对"毒品"一词惧怕成这个样子？

杨昭回来了。

她来到杨锦天面前，杨锦天偷瞄了一眼陈铭生，看到他看向其他的地方，这才转过头与杨昭对视。

"小天，虽然我之前已经说过了，但我想我有必要再跟你提一次。"

杨锦天默默地看着杨昭。

杨昭说："那个刘元人品有问题，下次你不要跟他一起玩。"

现在杨昭说什么是什么，杨锦天只想快点离开这个司机。他点头，说："知道了。"

"好。"杨昭说，"那回家吧。"

这就教训完了？陈铭生在一边听得好笑。不过有了之前种种事情的铺垫，杨昭能用出这种教育方法，他也没有太奇怪。

陈铭生开车送杨昭和杨锦天回家。

杨昭坐在副驾驶的位置上，一路上，杨锦天几次偷偷看陈铭生，见他没有要说破的意思，渐渐放下心来。

稍稍平静了一些后，他又看向自己的姐姐。

十七八岁正是最敏感的年纪，他隐约感觉到杨昭和陈铭生之间有些奇怪。他说不出那种感觉，也无从谈起，因为从上车到回家，他们一句话都没有说，甚至连一个对视、一个看向对方的眼神都没有。

回到家，杨昭问杨锦天饿不饿，杨锦天折腾这么一下，哪还有胃口吃饭，垂着头洗了澡就睡下了。

杨昭坐在书房里继续给杨锦天整理试题。只不过这一次，她做得有些心不在焉。

她回想起那个叫"冯哥"的男人，回想起杨锦天独自一人闷头坐在沙发上的场景，她打心底可怜杨锦天。

他本不该是那样的人。

杨昭觉得每个人生来都是一样的，但是随着慢慢成长，都会有自己的生活圈。她不会妄评他人的圈子,她只是觉得杨锦天不该在那里。

他很痛苦。

每次看到杨锦天跟刘元这样的孩子在一起玩,杨昭都会有这样的感觉。

杨锦天把自己囚禁住了,他的身世就像一个枷锁,铐在他的脖子上,拉着他不断向下、不断向下……

杨昭几次站起身,来到杨锦天的卧室门口,可是她没有推开门。她觉得焦虑、迷惑,可她依旧不知道要如何同杨锦天说。

反复数次后,杨昭听见手机响了。她拿起来一看,是陈铭生。

"喂?"

"喂,你还没睡?"

杨昭说:"没有。"

"在想你弟弟的事?"

杨昭轻轻地"嗯"了一声。她走到窗前,点了一根烟,看着窗外。

"你怎么跟你弟弟说的?"

杨昭轻声问:"说什么?"

陈铭生说:"回家你就让他睡觉了?"

"嗯。"

两人都静了一会儿,杨昭说:"陈铭生。"

"嗯?"

"你有弟弟吗?"

"没。"

"兄弟姐妹都没有?"

"没有。"

杨昭叹了口气。

陈铭生说:"你拿他没办法?"

杨昭坦然承认:"没办法。"她吸了一口烟,又问,"你有办法?"

陈铭生简简单单地甩出一个字:"打。"

杨昭没出声。

陈铭生说:"你在考虑?"

杨昭"嗯"了一声,然后说:"我现在不想打他。"

"那我也没办法了。"

杨昭蹲在落地窗旁,看着窗外安静的城市。

"陈铭生。"

"嗯?"

"没什么……"杨昭的烟已经抽完了,她把烟头掐灭,低着头,下巴垫在膝盖上。

"明天,"陈铭生开口道,"明天你还来吗?"

杨昭说:"来。"

陈铭生不说话了。

杨昭问:"怎么了?"

陈铭生说:"我还以为你要照看你弟弟。"

杨昭吸了一口烟,淡淡地说:"他的事是他的事,你的事是你的事。放学我会去接他。"

"那明天几点?我去接你。"

杨昭想了想,说:"早上我送小天上学,还要看一下他的参考书,大概中午吧。"

陈铭生说:"行,到时候我给你电话。"

约好了时间,杨昭同陈铭生道了晚安。

她放下电话后,继续整理试题,一直到下半夜两点钟,才不知不觉地趴在书桌上睡着了。

杨锦天半夜起来上厕所。

他前半夜基本半睡半醒,不能安稳睡着。一闭上眼睛就是那个一条腿的司机,他一眼就看出来了……

今天刘元领他逃课,说有好东西给他。他以为就是像平时一样唱唱歌,玩玩游戏,就跟着出去了,所以当刘元偷偷摸摸地把那个东西拿给他看的时候,他真的害怕了。

杨锦天出来上厕所,意外地看见书房里还亮着灯。

杨锦天整夜提心吊胆,莫名的心虚总让他想知道杨昭在干什么。他没去厕所,而是蹑手蹑脚地来到书房边,推开一丝门缝往里看。

杨昭的书桌正对着门,杨锦天一眼就看见了趴在桌子上的杨昭。他看见她睡着了,就推开门进了屋。

他来到书桌边,大气都不敢出,屏住呼吸,往桌子上瞄了一眼。

一看就愣住了。

桌子上的东西他再熟悉不过了。

因为杨昭的要求,他把学校所有的试卷都拿了回来。他是不在乎的,反正也基本都是白纸。现在这些试卷在书桌上堆成三摞,杨昭此时趴在其中的两摞间,睡着了。

杨锦天没有伸手碰试卷,但是也看见了试卷上密密麻麻的字迹。

杨昭写得一手好字，方正的小楷，杨锦天很少看见她写连笔字，试卷上的字就像是钢笔字帖一样规整。

杨昭的胳膊压着一张试卷，杨锦天看着露出来的一角，认出那是他上次阶段测验的数学卷。那场考试他考了一半就跑了。

他还记得当时的感受，他拿着试卷，来回翻看，里面没有几道他会做的题。

他抬头，黑板旁边悬挂着一个大型的电子牌，上面是高考倒计时。

随着时间一点点过去，他的心口越来越凉，那种感觉就好像是慢慢地滑到了一个悬崖边，只能等死一样。

他不能像刘元一样，坦然地在课堂上睡觉。照理说按刘元的成绩是不可能进实验中学的，但他是教师的子女，他的妈妈是实验中学教务处的老师。

杨锦天忍了一个小时，终于还是受不了了。他撒谎上厕所，偷偷地跑出了考场。

此时，杨昭就趴在那张数学卷上，试卷已经全部改好了，上面用红蓝钢笔，写得满满的，都是知识点。

杨锦天又看了一眼杨昭。

杨昭睡得很熟，她的头发披下来，挡在脸的前面，十分安静。

杨锦天顿时酸楚得差点掉下眼泪。他怕杨昭醒过来，捂着嘴退出书房。

杨昭在凌晨醒来了一次，胳膊麻得动都动不了。她缓了好一会儿，才能站起身来。看了一眼表，已经四点了。

杨昭觉得也不用再睡了。她去洗手间洗了把脸，然后回到卧室换了身衣服，坐在床上抽烟。

窗帘没有拉，她看着外面黑漆漆的夜，头脑一片空白。

夜很深，烟慢腾腾地盘旋而上，杨昭静静地等着日出。

第二天，杨昭送杨锦天上学。

车上安安静静。

杨锦天坐在后座上，一直看着前面的座椅。

下车的时候，杨锦天扶着车门看了杨昭一眼。杨昭问他："怎么了？"

杨锦天明白，她什么都不会问，什么都不会说。他对杨昭说："姐，我去上学了。"

杨昭点头，还是那一副平淡的表情："好。"

杨锦天关上车门，走进校园。

杨昭一直在车上看着杨锦天的背影没入人流中，才开车离开。昨夜熬得太晚，杨昭觉得头有些沉，她的车开到一半，就拐了一个弯，开向另外一个方向。

一个小时后，杨昭来到陈铭生家楼下。

陈铭生住的小区很老旧，没有门卫也没有路障，车可以随意开进来。杨昭把车停在陈铭生住的单元门旁，拿出手机看了看。

　　没有短信，也没有未接来电，现在才八点半。他应该已经上班去了，杨昭心想。

　　她没有给陈铭生打电话。她觉得陈铭生认识她以来，都没怎么好好上过班。

　　杨昭把车钥匙拔了，打开车门想随便走走。

　　这个院子和她住的小区很不一样。

　　华肯金座里的住户总是行色匆匆，他们不会在院子里聚集……杨昭来到一个象棋摊前，两个老人正在下棋。棋盘是一块旧木板，上面画着楚河汉界。

　　在棋摊周围站着两三个围观的人，笑呵呵地聊着战况。

　　杨昭走了一圈，在一个木栅栏下面看见了上次那只猫。它还是一副不死不活的样子，趴在地上。或许是察觉来了人，它扭动了一下，杨昭不知道它有没有睁开眼睛赏脸看她一眼，总之它扭过一次后，就又不动了。

　　杨昭蹲在它身边看了一会儿，觉得自己也困了。她再次翻出手机——时间只过去了二十分钟。

　　杨昭回到车上，她来到后座，躺下休息。

　　车上睡觉不太舒服，而且每次杨昭觉得可能要睡着的时候，车边就会跑来一串追闹的小孩。好不容易稍稍适应了一些，进入浅眠的时候，一声响亮的声音传来——"将军！哈哈哈哈！"

　　她深吸一口气，从座位上坐起来。

　　她拿出手机，给陈铭生发了条短信——陈铭生，我是杨昭。

　　短信很快就回复了——嗯，怎么了？

　　杨昭犹豫了一下，最后挨不住头疼，终于还是打了句——你在哪儿？

　　陈铭生回复——在家。

　　她一个电话打过去。

　　"喂？"

　　"你在家？"

　　陈铭生"嗯"了一声。

　　杨昭说："你今天不上班？"

　　"我昨晚跑的夜班。"

　　杨昭无语地按了按自己的额头。

　　陈铭生说："你送完你弟弟了？"

　　"嗯。"

　　陈铭生又说："那我等下去接你。"

"不用了。"杨昭探过身,把前座的手提包拿来,说,"我来找你了。"

杨昭上楼,陈铭生已经在门口等她了。

他又穿了一件薄薄的黑背心,下面是灰白色的棉长裤。

陈铭生把杨昭迎进屋,问道:"你怎么自己过来了?"

杨昭说:"我送完小天就来了。"

陈铭生算算时间,说:"那你来了有一会儿了?"

"嗯。"

"怎么不给我打电话?"

"我怕你在上班。"杨昭说。

陈铭生笑了笑,说:"以后想找我就直接给我打电话。"

杨昭第二次来陈铭生的家,陈铭生让她先去卧室里,他倒了点热水给她。

她就着他的手喝水。

她今天穿了件灰色的羊绒衫,头发绑了起来,仰着的脸干干净净。陈铭生看着看着,抬手摸了摸她的头发。

杨昭感觉到脖颈上干燥的手掌,不自觉地缩了缩脖子,又低下头。

就在这时,杨昭的肚子咕噜噜地叫了一声,声音软绵绵的,在安静的屋子里听得格外清楚。杨昭的脸唰的一下就红了。

陈铭生倒没什么变化,他看了看杨昭,说:"你没有吃饭?"

杨昭摇头:"没有。"

"想吃什么,我做点给你。"

"都有什么?"

陈铭生说:"想吃什么?"

杨昭说:"面条。"

陈铭生笑了一声,说:"你怎么总想吃面条?"他拄着拐杖转了个身,往屋外走。杨昭捧着水杯跟在他身后。

陈铭生家的厨房小得可怜,两个人进去你挨我我挨你。陈铭生对杨昭说:"要不你进屋等着,我做完给你端过去。"

杨昭看他,说:"我在这里打扰你吗?"

陈铭生摇摇头:"不啊。"

"那我就在这里。"杨昭说。

陈铭生在一个小木橱里拿出一子儿挂面,放到一边,然后又取出小锅,接好水,烧了起来。陈铭生转头对杨昭说:"帮我拿个西红柿。"

杨昭顺着他指的地方看过去,在厨房角落的竹盘里拿了两个西红柿。陈铭生把拐杖靠在一边,单腿站着,他扶着水池边,蹦了一下。

杨昭把西红柿给他，看着他洗菜。

陈铭生逆着从阳台上照进的阳光。杨昭觉得，或许是自己太累了，陈铭生的身影在她的眼中柔和成一道剪影，细腻得让她忍不住想要拥抱。

他低着头，安安静静地洗着手里的东西。屋子里只有流水的声音。

杨昭慢慢走过去，在他身后轻轻地环抱住他。

陈铭生扶了一下水池，微微稳了一下，然后低声笑道："你不嫌挤啊？"

杨昭没有说话，她侧过脸，轻轻枕在陈铭生的背心上，然后摇了摇头。

陈铭生接着洗手里的菜。

杨昭看见厨房角落里放着的土豆和芸豆，她看着装菜的竹盘，似乎入迷了。

陈铭生关掉水龙头，说了句："洗好了。"杨昭没动静。

陈铭生直起身，感觉到背后一个脑袋顶着自己的背。

"你不动我怎么做饭？"

杨昭慢慢抬起头。陈铭生转过身，杨昭就站在他身后。他们之间的距离很近很近。

杨昭低着头，她看见陈铭生挽起的裤腿，抬起头，轻轻摸了上去。陈铭生的腿动了动，他说："怎么了？"

杨昭的手刚好放在他的断肢上，那里传来的感觉很奇怪。

他的腿因为受过重伤，所以经常觉得麻木，可现在隔着一层裤子、一层皮肤，陈铭生依旧觉得杨昭掌心轻柔的力道和温柔的热度直达深处。

那是一种充满意味的抚摸。

他微微往后退了退。

杨昭松开手，抬头看他。

她对陈铭生说："下面条吧。"说完，她转过身打算给陈铭生让开地方。

她刚一转身，就被一股力气拉了回去。

陈铭生一手握着两个西红柿，一手拉过杨昭的胳膊，轻掐着她的下巴，低头吻下。

陈铭生的吻似乎和这个院子、这间屋子一样，有一股安稳陈旧的气息，杨昭闻到他身上的味道，与薛淼身上常年不变的香水味不同，陈铭生的身上有一股清淡的肥皂香，混着他身体温热的气息，围绕在杨昭周围……她觉得，她此时应是融入了刚刚她看到的那幅逆着光的剪影里。

陈铭生没有吻多久就放开了杨昭，他低头看着她，说："这里太窄了，进屋里等吧，我做好拿过去。"

杨昭点点头，转身走出厨房。

水已经烧开了，陈铭生把面条下锅，又切了一根黄瓜，和切好的西红柿一起放到锅里。

放好调味料，陈铭生站在锅前，静静地看着锅下蹿起的青红色火苗。

过了一会儿，面条好了。陈铭生关了火，把面条盛在一个碗里，然后拄起拐杖，再去拿面碗的时候，面碗已经有些烫手了。

陈铭生只能一手扶着拐杖，一手端着面碗，他也不能走得太快，面汤会洒出来。

他把面碗端进屋，放在桌子上，松开手的时候，陈铭生不自主地搓了搓指尖，上面已经压出了两道红印。

等他抬起头，刚好看见躺在床上的杨昭。她睡着了。

陈铭生一愣，拄着拐杖来到床边。

杨昭侧身倒在床上，看起来已经睡熟了。陈铭生把窗帘拉上。屋子里暗了一些，陈铭生转过头，看见微微泛黄的光照在杨昭的脸上，安静又温柔。

陈铭生坐在床边，看了很久。

杨昭醒来的时候，已经接近黄昏了。

她刚刚睁开眼，有些摸不着头脑，动了动，没有起来，才发现自己身后躺着个人。

"陈铭生？"杨昭扭过头，也只看见他半个身影。陈铭生在她身后抱住她，杨昭感觉到了头顶上轻微的鼻息。

"陈铭生？"她又叫了他一遍。

陈铭生被她吵醒，淡淡地"嗯"了一声。他也从睡梦中醒过来，声音中带着点慵懒。他动了动，又把杨昭揽住。

杨昭被他抱在怀里，她的后背紧贴着陈铭生的胸口。屋子已经有些暗了，她看了一眼窗子，黄昏的红光顺着窗帘的缝隙照进来，形成有些明亮的一道线条。

她的目光向下，看见屋子角落里堆放着四五个哑铃，还有一摞不同重量的哑铃环，从大到小叠上去。

杨昭说："陈铭生，你健身吗？"

陈铭生闭着眼睛回话道："不。"

杨昭说："那些是什么？"

"嗯？"陈铭生终于睁开眼睛，看了一眼墙角的哑铃，他重新闭上眼睛休息，有些发懒地说，"举着玩的，习惯了。"

杨昭抬起头，陈铭生把胳膊放到下面，杨昭枕了上去。她问陈铭生："沉吗？"

陈铭生笑了笑："不沉。"

他笑的时候，杨昭感觉到背后跟着他的胸口一起轻轻颤动。杨昭转过身，与陈铭生面对面躺着。

陈铭生个子很高，上下都比杨昭长了一截，把她整个包了起来。

杨昭低声说："不好意思，我昨晚睡得晚，今天有些困。"

陈铭生说："我也一样。"

杨昭说："我要定闹钟。"

陈铭生说："你想几点起？"

"晚上八点，我要去接小天。"

陈铭生闭着眼睛，低声说："睡吧，到时候我会叫你。"

杨昭是个很有规则的人，但是这一次，她听到陈铭生说"睡吧"，真的就闭上了眼睛，一点担忧都没有地睡着了。

这一次，杨昭没一会儿就醒了。

她醒的时候发现自己又被陈铭生换了一个姿势抱在怀里。

陈铭生似乎醒得比杨昭还早，他靠在床头，杨昭躺在他身边，陈铭生一只手抱着她的肩膀。

她稍稍一动，陈铭生便注意到了。

"你醒了？"

杨昭抬起头，看着陈铭生："嗯，几点了？"

"晚上六点二十。"

可能是睡得太多，杨昭觉得太阳穴有点发胀，她揉了揉自己的额头，低声道："有烟吗？"

陈铭生一伸手，从床边拿来一盒烟，递给杨昭。

烟盒里插着打火机，杨昭拿出一根烟，点着。

陈铭生说："你还可以再睡一会儿。"

杨昭摇摇头，坐了起来，说："不用了。"

她转过头，陈铭生靠在床头看着她。他的胳膊被杨昭枕得有些发红，杨昭看了一会儿，下床穿鞋："我去一趟洗手间。"

陈铭生家的洗手间也小得可怜，不过好在干干净净。洗手台上摆了两个肥皂盒，杨昭看了一眼，一块香皂、一块肥皂。

杨昭淡淡地挑眉，她觉得这两个基本就代表了"洗面奶"和"洗衣液"。

墙上有一根钉子，钉子上挂着一条灰色的毛巾，除此以外，洗手间里什么多余的东西都没有了。

杨昭对着洗手台上方的一块小小的方形镜子瞧了瞧。她今天没怎么化妆，所以睡了一觉起来看着也还算正常，只是眼眶下隐约泛着黑，衬着洗手间里冷冷的白光，看起来有些憔悴。

杨昭想洗把脸，打开水龙头的时候才发现这是不能调水温的。她拿冰冷的水轻轻地往脸上洒了洒，顿时觉得清爽了很多。

杨昭回到屋子里的时候，陈铭生也起来了，坐在床边。她看见桌子上放着一碗面条，现在已经凉透了。

杨昭说："对不起，让你白做了。"

"没事。"陈铭生看了看杨昭，说，"你现在应该还饿着吧。"

杨昭刚醒的时候没什么感觉，现在下地活动了一下，肚子也就开始饿了，陈铭生要是不在这儿，她都打算把桌上这碗坨掉的面吃了。

杨昭点头："有些饿。"

陈铭生说："家里没什么东西了，去外面吃吧，还快一点。"

杨昭说："好。"

陈铭生说："你等我换件衣服。"

陈铭生脱掉背心，弯腰在床下的箱子里翻衣服，杨昭就在一旁看着。

她说："你身上怎么这么多伤疤？"

陈铭生衣服还没找到，听见杨昭的话，直起身子低头看了看。他身上确实有几块伤痕，小腹上的伤痕最明显，从肋骨的地方开始，一直到腹部，有明显的缝合痕迹。

杨昭说："你动过手术？"

陈铭生默然，随后点了点头："是动过。"

"得了病吗？"

陈铭生随口道："嗯。"

他弯腰再去找衣服，拿出件白色的半袖衫，抬头的时候发现杨昭已经走到他面前了。她说："你先别动。"

陈铭生坐在床上，没有动："怎么了？"

杨昭伸出一根手指，推了推陈铭生的肩膀，陈铭生顺势往后靠了些，杨昭看得更清楚了。

那是一条细长的伤疤，有些曲折，虽然现在已经愈合了，但依旧有明显的浅黑色印记。杨昭低着头看了一会儿，然后直起身，看着陈铭生。

陈铭生一见到她那副标志性的表情，就觉得要不好。

果然，杨昭神色淡淡地看着他，说："陈铭生，什么病把刀开在这个位置？"

陈铭生沉默了一下，试探地说："阑尾炎？"

杨昭冷笑一声，说："阑尾炎需要这么长的刀口？医生是不是顺便把你的肠子也摘了？"

陈铭生沉默着。

杨昭也一语不发地看着陈铭生。

她站着，陈铭生坐着，不管怎么看，这目光都有些居高临下的意味。

陈铭生静默的时候，杨昭看着他赤着的上身。

从她这个角度，刚好能看见陈铭生的肩膀。他的肩很宽，胸膛结实，斜方肌和锁骨相连的地方形成一个好看的坡度。

他的背有些微微的弯曲，杨昭淡淡地向下看了一眼。陈铭生并不瘦，但他坐着的时候，小腹是微微凹进去的。

杨昭忽然想起自己在俄罗斯读美院的时候上人体解剖课的情景。因为需要详细地了解肌肉构成，所以那门课的人体模特都是经过严格筛选的。

客座教授是一个中年女人，对模特的身材有自己独特的一套标准，杨昭还记得其中的一项标准，就是要求男模坐下的时候，腹部要有一道轻微凹进的弧线——她解释说，这意味着模特的腹部锻炼得当，没有一丝赘肉。

陈铭生没有专业训练过，只是平日自己闲来锻炼，他的弧线没有那些模特明显，却也有一种自然的美感。

在这短短的时间里，杨昭思绪纷飞。

男人的什么最吸引女人？

金钱、权力、头脑……这是最直接的催情剂。因为在现在这个社会，这些代表着强大，代表着征服与统治力。

但如果抛开这个社会呢……

回到再早些时候，回到最初、最开始的时候，雄性靠什么来吸引雌性？

陈铭生开口："是以前受的伤。"

杨昭的思绪被打断，她重新看回陈铭生的脸。

"什么伤？"

陈铭生说："刀伤。"

杨昭一个字一个字地念出来："刀伤？"

陈铭生从手边拿起烟盒，抽出一根烟："嗯。"

杨昭一语不发地看着陈铭生，陈铭生在淡淡的薄烟中抬起头，无奈地一笑，说："你怎么这么看着我？"

杨昭思索一番，严肃地看着陈铭生，说："陈铭生，你是流氓吗？"

杨昭目光严肃，陈铭生觉得她没在开玩笑，他说："我……我不是流氓。"

杨昭说："你以前是混混？"

陈铭生微微低下头，似乎是看着手里的烟。杨昭说："是不是？"

陈铭生缓缓地摇了摇头，低声说："我不是混混。"

杨昭说:"那你为什么会有这样的刀伤,是事故吗?"

陈铭生又静默了一会儿,他抬起头,杨昭看着那双漆黑的眼睛,忽然有些不忍再问下去:"你要是有难言之隐不可以说,我就不问了。"

陈铭生抽了一口烟,低声说:"也没什么,就是遇到点意外。"

陈铭生一直低着头,杨昭看不到他的神色。

沉默不可避免。

"陈铭生,"杨昭后退两步,淡淡地说,"你有事瞒我。"

陈铭生的手顿了一下,没有说话。

杨昭松开抱着的手臂,说:"走吧。"

陈铭生抬起头,杨昭整理了一下手提包,对陈铭生说:"快穿衣服。"

陈铭生有些愣神:"走?去哪儿?"

"吃饭啊,刚刚不是说了。"

陈铭生"哦"了一声,将手里的衣服套到头上。

他看了一眼杨昭的脸色,发现她的表情没有什么变化,看起来不像是生气。她体谅他,没有再问下去。

陈铭生穿好衣服,伸手拿拐杖。假肢立在拐杖旁边,他看到,犹豫了一下。

"别戴那个了,"杨昭已经收拾妥当,站在卧室门口等着,"戴假肢太不方便了。"

陈铭生点点头,直接拄着拐杖站起身,又把右腿的裤腿提上来,折了两下,别在后腰里。

杨昭看着他熟练的动作,看着那条裤腿从长到短,从松松垮垮到勾勒出残端的线条,她觉得心口的地方又是一跳一跳的。

杨昭垂下眼睛,看向别处。

"走吧。"陈铭生也穿好了衣服,杨昭跟着他出门。为了方便,陈铭生只穿了只拖鞋,他的脚掌修长,脚背上的筋脉血管根根分明。

Chapter 4

# 迷途·永恒·理想国

下了楼，陈铭生问杨昭："想吃什么？"

杨昭说："什么都行。"说完，她又补充了一句，"要快的。"

陈铭生说："开车吗？"

杨昭说："不想开车，有没有近一点的？"

"这附近能吃饭的地方都是大排档，你能吃吗？"

"能。"

陈铭生带杨昭走出院子，没朝大道走，而是拐进一条小街里，街道两旁都是些小店，理发的、擦鞋的，还有一些卖零食的小卖铺。

街上有很多人，陈铭生走在路上，因为少了一条腿，有不少人注意到他，也有些窃窃私语。

他察觉到，有些担心地看了看身旁的杨昭，然后发现她正目不斜视地跟着自己走。

陈铭生和杨昭来到一家海鲜大排档，点了一套炭烤套餐。

套餐一份一百五十块钱，杨昭吃了一个螃蟹，又吃了点蚬子和章鱼就有些撑了。

"我吃不下了。"杨昭说。

陈铭生说："你一天就吃这点东西？"

杨昭用眼神示意了一下桌子上的螃蟹，说："这螃蟹很大的。"

最后，一份套餐两个人三七开吃完，杨昭看了看时间，说："回去吧，我得取车接我弟弟了。"

太阳已经落下了，街道上的路灯亮了起来。杨昭和陈铭生顺着马路往回走，杨昭看着地上的影子，被路灯拉得很长，又缩短，然后再拉得很长。回到院子里，下象棋的摊子还没散，只不过换了一批人。杨昭和陈铭生路过象棋摊，来到单元门门口。

要分别的时候，杨昭的手机响了。

杨昭看到来电显示的名字，神色立马又严肃了。陈铭生没有走，站在一旁看她。

杨昭接电话："喂，你好，孙老师。"

"对的，怎么了？"

"……"

"什么？因为什么，有原因吗？"

"……"

"好的，我马上到，麻烦您了。"

挂了电话，陈铭生看见杨昭忍不住掐了掐自己的眉心。

陈铭生说："你弟弟？"

杨昭头都没抬："嗯。"

陈铭生轻笑一声，说："你这个弟弟不太省心啊。"

杨昭抬眼看他，陈铭生咳嗽一声，马上不笑了，说："出了什么事？"

杨昭说："他的班主任说他在学校跟人打架了。"

陈铭生说："所以叫你去？"

杨昭若有所思地静了一会儿。陈铭生点了一根烟，说："受伤了吗？男孩打打架也没什么。"

"陈铭生，我觉得……"杨昭忽然转头，严肃地看着陈铭生。

陈铭生一愣，感觉可能是自己的反应太过不以为然，补充道："你别太上火，我陪你去看看。"

杨昭神态未变，微微眯起眼睛，说："我觉得小天这次打架可能跟我想的那种不一样。"

陈铭生听得莫名其妙："什么不一样？"

杨昭说："他这次是跟刘元那伙人打的。"

陈铭生抽烟的手一顿，说："你是说昨天在歌厅的那几个？"

杨昭点点头，说："你还记得？"

陈铭生不知想到什么，哼笑了一声，叼着烟低语道："当然记得……"

"就是他们。"

陈铭生手里夹着烟，抬头对杨昭说："走吧，我陪你去。"

陈铭生坐杨昭的车，他们赶到学校的时候正好晚上九点。

校园里只剩下高三的学生在上晚自习，杨昭来到校门口，跟门卫说明了一下情况，然后跟陈铭生走进校园。夜里的校园十分昏暗，实验中学的高三楼和高一高二的教学楼是分开的，在后方，离食堂比较近。从校门口到高三楼要穿过一个小小的树林，林子里有一条石头铺的路，路两旁种的都是桃树。

白天走这里十分赏心悦目，但是晚上走就有点遭罪了。

校园里只有两条主道上有灯，树林里漆黑一片，而且石头间也有缝隙，陈铭生一直低着头，看得很仔细。可走到一半的时候，他的拐杖还是杵进了石头缝里，差点绊了一跤。杨昭一直在想杨锦天的事情，陈铭生忽然一打晃，她吓了一跳，才反应过来路面不平。

她站住脚，对陈铭生说："你把拐杖拿着，我扶你走。"她挽着陈铭生的胳膊，扶着他一点一点地往外走。

好不容易走出了小树林，陈铭生放开杨昭，说："我自己来吧。"

杨昭"嗯"了一声，陈铭生看着前面灯火通明的四层教学楼，说："你弟弟在这里？"

"对。"杨昭也抬眼看了看，说，"走吧。"

杨昭和陈铭生走进教学楼，一层挂着两个白板，上面是模拟考试的表扬榜，两条楼梯直通上面。杨昭看着楼梯，对陈铭生说："你在这里等着我，我上去找。"

陈铭生看了杨昭一眼，说："我陪你吧。"

杨昭说："那我扶你上楼。"

"嗯。"

杨昭扶着陈铭生一点一点上楼，杨锦天是高中三年级九班，教室和教师办公室都在三层。

在上楼的时候，一个抱着试卷的学生正好从楼上下来，看见他们两个愣了愣，错身而过的时候一直在盯着陈铭生的腿。

等那个学生拐了个弯不见身影了，陈铭生忽然停住。

杨昭有些奇怪："怎么了？"

陈铭生一手拿着拐杖扶楼梯，一手搭着杨昭的胳膊，他低着头，杨昭也不知道他在看什么。陈铭生低声说："要不我不跟你上去了吧？"

"嗯？"

陈铭生握着楼梯的手微微收紧，声音低沉地道："你弟弟……你弟弟不太喜欢我吧？"

杨昭说："他谁都不喜欢。"

陈铭生转过脸看着杨昭，杨昭的神情自始至终都没有变过。

静默。

杨昭一直安静地等他的意见。陈铭生有一种感觉，不管他说什么，杨昭都会同意。

陈铭生又低了头："走吧。"

杨昭扶着他往上走。

好不容易到了三楼，每间教室都亮着灯，有的教室门开着，往里一看，都是埋头学习的学生。她来到最里面，班级门牌上写着"三年级九班"。

杨昭轻轻敲了敲门。

正在看书的学生们整齐划一"唰"的一下抬起头，这个画面好像被惊吓的成群的火烈鸟。

班主任坐在最前面的小书桌前，她听见敲门声，转头看过来。见到杨昭，她了然，回头冲着班级里的一个方向说："刘元、朱嘉、杨锦天，你们三个来一下。"

教室后面站起来三个男生，走了出来。

"其他人好好看书。"孙老师说。

大部分学生都重新埋头学习，也有一部分依旧若有若无地往门口瞄。

陈铭生有些后悔没有戴假肢出来，他拄着拐杖往旁边挪了一步。

孙老师带着三个男生走了出来。杨昭看到刘元的左脸肿了些，嘴角也破了。

她看了一眼杨锦天，发现杨锦天皱着眉头，一直盯着陈铭生看。

"来来，家长麻烦来这边。"

孙老师的表情很严肃，出了门，看见陈铭生，她犹豫了一下，看着杨昭，问："这位是……"

杨昭说："我们一起的。"

杨昭余光看见杨锦天的表情明显变了变。

孙老师领着众人来到走廊另一边，这里有三间教师办公室，孙老师带着人进了办公室旁边的一个小屋子里。推开门，屋子很小，中间有一方茶几，茶几两侧有两条长沙发，看起来是专门为了谈话而设的。

现在茶几的一侧已经坐了两个女人，见到有人来了，朝这边看了一眼。杨昭稍稍打量一下，这两个女人四十多岁的年纪，一个穿着灰底的花纹衣服，一个穿了一身连衣裙，沙发上放着两个手提包。

两个女人见到孙老师，都站了起来，瞄到她身后的杨昭，脸色有些不太好看。

"来，杨锦天家长，先坐这儿吧。"孙老师指了指沙发的另一边。

杨昭回头看了眼陈铭生，陈铭生站在最后面，低声对杨昭说："我在外面等你吧。"

杨昭刚要说什么,杨锦天先开了口:"姐,你先坐。"他转头看陈铭生,说,"不好意思,请你让一下。"

杨昭皱了一下眉,陈铭生冲她摇了摇头,拄着拐杖出了门。沙发里的两个女人看见陈铭生,对视了一眼,又坐了下来。

两侧的长沙发上,一边坐着刘元和朱嘉的家长,一边坐着杨昭和孙老师,三个孩子在茶几前站成一排。

孙老师先发话了。

"今天的事情大家可能已经知道了,把咱们家长叫来呢,主要还是想严肃一下这个事件。"孙老师扶了一下眼镜,说,"你们也都知道,现在已经进入高三了,是非常关键的时刻。学校抓学习抓得很紧,现在出了这么个事情,学校领导也非常重视。今天最庆幸的是没有造成太大的影响。"说到这儿,她转过头对那三个学生说,"来,你们谁说一下事情经过。"

三个学生低着头,谁都没说话。

杨昭看了一眼杨锦天,他背着手站着,看起来并没有受伤。

孙老师说:"怎么,打架的时候一个个气势汹汹的,现在怎么都蔫了?谁站出来说一下。"

这时,坐在沙发对面的一个家长说了句:"打人的出来说吧。"

杨昭看了一眼,那个家长没有看她,眼神一直瞄着杨锦天。

杨锦天抬头,看了杨昭一眼。

杨昭淡淡地说:"说吧。"

杨锦天一直看着杨昭,好像只是对她解释一样,他说:"放学的时候刘元找我,说不上晚自习了,出去玩,我没答应。"

刘元"呲"了一声,斜眼看杨锦天:"嗯,你好学生呗。"

"刘元。"那个穿连衣裙的女人似乎是刘元的妈妈,她叫住刘元,转头又对杨锦天说,"我们元子找你,你跟不跟着去我就先不说了,你打什么人啊,你看看把他都打成什么样了?"

朱嘉的妈妈也点头,说:"就是,不能就这么算了,孩子小,家长也不懂事啊?"说着,她看了杨昭一眼,"也不说教育教育。"

杨昭一直看着杨锦天,不知对那两个家长的话听进了多少。

她问杨锦天:"谁先动的手?"

杨锦天说:"刘元。"

"什么意思?"刘元家长听了这话,瞬间就不乐意了,站起来指着杨锦天,嗓门也变大了,"你把元子打了,现在还反咬一口,想欺负人是不是?"

孙老师连忙站起来,说:"周慧,咱们先冷静一下。"

那个叫周慧的女人转身就跟孙老师说:"艳华,这事你一定得做主,这学生打人是不是得给处分?!"

刘元的妈妈本身就在实验中学上班,是教务处的老师,跟孙老师也认识。

孙老师很清楚周慧的脾气,好声安慰她:"先冷静,先冷静,咱们坐下说。"

杨昭一直是坐着的,她看着杨锦天,说:"小天,我再问你一遍,谁先动的手?"

杨锦天毫不回避杨昭的眼神,说:"刘元。"

刘元跟朱嘉对视了一眼,交换了个了然的神色,抬头说:"妈,是他先打的我们!"

"你听见没有?!"周慧和朱嘉的家长都站了起来,指着杨锦天说,"小小年纪,不光打人,还撒谎!我告诉你,这个处分你背定了!还有这位家长……"

周慧紧盯着杨昭,说:"什么态度!你看看把咱们孩子脸打成什么样了?!"

杨昭的目光依旧在杨锦天身上,她的眼神在外人看来似乎有些奇怪,不像生气,不像关心,也不像是忧虑,而是一种客观的,甚至于冰冷的审视。

最后,她似乎判断出了什么,站起身,对杨锦天淡淡地说了句:"姐姐信你。"

周慧眯起眼睛,看着刘元,说:"元子,是不是他打的你们?"

刘元和朱嘉异口同声,说:"就是他先动的手!"

周慧看着杨昭,说:"大家都说是你家孩子动的手,你们还狡辩什么?"

孙老师似乎有些看不下去了,站出来说:"周慧,你先冷静点,别太僵了。"

周慧回头瞪了一眼,说:"她要不说那些能这么僵吗?!"

杨昭总算转过头看了她一眼,说:"我说什么了?"

周慧见她回话了,立马更来劲了:"说什么了?你说你说什么了,你问你家孩子的那叫什么话,打完人了家长不批评不教育,反而纵容,你说你怎么教育的孩子?"

杨昭说:"你想让我怎么教育?"

周慧个子长得高,人又壮实,跟匹母马一样。她看着杨昭,说:"别的先不说,医药费你必须得付,元子半张脸都肿成那样了,我还得带他到医院检查,有什么问题你得负责。"

杨昭想了想,说:"你可以检查,医药费我也可以付。"

听了这话,周慧算是消了点气,若有若无地白了杨昭一眼。

杨昭站起身,来到杨锦天身边,说:"你们是在什么地方打的架?"

杨锦天小声说:"在食堂后面。"

杨昭说:"带我去。"

她一说完,屋里的人都愣了一下。

孙老师问杨昭:"杨锦天家长,你要去哪儿啊?"

杨昭说:"孙老师,我要去他们打架的地方看一下。"

周慧见杨昭这么说,不乐意地道:"你又干啥?黑灯瞎火地跑食堂后面。"

杨昭拿起手提包,看向周慧,说:"十年前,我也是从这所高中毕业的。前年实验中学六十年校庆,我来参加了。"

没人知道她为什么说这个,只有孙老师意思了一下:"啊,是吗?那真是太巧了,还是校友。"

杨昭继续说:"如果我没记错的话,那个时候实验中学的围墙附近就是有监控器的。"

屋里的人总算明白了,周慧的脸色瞬间一变,情绪也有些激动。

"什么意思,你什么意思?!你是在说我们都在撒谎骗你呗!"

杨昭看着她,说:"骗不骗的,到时候就知道了。"她看了一眼杨锦天,说,"走吧。"

杨锦天猛地一点头:"嗯。"

杨锦天一晚上都在担忧。昨天杨昭趴在他的试卷上熟睡的情景一直在他脑中挥之不去,所以刘元来找他的时候,他并没有同意,他们还打了一架。他很害怕杨昭生他的气,可杨昭看起来并没有怪他。

而刚刚,他和他姐姐只有两个人,好似在这间屋子里很不利。他听见那女人说杨昭,心里气得恨不得冲上去扇她两巴掌,可转眼看见杨昭全然信任的目光,他又觉得心底涌出一股酸涩的兴奋。

杨锦天带着杨昭先出了门。

周慧低头对刘元小声说:"元子,你别怕,妈肯定让他背处分。"

刘元点点头,朱嘉和他相视一眼,挑了个眉,乐了。

刘元走在最后面,出门的时候,前面的人已经快下楼了。他走了两步,忽然听到一个低低的声音。

"小子……"

刘元一愣,转过头,看见楼道拐弯的地方,靠墙站着一个人。

陈铭生手里有一根烟,他知道这是在学校,所以他一直没有点着它。他将那根烟在手指间轻轻地转来转去。

刘元认出了他,他那条腿实在是太明显了。

刘元皱起眉头:"是你?"

陈铭生抬起眼,刘元看着那双漆黑的眼睛,心里忽然一凉。

"你谁啊，什么事？"

"没什么。"陈铭生捏了捏手里的烟，轻声说，"我只是想提醒你一件事。"

杨锦天他们打架的地方确实有监控。

杨昭问孙老师："我们可以去一趟保安室吗？"

周慧说："这都几点了，你让我们一群人跟着你到处走什么？"

杨昭看了她一眼，说："你不愿意走，可以在刚刚的会面室等我。"

周慧眼睛一瞪，看着又要发火，孙老师连忙上来说："是这样的杨锦天家长，我们之前也没碰到过这种情况，谁都没去保安室调看过监控录像。要不这样，咱们先心平气和地谈一谈，看看有没有什么解决方法。"

"什么解决方法？"周慧看着孙老师，说，"艳华，你也看见刘元的脸都肿成什么样了，这么严重的事情，必须严肃处理！"

她看了一眼杨昭，说："不是我不跟你讲道理，你作为家长，根本没有悔过心！"

杨昭看着周慧瞪得像灯笼似的眼睛，淡淡地说："第一，我要调看录像，是要确定是谁先动手打的人。如果是小天，我会考虑你的要求。如果不是，那就请你考虑一下我的要求。第二，我想你可能有些认知上的错误……"杨昭轻瞥了杨锦天一眼，接着说，"打架谁受伤，不是由动手次序决定的。"

杨昭语调平淡地说完一番话，周慧那头反应了一会儿才听懂，顿时气得翻白眼。

"你……你！"周慧一会儿指指杨昭，一会儿指指杨锦天，话都说不出来了，最后她按住自己的太阳穴，哆嗦着招呼孙老师，"艳华，艳华你快说两句，我在实验中学工作这么多年，还没见过这种不知廉耻的家长！"

杨锦天本来在一边生闷气，结果听了杨昭的话，再看看周慧被气成那个样子，差点没笑出声来。

就在这个时候，刘元来了。

刚才大家吵得热闹，也没人注意到少了个人，此时刘元一到，周慧马上过去拉刘元的胳膊，说："元子，你说，是不是他打的人，妈给你做主，咱不怕被欺负！"

刘元低着头，周慧问了几遍，他才低声说："妈，是我们先打的人。"

此语一出，包括杨昭，在场所有人都愣住了。

周慧像是没听清一样："你说啥元子？谁先动的手？"

刘元像是不耐烦一样，甩开周慧的手："我先动的！我先打的他！听不懂吗？"

周慧被他胳膊甩了一下，顿住片刻，然后就在路灯下狠狠跺脚："我怎么教出这么个孩子啊！"

孙老师再也看不下去这场闹剧了，她走过来，严肃地看着刘元，说："刘元，我再最后问你一遍，是你先打的人吗？"

旁边的朱嘉一直盯着他，刘元全当没看见似的点点头："嗯，我先打的。"

孙老师点点头，说："那事情基本就是这样了，周慧……"孙老师喊住周慧，后者转过头，瞪着孙老师："艳华，那我家元子就这么白挨打了？就算是正当防卫也不至于把人打成这样吧？"

孙老师心里也有点烦了，这个周慧在学校里不是教课老师，就是在教务处做个后勤。她丈夫前几年出车祸死了，同事之间也就对她多照顾了一些。但这个周慧的脾气是出了名的不好，尤其是对她这个儿子，各种护短溺爱，旁人也不能多说什么，说多了她就哭，说这孩子有多可怜，她的命有多苦……

"你别说了！"刘元皱着眉头看着周慧，"我还拿刀威胁他！还要他的钱！反正是我的责任！"

周慧难以置信地看着刘元："元子，你说啥？"

刘元踹了一脚地上的石头，说："我说啥你听不见啊？"

杨昭眯起眼睛，说："你拿刀威胁杨锦天？"

刘元转过头，昨天晚上，杨昭也在……他马上把头转了回来，胡乱地"嗯"了一声。

杨昭说："那就不好意思了。"她从包里拿出手机。

大家看到她的动作，均是一愣。孙老师最先反应过来，连忙拉住杨昭，说："杨锦天家长，你这是要干啥？"

杨昭看着她，淡淡地说："报警。"

周慧一听，顿时就吓住了："你报什么警？就小孩子打打闹闹也值得报警？"

杨昭说："值不值得，是我的事。"

杨昭看着周慧，手机在她纤细的手指中翻了两圈。

周慧只得低头，说："刘元还小，不懂事，你原谅他一次好不好？"

杨昭没说话，手机又翻了一圈。

周慧的眼眶红了，不知道是难过还是气的。

"元子你快过来啊！"她扯着刘元的衣服，把他拉过来，"你说你哪来的刀？啊？你怎么这么混啊你！"

"你少碰我！"刘元又甩了她一下，双手插兜站在一边。

周慧这回也顾不得什么了，彻底哭了起来。一边的朱嘉妈妈赶忙过来安慰她。

那天折腾到晚上十点多才结束，最后杨昭并没有报警，甚至还赔偿了周慧两千块钱。

往外走的时候，杨昭对杨锦天说："我不追究，是不想你的档案上有污点，你马上就要高考了，这些材料是要跟你一辈子的。"

"那咱们为什么要给他钱啊？"杨锦天说。

杨昭说："给钱是因为你真的把人打伤了。"

杨锦天没有说话。

杨昭忽然站住脚，杨锦天连忙跟着停下，杨昭侧过头，对他说："不过小天，你要记着，以后如果再碰到这种事情，你还是要以自己的安全为先。"

杨锦天背着书包点了点头。

他走在杨昭的身后，快要出校门的时候，他忽然说了句："姐，我会好好学的。"

杨昭只淡淡地回了他一句："好。"

已经过了放学的时间，校门口没什么人了。杨锦天一眼就看见了站在杨昭车子旁边抽烟的陈铭生。他的眉头又微不可见地皱了皱。

杨昭走过去，问陈铭生："你等了很久了吧？"

陈铭生摇摇头："没多久。"

杨昭看了眼杨锦天，说："小天，上车。"

杨锦天坐到后座上，杨昭又对陈铭生说："我先送你。"

陈铭生说："不用了，你带你弟弟走吧，我自己坐公交回去就行。"

杨昭说："这么晚了还有公交车吗？"

陈铭生说："有，还有两趟呢。"

杨昭微低着头，没说话。

杨锦天坐在车里，车窗外杨昭和陈铭生的身影格外清晰。

"明天，"杨昭轻声说，"明天你下班了给我电话。"

陈铭生说："好。"

杨昭抬眼，很快地看了一眼陈铭生，又低下了头。陈铭生笑了笑，拄着拐杖来到杨昭身边，缓缓地低声说了一句："明晚来我家。"

那语气平淡又轻佻，杨昭听得耳朵有些痒，忍不住想笑。她推开陈铭生，淡笑着白了他一眼，拉开车门。

陈铭生没有听到回答，也不在意，他拄着拐杖往后退了两步，看着杨昭开车离开。

回去的车上，依旧安静。

开了半个多小时之后，杨锦天忽然问了一句："姐，那个司机怎么总来找你？"

杨昭说："他叫陈铭生。"

杨锦天说："他来找你干什么？"

杨昭说："这与你无关。"

杨锦天抿了抿嘴，低下头不说话。

杨昭从后视镜看了他一眼，说："今天的试卷带回来了吗？"

杨锦天点点头："带回来了。"

杨昭"嗯"了一声，也不再说话。

过了一会儿，车开到华肯金座，杨昭刷了卡进院，杨锦天又说了一句："你不要总跟他在一起。"

杨昭没有应他，停好车，对他说："走了。"

杨锦天拎着书包跟在杨昭的后面。进了屋，他对杨昭说："姐，我饿了。"

杨昭一顿，把刚脱下的外衣又穿了起来，说："想吃什么，我帮你买。"

杨锦天说："做一点就行，上次的那个糖醋排骨。"

杨昭又顿了一会儿，然后说："没有买排骨，你想吃糖醋排骨，我帮你叫外卖。"

"那不用了。"杨锦天进了洗手间，不一会儿出来，把书包里的一摞书都抱了出来。

杨昭走过去："你把今天的试卷给我。"

杨锦天拿出几张给她，杨昭说："你去洗个澡，早点休息。"说完，她拿起试卷往书房走。

杨锦天看着她的背影，说："姐，你也早点睡吧。"

那天杨昭的试卷改得出乎意料的顺利，她把改好的试卷放到一边，看了看表，晚上十二点半。

杨昭拿起手机，给陈铭生发了条短信——陈铭生，我是杨昭。

短信很快回复——嗯。

——你睡了吗？

——你觉得呢？

杨昭拿着手机，笑了笑，躺到床上拨通了电话。

"喂。"陈铭生的声音轻轻懒懒。

杨昭说："你是睡了还是没睡？"

"没有，你呢？"

"我白天睡多了，现在有些睡不着。"

"我也睡不着。"

杨昭翻了个身，说："你明天白天上班还是晚上上班？"

陈铭生说："白天。"

杨昭说："那你还是早点休息吧，我先挂了。"

"杨昭。"

"嗯？"

陈铭生说："我回来的时候朋友打了个电话，明天晚上可能会来我家。"

杨昭一愣，说："朋友？"

"他们可能要来打牌。"

"那我不能去了吗？"

陈铭生顿了一下，说："可以来，不过……可能会有点吵。"

"没事。"

陈铭生说："那就来吧，你想吃什么，明晚我在家做饭。"

杨昭说："糖醋排骨。"

陈铭生在电话那边呵呵地笑，说："好。"

杨昭说："那明天见。"

第二天杨昭送杨锦天上学的时候，杨锦天难得地跟杨昭说了一句："姐，今天晚上我在学校住。"

杨昭第一反应是他又要逃学，她说："不行。"

杨锦天说："今天是周六，放学之后有数学大班补习。"

杨昭完全不相信："不行。"

杨锦天撇了撇嘴，坐在后座不说话。

杨昭从后视镜里看了他一眼，发现杨锦天的脸有些黯然。她开口道："今天没有晚自习吧，下午五点半放学？"

杨锦天闷闷地"嗯"了一声。

杨昭说："今天晚上姐姐有事，接你回家后你自己在家学习。"

杨锦天皱眉道："既然你有事就让我在学校补习呗。"

杨昭没有说话。

车在道路上平稳地开着。过了一会儿，杨昭说："小天，姐姐现在不放心你。"

杨锦天看着窗外一闪而逝的路牌，安安静静。

"下周一还有数学测验。"杨昭接着说，"如果这次测验你能及格，那以后的晚自习或者补习，我就可以听你的意见。在此之前，你得听我的。"

杨锦天抬头，说："说好了？"

杨昭淡淡地说:"说好了。"

车开到学校门口,杨锦天打开车门下车,临下车前还冲杨昭说了一句:"那你就看着,这次我肯定考及格!"说完,他拎着书包大步朝着校园里走。

杨昭在车上看着他越来越远的背影。

杨锦天在这个年纪的男孩子里算是长得高的,不过可能是因为稚嫩,他看起来还是有些单薄。

男人总会有个长大的过程,杨昭想。不一定是因为什么,或许是一次心境的转变,或许是一次际遇……男孩便会真正成长成一个男人。

杨昭送完杨锦天后,回家看书,她和陈铭生约在晚上七点,到时候她会买些吃的带过去。

她中午接了一个电话,是薛淼打来的。

"小昭。"

"怎么了?"杨昭说,她在薛淼说下一句话之前,加进来一句,"我现在在休假。"

薛淼明显被噎了一下,又说:"小昭,江湖救急。"

杨昭哼笑一声,说:"你中文倒是说得越来越溜了。"

"哦,这是我的根源,小昭,中国有许许多多吸引我的东西。"

杨昭来到冰箱旁,从里面取出一瓶矿泉水:"你是说你的那些古董吗?"

"不完全。"薛淼的语气很轻松,杨昭甚至能想象出他精彩的神情。

"还有人……"他说。

杨昭喝了口水,说:"有事快说。"

薛淼叹了口气,说:"小昭,你太冷淡了。"

"我再提醒你一次,"杨昭把矿泉水放到桌子上,在沙发上坐下,说,"我的假期现在连四分之一都没有过去,我不会接任何工作的。"

薛淼静了一会儿,说:"为什么你觉得我一定是找你谈工作?"

杨昭说:"不然呢?"

薛淼再开口时,语调有些淡了下来:"小昭,我只是想请你吃顿饭。"

杨昭一挑眉:"吃饭?"

"我后天回国。"薛淼说。

杨昭说:"你最近怎么总来这边?"

"自然是有事的。"

杨昭说:"只吃饭的话可以,你到了联系我。"

"好。"薛淼低声说,"后天我去找你。"

放下电话,杨昭仰头躺在沙发上。她坐了一会儿,回到书房。连续赶了好多天，杨锦天的课程她已经基本都有了了解，再之后的工作就比较轻松了。

昨晚她批改试卷的时候，杨锦天偷偷从卧室跑出来一次。说是偷偷，是因为杨昭觉得他是不想让她知道的。但夜晚实在太过安静，杨昭又是一个很敏感的人。

所以在书房的门把手被慢慢按下一半的时候，她开口说："小天，进来。"

门把手一卡，随后门被缓缓推开，杨锦天穿着一身睡衣从外面进来。

"姐……你还没睡啊？"

杨昭的书桌正对着门口，她坐在座位上看着杨锦天，说："怎么了，饿了？"

杨锦天摇头："没。"

他看杨昭手里还拿着笔，走过来看了看，然后惊讶地说："姐，这本是新试卷啊。"

杨昭头都没有低："嗯，我买来的，熟悉一下题目。"

杨锦天看着她，笑嘻嘻地说："你对答案了没有，多少分啊？"

杨昭一愣，不是为他说的话而愣，而是看到他的笑容才愣住了。好像在她的印象里，杨锦天在面对她的时候，一直都是垂着头的，似乎永远在认错。

他的笑容很阳光，杨昭很喜欢。

"怎么啦，是不是做错好多题啊？"杨锦天见杨昭不说话，开玩笑地说。

杨昭的眼睛依旧看着他，把手里的试卷一推、一摊。

然后杨锦天就看见满纸的红勾。

他斗胆伸出手，把试卷本拿过来，从第一页开始看。

杨昭已经做了大半本，错误少得可怜。开始的几页会有些概念上的错误，每个叉旁边都有成段成段的批改备注，到后面，杨昭似乎是已经摸清了解题思路，连过程都懒得写了，直接简单明了地写公式和答案。

这试卷本干净利索得像是直接抄的答案一样。

杨锦天瞪大眼睛看着杨昭："姐，这都是你做的？"

杨昭淡淡地"嗯"了一声。

杨锦天猛吸一口气，说："姐，你是学霸啊！你当年高考多少分啊？"

杨昭说："我那年的高考跟现在形势不一样，我的成绩在市里排第九。"

杨锦天沉默了。

杨昭对杨锦天说："这么晚了，你跑出来干什么？"

杨锦天做了个鬼脸："上厕所。"

杨昭说："快回去睡觉。"

"知道了。"杨锦天放下试卷，回屋休息。

回想昨夜的情形，杨昭感觉很奇妙。她隐隐之中觉得她的弟弟似乎跟之前有些不一样了。她看了一眼表，已经是下午了。她打电话叫了个外卖，吃完饭准备接杨锦天放学。

在校门口看到杨锦天的时候，杨昭觉得他脸色有些不好看。

上车后，她问道："今天有什么事吗？"

杨锦天没说话。

杨昭没有开车，转过身看杨锦天："小天？"

"我没事。"杨锦天低声说。

杨昭见问不出什么，又转了回去，开车往家走。

杨锦天在车后座上，眉头一直皱着。刚刚放学的时候，他们班的同学跟他一起走，聊天的时候无意间问到昨天来学校的女人是谁。杨锦天说是他的姐姐，他们又问那个男的是谁。

杨锦天没答出来，他们说："陪着你姐姐一起来学校，是不是她的男朋友啊？"

"不是吧，我不知道。"杨锦天不太想提陈铭生，敷衍道。

他的同学问他："你姐姐身体也不方便？"

"什么？"

他同学小声说："你姐姐也是残疾人吗？"

杨锦天终于听清，他喊了一句："你才是残疾人！"

直到见到杨昭后，杨锦天也一直憋着一股火。回到家，杨昭已经提前叫好了外卖，他在桌上吃东西的时候，看见杨昭进了卧室。

过了一会儿，她换了一身衣服重新出来，杨锦天看出她脸上化了淡淡的妆。

客厅的壁灯是温和的橙黄色，杨昭在门口穿鞋子，她的头发简单盘起，墨黑的发丝间点缀了一个水盈的翡翠扣，映着柔和的壁光，显出一股沉静而冷漠的温柔。

杨锦天说："姐，你去哪儿？"

杨昭说："我今天有事，晚上不会回来。明天周日，你休息，我把你要做的题都整理好了，在你卧室的桌子上，我明天中午之前回来。"

杨锦天握着筷子，说："你要去找那个司机吗？"

杨昭正在开门的手顿了一下，然后说："他叫陈铭生。"

杨锦天说："你找他干什么？"

杨昭说："这与你无关，好好吃饭，我走了。"

杨昭推开门，杨锦天想起放学的时候他同学说的话，"噌"的一下从座位上站了起来，叫道："姐！"

杨昭转过头，杨锦天怔怔地看着她，说："下个月模拟考试，我的年级名次要是能提高五十名以上，你就跟那个司机断了行不行？"

杨昭看着一脸激动的杨锦天，忽然觉得有些想笑，而她也真的笑了出来。

"小天。"

"我没跟你开玩笑！"杨锦天大声说。

杨昭看着他还有些稚气的脸，淡笑道："你先考出来，咱们才有谈条件的前提。"

杨锦天一点头："好，我就考出来！"

杨昭看着杨锦天往嘴里狠填了两口饭，然后就冲进屋里，门被"嘭"的一声关上了。她的笑容也渐渐淡了下来。

杨昭下楼的过程中，抽了一根烟，上车后，她看了一下时间，比她计划的已经晚了一会儿了。她打电话给陈铭生："喂。"

"陈铭生，我可能会晚一些到。"杨昭听见电话那边有麻将碰撞的声音。

陈铭生说："怎么了？"

杨昭说："没什么，我弟弟有些事情，刚刚耽误了一会儿。"

陈铭生说："我去接你吧。"

"不用了。"

放下手机，她开车往陈铭生的家走。

一路上她的头脑有些空白，似乎想了许多事，又似乎什么都没有想。到陈铭生家的时候，已经晚上七点多了，杨昭把车停在楼下，拿着包上楼。

站在陈铭生的家门口，杨昭很清楚地听见了屋里的麻将声。因为陈铭生家的面积很小，能支开麻将桌的地方可能也就是刚开门的小厅。

杨昭敲了敲门，里面很快传来声音："谁啊？"

杨昭听出那不是陈铭生的声音，门被打开，杨昭看过去，开门的人坐在麻将桌靠门的一边，他甚至都没有站起身，只是反手钩了一下门把手，就把门打开了。

杨昭看见他的时候，他半个身子挂在半空中，仰个脖子，大眼睛愣愣地跟杨昭瞅了个正着。

对视不到一秒钟，开门的这个人一边扭身，一边"呀呀"地从座位上站了起来。

"这位是……"他把嘴里的烟拿下来，看着杨昭，说，"嫂子吧？"

这人个子不高不矮，身材匀称，穿了一件休闲的半袖，下面穿了一条宽松的牛仔裤，小平头，圆脸，脸上笑眯眯的。

杨昭面无表情地看着他："陈铭生在家吗？"

"在在在！肯定在！"他转身朝屋里喊，"生哥……嫂子来了！"

他侧过身，杨昭才看到厅里，跟她想的差不多，麻将桌支在厅里正中央，旁边已经挤得连下脚的地方都没有了。

　　桌上还有三个人，两男一女，都在看着她。

　　两个男人中有一个年轻点的，杨昭看着他，觉得有些眼熟，直到他稍稍皱起眉头，杨昭才想起来，这个人是凌空派出所的警察，好像叫小宋来着。还有一个看起来稍稍有些上年纪了，一个女孩瞧着刚刚二十冒头的样子，是最年轻的。

　　陈铭生很快出来了，杨昭看出他是从厨房里出来的，因为他一只手拄着拐杖，另一只手还拿着饭铲。

　　杨昭说："陈铭生，我来晚了。"

　　陈铭生又是那件标志性的黑背心，他看着杨昭，说："先进来吧。"

　　这屋子里真的是人挨人人挤人，杨昭好不容易瞅了个空进去，站到陈铭生身边。

　　刚刚那个开门的人嬉皮笑脸地看着陈铭生，说："生哥，给我们介绍一下啊。"

　　不知道是不是杨昭的错觉，她总觉得陈铭生被这个年轻人调侃得耳根有些发红，只不过脸上依旧淡定。

　　他指着年轻人对杨昭说："他叫文磊，你叫他小文就行，他是我以前的同事。"

　　文磊马上笑着道："嫂子好！"

　　杨昭看着他热情的脸，犹豫了一下，冲他淡淡一笑，说："你好。"

　　陈铭生看着那个年长的人，接着对杨昭说："这位是老王，也是我以前的同事。"

　　杨昭说："你好。"

　　老王放下手里的烟，冲杨昭示意了一下："你好你好。"

　　陈铭生指着剩下的那个年轻男人，说："他是宋辉，是我朋友，你……"他看了看杨昭，杨昭说："我见过，凌空派出所。"

　　宋辉似是还记得当初的事情，他站起身，伸出手说："当初不好意思了。"

　　杨昭握了一下那只手，说："没事。"

　　最后，陈铭生看着那个小姑娘，说："她叫蒋晴，是宋辉的女朋友。"

　　蒋晴长得很单薄，小小的，可能是有些胆小，她笑得很腼腆。她看着杨昭，轻轻点点头，说："嫂子好。"

　　杨昭转头看陈铭生。

　　陈铭生侧目跟她对视了三秒钟，然后败下阵来，转过头对麻将桌上的人说：

"她是杨昭，还……"他又看了看杨昭，杨昭面无表情地看着他，陈铭生又说，"还不是……嫂子。"

杨昭转过头，对在场四人说："叫我杨昭就行。"

文磊喔喔了两声，对陈铭生说："生哥，你加把劲啊，你看嫂子都不认你。"

陈铭生无语地笑了笑，没有说话。

文磊挤了个鬼脸，眼珠来回转了好几圈。

陈铭生对杨昭说："我去做饭了，你……"

杨昭刚要说她跟他一起，文磊就凑过来，把杨昭拉了过来。"来来，嫂子请，请……"他把杨昭弄到自己的座位上，然后推翻了桌上的麻将牌，说，"重开一局，重开一局！"

蒋晴不可见地努了努嘴，她本来要和牌了的。

杨昭看向陈铭生，陈铭生说："你会打牌吗？"

杨昭想了想，说："会。"

陈铭生说："那你跟他们玩会儿吧，厨房太挤了。"

杨昭点点头。

文磊站在麻将桌旁，新一局开始了。

码牌的时候文磊跟杨昭解释规则，说："嫂子，先叉后开门的哦。"

杨昭一愣："什么？"

文磊与杨昭对视一下，眨眨眼，说："就是得先碰牌才能吃牌。"

杨昭点点头："懂了。"

文磊看着杨昭的侧脸，觉得有些好玩。

第一轮牌，大伙让着杨昭，让她先坐庄。杨昭扔骰子扔了个六，文磊在一边鼓掌道："大吉大利！"

跟桌上其他人比起来，杨昭整理牌的速度真是慢到可怜，一桌人干干地等着庄家打牌，杨昭选了选，最后打出个一饼。

文磊说："嫂子，开始别么牌啊。"

杨昭说："是吗？"

宋辉是杨昭上家，打了个二条，蒋晴说："碰。"她看了一眼杨昭的方向，打了个一饼。

又走了几圈，只剩下杨昭没有开门了。

文磊溜达了两圈，老王叼着烟，笑着看他没说话。蒋晴微微猫着身子，挡住自己的牌。宋辉看见了，说："我说文磊，你这么看三家，别人怎么打？"

文磊龇着牙搬了个板凳，坐到杨昭身边。

第一轮，杨昭毫无意外地点了宋辉的炮。

宋辉算了一下，说："六番。"

杨昭没懂，文磊在一边小声说："嫂子，是六十四。"

杨昭转身拿手提包，文磊赶忙拉住她，说："不是不是，是给牌。"桌上铺着麻将布，每人占一个角，角上各有一个小口袋，等文磊拉开的时候，杨昭才发现里面有一沓扑克牌。

文磊帮她拿了几张出来，扔给宋辉："臭小子，嫂子你也敢赢，不想活了。"

蒋晴在一边说："没没，打着玩呢。"她看了一眼宋辉，宋辉挑了挑眉。

杨昭对文磊说："没事，公平打。"

"就是就是。"蒋晴小声说，"你看看嫂子，你就知道要赖。"

文磊求饶："好好。"他点了根烟，靠到后面，说，"我不说行了吧？"

文磊看着牌桌，一把一把打过去，烟雾里的脸色有些不太好看。

杨昭不懂，可他懂。

一圈打完，文磊站起来，对宋辉说："走走，上个厕所。"

宋辉说："我不想去厕所啊。"

文磊啧了一声，说："来陪我。"

蒋晴说："你上厕所也让人陪啊？"

文磊乐呵呵地说："我怕黑。"

宋辉白了他一眼，站起来，跟蒋晴说："帮我码牌。"

"嗯嗯。"

文磊关好厕所门，压低声音，冲宋辉说："你俩这是干啥啊？"

宋辉还装傻，来到洗手台边，低头洗手："什么干啥？"

文磊靠在门边上，说："打夫妻牌啊？"

宋辉说："扯淡。"

文磊说："她本来就不会玩，你们还把把憋大牌等着她点，这么不给生哥面子？"

宋辉洗完手，甩了甩水，转过头对文磊说："你之前见过她吗？"

文磊："没啊，第一次，怎么了？"

宋辉说："她讹了生哥五千块钱，你知不知道？"

文磊一惊："啥？！"

宋辉把之前在派出所发生的事情讲了一遍，文磊紧皱眉头。宋辉说："我是不知道生哥为啥找她，但这女的装得厉害，我就是看不惯她。"

文磊瞪他一眼，说："你说话注意点。"

宋辉冷哼一声。这时，厕所门被轻轻敲了敲，蒋晴的声音传了进来："你们还没完事啊，怎么了？"

文磊握着门把手,最后对宋辉说了一句:"生哥想找谁是他自己的事,他既然找了这个女的,那她就是我嫂子,你就当卖我和生哥一个面子吧。"说完,他打开门,门外蒋晴的脸色有些担忧,文磊冲她笑了笑,错身而过。

蒋晴赶紧钻进厕所,把门关好:"怎么了怎么了,你们吵架了?"

宋辉脸色有些不好看:"没有。"

蒋晴说:"是不是咱俩赢得太多了?"

宋辉摸摸蒋晴的头:"没事。"

蒋晴噘了噘嘴,小声嘀咕道:"干吗都让着她呀?我也是女的,都不见他们让着我。"

宋辉捏了捏她的小鼻子,说:"你多厉害,研究生呢,咱不用他们让。"

蒋晴笑眯眯地拉着宋辉,说:"等下我再赢她两次大的,怎么样?不过咱们都赢了她两百了,会不会太多了?"

宋辉说:"你想怎么打就怎么打,没事。大不了一会儿不要她这么多。"

"嗯嗯。"

回到牌桌上,杨昭在仔细看着自己的牌,文磊听完宋辉的话,心里感觉有些奇怪,他坐回凳子上,杨昭离他只有半米远。

她坐得很直,但又不是板板整整的那种,而是很自然地、放松地挺直腰背。

她很仔细地看着自己的牌,似乎是在考虑下一张打什么。

她打得很认真,可文磊觉得她认真并不是因为输了太多想赢回来,她只是在认真地做自己手头的事情。

文磊低头抽了一口烟,低低地笑了笑。不管宋辉说了什么,文磊也觉得杨昭并不讨人厌。

过了一会儿,陈铭生拄着拐杖过来了。

文磊连忙站起来:"生哥!做好饭啦?"

陈铭生说:"鱼炖上了,过一会儿可以吃饭了。"

老王站了起来,对陈铭生说:"铭生啊,来,你坐着玩会儿。"

陈铭生说:"你不玩了?"

老王捶了捶自己的腰,说:"不行了,老了,坐一会儿就浑身疼,我去屋里看会儿电视。"

陈铭生拄着拐杖坐到老王的位置,刚好是杨昭的对家。灯在杨昭这边的棚顶上,陈铭生那边有些暗淡,屋里烟雾缭绕,天棚的灯光照在白色的麻将布上,显得有些晃眼。

杨昭抬眼,看见陈铭生低头点烟的身影,忽然轻笑了一下。

宋辉和蒋晴都在仔细地看着自己的牌,杨昭的笑容只有文磊一个人看见了。

那笑容里的柔情让他愣住了。

他好像明白那笑容的含义，可等他细细去想的时候，却又觉得自己什么都不明白。

杨昭的笑稍纵即逝，等陈铭生点完烟抬起头的时候，杨昭的目光已经转向了牌面。

"是接着打，还是新开？"陈铭生说。

蒋晴连忙看了宋辉一眼，宋辉了然，说："接着打吧，都打了这么多了。"

陈铭生点点头。

轮到杨昭，她下了一张三万。

蒋晴说："碰！五条。"

陈铭生在牌池里看了一会儿，然后打了一张二万。

"咦？"杨昭看了看自己的牌，说，"碰。"

她把二万捡起来，三张二万排成一排。

蒋晴快速看了宋辉一眼，宋辉低着头，看自己的牌。

杨昭觉得这一轮打得有点奇怪，大家打牌的速度比起之前明显慢了一些。

蒋晴是陈铭生的上家，老王在的时候，她能感觉到老王想和单砸牌，可换了陈铭生，连续倒了几手之后，她又有些迷茫了。她怕给陈铭生点炮，于是给宋辉使了个眼色："八条。"

宋辉推开牌："和，嘿嘿，老婆。"

没等他乐完，陈铭生把牌放倒，手夹着烟，低声说："不好意思，拦了。"

大家看过去，陈铭生和的边，宋辉和的单夹。因为陈铭生是上家，这和牌就被拦了下来。

蒋晴看了一眼，心里舒了一口气，还好还好，就是普通的穷和。

文磊在一边，差点没笑出声来："瞅瞅，来报仇了吧？"

杨昭莫名其妙地跟着继续打，她看不出谁厉害谁不厉害，只是接下来的几轮，杨昭再也没点过炮。

又过了一会儿，老王出来看了看："哟，战况如何了？"

刚好一轮牌打完，陈铭生站起来，说："我去看看鱼，你接一下。"他拄着拐杖进了厨房，杨昭转头对文磊说："你能帮我打一会儿吗？"

文磊会意："能能，我来！"

杨昭站起身，跟文磊换了下位置，然后也进了厨房。

陈铭生家的厨房没有门，只有一块挡着的布。杨昭把布放下，遮住了外面大半视线。

陈铭生单腿站着，正在看一锅汤。

杨昭走过去。她没说话，就站在那看他，陈铭生忍了一会儿，没忍住，低笑了一声。他转过头，看着杨昭，说："干什么？"

跟他比起来，杨昭的表情稍稍有些严肃："陈铭生，你刚刚是不是让我牌了？"

"嗯？"陈铭生拿汤勺盛了点汤，尝了尝。

杨昭说："你喂牌了对不对？"

陈铭生转过来，说："我们是对家，我怎么喂你牌？"

杨昭一愣，说："对家不能喂牌吗？"

陈铭生："不能啊。"

"哦。"杨昭点了点头，看着鱼汤，过了一会儿，她转过眼，盯着陈铭生的表情。

盯了一会儿，她眯眼道："陈铭生你骗我？"

陈铭生扯着嘴角，无声地笑。

杨昭深吸一口气，可她又不能喊，又不能动手，最后只能把这口气咽下了。陈铭生放下勺子，侧过身靠在厨台上，半低着头看着杨昭，表情似笑非笑。

厨房里有咕噜咕噜的鱼汤声，外面是噼里啪啦的麻将声。杨昭看着他漆黑的眼睛，忽然觉得有些热。

陈铭生缓缓低下头，吻住杨昭。

杨昭抱着陈铭生的腰，说："外面还有人呢。"

陈铭生在她耳边用沙哑的声音低声说："那你就别出声啊……"

他们忘情地亲吻。

杨昭察觉到一股浑然的刺激感。

那暗红色的一块帘布，隔开了两个世界。

过了一会儿，外面的人叫喊："生哥！饭好了没？"

杨昭马上推开陈铭生，站到一边。陈铭生冲外面说："好了，收桌吧。"

外面稀里哗啦地把麻将收拾了起来，陈铭生转身把鱼汤都盛出来，杨昭说："我拿过去吧。"

陈铭生"嗯"了一声，杨昭说："还有其他的菜吗？"她看到案板上还放着盘切好的菜。

陈铭生说："等会儿我再把这盘菜炒了就好了。"

杨昭端着鱼汤出了厨房，桌子已经收拾好了。文磊看见了，过来把鱼汤接了过来。

"嫂子我来，我来！"

杨昭说了句"谢谢"，转身又去了厨房。陈铭生已经开始炒菜了。

杨昭进去的时候，陈铭生看了她一眼，说："马上好了，这里地方小，你到外面等我吧。"

杨昭说："你自己能端过来吗？"

陈铭生点点头："可以。"

炒菜很快，十分钟不到陈铭生就把菜炒好了。他拄着拐杖，端着菜盘出来，在桌子上摆好。

文磊嬉皮笑脸地过来，在桌子一角坐下："嘿嘿，生哥。"

陈铭生淡淡地看了他一眼，接着干活。

饭桌是折叠的四角桌，屋里一共六个人，文磊和宋辉各坐了个边角。陈铭生挨着杨昭坐在一起。杨昭的另外一边坐着蒋晴。

"吃饭了吃饭了，饿死我了。"文磊说。他一筷子夹了一口鱼肉，放在嘴里。

"哦哦，生哥你的手艺这么多年都没变啊。"他一边吃，一边冲着陈铭生奉承。

陈铭生懒得理他："吃你的得了。"

杨昭也夹了一口鱼肉，味道确实很好。她看了一眼文磊，说："他以前做饭也很好吗？"

"是啊嫂子。"文磊说，"生哥做饭一流棒，居家好男人！"

老王在一边开口说："小文，你再皮就棍棒伺候啊。"

文磊耸耸肩膀，显然是不怕。他又吃了几口饭，无意之中叹了口气，说："只可惜我们见面的次数太少，我都没有吃过几次。"

"文磊。"陈铭生看了他一眼，文磊垂着眉头，也没有看他。

杨昭看了看文磊，低下头吃饭。

桌子不大，又坐了四个男人，十分挤。基本上每次抬胳膊都会碰到旁边的人。

杨昭本来也不怎么饿，吃了两口就放下筷子了。只不过所有人都还没有吃完，她也没有下桌。

宋辉一边吃一边对蒋晴说："小晴，你也学学这鱼，回去给我做。"

蒋晴笑眯眯地看着他，说："我会做鱼啊。"

宋辉说："嗯，你做的鱼也很好吃。"

蒋晴转头问杨昭："嫂子，你做饭好不好？"

杨昭一愣，第一反应就是看向陈铭生，后者低头吃饭，神态轻松。

杨昭说："我不会做饭。"

蒋晴眨眨眼，说："嫂子别谦虚呀。"

杨昭说："我真的不会做。"

陈铭生在一边"嗯"了一声。

杨昭看他，他也笑着看回来。

蒋晴说："现在有好多女生都不会做饭的。"

杨昭不知道要回什么，淡淡地说了句："是吗？"

蒋晴一边看着她，一边伸手舀鱼汤，说："我是很小开始就做饭了，其实做饭很好学的。"

宋辉在一边说："她上初中的时候就得看家了，还要照顾两个弟弟。"

老王说："那还挺不容易的。"

"嗯嗯。"蒋晴说，"不过其实也没什么呀！"

蒋晴只顾着说话，没注意手里端着的碗偏了，往回收手的时候，鱼汤流到手上，烫得她马上松开了手。

结果一碗汤都洒了出来，大半淌到了杨昭的衣衫上。

鱼汤确实很烫，还好杨昭穿了两件上衣，没有那么严重。她站起来，躲开了还在流的鱼汤。

"好烫好烫！"蒋晴使劲地吹自己的手指。

宋辉马上站起来："怎么样了，烫伤了没？"他从桌子另一边过来，握着蒋晴的手仔细地看。

陈铭生看了一眼杨昭，她的衣服上晕开了很大的一片。他开口想说什么，杨昭的目光和他对视上，轻轻摇了摇头。

陈铭生就没有再说。

宋辉过来，这边就更挤了，杨昭把凳子拉开，自己站到老王那边。宋辉拉着蒋晴，说："来，先拿水冲一下。"

蒋晴皱着小脸，跟宋辉到厨房去了。

他们走后，文磊看着杨昭，说："嫂子，没事吧？"

杨昭摇摇头："没事。"

陈铭生拄着拐杖站起来，说："过来，换件衣服。"

"嗯。"杨昭跟着陈铭生进了卧室。

文磊一直看着他们走进屋，转回头，看见老王也一直看着这边。他们眼神对上，文磊低声说："你觉得咋样？"

老王说："什么咋样？"

文磊说："嫂子呀。"

老王静了一会儿，说："看不出来。"

文磊说："怎么看不出来？"

老王低头点了一根烟，抽了一口，抬起头来，说："不是一类人。"

屋子里，陈铭生把门关好。

"烫到了吗？"陈铭生说。

"没有。"杨昭说。

陈铭生打开衣柜，说："我给你找件我的衣服吧。"

身后没有回答，陈铭生转过头，杨昭站在原地，意味深长地冲他笑着。

陈铭生挑了挑眉："想干什么？"

杨昭轻描淡写地一摇头："没什么。"复又拉着他，"给我挑件好看的。"

"我有什么好看的衣服……"陈铭生无言，从柜子里翻出了一件白衬衫，"凑合穿吧。"杨昭把衣服换下来，陈铭生看着那件被淋上汤的衣服，说："等会儿我给你洗一下？"

"不用了，这面料沾了油是洗不出来的，扔了吧。"

陈铭生抬眼看杨昭，杨昭正低头系扣子。他又看了一眼几乎是全新的毛衫，低头不语。

杨昭换好衣服，对陈铭生说："走吧，别让你朋友等太久了。"

他们回去的时候，宋辉和蒋晴已经回来了。宋辉坐在了杨昭的位置，看见杨昭出来，他对杨昭说："咱们换一下吧，她手烫伤了，我照看一下。"

杨昭点点头，坐在宋辉的位置上。

蒋晴小心翼翼地说："嫂子，等下我帮你把衣服洗了吧？"

宋辉拉着蒋晴的手腕，动了动，小声说："手都烫了怎么洗？"

蒋晴努努嘴，没说话。

杨昭说："不要紧，等下我自己洗就可以了。"

陈铭生看了她一眼，没有说话。

这顿饭很快吃完了，也幸亏有文磊在，桌上的气氛看着一直不错。

晚上十点半的时候，老王说："今天差不多就到这儿吧，铭生，咱们下次再聚。"

吃完了饭，大家站起来的时候，陈铭生对杨昭说："等下你进屋休息就可以了，我来收拾。"这话刚好被文磊听见，他调侃道："生哥啊，做饭洗碗你都包了，这是打算让嫂子娶你进门的节奏啊。"

杨昭看了陈铭生一眼，陈铭生点了根烟，淡淡地瞄了文磊一下，文磊缩了缩脖子，没话了。

蒋晴在一边说："我来收拾桌子吧。"

宋辉拉她到一边，小声说："你怎么这么傻，手都烫了还收拾什么？这屋就你一个女的啊。"蒋晴看其他人没注意这边，对宋辉轻声说："不是，我不是把她的衣服淋了吗，她又不用我洗，我就多干点呗。"

"干啥，又不是咱们家，给她干什么活？大不了一会儿咱们赢的两百块钱不要了，给她洗衣服去。"

蒋晴皱眉，说："啥衣服要两百块钱洗啊，都能再给她买一件了。"

宋辉摸了摸蒋晴的头："大度点，大度点。"

蒋晴还是有点不高兴："好不容易赢了这么多呢。"

宋辉说："就当给生哥了。"

蒋晴想了想，点头说："也对，他都这样了，能找到个女朋友也不容易，就当照顾一下你朋友，嘿嘿。"

宋辉看着蒋晴的小脸，怎么看怎么觉得可爱，掐了掐，说："行了，等会儿该走了。"

宋辉跟蒋晴说完，就去找陈铭生他们了，蒋晴在人群中看见杨昭，杨昭也看见了她。杨昭走过来，从钱包里拿出两百三十五，递给了蒋晴。

"刚刚打麻将的钱。"

蒋晴看了看，说："不用了吧，我刚才把你的衣服淋了，你……你就少给一点吧，剩下的你洗一下那件衣服，然后再买一件。"

杨昭一顿，说："好。"她把三十五的零钱拿回来，蒋晴看见她留下两百，脸上不动神色，心里已经高兴坏了。

她拿过两百块钱，自己揣了一百。等宋辉拿了外衣过来的时候，她把另外的一百块钱给他，说："她给了不少呢。"

宋辉看见一百块钱，笑笑，说："你自己揣着吧。"

蒋晴又笑嘻嘻地把这一百块钱揣了起来。

陈铭生和杨昭跟他们一起下了楼，老王说："不用送了吧？"

陈铭生说："我们正好出去买点东西。"

文磊挤过来，说："买啥呀？"

老王一拳头敲下来："哪儿都有你！"

杨昭扶着陈铭生，走在最后面。

院子里已经没有什么人了，几盏老旧的路灯发着微弱的光。夜风吹过，寒意明显。

文磊搂着衣服蹦跶两下，说："最近降温降得很快啊。"

蒋晴打了个喷嚏，宋辉把自己的外套脱下来，给她披上，说："今晚打车回去吧？"

蒋晴说："别别，坐公交。"

宋辉说："这儿离公交站还挺远的。"

杨昭看了一会儿，说："我送你们过去吧。"

宋辉转头看她，蒋晴连忙说："嫂子你要请我们打车吗？不用麻烦了吧？"

杨昭说："我开车送你们去公交站。"她转头对陈铭生说，"我先送他们走。"陈铭生点点头，把手里的垃圾袋扔到垃圾箱里，说："那我自己去买，等下直接回家。"

"好。"

垃圾箱就在旁边，蒋晴无意中瞄了一眼。在昏暗的路灯下，她一眼就看见了垃圾袋里掉出来的衣服。

那是刚刚杨昭穿的。

蒋晴一愣，身后传来短促清脆的电子锁声，她转过头，看见杨昭已经走到了一辆车旁。

她觉得，来城市里生活这么多年，她已经完全了解了城市的生活。她跟着大学的室友，认识了好多的车，可是她完全叫不出这辆车的名字，甚至在画报杂志上都没有见过。

她看着车头上的银白色豹子，如此力量迅捷，高昂着头，跃然而上，高贵而矜持。

在车上，蒋晴坐在杨昭的后面。杨昭只在上车的时候问了一句公交车站在什么方向，就再也没开过口。

蒋晴悄悄抬头，从外后视镜里看见了杨昭的脸，就像车头那只银色的豹子一样，平淡而冷漠。

她握着衣兜里的二百块钱，手一直在抖。那是一种说不出的感觉，拧着她的心，让她浑身都难受。

她想起刚刚在麻将桌上，她每赢一次，就偷看一下杨昭的表情，想找到胜利的感觉。可杨昭的神情一直都是淡淡的。她一直都没有笑，所以蒋晴断定她心里一定是生气的，只是碍着一堆人在场，不好意思表现出来。

女人总是会不自觉地对比。

蒋晴一整晚都觉得她是占优势的那个。她年轻、聪明，是研究生……她的男朋友高大强壮，陈铭生却是个残疾人。

现在，那一丝优越感被碾得粉碎。杨昭没有说什么，也没有做什么，她甚至照顾了蒋晴的小小自尊心。

可蒋晴依旧觉得脑袋要炸开。

这个世界偶尔复杂难名，但大多时候还是简单而粗暴的。老天用钱和地位画了一条清晰的线，那条线自己会说话，它清楚地告诉着蒋晴——你，在线的另一边。

将他们送到车站，杨昭说了句再见，开着车离开了。

蒋晴一直看着那辆车，一直到消失不见。

宋辉在一边皱着眉说："这车是她自己的吗？不错啊。"

他说了一会儿，发现蒋晴没动静，看过去，蒋晴的眼眶有些红。他连忙搂住她，说："就算是她的，也是她家里给买的。富二代算啥本事，咱们小晴自力更生，比她强一万倍。"

蒋晴没有说话，转身等公交。

宋辉又哄了几句，都不见蒋晴有反应，再多说的话他也觉得没什么意思，心里讪讪的，跟着安静地站在一边。

冰冷的风吹着，车站里三三两两站了几个等公交的人。

蒋晴忽然对宋辉说："我不喜欢那个女的。"

宋辉说："我早就说我不喜欢了，装什么装。"

在宋辉全力贬损杨昭的时候，蒋晴想到的却是另外的事情。

不管是自己挣的，还是真的是富二代，反正杨昭肯定是个有钱的人。她长得也不赖，按理说条件应该很不错，这样的女人怎么会看上陈铭生呢？

蒋晴问宋辉："陈铭生以前是干什么的？"

宋辉一愣，说："他以前也是公安系统的，后来出了事，就退了下来。"

蒋晴说："做什么的公安？"

宋辉摇摇头，说："具体干什么我也不知道，他的户口什么的都是后转过来的，我也是听上面的人说的，让帮忙多照顾一下。"

蒋晴说："他的腿是因公受伤吗？"

宋辉说："不知道，他来这边也就一年多吧。你听他口音，不是本地人，有点南方调。"

蒋晴点点头，又问："那他挣得多吗？"

宋辉笑了笑，说："你看他现在这样，你觉得挣得多吗？"他看蒋晴好像还在想，说，"你问这干啥？"

蒋晴摇摇头，说："没啥，你不觉得那个女的找上陈铭生有点奇怪吗？她那么有钱，怎么找个条件这么差的？"

宋辉不太在意："奇怪就奇怪呗，能有啥办法。"

这时候，公交来了，宋辉跟蒋晴上了车。蒋晴一路上看着车窗外闪逝的路灯，依旧在沉思。她最后对宋辉说了一句："我觉得她找陈铭生肯定有什么原因。"

杨昭开车回去的时候，陈铭生已经到家了。门敞开着，杨昭进去，看见陈铭生在收拾桌子。他把桌子上的桌布撤掉，然后把桌子折叠起来，竖在一旁。

杨昭走过去，把手提包挂到门口的衣架上。

"我帮你吧。"

陈铭生摇摇头,说:"不用了,外面凉,你去屋里待着吧。"

杨昭没有直接进屋,而是走到陈铭生身边,低声说:"你忙了一个晚上了,累不累?"

陈铭生说:"不累。"

杨昭笑了笑,陈铭生侧过脸,看见她淡淡的笑容,嘴角也不自觉地弯了弯。

杨昭与陈铭生对视了一会儿,"扑哧"笑了出声,低下头不说话。

陈铭生垂眉看她,说:"怎么了,刚也没见你喝酒啊?"

杨昭低头,看见陈铭生挽起的裤腿。她抬起头,顺着陈铭生的腰身向下滑,最后停在那一截断肢上。她轻柔地摸了一下,然后抬起眼,对陈铭生轻声道:"我先洗个澡。"

陈铭生揉了一下她的头,说:"去吧。"

或许那么一瞬间,杨昭从密密麻麻的感情荆丛里清醒了片刻。她在转头的刹那,似乎在陈铭生的眼睛里看到了一股不知名的力量,那股力量拉着陈铭生,朝着沉默而去。

杨昭很快再次回头,紧紧地看着陈铭生的眼睛。陈铭生注意到,转过头,看着杨昭:"怎么了?"

杨昭缓缓摇头:"没什么。"

杨昭来到洗手间,陈铭生家没有严格的浴室,没有淋浴房,也没有浴缸,只有一个简简单单的淋浴,安放在贴满瓷砖的墙上。陈铭生这里只有一双塑料拖鞋,杨昭想了想,光着脚直接踩在瓷砖上。

她一件一件地脱掉衣服。

屋里没有空调,也没有浴霸,只有屋顶上一盏青白色的灯。

杨昭散下头发,余光看见挂在墙上的小镜子,里面的人看起来苍白又冷静。

杨昭拧开淋浴,调好水温。热水一流出,白蒙蒙的雾气很快充满了整个洗手间。杨昭在朦胧的雾气中看见了被她挂在墙上的衣服。

那件白色的衬衫夹在她柔软的裙子中,显得更加有棱有角。

杨昭笑了一声,将脸上的水抹掉。

她再一睁眼的时候,就看见洗手间的门被轻轻地打开。

陈铭生的身影在白蒙的蒸汽中显得有些迷蒙。他似乎在看着她,又似乎低垂着眉眼。

杨昭看着那件贴身的背心,那种黑色与他的发、他的眼睛如此相似。

有时清醒,有时怀疑。有时浓烈,有时沉默。

淋浴的水哗啦啦地落到杨昭的身上,又落到地上。那个男人安静的神情看在杨昭的眼里，每一分每一秒，都是磋磨。
　　杨昭说："陈铭生，过来。"
　　陈铭生拄着拐杖，走过去。洗手间本就不大，他只向前一步，淋浴的水就溅到他的身上，可他没有停下，一直走到杨昭的面前。
　　热腾腾的水流很快淋湿了他的衣服、他的发梢，还有他拄着拐杖的臂膀。
　　他低着头看了眼杨昭，杨昭的长发淋湿，顺到脑后。她饱满的额头上，布满细小的水珠。
　　杨昭抬头看他，低声笑着说："陈铭生，你挡住光了。"
　　她听见清脆的一声，陈铭生松开了拐杖，双手扶着杨昭的腰。杨昭环抱住他宽厚的背脊，说："地上有水，你站稳点。"
　　陈铭生静静地看着她，杨昭在一片逆光中，描绘出他的容貌。她抬手，摸了摸陈铭生湿淋淋的头发。
　　她说："陈铭生……"
　　陈铭生一动未动，低低地道了句："嗯。"
　　杨昭笑了，说："那天，你也浇得像现在这样。"
　　那个夜晚，那次偶然的相遇。如果没有那一场大雨，或许一切都会不一样。
　　陈铭生一手抵着墙角，一手抱住杨昭的腰。
　　杨昭看着墙角的瓷砖，或许年代久远，瓷砖的缝隙边都是青黑色的印记。她手臂颤抖，陈铭生这样站着已经有些费力了，她怕他们会一起倒在厕所里。
　　杨昭紧皱着眉头，在哗啦啦的水声中，咬紧牙关。
　　陈铭生见她这样，莫名笑了一声。
　　她终于开口："陈铭生，你……"
　　陈铭生低沉道："我什么？"
　　杨昭也说不出是怎么了，只是今晚陈铭生比往常更加沉默。
　　她觉得，或许是他有些累了……
　　可他的怀抱依然紧密。他的眼神、他的声音和他微微颤抖的身体，都因为这一份沉默，而更深地进入杨昭的内心。
　　那晚，杨昭和陈铭生睡得很晚。
　　杨昭自己带了一件睡衣，长袖的丝绸连身裙，她换好衣服，和陈铭生一起躺在床上看电视。
　　杨昭很少看电视，她看着电视上来来回回地转台，觉得陈铭生可能也不常看电视。
　　最后，陈铭生把电视停在一个午夜电影场，上面放着一部原声字幕的美国西部片。

杨昭躺在陈铭生的怀里，屋里没有开灯，只有电视上闪烁的光影。陈铭生一手抱着她，说："困了就睡。"

杨昭有些累了，她点点头。

她的视线里，有陈铭生微屈的左腿。电视上银白的色彩照在他的长裤上，她细数着上面柔软的褶皱。

陈铭生的脚上筋络清晰，脚掌修长，轻踏在床上，床单微微陷下去一些。

杨昭记不得那个电影讲的是什么，她甚至无法回忆起它的名字。在她那一整晚的记忆里，只有陈铭生搂着她的沉稳的手臂，还有电视上一直不断变化的光影。

第二天早上，杨昭起来的时候，陈铭生已经起床了。

他站在外面的阳台上，正抽着烟。他的胳膊杵在阳台上，手指里夹着烟，已经抽过了多半根。

时间还很早，太阳还没有完全升起来。杨昭没有出声，她躺在枕头里，静静地看着他的背影。

他的姿势很放松，背轻微地弯曲着，她能看到黑色背心勾勒出的一节节的脊梁，看起来如此踏实。

陈铭生的背很宽，肩胛骨从背心里延伸出来，形状规则又性感。

杨昭喜欢看他抽烟。

对于烟，杨昭一直保持着一种暧昧不明的态度。

她还记得自己第一次抽烟的时候，还只是一个中学生。

或许杨昭一生都规规矩矩、平平淡淡，只有抽烟这一项，她早早地就破了例，并且延续到现在。

她已经不记得当时是为了什么事抽的烟，但是她清楚地记得当时的感觉。浓烈的、深沉的，仿佛心里开启了一个无底的深渊，里面充满了未知与幻想。

所以从那时起，她就一直抽烟。

高中之后，杨昭知道学校的很多男生也抽烟，她在教学楼后面的小块没有监控的地方偶遇过他们。

说起来，那时杨昭很鄙夷那些人。

她觉得他们在用一种肤浅的、幼稚的、毫无意义的心理来抽烟。后来，杨昭才明白当初的自己跟那些男生一样的幼稚。她也才体会到，能用肤浅而幼稚的心态抽烟，是多么幸运的事。

她喜欢看陈铭生抽烟。不快不慢，安安静静。他抽烟的时候总喜欢低着头，像是在思考，也像是在回忆。

杨昭从床上起来，穿上拖鞋，来到阳台上。

陈铭生看见她，说："醒了？"

"嗯。"

杨昭站在阳台上向下看，时间还很早，院子里已经有了很多人。有人在散步，有人在遛狗，还有人在下棋。

这个院子里并没有比较现代化的健身器材，只有两根粗木桩，没有枝叶，看起来是已经死了的树。木桩旁有几个老太太，背着身朝木桩上靠，一下又一下。

陈铭生说："你饿不饿？"

杨昭摇摇头，说："不，等下我就回去了。"

陈铭生点点头。

杨昭被晨风吹拂得十分舒服，又站了一会儿，她转过身，准备去洗脸。在她转身的时候，陈铭生伸出一臂，抱住了她。

杨昭："做什么？"

陈铭生笑笑，在她唇上亲了亲，就放开了。

杨昭洗漱好后，就离开了。她临走时，对陈铭生说："我再找你。"

陈铭生点了点头。

杨昭回到家，开门的时候才反应过来，她的手机忘在陈铭生那里了。

杨昭开了门，杨锦天听到声音，走了过来。

"姐，你回来了。"

"嗯。"杨昭进屋，说，"你在做什么？"

杨锦天说："看书。"

杨昭拍拍他的肩膀，又说："吃饭了吗？"

杨锦天说："吃过了，我叫了必胜客。"

杨昭笑了笑，说："去学习吧。"

杨锦天看着杨昭，欲言又止。杨昭脱完鞋，看向他："怎么了？"

杨锦天说："你还记得昨天我说的话吗？"

杨昭点头："记得。"

杨锦天说："那就好。"他也不再多说，转身进了卧室。杨昭看着他的背影，看着他关上的房门，静默不言。

杨昭从冰箱里拿出一瓶矿泉水，倒在杯子里。她拿着杯子想了好一会儿，然后发现自己背不下来陈铭生的电话。

她与他做了许多事，甚至可以说，她在陈铭生身上下的功夫，远远多于她之前的任何一个男友。

可她记不得他的手机号码。这个认知让她在电话前站了很久。

最后，她打了自己的手机。

电话很快就接通了，陈铭生在电话那边告诉她，他已经在路上了，等会儿就把包给她送回来。

杨昭不知道要说什么，道了句"谢谢"。

其实杨昭走了没多一会儿，陈铭生就发现她的手机忘在这里了。

陈铭生拿着手机下楼，打算给杨昭把手机送回家。她提过今天要回去监督杨锦天学习。

陈铭生上车后，把接客的灯牌按倒，拐杖直接扔在了后座上。在他开车到一半路程的时候，接到了杨昭的电话，挂断没多久，电话又响了。

他接通电话，淡笑着说："又忘了什么？"

那边静了一下，陈铭生觉得有些奇怪，刚要再问，电话那边传来一道低沉的男声："你是哪位？"

陈铭生握着方向盘的手顿了一下，他把手机拿下来看了一眼，屏幕上面显示着联系人——薛淼。

陈铭生说："你找杨昭？"

薛淼说："这不是小昭的手机号吗？"

红灯亮起，陈铭生踩了一脚刹车，车缓缓停在路口的第一排。

陈铭生说："她的手机忘在我这儿了。"

薛淼"唔"了一声，又说："那你是？"

陈铭生看着红灯上的计时器，一秒一秒地减少。他张了张嘴，低声说："我是她朋友。等下会把手机给她送过去。"

薛淼说："请问你现在在什么地方？"

陈铭生说了自己的位置，薛淼说了句"稍等"，低下头在导航器上按来按去，最后确定了位置。他说："你离小昭那里已经很近了。"

陈铭生不知道要说什么，淡淡地"嗯"了一声。

薛淼笑道："那回见了。"

陈铭生直到把车开到杨昭家楼下的时候，才明白薛淼那句"回见"是什么意思。

在杨昭的单元门门口停着一辆银灰色的保时捷。一个西装笔挺的男人放松地靠着车站着，似乎正在看小区里的风景。

这个画面似曾相识。

陈铭生不知道为什么自己能这么清楚地记得这辆车的车牌，他也不知道为什么他在与那个男人对视的一瞬间就知道他是薛淼。

薛淼似乎也认出了陈铭生，他试探地冲他挥了挥手。

陈铭生冲他点了点头，薛淼走过来，在陈铭生车窗边弯下腰，说："你好。"

陈铭生还坐在车上，他看了一眼薛淼，说："你好。"

薛淼说："小昭不常忘东西，这次麻烦你了。"

薛淼个子很高，他弯着腰，余光看见放在车后座的拐杖，微微一愣，不由自主地看向陈铭生的腿。

陈铭生图方便，没有穿戴假肢，缺失的右腿一览无余。

薛淼只看了一眼就移开了目光。

陈铭生没有说话，薛淼又说："一起上去吗？"

陈铭生手握着方向盘，缓缓摇了摇头，他把放在副驾驶座位上的手提包递给薛淼，低声说："我不上去了。"

薛淼拿过包，说了句："多谢你。"

陈铭生淡淡地说了句"不用"，挂挡倒车。

薛淼直起身，看着陈铭生倒车离开。他目光轻松地看着那辆红色出租车消失在视野里，努了努嘴，抬手松松衣领，然后转身进了单元门。

杨昭开门看见薛淼的时候，眉头明显皱了皱。

薛淼眯着眼睛，语气难过地说："小昭，你是不是忘了我今天会来？"

杨昭脑子转了一下，回想起不久前他曾告诉她他要回国，还说要跟她一起吃饭。

"是今天吗……"杨昭把薛淼迎进门，说，"对不起，我忘记了。"

薛淼进屋，把手里的手机递给她，说："你最近忘记的东西可不少。"

杨昭接过手机，明显一愣。她看着薛淼，说："怎么会在你那里？"

薛淼说："我在楼下碰到送手机的人了。"

杨昭说："他人呢？"

薛淼换上拖鞋，说："我叫他跟我一起上来，他没有答应，已经走了。"

杨昭看着那个黑色的手提包，静了一会儿，对薛淼说："他走前……说什么了吗？"

薛淼走进客厅，在酒架上抽出一瓶酒，放到桌子上，说："你想让他说什么？"

杨昭转头，看见薛淼脱下了自己的西服，放松地坐在沙发上，他也看着她，笑着说："你应该不是在打车的时候忘记了手机吧？"

杨昭没有说话。

薛淼倒了一杯酒，像是无聊一样在杯子里晃来晃去，没有喝。

杨昭点了一根烟，坐到薛淼对面："你看出来了？"

薛淼看着转动的酒，说："看出什么？"

杨昭也懒得跟他拐弯抹角，她说："我昨晚在他那里过的夜。"

薛淼的手没停，说："是吗？"

杨昭弹了一下烟灰，说："我跟他在一起了。"

薛淼忽然乐了一声，他抬眼，看着坐在对面的杨昭，表情平和又纵容，就像是在看一个不懂事的孩子："小昭，你知道你现在像什么吗？"

杨昭把烟放在嘴里，没有看他。

薛淼说："你就像一个陷入初恋的年轻学生，为了一时欢愉，以为全世界都能为自己让开路。"

杨昭说："你管好你自己就行了。"

薛淼笑了笑，把酒一饮而尽。

他看着杨昭，说："你自己做的选择，我无权干涉，而且你现在在休假。"说到这，薛淼又皱了皱眉，小声嘀咕了一句，"该死的休假……"然后他接着说，"假期是放松的、自由的，你可以为所欲为。不过——"

他话音一转，淡笑着看着杨昭，说："作为你的老板，或者作为你的好友，我还是想提醒你一句。"

杨昭抬头，薛淼的神情在淡淡的烟雾中有些别样的意味。

他说："人的精力是有限的，别在无聊的事情上浪费太多时间。"

火星一点一点地烧着烟卷，杨昭淡淡的喘息，让烟云盘旋的轨道有些许的偏差。

旁边传来声音，杨锦天从卧室里出来了。

薛淼之前见过杨锦天一次，他坐在沙发上笑着跟杨锦天打招呼："你好，男孩。"

杨锦天冲他点点头："你好。"他走过来，对杨昭说，"姐，我来拿点水。"

杨昭没有说话，她似乎盯着虚空中的某一处静住了。

杨锦天打开冰箱，取了一瓶水。杨昭忽然站起来，低声说了一句："我去一趟洗手间。"

杨锦天看着杨昭离开，转过头对薛淼说："我刚刚听见你们说话了。"

薛淼一挑眉，说："哦？"

杨锦天微微低头，说："我也不喜欢那个人。"

薛淼说："你认识他？"

"嗯。"杨锦天想起陈铭生，忍不住皱了皱眉头，说，"一个残疾人，成天缠着我姐，真当傍富婆呢……"

薛淼倒了半杯酒，说："他们来往多久了？"

杨锦天说："没多久。"

薛淼笑了笑，说："看起来你确实不太喜欢他。"

杨锦天冷笑一声，关上冰箱打算走。

薛淼说："等等。"

杨锦天转过身，看见薛淼站了起来，走到自己面前。杨锦天个子不矮，但还是比薛淼低了半个头，而且薛淼经常锻炼，是杨锦天这种还在长身体的学生不能比的。

他在杨锦天面前站住，杨锦天只觉得薛淼是如此高大。他穿着整洁的衬衫，英俊潇洒，头发一丝不乱，身上带着淡淡的男士香水的味道。

杨锦天抿了抿嘴。

薛淼看起来十分优秀，那种既不自大也不热络的淡淡疏离感，让年纪轻轻的杨锦天忍不住憧憬。

薛淼从怀里拿出一个小盒子，递给杨锦天。

杨锦天接过，问他："这是什么？"

薛淼说："送给你姐姐的。"

那是一个黑色的丝绒盒子，款式很简单。杨锦天用拇指轻轻推开盒盖，看见里面放着一枚戒指。

不是钻石，也不是金银，而是一只绿宝石戒指。

像是包含万物的幽深绿色，静静地躺在黑绒盒子里，那冰冰凉凉的视感，让人看着就不禁静下心来。

杨锦天抬眼，看着薛淼："戒指？"

薛淼与他对视一眼，挑了挑眉，有些玩笑地说："你再这样看着我，我就更不好意思了。"

杨锦天扣上盒子，说："你怎么不自己给她？"

薛淼耸耸肩，说："我害羞。"

杨锦天忍不住又打开盒子，他盯着那幽深的绿宝石，似乎看入迷了。

薛淼轻声说："是不是很像你姐姐？"

杨锦天抬头，看见薛淼的目光也定格在那枚戒指上。

褪去兴致勃勃的神情，平静下来的薛淼终于有了这个年纪的男人该有的深沉，夹杂着丝丝毫毫的疲惫感。

杨锦天忽然问他："你喜欢我姐吗？"

薛淼看着杨锦天，说："这世上的大多事，都不能单纯地用一个词来解释。"

杨锦天皱眉想了一会儿，说："那到底是喜欢还是不喜欢？"

薛淼看着杨锦天紧盯他的眼睛，认输似的笑了笑，说："喜欢。"

杨昭在洗手间里洗了脸，出来后，她走进卧室，反手关上门。她把手机拿出来，来到卧室的最里面，拨通陈铭生的电话。

她想要听到他的声音，不管说些什么。

陈铭生过了许久才接电话。

"喂。"

"陈铭生，我是杨昭。"

"嗯。"

杨昭说完这句话，就不知道要说些什么了。她握着手机，看着窗外林立的高楼，两人之间陷入了难言的静默。

陈铭生也没有说话，杨昭咬了咬嘴唇，说："谢谢你，把我的包送来了。"

陈铭生"嗯"了一声，低声说："没事。"

杨昭顿了一会儿，然后说："你今天有时间吗？"

她终于还是问出了口。

她忘记了今天与薛淼吃饭的约定，忘记了要给杨锦天补习，或者说，她根本只是装作记不住而已。

杨昭迫切地想要见陈铭生。

但陈铭生说："对不起，我今天要跑夜班。"

杨昭的心一瞬间静了下来——不是冷，也不是凝重，只是静了下来。她淡淡地说："那我下次再找你。"

陈铭生说："好。"

杨昭放下电话，才发现自己的手在颤抖。

她知道杨锦天和薛淼在客厅聊天，他们在聊什么，她也大概猜得到，她坐在床上，根本不想回到客厅。

"人的精力是有限的，别在无聊的事情上浪费太多时间。"

"对不起，我今天要跑夜班。"

薛淼和陈铭生的话来来回回、反反复复地浮现在她的脑海，杨昭按住额头，深吸一口气。

还有谁……

杨昭想，除了她的弟弟、她的老板，还有谁要告诉她，她走在一条扭曲的道路上？

还有谁？

陈铭生在床上低头抽烟。

他懒得看表，也大概知道自己这样坐了一个多小时了。他的右腿有些不舒服，可他并不想动。

陈铭生的手边放着一个烟灰缸，里面横七竖八地插了十几个烟头。

他的一只手里拿着手机。他把手机打开，看着最后一条通话记录——持续时间三十四秒。

他又抽了一口烟。

这时，他的手机响了。在手机响起的一瞬，他不能否认自己的心也跟着猛烈跳动了一下。他看向手机屏幕，上面显示的来电联系人是宋辉。

陈铭生把烟夹在手里，接通电话。

"喂。"

"喂，生哥，我宋辉。"

"嗯，有事吗？"陈铭生淡淡地应了一声。

"啊，是这样的……"宋辉"嗯"了几声，说，"今天晚上我请你吃饭吧。"

陈铭生说："怎么突然要吃饭？"

宋辉在那边笑着说："最近几次都是你请的，也给兄弟个表现机会啊。"

陈铭生淡笑一声，说："不用麻烦了。"

宋辉说："生哥，你最近看着很累啊。"

陈铭生说："是吗？"

"正好出来散散心呗。"宋辉说，"小晴也来，她还要跟你说点其他事情。"

陈铭生一怔："什么事？"

宋辉支支吾吾，说："手机里也说不清楚，晚上出来吃饭吧。"

陈铭生还是有些犹豫。

宋辉又说："小晴说，好像是跟嫂子有关。"

陈铭生拿着手机的手微微一紧："什么？"

"哎呀，总之你出来吧。"宋辉说，"晚上八点，怎么样？"

陈铭生顿了一会儿，说："在哪里？"

宋辉说："在你家附近的乐天大排档吧，离你那儿近一点。"

陈铭生抽了口烟，说："好。"

杨昭一直坐在卧室的床上，直到薛淼敲门进来。

"哦，小昭，我还以为你在洗澡，原来你躲在屋子里。"薛淼进屋，他还是第一次进杨昭的卧室，好奇地看来看去。

杨昭坐在床上抽烟，头都没有回。

薛淼来到杨昭面前，强壮的身体挡住了杨昭的视线。杨昭在一片黑影中抬起头，说："你哪天走？"

薛淼神情一苦，说："你该不是在赶我吧……"

"没。"杨昭说，"我只是问一问。"

薛淼说："过几天北京有个交易会，我要去参加。"

杨昭点点头。

薛淼看着她，说："太阳都快落山了，你饿了没有？"

杨昭一点食欲都没有，摇头，说："不饿。"

薛淼一手捂着自己的胃，说："可我饿了……"

杨昭把剩下的烟掐掉，说："你想吃什么？"

薛淼说："我对这里并不熟悉，这里是你的家乡，你来想地方。"

杨昭看他，说："带你去哪儿你都吃？"

薛淼乖乖地点头，说："去哪儿都吃。"

杨昭说："那好，再休息一下，等会儿我带你去吃饭。"

薛淼低头看着杨昭，他看见杨昭黑色的头顶，看见她额头的一角。薛淼走过去，抬起手，轻轻托起杨昭的下颌。

杨昭看着他，薛淼低声说："小昭，你看起来很疲惫。"

杨昭转了下头，离开薛淼的手，她说："没什么。"

薛淼说："给我根烟怎么样？"

杨昭疑惑地转过头，看着他，说："你不是不抽烟吗？"

薛淼笑笑，说："我闻闻。"

杨昭把烟盒给他。薛淼拿过来，从里面抽出一根，在修长的手指间翻来覆去地转了转，又放到鼻子边闻了闻。

他说："小昭，你还记得我们第一次见面的场景吗？"

杨昭淡淡地说："在加州的一次艺术家聚会上。"

薛淼笑了笑，两指夹着烟，快速地晃了晃，说："你记错了时间，以为聚会是第二天。结果那天你赶来之前，刚好抽了很多烟，你来不及换衣服，为了盖住烟味，就喷了很多香水。"

杨昭似乎也想起了当时的窘迫，那时她还只是个在读的研究生，在艺术圈完全是个新人。

她轻笑一声，说："是啊。"

薛淼撇撇嘴，有些调皮地说道："与你的谈话简直熏没了我半条命。"

杨昭看他一眼，薛淼说："还好我看过你的作品，不然一定会错过。"

杨昭轻松地哼笑一声，再看他，发现薛淼依旧在静静地看着自己。

他又说了一遍："还好……"

杨昭轻轻垂下眉眼。

薛淼说："有时我总会觉得，你似乎还是当年那个有些冷漠也有些单纯的孩子。"

杨昭安静地低着头。

薛淼低声说："但是我知道，你不是这么天真的人。小昭，我并不是看不起那个男人，只是因为女主角是你，所以我觉得有些奇怪。"

杨昭说不出话。

她偶尔抬眼，看见薛淼的表情，又忍不住低下头。真的就像他所说的，她就像一个没有毕业的小学生一样，在老师的注视下，无处遁逃。而老师需要的答案，她自己也不知道。

她想起陈铭生，想到他的容貌，想到他的吻，最后想到他缺失的那条腿……或许理由她自己隐约清楚，但那答案似乎藏在很深很深的地方，她不能马上给出。

薛淼见杨昭不说话，也不再逼她。他把那根烟放到自己的怀里，然后把烟盒还给杨昭，说："我去收拾一下，我们等下去吃饭。"

杨昭低低地"嗯"了一声。

薛淼走到门口，停下脚步："对了。"他扶着门把手，转过头又对杨昭说，"我还要再跟你说一句……"

杨昭转过头，薛淼在不远处看着她，说："那些让你觉得疲惫和不愉快的人，不管是朋友，还是其他，都不要接触。"薛淼说着，眨了眨眼，说，"你有这个权利，对自己好一点。"

杨昭轻笑一声，说："谢谢。"

晚上出去吃饭的时候，杨昭开了自己的车。薛淼坐在副驾驶的位置，问她："那么，咱们去吃点什么？"

杨昭专注地看着后视镜，说："你不是说吃什么都可以吗？"

薛淼说："没错，都可以，你想带我去哪儿？"

杨昭把车开出小区，说："去我喜欢的地方。"

晚上八点的时候，陈铭生准时来到乐天大排档，宋辉和蒋晴已经到了。

陈铭生拄着拐杖过去，他们选了一张在外面的桌子，宋辉招呼陈铭生："生哥，坐这儿。"

陈铭生把拐杖放到一边，说："你们等久了吗？"

蒋晴在一边摇头，说："没没，我们也是刚刚到的。"

陈铭生点点头。

宋辉叫来服务员，点了菜，又叫了几瓶啤酒。

"生哥，前几次都是你请客，这次我们请你，来，喝酒喝酒。"宋辉给陈铭生倒了一杯酒，陈铭生手扶着杯子，低声说，"你也帮了我很多忙，不用这么客气。"

宋辉笑着说："是啊，咱们都是兄弟，客气啥？"

陈铭生将杯子里的酒一口喝光。

他们喝酒的时候，蒋晴在一边给宋辉夹菜，说："你们俩慢点喝，又没人抢。"

宋辉笑道："你不懂，男人喝酒就得大口大口喝。"

蒋晴小声哼笑，又给陈铭生夹了一只扇贝，说："生哥，你也吃东西。"

陈铭生点头，说："谢谢。"

蒋晴摇头："不谢不谢。"

很快，五瓶啤酒都喝完了，宋辉的脸有些红，拍着陈铭生的肩膀，叫来服务员，又点了几瓶酒。

陈铭生说："差不多就喝到这儿吧，你等会儿还得回去呢，别醉了。"

"没事，没事。"宋辉打了个酒嗝，说，"我就是喝酒脸红，其实没醉。"

陈铭生低着头，然后抬眼看宋辉，说："你今天说，有关于杨昭的事……"

宋辉手一顿，然后皱了皱眉头，摆手说："她啊……"

陈铭生说："她怎么了？"

宋辉深吸一口气，因为喝了酒，他的眼珠里带着血丝，"生哥，我问你，咱们是兄弟不？"

陈铭生看着宋辉通红的脸，点点头，说："是。"

"对！咱们是兄弟，所以我是为了你好！"宋辉拿手指了指不知道什么方向，说，"兄弟劝你，跟那女的断了！"

陈铭生一愣，然后笑了笑，说："说什么呢？"

宋辉说："生哥，你怎么这么死心眼啊，啊？你非跟她在一起干啥，你图啥啊？"

陈铭生没有说话。

蒋晴有点看不过去了，连忙拉住宋辉，说："你乱说什么，生哥不是那种人。"

"我知道！"宋辉大声说，转头瞪着陈铭生，说，"这世上条件好的女的多了去了！她不就是有俩钱嘛！"

他指着蒋晴，又说："小晴——小晴家是农村的，家里还有两个弟弟，她从小就得边照看家边上学。但她自己要强，考上城里的大学，还拿奖学金考上研究生，她父母确实没那女的父母有钱，但她比那个杨昭差什么了？"

蒋晴咬了咬嘴唇，眼眶也有点泛红，她拉着宋辉，说："你别说这个了。"

陈铭生拿出一根烟，点着，低声说："你找我来，就是要说这个？"

　　宋辉抹了下鼻子，坐在一边喘气。蒋晴连忙说："生哥，不是这样的，其实我们……我们是有别的事情想告诉你。"

　　陈铭生看了她一眼，说："什么事？"

　　蒋晴一顿，她之前都没有察觉，陈铭生那双眼睛，看起来是那么黑。

　　她低下头，从包里拿出一沓纸，对陈铭生说："生哥，其实我也不太确定，但是……"她把纸递给陈铭生，陈铭生接过，看了两眼。

　　"这是什么？"

　　"是你看上的那女的！"宋辉在一旁说，"就是个变态！"

　　陈铭生眉头一皱，蒋晴赶忙说："不是不是，我……我也是无意中看到的，你看看上面写的。"她一直看着陈铭生的脸色，小声说，"生哥，你知道有一种人心理变态吗？他们专门喜欢残疾人的。"

　　陈铭生看着手里的纸，蒋晴在一边说："听说他们看见残疾人的身体就会有……"她似乎有点不好意思，小声说，"就有那啥的冲动。"

　　宋辉说："就是变态！知道不！老子是不管这些，要是负责这个，我把他们全抓起来！"

　　蒋晴拉着宋辉，说："你小点声，别人听到以为我们这桌干啥呢。"

　　陈铭生嘴里叼着烟，将手里的几页纸一条一条地看完。

　　宋辉说："生哥，我就说这女的平白无故找你干啥，你看她之前在派出所的时候，跩得二五八万似的，后来知道你是……知道你腿不方便的时候，就上赶着来找你了吧？"

　　陈铭生安静地坐着翻手里的纸。

　　"她就是玩你呢，把咱们当傻子吗……生哥，你得……"宋辉说到一半，忽然被蒋晴拉住了，他一转头，看见蒋晴眼睛看着陈铭生身后的地方。宋辉瞄过去，就看见杨昭站在两个桌子开外的地方，看着他们。

　　蒋晴连忙笑着说："嫂子，你怎么也来了？"

　　陈铭生转过头，与杨昭四目相对。

　　"叫什么嫂子！"宋辉打断蒋晴，站起来，瞪着杨昭，也不知是说给蒋晴听，还是说给杨昭听，"谁是嫂子，咱可都是正常人。"

　　蒋晴有点害怕。

　　她在想杨昭到底听到了多少，他们说她是变态，她要是跟自己闹怎么办……不过她转念再一想，她当初果然猜对了，杨昭的的确确是有其他的目的。她这是在帮陈铭生。

　　大排档的外棚上，挂着单独的灯泡，杨昭刚好站在灯泡下面，白烈的光照在她的脸上，显得有些苍白。

杨昭看着陈铭生，他坐在塑料凳子上，在这样的光线下，他的轮廓似乎更加清晰。她又看到桌子上吃得乱七八糟的海鲜壳，旁边堆放的空酒瓶。

还有，旁边坐着的宋辉和蒋晴。

周围有几桌人听见宋辉刚刚说的变态什么的，以为有热闹，都盯着杨昭看。

是了，杨昭心想，除了她的弟弟、她的老板，还有他们⋯⋯

她一直在自己的世界里生活，偶尔会将一些接受的人容纳进来。而现在，有人要用其他的方法撬开大门，他们似乎认为，那里有一些奇怪或者隐秘的东西存在。

他们蜂拥而上，用手撕开了杨昭的内心世界，他们睁大眼睛，咆哮着，嘴上挂着笑容，寻找那些他们觉得未知的、肮脏的、不可见人的东西。

杨昭想问他们，你们找到了吗？

很多人看着杨昭，似乎在等着她崩溃开骂的一刻。

可杨昭最后只是笑。

陈铭生没有见过她这样的笑容，他甚至没有见过她这么轻松的神态，就像是找到了追寻已久的答案。

她看了看周围、路灯、天棚、塑料桌，还有几个盯着她看的人⋯⋯最后，她看回陈铭生的眼睛。

杨昭的目光有几分温柔、几分洒脱，甚至还有几分傲慢。

她轻声对他说："陈铭生，我的欲望是真的，我的感情也是真的，我坦坦荡荡。"

陈铭生的心毫无征兆地狂跳起来。

不远处，薛淼站在阴影里，他低着头，手里拿着那根香烟，轻轻转动。他侧过脸，看着站在白灯下的杨昭——这里所有人都站在她的对立面，或许，有那么一刻，连那个男人也摇摆不定。可她依旧诚实地向他表述感情，就算有可能会遭受更多的难堪。

她就像一个战士，薛淼想，在千军万马前，捍卫自我。

你可以笑，可以谩骂，可以鄙夷。

她不会难过，不会辩解，也不会委屈。

人心是一片荒芜的平原，黑暗笼罩，只有偶尔一声惊雷，撕开了无际的天际。

而陈铭生在那偶然的瞬间，透过浅浅的裂隙看到了一个完整的灵魂。

那一刹那，陈铭生知道，他完了。

Chapter 5

旅行・列车・我是好人

杨昭看着陈铭生，他的目光里似乎有些再也藏不住的东西。
　　陈铭生手扶着桌角，想要站起来，可杨昭的手臂已经先一步被薛淼拉住了。
　　薛淼淡笑着看着杨昭，说："咱们先离开这儿。"
　　杨昭张了张嘴，薛淼低声道："总不能在这让人当猴子看，先离开再说，你们之后还可以再联系。"
　　杨昭转头看了看，四周的人因为薛淼的出现，看戏的兴致更加高涨起来。杨昭低垂眉眼，淡淡地说了句："嗯。"
　　薛淼领着杨昭离开大排档，一路上，杨昭并没有回头。
　　陈铭生扶着桌子的手微微有些泛白，他紧了紧指头，最后还是松开了。
　　宋辉看了看情形，在一边说："生哥，你别被她给蒙住了。她……"
　　他说到一半，忽然停住了。
　　陈铭生在看他，安安静静地看他。
　　他没有说话，也没有任何表情，但是那种目光，让宋辉一瞬间酒醒了一半。
　　蒋晴被吓了一跳，连忙出来打圆场，说："没事的没事的，嫂子可能误会了。"她看了看陈铭生，说，"生哥，是我们的失误，不过没事的，你看嫂子她都没怎么样，哄一哄就好了。"
　　陈铭生低下头，从裤兜里拿出钱包，抽了两百块钱放在桌子上，淡淡地说："宋辉，这顿我请了，算是对你以前帮忙的道谢，我先走了。"
　　说完，陈铭生站起来，拿过拐杖离开了。
　　宋辉似乎还没从刚刚那目光中缓过来，等他醒过神，看见桌子上的两百块钱的时候，愣了一下，然后朝着旁边狠狠地骂了一句脏话。
　　蒋晴说："行了行了，人都走了，你别自己生闷气。"

宋辉脸喝得通红，不服地道："我又不是害他！"
蒋晴说："对啊，咱们知道是对他好就行了。来，喝口水，消消气。"她倒了一杯水给宋辉，又说，"其实说白了跟咱们也没啥关系，咱们过好自己的就行了。"
宋辉喝了口水，咽了咽心里的气，然后摸了摸蒋晴的头发，说："对，以后也不管这些烂事了。"

灰白色的轿车上，安安静静。
这回开车的是薛淼，他不认识这边的路，顺着主干道开了半天，杨昭一声都没出，他瞄了瞄她，开口道："小昭，我是不是快开出城了？"
杨昭看起来并不想跟他开玩笑，她淡淡地说："再过两个路口转弯。"
薛淼高兴地说："有好吃的饭店吗？"
杨昭说："回家。"
"好好。"薛淼投降道，"现在你说了算。"
薛淼开车比杨昭快很多，他们很快就回到华肯金座。薛淼把车停到楼下，跟着杨昭一起上了楼。
杨锦天给他们开门的时候还愣了一下："回来了？你们这么快就吃完了？"
薛淼无奈地说："没吃，但是饱了。"
杨锦天稀里糊涂地看了他们一眼，然后回屋学习。客厅里只剩下杨昭和薛淼。
杨昭没有开客厅的灯，只有微弱的壁灯照着沙发上坐着的两个人。
杨昭点了一根烟，安静地抽着。她的目光停在虚无的某一处，神情冷淡。
薛淼坐在她对面，看着她，说："你在想什么？"
杨昭慢慢地回答，"在想刚才的事情。"
薛淼说："刚才？"
杨昭吸了一口烟，淡淡地说："他们说的，你听见了吗？"
薛淼说："听见了。"
杨昭说："我觉得，他们有一部分说得对。"
薛淼笑了一声，说："哪部分？"
杨昭说："关于残疾、关于性。"
薛淼"唔"了一声，拿起茶几上的杯子，喝了一口水。
"小昭，你知不知道古往今来，有多少艺术家，都迷恋残缺。"薛淼修长的手指拿着杯子，轻柔地晃了晃，剩下的半杯水在杯子中转出了一个漂亮的漩涡，"小题大做。"

杨昭没有说话。

"当然了,"薛淼又道,"这世上的庸人有很多,你可以在意,也可以不在意他们的看法。"

杨昭淡笑一声:"庸人。"

"没错,虽然所有的书本都告诉你人人平等,但是小昭……"薛淼松开西装领口,放松地坐在沙发里,"这个世界没有公平,人生来就有贵贱,没有例外。"

杨昭说:"你把所有人都明码标价了吗?"

"当然没有。"薛淼摇摇头,说,"很多人连被标价的资格都没有。"

杨昭忍不住笑了,说:"薛淼,你这个彻头彻尾的商人。"

薛淼说:"我就当你在夸我。"

杨昭抽完一根烟,把烟头掐在烟灰缸里。薛淼看到茶几上放着一本书,他拿起来,借着微弱的壁灯看了看,说:"还是上次那一本?"

杨昭说:"已经看完了,忘记收起来。"

薛淼说:"讲什么的书?"

杨昭说:"心理学。"

她站起身,对薛淼说:"我要休息了,你要是饿了就自己叫外卖。"

薛淼愣愣地看着她,说:"怎么叫外卖?"

杨昭朝自己的房间走,一边走,一边淡淡地说:"打电话叫,外卖单在电话旁边。"

杨昭简单洗了个澡,然后关了灯,躺在卧室的床上。

她觉得十分疲惫,很想好好地睡一觉。可是躺了半个多小时,还是没能入眠。

她强迫自己闭上眼睛,用上幼儿园的时候老师教的数星星的方法,从一数到一百,又从一百数回了一,然后她终于从床上坐起身来。

她在床头摸了一包烟,拿过来才发现已经抽完了。她不知道薛淼还在不在客厅,外面一点声音都没有,杨昭懒得动,就坐在床上发呆。

她已经很久都没有失眠过了。

夜很黑,也很静,在这样的夜里,时间似乎流逝得很慢,又似乎很快。

杨昭适应了黑暗的环境,开始一点一点辨认屋里的物品。从墙上的挂画,到桌上的书籍,再到那面偌大的落地窗。杨昭看见窗帘留了一个小缝隙,中间那一条细微的缝颜色更为清淡,从上而下。

杨昭看了一会儿,从床上下来,打算把那个缝隙遮住。

她光着脚踩在地上,察觉出一股冰凉的触感。她走到窗户边,拉上窗帘。

在她把窗帘合上的一瞬间,透过那条细细的小缝,她似乎看到了一些别的什么。只需要那么短短的一瞬间，杨昭花了半宿培养的困意顿时烟消云散。

她把窗帘重新拉开——华肯金座算是高档小区，每一条小道上都有路灯。为了不影响低层住户的休息，小区内的路灯往往偏黄，又有些暗淡。

现在，在杨昭的视线尽头，有一个人影，就静静地靠在小道边的路灯上。幽暗、迷蒙，可仔细看去，那依旧是一幅色彩丰富的画面。

昏黄的灯照在有些枯萎的绿叶上，又将红色的出租车映得更为浓烈。那个人穿着黑色的外套，靠在路灯上，手里夹着一根烟。

蓦地，杨昭看见陈铭生拿烟的手顿了一下。

也不知道为何，杨昭在烟顿了的那一刻，就知道陈铭生已经察觉到了她——就像上次那样。

他把烟放下，慢慢地抬起头。

杨昭根本看不清他的脸，可是她觉得，陈铭生的目光一定是紧追着她的。

他如此坚强，却又如此脆弱。

杨昭放下窗帘，转身冲向门口。

客厅空无一人，杨昭随手拉过放在沙发上的衣服，余光扫见茶几上的书——《理想国》。

她推开门，再一次没有等候电梯，而是冲下楼去。或许电梯会更快一些，可杨昭不想站住脚，她能感受到一股力量，一股推着她向前的力量。

黑夜洗去了一切。

没有芥蒂、没有侧目、没有牵挂……如果这些都不存在了的话，你有没有想去的地方——不管是荒芜的原野，还是幽暗的泥沼，或者是其他被人否定的所在。

如果有，那就是你的理想国了。

杨昭之前一直认为，薛淼这样的男人，是所有女人的梦。可如今她才明白，真正生活在她梦中理想国度里的人，是陈铭生。

杨昭推开单元门，来到他的面前。

她看着他黑漆漆的眼睛，低声问他："你怎么来了？"

陈铭生低垂着眼睛，忽然低低地笑了一声，杨昭闻到浓浓的烟草味。

他的声音有些沙哑："因为我觉得，你可能不会再去了。"

杨昭张了张嘴，没有出声。

陈铭生低声说："今晚对不起。"

杨昭说："嗯。"

陈铭生似乎也不知道该说些什么，低着头，安静地站着。

夜里有些凉，杨昭说："你来了多久了？"

陈铭生顿了一下，说："也没多久。"

杨昭没吭声，陈铭生看了她一眼，发现她目光执着地看着自己，他张了张嘴，说："晚上九点半到的。"

杨昭说："现在几点了？"

陈铭生没有看表，直接说："凌晨两点左右。"

杨昭微皱了一下眉头，说："你不冷吗？"

陈铭生低笑了一声，说："不冷。"

又是静默。

杨昭听着陈铭生刚刚的笑声，心里很不好过。他之前也喜欢这样低低地笑，可那时的笑声比现在轻松很多，如今的笑容，杨昭不忍听。

她看了看周围，小区的夜静悄悄的，黑暗笼罩，就好像世界只剩下他们两个人。

杨昭忽然转头，对陈铭生说："你有休假吗？"

陈铭生一愣："什么？"

杨昭说："假期，你有假期吗？"

出租司机有没有假期？

陈铭生的答案几乎脱口而出，但看见杨昭难得的称得上"兴致勃勃"的表情，他又把话咽了回去："怎么了？"

杨昭："有没有？"

陈铭生沉默了一下，然后说："有。"

杨昭说："陈铭生，我们去旅游吧。"

陈铭生顿了足足十秒钟，才开口，说："什么？"

杨昭说："旅游。"

陈铭生说："去哪儿？"

杨昭说："你想去哪儿？"

今晚的剧情演变得太快，陈铭生觉得自己有些跟不上杨昭的思路。他说："我都可以，你想去哪儿？"

杨昭想了想，说："不知道。"

这么站了一会儿，杨昭觉得有些冷了。她下来的时候太急，没有穿外套，现在被风吹了十分钟，刚冲下来的热乎气散光，开始哆嗦起来。

陈铭生看出她冷了，说："上车里坐一会儿吧。"

杨昭点点头。

陈铭生把车门打开，杨昭跟他说："我们坐后面。"

他们两人一起坐进车后座，车里也不暖和，但至少挡住了风。陈铭生把外套脱了，递给杨昭："有点冷了吧，你穿这个。"

杨昭拿过外套，说："你不冷吗？"

陈铭生摇摇头："不冷。"

杨昭把陈铭生的外套披上。这衣服穿在陈铭生身上刚刚好，但穿在杨昭身上就大了整整两圈，两边肩膀都垂了下去。

衣服上还带着陈铭生身上的热气，杨昭微微低下头，嗅到衣口位置淡淡的味道。有些像烟草，也有些像肥皂，很特别的味道。

陈铭生问她："你怎么突然想旅游了？"

杨昭说："很突然吗？"

陈铭生无言。

说完了杨昭自己也笑了，说："是有点突然。"她靠在车座背上，说，"我的假期还剩一个月，我想跟你一起出去，你抽得出时间吗？"

陈铭生说："可以。"

杨昭静了一会儿，然后转过头看着陈铭生，说："是真的可以？"

陈铭生："嗯。"

杨昭说："给我一根烟。"

陈铭生说："就在衣服里。"

杨昭抬手，在黑色的外套里摸来摸去，最后在里面的口袋里摸到了烟盒，还有一只打火机。她拿了一根烟，放在嘴里，然后点着打火机。

火光亮起来的一瞬，陈铭生微微侧过头，看见杨昭淡淡的眉目在火光的映照中熠熠发光。

一亮一灭，杨昭轻吸了一口烟。

她说："陈铭生，如果去旅游的话，钱我来拿。"

陈铭生一直在看着她，听见她这么说，他低声说："不用。"

杨昭说："你最近都没好好上班吧？"

陈铭生说："没关系。"

杨昭两指掐着烟，在手里捏了捏，然后转过头看着陈铭生，说："你不用在钱的事情上犯愁。"

陈铭生笑了笑，声音低沉地调侃道："怎么，你要包养我吗？"

杨昭也笑了，说："你愿意让我养吗？"

杨昭的笑隐于烟头微弱的火星后，平平淡淡，却又如此真实。陈铭生抬手，轻轻揉了揉杨昭的头发，低声说："我不用女人的钱，你想去哪里告诉我，不用担心。"

杨昭看着他，半晌，轻笑一声。

陈铭生说:"怎么了?"

"你知道吗?我想起了之前。"杨昭说,"你来我家,我请你进门,你说什么都不进。"

陈铭生挑了挑眉,说:"你那是请吗?"

杨昭淡淡地看着他。

陈铭生抿嘴:"就算是请吧。"

杨昭说:"那个时候,你也这么倔。"

陈铭生轻声说:"是吗?"

想起那日,他们一同静默了片刻。

杨昭一根烟抽了大半,对陈铭生说:"你安排一下时间吧。"

陈铭生说:"你要什么时候出去?"

杨昭放下烟,想了想,说:"我得把我弟弟安排好,我还有些不放心他。"

陈铭生说:"那你如果定下时间了,就通知我。"

杨昭看了看他,说:"嗯,明后天我可能不去找你,你好好上班。"

陈铭生哭笑不得说:"好。"

杨昭把烟头掐灭,说:"那我先上去了。"

她转过头,看见陈铭生看着她的目光,杨昭忽然觉得有些不想走。她拉过陈铭生的胳膊,在黑暗中,亲吻他的嘴唇。

陈铭生抱着她的背,回应她的吻。

他们分开后,陈铭生告诉杨昭:"你早点回去休息吧。"

杨昭松开他的手,把外套还给他,然后下车离开。

回到家,杨昭轻轻打开门,客厅依旧鸦雀无声,薛淼和杨锦天都睡得很熟。

杨昭回到屋子,来到窗户边往外看,楼下陈铭生似乎是在等着她,等看到了人影,陈铭生冲她摆了摆手,杨昭轻笑一声,看着他的身影没入出租车离开。

已经是后半夜了,可杨昭依旧没有困意。她来到书房,打开电脑,开始上网搜索旅游去处。

杨昭很少旅游,除了必要的考察,她几乎不会主动去风景名胜玩。她打了个关键词"旅游景点",结果出来的东西眼花缭乱,杨昭皱了皱眉,大致扫了一眼。

她想起刚刚陈铭生说的话——"我不用女人的钱。"

杨昭在黑黑的屋子里,忽然低声笑了一下。

这个男人有时固执得可怕。

杨昭又搜索了一会儿,觉得有些累了。最后她点进一个旅行社的网站,在国内游那一栏里,第一条显示山西六日特价团。

杨昭想了想，山西……

三点半，杨昭终于困了，她关了电脑回到屋里睡觉。

栽倒在床上的前一刻，她脑海里还是迷迷糊糊的。第二天清早，杨昭起床送杨锦天上学，薛淼在吃早餐的时候告诉杨昭，他下午的飞机，要去北京参加拍卖会。杨昭点点头，说："你走的时候直接带上门就行。"

在送杨锦天上学的路上，杨锦天跟杨昭说："姐，我觉得我还是回学校住校吧，这样上学放学要在路上走两个小时，太麻烦了。"

杨昭手一顿，她确实需要几天空闲。

"为什么要回学校住？"

杨锦天说："都说了太浪费时间。"

杨昭没有说话。

杨锦天说："你是不是不信我了啊？"

杨昭说："我没有不信你，只不过前车之鉴，小天，你真的没有那么多时间了。"

杨锦天坐在车后座上，低声自己嘟囔，说："我都知道努力了……你还不满意。"

杨昭没有说话。

在快到学校的时候，杨昭在一个路口把车停下了。

杨锦天有点奇怪，说："还没到呢。"

杨昭说："我知道。"

杨锦天说："那怎么停车了？"

杨昭没有转头，她手扶着方向盘，看着车窗前一辆一辆开过去的车，静静地说："小天，你为什么学习？"

杨锦天愣了，为什么学习？他"啊"了一声，说："为了……为了高考考好。"

杨昭把车熄火，点了一根烟，淡淡地说："小天，人学习是为了自己。你现在或许觉得高考是人生最重要的事情，就像一片天一样。但走到后面你就会发现，高考真的只是你的一个经历而已，过去也就过去了。但你学的每一个字、看过的每一本书，它们都会垫在你的脚下，把你越抬越高。到时候你就会慢慢发现，人外有人，天外有天。这个世界很大，小天，有很多美好的事物，也有很多精彩的人。"

杨昭缓缓吐出一口烟："站在高处，你可以选择向下看。但是在低处，你别无选择。"

那迷蒙的烟雾，混杂着清早浓浓的日光，晃得杨锦天有些睁不开眼。杨昭的身影在这浓稠的光芒中，显得轻松又慵懒。就好像是一个前辈，在午后的闲暇时间，偶尔兴起，对晚辈说一些自己的感悟。

你听，或者不听，她都不会太过在意。

那道影子和那一番话牢牢地印在了杨锦天的脑海中，他一生都不会忘记。

杨昭抽完了一根烟，重新发动汽车。

"你可以回学校住，正好过几天我要出门。"

杨锦天随口问道："去哪儿？"

杨昭脑袋一顿，然后不由自主地回想起昨天晚上临睡觉时看到的地方，说："山西。"

杨锦天"哦"了一声，没有再说话。

送完了杨锦天，杨昭给陈铭生打了个电话。

"喂？"

"陈铭生，你在上班吗？"

"嗯。"

杨昭听见计价器的报数，过了几秒，又听见关门的声音。然后陈铭生说："好了，怎么了？"

杨昭说："也没什么……"

陈铭生说："你想好要去哪儿了吗？"

杨昭说："山西。"

陈铭生只是随口一问，没想到杨昭真的这么快就决定了，他说："山西哪里？"

杨昭说："不知道。"

陈铭生无言。

杨昭问他："山西有什么好玩的吗？"

陈铭生想了想，说："景点嘛，有五台山。"

杨昭自然听过五台山："那就去那里吧。"又是一个轻描淡写的决定。

陈铭生忍不住笑了笑，说："哪天走？你弟弟的事情你弄好了吗？"

"弄好了，明天他回学校住。"杨昭说。

陈铭生说："那你想什么时候走？"

杨昭说："你哪天有空？"

陈铭生说："我都可以。"

杨昭说："那，明天走？"

陈铭生终于意识到不能再这么任其发展了。他问杨昭："你的路线选好了没有？"

杨昭说："没。"

陈铭生问:"交通想好没有,是想自驾,还是飞机、火车?"

杨昭说:"没有。"

陈铭生说:"要带的东西准备了没有?"

杨昭一句比一句慢:"没有。"

陈铭生再开口,杨昭已经不说话了。

他在那边叹了口气,说:"你在家等我吧,我下了班过去。"

杨昭说:"好。"

放下电话,杨昭才反应过来自己刚刚有多混乱。这些最基本的东西,她甚至连想都没有想,就这样直接地给陈铭生打了电话。

她回到家,坐在沙发上思考。

其实这只是一件很简单的小事,可是杨昭总想用另外一种思路来考虑它。

想来想去,杨昭得出一个结论——她开始依赖陈铭生了。她在等他到来,等他安排一切。

她说不出这个现象到底是好是坏。

杨昭喝了一口放在茶几上的水,看着墙壁上的挂钟一点一点地转着圈。她的心很平静,这个屋子现在只有她自己,但很快她就会等来另外一个人。一间公寓、两个人,除此以外,什么都没有。她感受到一股浓烈的充实感。

晚上六点半,杨昭等到陈铭生的电话,她来到床边,冲楼下的人招了招手。

陈铭生工作的时候总是穿戴假肢的,杨昭打量他,说:"你两条腿看着真不习惯。"

陈铭生拎了几个塑料袋,杨昭问:"这是什么?"

陈铭生低头看了下,说:"菜,你吃饭了吗?"

杨昭说:"还没。"

"我也没吃,等下我做吧。"

杨昭过去扶着他:"好。"

陈铭生进了屋之后就把假肢脱了,他挂着拐杖进到厨房,看了看,然后问杨昭:"自从我上次走了,你这个厨房……"

杨昭了然地接下去:"没用过了。"

陈铭生把菜放到盆里洗,他说:"平时别总吃外卖,对身体不好。"

杨昭很听话:"嗯。"

陈铭生做饭很快,没一会儿桌子上就摆好了菜碟。吃饭的时候,杨昭问陈铭生:"你想怎么出去?"

"什么?"

杨昭说:"旅游。"

陈铭生看起来有些饿了，一筷子扒了一大口饭，简单地说："你定。"

杨昭说："那坐火车吧。"

陈铭生夹菜的手顿了一下。他觉得杨昭要么会开车，要么就坐飞机，他倒没有想到杨昭会选择火车。"怎么想坐火车了？"

"便宜。"

陈铭生嚼饭的频率稍稍慢了一点，杨昭给他夹了一块肉，淡淡地说："陈铭生，你不愿意花我的钱不要紧，但别太逞强。"

陈铭生并不富裕，他自己知道，她也知道。

杨昭笑了笑，又说："以后日子还长着呢。"

陈铭生抬起头，看见杨昭的脸在餐桌上方的吊灯照耀下，是那么地清晰。

以后日子还长着呢。

杨昭和陈铭生吃过了饭，准备订车票。

杨昭把陈铭生领进自己的书房，她打开电脑，陈铭生四下看了看。

杨昭的书房很整齐，书本有很多。陈铭生随便拿起来一本——《青铜器纹饰、图形文字与图像铭文解读》，翻了两下，里面是密密麻麻的文字，偶尔有几张配图。他放下书，看到墙上挂着一幅画，那是一幅国画，竖直的、长长的画卷上只有最下方有一条鲤鱼，寥寥几笔，就将鲤鱼顺着河流游下来的动态描绘得静谧又生动。

"好了。"杨昭打开电脑，陈铭生转过身，拄着拐杖过去。

杨昭说："你等等，我去帮你拿个凳子。"

陈铭生把拐杖立在一边，杨昭错身过去，准备上客厅拿凳子，刚走两步手臂就被陈铭生拉住了。杨昭被他带得后退两步，回到椅子边。

"不用了，"陈铭生说，"就坐这个吧。"他说着，坐在了凳子上，这是个真皮的办公椅，底下有滑轮。陈铭生坐下后脚踩着地，轻轻一推，挪开了些，他靠在椅背上看着杨昭，说："过来。"

杨昭说："你想让我坐哪儿？"

陈铭生笑笑，说："你想坐哪儿？"

杨昭低头看了看，陈铭生的左腿就摆在自己面前，她抬眼，看见陈铭生冲她淡淡地笑。杨昭别过眼走过去，陈铭生拉住她的手，带着她坐在自己的左腿上。

杨昭说："一条腿行吗？"

陈铭生说："没事。"

他往前滑了滑椅子，离电脑近了点，杨昭看着屏幕，说："我已经点开卖票的网站了，你看看时间。"

"嗯。"

杨昭坐着坐着，眼睛轻轻瞟到下面。陈铭生的左手很自然地环抱着自己的腰，右手握着鼠标，在网站上浏览，不时点一下，发出清脆的声音。

他坐在她的身后，胸口几乎与杨昭的背脊紧紧贴实，脸也轻松地靠在杨昭的身上。

杨昭又闻到了淡淡的肥皂味。

"后天走？"陈铭生说。

杨昭感觉到背脊因为低沉的语句而轻轻发颤，她一时愣神了。

没有听见回答，陈铭生有些奇怪地侧仰起头看她："怎么了？"

杨昭这才反应过来，她连忙看向屏幕，说："可以。"

陈铭生笑了声，说："怎么总发呆？"

杨昭定定地看着屏幕，淡淡地说："没有，我在看。"

陈铭生把一条车票信息拉到屏幕中央，说："后天走？"

杨昭看了一眼，说："怎么是到北京？"

"嗯。"陈铭生说，"没有直达的车。"

杨昭转头看陈铭生，说："那要怎么走？"

陈铭生想了想，说："坐火车到北京，北京到太原，中间会路过五台山。"

杨昭点点头，说："那就这么买吧。"

陈铭生点进去买票，杨昭问道："车票多少钱？"

陈铭生说："是到北京的还是北京到五台山的？"

杨昭说："北京到五台山。"

陈铭生说："等我看一下。"

他把票价详细信息调出来——硬座 50.5、硬卧 101.5、软卧 152.5、高级软卧 272.5。

杨昭说："五十块钱？你看清楚是火车吗？"

陈铭生笑笑，说："当然是，你可能没坐过这种。"

杨昭转头看陈铭生："哪种？"

陈铭生本想随便说说就算了，但是看见杨昭有些严肃的表情，他想了想，还是说仔细了。他抬手，指了指屏幕上列车车次，说："你看这个字母。"

杨昭说："K。"

陈铭生说："中国铁路，T 是特快列车，D 是动车，G 是高铁，K 是快速列车，Z 是直达，C 是城际，如果什么都不写的话就是普快，K 这个……速度一般，时速在 80 到 100 公里。"

杨昭点头，说："记住了。"

陈铭生看着杨昭的脸，说："我又不是在给你上课，这么严肃干什么？"

杨昭似是不太习惯陈铭生的调侃，她斜眼看了他一眼，说："买票吧。"

"那我买软卧了。"陈铭生鼠标就要点下去了，杨昭忽然说："等等。"

陈铭生看她："嗯？"

杨昭说："我们坐便宜的吧。"

陈铭生说："这趟车差不多已经是最便宜的了。"

杨昭说："我是说我们不坐软卧。"

陈铭生看着她："那你要坐什么？"

杨昭说："北京到五台山要多久？"

陈铭生说："六个多小时，不到七小时。"

杨昭说："坐硬座吧，六个小时没……"她说一半，忽然停下了。杨昭本来想说，六个小时不算久，看看书很快就过去了，没有必要找张床。可她刚一开口，就意识到她忘记考虑陈铭生的情况了，她不知道陈铭生的腿受不受得了。

她只沉默了一下，陈铭生却很快察觉了。

"我没事的。"陈铭生搂着杨昭，静静地说，"不用考虑我。"

杨昭说："要坐六个小时呢，你的腿没问题吗？"

陈铭生低笑一声，说："我每天开车都是超过十小时的，你看我有什么问题了？"

"哦……"杨昭看着屏幕，说，"那就买硬座吧。"

"你确定？"陈铭生问。

"确定。"

陈铭生点点头，买了两张硬座票。

到北京的票有很多，陈铭生算了算时间，最后选了一趟特快。

"行了。"陈铭生说，"你计划要待几天，要不要买回程的票？"

杨昭摇头，说："没有定下来，先不要买。"

"嗯。"

陈铭生关了网页，对杨昭说："你要带的东西准备好了吗？"

杨昭说："没有什么要带的，我只装了一些换洗的衣服。"她站起身，离开陈铭生的腿，"你要看一看吗？我不知道是不是还缺什么。"

杨昭来到卧室，把自己的旅行箱拿出来，打开后先露出来两本书。

陈铭生无言地看着杨昭："你出去玩还背着书？"

杨昭说："在火车上看。"

陈铭生淡淡地笑了笑，说了句："到时候你就知道了。"

杨昭说："知道什么？"

陈铭生摇摇头："没什么。"

杨昭准备的东西还是挺齐全的，她又往箱子里塞了两件衣服，然后扣上箱子，在合上箱子的时候，她忽然看向陈铭生，说："你今天还走吗？"

陈铭生坐在杨昭的床上，点了根烟，低头抽了一口，说："有事吗？"

杨昭转过去拉箱子的拉锁，一边说："也没什么事……"

陈铭生笑了一声，杨昭再转过头，就看见他似笑非笑地看着自己。杨昭觉得脸上莫名一热，说："你走吧。"

也许是因为事情都办完了，屋里的气氛开始转向另一个方向。陈铭生的语调有些懒洋洋的，他的烟夹在两根修长的手指间，看着杨昭，说："你赶我？"

杨昭被那语气撩得心里乱七八糟，又想笑，又想发火。她低头弄箱子，没有说话。

陈铭生又说："你赶我我就走。"

"谁赶你？"杨昭刚一转头，就看见陈铭生依旧是那副表情，她松开箱子，两步走到床边，手推着陈铭生的肩膀，把他按在床上。

陈铭生手里拿着烟，怕烫到她，两手都张开了——就像是一个怀抱。

陈铭生长长地"哦"了一声，放松地躺着。他抽空吸了一口烟，吐出的烟雾融进了杨昭的肺腑。

杨昭手撑在陈铭生的两旁，就那么低头看着他。

陈铭生脸上带着淡淡的笑意，任由杨昭打量。

杨昭看了一会儿，忽然说："陈铭生。"

陈铭生低低地说："嗯？"

杨昭说："其实我觉得你，还挺帅的。"

陈铭生夹着烟的手微微顿了一下，他的目光终于从杨昭那里转开了，低垂着，说："是吗？"

杨昭说："你长得很耐看。"

陈铭生笑笑，没说话。

杨昭说："你应该多笑一笑。"

陈铭生说："好啊。"

他想再一次把烟放进嘴里，可杨昭先一步压住了他的手腕，陈铭生看过来，杨昭俯身吻住他的嘴。

很多女人喜欢干干净净的吻，可杨昭不同。

她喜欢带着味道的吻——酒精、烟草，一切可以让灵魂变得浓烈的东西。

陈铭生忍不住搂住她的腰，杨昭的手不由自主地向他身下探过去，隔着裤腿，摸到他的断肢。她按压、揉搓，那短短的一截肢体，每一次细微的颤抖和紧绷，都让她万般疼爱。

　　杨昭吻了许久，似乎有些累了，她放松身体，趴在陈铭生身上。她的脸埋在陈铭生的脸边。

　　陈铭生拿起手里的烟，又抽了一口，淡笑着说："你就真的这么喜欢我的腿？"

　　杨昭静了好一会儿，说："嗯，我喜欢。"

　　陈铭生没有说话。

　　杨昭侧过头，鼻尖碰到陈铭生的头发，稍稍有些扎。她说："你的那些朋友，他们说的有一部分是真的。"

　　陈铭生说："是吗？"

　　杨昭静静地躺着，她感受着陈铭生的身体，随他每一次呼吸，轻轻浮动。

　　又过了一会儿，陈铭生的烟抽完了，他把烟头掐灭，扔进床头的烟灰缸里，然后搂着杨昭的腰，翻过身把她换到身下。

　　杨昭看着他，陈铭生低头吻她，一边低声说："你喜欢就给你好了。"

　　杨昭搂住陈铭生的身体，往下压，陈铭生手撑在两旁，说："你再使劲，我就压你身上了。"

　　杨昭说："压吧，你沉吗？"

　　陈铭生想了想，说："不轻。"

　　杨昭笑着，把陈铭生拉了下来。陈铭生到底不敢太用力地压她，胳膊在一旁缓缓使力。尽管如此，杨昭依旧被陈铭生压得胸口沉重。

　　可她并不讨厌这种沉重。他的身体就像是一座山，让她有一股切身的踏实感。

　　她在他耳边轻声说："陈铭生，今天不回去了，行吗？"

　　陈铭生收回手臂，抱住杨昭，翻了半圈到了床里面。杨昭的头发黏在嘴角，陈铭生看到，抬手轻轻拉下。

　　杨昭枕在他的胳膊上，又说："行吗？"

　　陈铭生轻轻一笑，说："嗯。"

　　那一晚，杨昭在陈铭生的怀里睡得很踏实。

　　她是第一次，在这间公寓，在这间屋子里，和另外一个人一同入睡，又一同起身。

　　杨昭醒得比陈铭生稍早一点，她侧过头，看着身旁的陈铭生。他的脸枕在软绵绵的枕头里，只看得到半边。他似乎在沉眠，连呼吸都有独特的力量。

　　杨昭忽然很想摸摸他。可她怕吵醒陈铭生，最后也没有碰他。

　　杨昭坐在床上，看了看窗户的方向。太阳已经升起来了，深蓝色的窗帘遮不住温暖的阳光。

杨昭笑了笑。

就在她笑的时候，陈铭生似乎在梦里预感到了什么，他动了动，睁开眼睛。

他刚刚睡醒，眼睛睁到一半，看起来有些蔫。他看见杨昭的笑容，翻了个身。杨昭心想，他是真的刚刚睡醒，连动作都慢吞吞的。

陈铭生撑起半身，将枕头放到身后，然后靠了上去，一边掐了掐自己的眉心，一边说："你在笑什么？"

他的声音有些低哑，杨昭转头看着他，说："陈铭生，这很美妙。"

陈铭生手没停，随口道："什么？"

杨昭说："当我睁开眼，你和朝阳一起存在。"

陈铭生松开手，长臂一捞，将杨昭抱了过来。杨昭躺在他的怀里，她觉得枕头和被子在仅仅一个晚上，就染上了他的味道。

杨昭闭上眼睛，回抱着他。

这很美妙。当我睁开眼，你和朝阳一起存在。

出发的前一天，杨昭和陈铭生去超市买了点吃的。

杨昭没有吃零食的习惯，只拿了点水果，又买了些面包。选完了之后，陈铭生又在篮子里加了一袋牛肉。

杨昭看了一眼，说："为什么买牛肉？你想吃肉我拿几包香肠。"

陈铭生说："不用，买点新鲜的酱一下。"

杨昭说："好带吗？"

陈铭生说："一样的。"

结完账，杨昭对陈铭生说："你等我一下。"

陈铭生看着她转身，消失在了一个转弯处。没过一会儿，回来了，手里拿了两条烟。

"家里没有了。"杨昭说。

陈铭生笑着把塑料袋打开，杨昭把烟放进去。

陈铭生说："少抽点烟吧。"

杨昭看都没有看他一眼，说："你怎么不少抽点？"

陈铭生轻笑着说："我是男人。"

杨昭懒得看他，"走吧，回家吃饭还是在外面吃？"

陈铭生说："回去吃吧。"

"嗯。"

晚饭不出意外，又是陈铭生做的。其实他做的都是些普普通通的家常菜，但杨昭很喜欢。陈铭生做了三个菜，又焖了米饭，杨昭吃得不多，半碗饭吃完，就坐在座位上等着陈铭生。

"你的饭量很大啊。"杨昭看着吃第二碗饭的陈铭生，说道。

陈铭生嘴里还有饭，"嗯"了一声，咽下去后又说："是你吃得太少了。"

杨昭说："等下我再检查一下带的东西。"

陈铭生夹了一口菜，说："你已经检查两遍了。"

杨昭靠着椅背，微微仰头，看着餐桌上面挂着的吊灯。灯饰是原本房子装修时候带着的，有些古典气息，看着很文雅。

陈铭生吃饭很快，第二碗饭也见底了。他把碗筷放在桌子上，杨昭低下头，说："吃完了？"

陈铭生点点头。

杨昭站起身，说："那我收拾了。"

陈铭生说："我来吧，你不是还要再检查一遍吗？去吧。"

杨昭回到卧室，把旅行箱打开，仔细看了一遍，觉得没有问题之后，扣上。

她斜眼，看见一旁角落里陈铭生的行李，那是他今早起来后回家收拾的，行李只有一个简简单单的黑色单肩旅行包，不大，而且还没装满。

杨昭刚看见的时候以为他带错了，后来知道他只准备了这些的时候，杨昭有些愣神。

"你都装什么了？"

陈铭生把包放到她面前，自己进了洗手间，说："衣服什么的，你看看吧。"

杨昭把包打开，里面方方正正地叠着几件内衣，还有两件他万年不变的黑背心，外衣一共就一套。

陈铭生从洗手间出来，甩了甩手上的水。

杨昭看着他，说："你就带这些？"

陈铭生笑笑，说："够了。"

现在，杨昭再一次看着那个还有些瘪的旅行包，心里想着明天的吃的都不用另外准备袋子了。

最后，杨昭翻开钱包，准备检查一下证件。在打开钱包之后，杨昭看见钱包夹里放着几张银行卡，她微微犹豫了一下。

陈铭生的心底似乎有一份固执的坚持，他不想杨昭给他花钱。他想要一场真正平等的感情。

哦，不。杨昭想，或许不是平等的——而是他微微占着上风的感情。

她轻笑一声，把几张银行卡都抽了出去，放到桌子上。

那天晚上他们休息得很早，杨昭熟悉了陈铭生身上的味道，他的怀抱和他的人一样，有些深沉，又有些温暖。

第二天，杨昭起了个大早，陈铭生还在睡，她去洗手间洗漱一番，回来了陈铭生还在睡。杨昭过去拍拍他："起来了。"

陈铭生动了动，慢慢睁开眼睛，用低哑的声音说："几点了，没到时间吧？"

杨昭说："五点半了，快起来。"

陈铭生不作任何感想地又把眼睛闭上了。

杨昭愣了一下神，然后低头对陈铭生说："我刚刚说的是起来。"她以为陈铭生听错了。

陈铭生长舒一口气，说："我们是九点多的火车。"

杨昭说："九点二十。"

"那起这么早干什么？"

"要打好提前量，火车不会等人的。"

被杨昭这么折腾一下，陈铭生也睡不着了，他翻了个身，坐了起来。揉了一下脸，抬眼的时候看见杨昭正看着他，眼神有些奇怪。

他说："怎么了？"

"好像麦田一样。"杨昭说。

陈铭生："什么？"

"去洗个澡吧，我去焖米饭。"说完她就拿着衣服离开了卧室。

陈铭生莫名其妙地看着她离开，又揉了揉脸。他挪到床边，单腿站起来，舒展筋骨，后背像个扇面一样展开。然后拿过床边靠着的拐杖，进了洗手间。等他看见镜子里的人时，才明白了刚刚杨昭的话。

他的头发由于侧着身睡觉的缘故，压得有点变形。但是他的头发短，不会翘起来，只是一部分左倒，一部分右倒。

麦田……陈铭生低声笑了笑。

吃过了早饭，还不到七点。

"这里到火车站也就半个小时的车程。"陈铭生说，"我们可以休息一下再走。"

杨昭说："现在去吧。"

"现在去要在车站待很久。"

"我没去过，你觉得几点走来得及？"

"八点半之前走都来得及。"

杨昭看了看表，说："那就七点半走吧。"

陈铭生说："好。"

还有四十分钟，陈铭生又吃了点东西，杨昭去卧室，过了一会儿拿出一本小册子，在沙发上看。陈铭生吃完东西，拄着拐杖过来，坐到杨昭身边。

"地图？"

"嗯。"这个小册子是拆卸式的，杨昭把第一页整个摊开，是一张山西的旅游景点地图。她又在后面挑选了一下，找到五台山的地图，拿出来看。

陈铭生说："你什么时候买的？"

"昨天。"

杨昭低头认真地看着地图，陈铭生对地图不太感兴趣，他靠在沙发上，看着她。杨昭戴着眼镜，头发垂下来几丝在脸边。陈铭生觉得她好像做什么事情都很认真，也很严肃。

杨昭看完了地图，把小册子重新叠好。陈铭生开玩笑地问她："怎么，都背下来了？"

杨昭听出他的调侃，冷淡地看他一眼，没有回答。陈铭生笑着看她拿着小册子回屋，过一会儿把旅行箱和旅行袋拿了出来，摆到门口。陈铭生看了一眼表，说："还有一会儿呢。"

"嗯。"杨昭应了一声，余光看见立在门口的假肢，她转头问陈铭生，"这个你还要带吗？"

陈铭生从沙发上扭过头，有些犹豫。

杨昭说："别带了吧。"

陈铭生看着她："不带吗？"

"太不方便了。"杨昭说，"反正玩的时候你也要摘掉，到时候拎着它怎么赶路？"

陈铭生一切听她的："那就不带了吧。"

七点半一到，杨昭跟陈铭生准时出门。

杨昭说："开你的车还是我的车？"

陈铭生说："我的吧。"

陈铭生开车速度很快，没有半个小时就到了。他把车停在一个阴凉的空位上。杨昭下车到后备厢拿了旅行箱，告诉陈铭生："把车锁好。"

杨昭和陈铭生通过安检，找到候车位置。时间尚早，空位还有很多，他们挑了两个靠边的位子坐下。杨昭抬头看着高高的房顶，陈铭生拿出一瓶水，说："渴吗？"

杨昭摇摇头。

陈铭生说："看什么呢？"

杨昭说："我没来过这个火车站，但是我听说过。"

陈铭生说："听说什么？"

杨昭说:"你知道这个火车站是谁设计的吗？"

陈铭生喝了一口水,说:"不知道。"

"是两个日本人。"杨昭说,"这里以前是伪满洲国的铁路枢纽。"

"你都没来过,从哪儿知道的？"

杨昭说:"这里是文化保护单位,我看过的一本书里写过。"

又过了一会儿,车站里面的人慢慢多了起来。杨昭看了看时间,还有一个多小时。她从箱子里翻出一本书看。陈铭生坐在她身边,抱着手臂休息。

他的拐杖立在一边,右腿的裤腿为了方便,挽了起来,别在腰带里。拐杖很明显,他的腿也很明显。坐在杨昭和陈铭生对面的是几个务工人员,包裹很多,有人没有座了就直接坐在装得鼓鼓的编织袋上。

他们也在等车,但他们手里没有书可看。所以他们一直盯着陈铭生看,先看他的腿,再看他的人,然后再看他的腿。

陈铭生一语不发地坐在座位上,闭目养神。

又过了一会儿,杨昭放下书,对对面说:"这位先生,你在看什么？"

陈铭生睁开眼。

那几个务工人员似乎没有想到杨昭会突然开口,也愣了一下,他们看向杨昭,后者脸上一点表情都没有。

"没看啥,没看啥……"那人似乎也看出来杨昭和陈铭生是一起的,转过头去聊天了。

杨昭重新低头看书。

自始至终,杨昭都没有看陈铭生一眼。

陈铭生侧脸看着她,杨昭似乎看书看入迷了,完全没有回应的意思。陈铭生在心底笑了笑,转过头接着休息。

九点钟的时候开始检票,杨昭和陈铭生带着行李过了检票口,然后坐着电梯下到站台。

杨昭看了一眼停好的火车,白顶红身,她瞄了一眼自己的车票,六车２Ａ。

因为是在网上买的票,又是始发站,所以杨昭和陈铭生的位子是挨在一起的。

上车的时候乘务员看见陈铭生的情况,特地问了一句:"用帮忙吗？"

陈铭生摇摇头,低声说:"不用了,谢谢。"

杨昭拖着箱子进到车厢里,陈铭生跟在后面,他站到杨昭旁边,把拐杖递给杨昭,然后拎起杨昭的旅行箱,杨昭看他一条腿似乎有些不稳,手放到他背后扶了一下。他们的座位在车厢头的地方,后面堵了几个人,有人说快点,陈铭生放好箱子没有取拐杖,直接用手扶着小桌蹦了一下,后面的女人带着孩子挤过来，看见陈铭生的腿，好像吓了一跳。

杨昭把陈铭生的拐杖递给他，陈铭生把拐杖放到窗户边靠着，然后坐到座位里。他坐下后拉了拉右腿的裤腿，杨昭看见，轻声说："不舒服？"

陈铭生摇摇头："没事。"他把裤腿从腰带里拉出来一点，松了松。

坐稳当了，陈铭生看了看车窗外，几个跑着赶火车的人从车窗外过去，陈铭生转过头。

四目相对。

杨昭正看着他。她的眼神依旧很平淡，但是陈铭生却明白了其中的意味。他抬起头，摸了摸杨昭的后颈，低声说："没事的。"

杨昭定定地看了一会儿，然后轻轻"嗯"了一声，转头拿出书本，接着看了起来。

到北京的这趟特快要坐五个小时，杨昭在车上看了一会儿书，觉得晃得太厉害，就把书放下了。她总算知道当初听说她要带书时陈铭生那莫名的笑容是为什么了。

陈铭生说："要不要休息一会儿？"

"没事。"

车厢里坐得满满的，还有很多站票的乘客零零散散地站在车厢里，等着看有没有空座。杨昭喝了一口水，安安静静地坐着。她和陈铭生的对面坐着一对老人，还带着一个小孩。小男孩在车上不老实，一会儿叫一声，一会儿叫一声，他的奶奶拉着他，让他安静点。

"饿不饿啊？"奶奶问他。

"饿！"小男孩叫道。

他的爷爷从地上拿了个系得严严实实的塑料口袋，一点一点打开，里面都是些小零食。"想吃啥？"小男孩"嗷嗷"地又叫喊两声，趴在奶奶身上，去够那个塑料袋。他在里面翻来覆去扒了半天，拿出一包来。

杨昭不知道那是什么，她没见过也没吃过，一条一条地摆成一排，红红的，塑封了起来。小男孩拿牙把零食袋打开，抽出一根用力地啃咬。

在那袋子打开的一瞬间，杨昭闻到了一股浓浓的怪味道，像煤气一样。

她稍稍皱了皱眉，看向另一边。但气味是不会因为不瞧它就没有的，随着那男孩咀嚼得越来越厉害，那味道也越来越大。而且他似乎吃得很香，咀嚼声音特别大。

杨昭听着那声音，闻着那股特殊的味道，觉得有些头晕。

她拉了拉一旁的陈铭生，想分散一下注意力，陈铭生一直在闭目养神。

他睁开眼，看向杨昭。杨昭低声说："你睡着了吗？"

"没有。"

杨昭"嗯"了一声，没有说话。陈铭生似乎看出杨昭有些没精神，他反手握住杨昭的手，问道："你不舒服吗？"

杨昭摇摇头，陈铭生说："我给你拿个水果吧。"

杨昭想到水果清清甜甜，或许能抵消一下这股油味，就点点头，说："好。"陈铭生的旅行包放在下面，吃的东西都在里面，他从包里拿出装水果的袋子，给杨昭拿了个梨。

杨昭接过来："谢谢，我去洗一下。"

其实梨在家里的时候已经洗过了，可在这样的环境下，杨昭总觉得应该再洗一洗。

拿着梨离开座位，因为他们两个的座位紧挨着车厢交接的地方，厕所就在旁边，厕所现在锁着，门口等着两个人。

杨昭拿着梨，排到他们身后。

过了一会儿，排到杨昭，她进到厕所里面，厕所被弄得乱七八糟，上一个人也没有冲洗。杨昭屏着息把厕所冲掉，然后在水池里把梨洗了。

出去的时候，她看见很多人堆在两个车厢交接的地方，有人坐在行李上，有人直接坐在地上。

她觉得头似乎更晕了。

坐回座位的时候，杨昭把梨还给了陈铭生。陈铭生看着她："怎么了？"

"吃不下。"

陈铭生看了看杨昭的脸色，说："你觉得不好受吗？"

杨昭点头："有一点。"

那个吃小零食的男孩没有把东西吃完，剩下的半袋放到桌子上，杨昭低下头，不去看它。陈铭生有些担心："要不要喝点热水？"

杨昭想起那个厕所，摇摇头："不用了。"她拉着陈铭生的手，往他的方向挪了挪，然后头轻轻枕在他的肩膀上。

陈铭生还是有些担心："真没事？"

"没事，就是有点晕车，我休息一下。"

陈铭生握住杨昭的手，杨昭的目光垂在膝盖上，陈铭生的手骨节分明，看起来有些干，有很好看的骨节和轮廓。杨昭闭上眼睛，尽量不去想那些奇怪的味道。

车开了三个多小时，广播一直在播餐车的广告，陈铭生问杨昭："饿不饿？"

杨昭摇头，别说吃饭，就连想一想吃饭她都觉得受不了。杨昭说："你饿了吗？"

陈铭生说:"还行。"

杨昭说:"那我陪你去吃点东西吧。"

陈铭生说:"我吃点面包就行,不用去餐车。"

他从旅行包里拿出一袋面包,又翻出点酱牛肉。杨昭看着他吃东西,面包的香味总算是让她觉得好过了点。

好不容易撑到下午三点多,列车开到了北京站。杨昭从车上下去,呼吸到外面的空气,觉得头脑清醒了很多。

陈铭生跟在她身后,说:"好点了吗?"

"没事了。"她对陈铭生说,"下趟车是几点?"

陈铭生说:"下午五点多。"

杨昭点点头,说:"那我们找个地方休息一下。"

虽然不是节假日,但北京站依旧人山人海,一整列火车的人下来,密密麻麻地挤在一起,杨昭拖着行李箱走在前面,陈铭生跟在她右边。杨昭一直注意着陈铭生,在这样的人潮中,陈铭生走得很费力。他的拐杖不能迈得太开,也不能缩得太往里。很多急着赶扶梯和地铁的人都在拼命地往前挤,杨昭紧紧拉着陈铭生左手,从人群里拽了出去。

"等下。"杨昭说。

他们等着大批的乘客都走完了,才再次往下走。

"找个地方坐一会儿吧。"杨昭说。

陈铭生说:"你还没吃饭,找个吃饭的地方等。"

"嗯。"

最后杨昭和陈铭生来到二楼的一家快餐店,杨昭点了一碗面条。在前面点完了餐,杨昭转过头,看见陈铭生坐在座位上,眼睛看着面前的桌子,不知在想些什么。

"小姐,找你的钱。"服务员说。

"哦。"杨昭转过头,拿过找回的零钱,"谢谢。"

她回到座位上,陈铭生抬起头:"点完了?"

"嗯。"杨昭坐下,看了看陈铭生,有些欲言又止。

陈铭生说:"怎么了?"

杨昭想了想,最终还是摇了摇头:"没什么。"

杨昭看出来,陈铭生有些沉默。虽然他并没有表现出什么,但是杨昭对他很敏感,她能察觉到他看似平常的语气里,夹杂着一些低迷。

杨昭不想让他有多余的心情,可是有些事情太过现实,不是他们能控制的。

面条很快端上来,杨昭吃了两口,就听见陈铭生低声对她说:"我去换票吧。"

杨昭抬眼:"换什么票?"

陈铭生说:"把票换成动车吧。"

杨昭夹着面条的手顿了顿,淡淡地说:"不用。"

陈铭生说:"等下还有六个多小时,我怕你难受。"

杨昭没有说话,她的确不能对他撒谎说她坐那个车并没有觉得难受,但是她也并不想陈铭生去换票。好像她心里也有一丝古怪的坚持——似乎换了这张票,她就等同于承认了一些东西。杨昭把筷子放下,坐直身体,看着陈铭生说:"不用换票。"

她目光坚定,不容拒绝。

陈铭生看着她郑重其事的表情,忽然轻笑了一声,说:"不换就不换了,你好好吃饭。"

杨昭这才拿起筷子吃了起来。

半碗面吃完,又喝了点汤,杨昭觉得舒服多了。她打算小憩一会儿,攒足精力,应对接下来六个多小时的战斗。

"我睡一会儿。"杨昭叫服务员把桌子整理干净,然后对陈铭生说,"你看一下行李。"

陈铭生说:"睡吧。"

杨昭趴在桌子上休息,陈铭生静静地看着她的侧脸。

火车站里的人很多,不时有广播播报车次信息,陈铭生和杨昭坐在快餐店的一个角落里,就像是另外一个世界。

下一趟车他们的座位比较好,没有靠近车厢两头,而是偏中间的位置。

陈铭生和杨昭上车的时间比较晚,行李架都被放满了。陈铭生将拐杖靠在一边,抬手去整理上面堆得乱七八糟的袋子,想腾出个空位来。

"轻点轻点。"座位上的一个大学生打扮的女孩说,她仰着头看着行李架,"我的箱子里有电脑的。"

陈铭生"嗯"了一声。

他想挪东西,就只能单手,另外一只手抓着行李架,不然两只手都去拿,很容易摔倒。杨昭扶着他,好不容易空出个地方,陈铭生把箱子放到上面。

这回杨昭的位置靠车窗,陈铭生坐在中间。

天色已经有些暗了,车厢里开了灯。杨昭有了之前的经验,这回觉得自己适应得很好。

晚上六七点的时候,车厢里最热闹,吃东西的吃东西,打牌的打牌。对面坐着的学生一直在看 iPad 上的电视剧,不时哈哈地笑两声。

陈铭生似乎一直很关注杨昭的情况，他不时问她觉得怎么样，杨昭说没事，他见杨昭的脸色比之前好多了，也放了心。北京到五台山要路过白涧和灵丘，三个小时后，过了灵丘。这时车上已经渐渐安静了下来，大家吵吵闹闹几个小时，也觉得有些累了。

杨昭拉着陈铭生的手看着窗外发呆。

已经晚上九点多了，外面的天完全暗了下来，透过玻璃已看不清外面的景色，倒是车内的场景都尽数映在了玻璃上面。

她看着玻璃，忽然想瞧瞧陈铭生是什么表情。她微微向后靠了一点，露出陈铭生的脸来。

陈铭生没有休息，他在看一个方向。

杨昭转过头，顺着他的目光看见了两个坐在不远处的人。两个男人年纪都不大，穿着普通的衣服，一个人低着头，双手插在兜里，另外一个手托着下巴，两眼发直地盯着桌子上的垃圾盘看。

杨昭看了一眼，然后转头轻声问陈铭生："你认识？"

陈铭生淡淡地转过头："不认识。"他说完了，又不动声色地朝那边看了一眼。

晚上十点多的时候，车厢里的声音更小了，这里很多人也是赶了一天的路，晚上来坐的火车，不少人靠在椅背上睡着了。

杨昭下午睡了一会儿，并不觉得疲惫，拉着陈铭生的手坐着。

陈铭生依旧有意无意地看着那个方向，杨昭觉得有些奇怪，她也再一次看过去。她不习惯一直盯着人看，只淡淡地瞄了一眼。

那两个人好像正在说话。

双手插在衣兜里的那个男人头埋得更深了，嘴里似乎在嘀咕着什么，他身边的那个男的凑到他身边，眉头紧蹙，压低声音不停地说话。他在说话期间还抬头看了一眼旁边，杨昭心虚地移开目光。

不知道是不是错觉，杨昭觉得陈铭生的脸色比刚才更深沉了。

杨昭感觉心里扑通扑通跳个不停。陈铭生移开了目光，但杨昭知道他依旧在看着他们，他甚至都没有注意到她。

"陈铭生……"杨昭拉住他的手。

陈铭生转过头说："怎么了？"

杨昭说："你没事吧？"

陈铭生的目光似乎有些犹豫，最后他低垂眉眼，淡淡地说："没事。"

列车在黑暗的天际下不快不慢地行驶着，陈铭生似乎真的不再注意那两个人。他拉着她的手，靠在椅背上闭眼休息。

杨昭觉得不对劲,又不知道哪里不对劲。

又过了十几分钟,那个双手插兜的男人忽然把头抬了起来。

杨昭看见他的脸,心里吓了一跳。隔了这么远,她也能看到那个男人眼睛瞪得老大,脸上紧绷,表情僵硬,额头上还有薄薄的汗水。已经快入冬了,车厢里也不算暖和,根本不可能会出汗。

他弯下腰,使劲揉搓自己的两个膝盖,揉了两下后,又开始拧自己的胳膊。

他的动作幅度并不大,揉了两下之后,又把手插回衣兜里。过了一会儿,他低头对身边的男子说了什么,男子皱了皱眉。他的语气看起来很急促,男人左右看了看,最后撇了一下嘴,又看向一边。那个男子喝了口水,从座位上站起来,往厕所走。

杨昭余光见到他离开,又看向陈铭生。

陈铭生不知道什么时候已经把眼睛睁开了。他看着那个男人离开的方向,唇角的轮廓似乎更加明显了。

火车轰隆隆地行进。

在杨昭以为他要说些什么的时候,陈铭生淡淡地舒了一口气,又把眼睛缓缓闭上了。

杨昭看向车窗,她不知道视线里都是些什么,因为她的注意力都集中在陈铭生握着她的手上。那手好似简简单单地握着她,可杨昭觉得,仔细体会的话,就会察觉到那只手很紧。

终于,某一刻,那只手决绝地松开了。

他转头对杨昭低声说了一句:"去找乘务员。"说完他就干脆地站起身。杨昭还没来得及说什么,他已经离开。

杨昭扶着桌角看着,陈铭生走到厕所门口,在他路过剩下的那个男人身边时,那个男人似乎是察觉到了什么,马上站起身,跟陈铭生粗声说:"里面有人,你等会儿再来。"

陈铭生没有动,那男人似乎有些紧张,他用手推了陈铭生一下,低声说:"臭瘸子,听不懂人话啊!"

他推得很隐秘,但是杨昭还是看见了,她连忙站起身,陈铭生从间隙之中,有所预兆地看了她一眼。

杨昭停下要过去的脚步。她听从他的话,转身去后面的车厢找乘务员。

走了几步,听到身后似乎有争吵的声音:"你是不是有病?!"

杨昭没有回头,她的心剧烈地跳动,列车进入山道,晃晃荡荡,杨昭扶着车椅就差跑起来了。

过了一节车厢,杨昭看见一个女乘务员,马上冲过去拉住她。

乘务员吓了一跳："这位乘客，有什么需要吗？"

杨昭看着她的眼睛，说："你快跟我来，前面出事了。"

不管是什么行业的服务人员，最怕听到的一句话就是"出事了"。那女乘务员瞪着杨昭，说："什么，出什么事？"

杨昭要张嘴，后面的吼声就传来了。

"打人了！打人了！打人了啊——"

这声音不是陈铭生的，好像是一旁围观的乘客。声音透过一节车厢传过来，清楚无比。几个年轻人当时就站起来了，打算去前面看热闹，乘务员意识到情况不对，马上转过头："大家别动，都别动！"

她对杨昭说："你也先找个地方坐着。"

杨昭看她拿出对讲机："八号车厢起冲突了，八号车厢！快点来人！"

杨昭总算做完了他交代的事，她马上转身去找他。

"哎！这位乘客！"女乘务员喊了一声，没有叫住杨昭。

八号车厢已经挤了很多人，他们和后面那节车厢的人一起，把厕所的地方围成一个圈，看热闹。

"哎呀呀，欺负残疾人了。"

杨昭被人挡着，看不到里面，听见有人这么说，她的心立马悬了起来。

"让一让，"杨昭拼了命地往前挤，"请让一让！"

好不容易从人群里挤了一道缝进去，刚一抬头，就看见刚刚那个男人朝陈铭生抡胳膊。杨昭是捂住嘴才没有叫出来。

陈铭生的拐杖倒在一边，他一条腿站不住，摔在地上。在倒地的时候，他拉着那个男人一起下来。抛开那条腿，陈铭生其实比那男人高大很多，他抓住男人的手腕，别住他的关节，把他的胳膊转到身后，另一只手掐着他的后脖颈，将他的脸使劲朝厕所门撞了过去。

他的牙关紧咬，只是旁观，就能感觉到他出手有多重。

杨昭本想叫他，可她被他的眼神吓住了。

他的目光一直是安安稳稳的，有时会有些低沉，有时会有些调侃，但是她从没见过陈铭生如此狠戾的目光。

他下手没有分毫的犹豫，他也不会在乎他的出手会不会给对方造成伤害。

那个男人被这么狠狠地磕了一下，脸上的表情瞬间狰狞。

陈铭生的脸在阴影里显得晦暗难明，他拎着那个男人的脖子，把他死死地按在地上。他抬头，想看看乘警有没有过来，可这么一抬眼，就看见了杨昭。

那一刻，时间似乎凝固了。

杨昭看他的目光有些奇怪，似乎是疑惑，又似乎是陌生。她没有后退，也没有上前，而陈铭生就按着那个男人，那男人被他掐得脖筋粗红，喘不上气。

就在这个时候，乘警来了。

"别围着！坐到座位上！乘客们请坐到自己的座位上！"乘警的声音很大，围观的人散开，坐回自己的座位上。乘警冲过杨昭身边，对陈铭生大声说，"把人放开！"

陈铭生依旧看着杨昭，似乎是没有回过神。

两个乘警上去，一人一边，拉住陈铭生的胳膊："松手！站起来！"

杨昭看见他们把陈铭生从地上拖起来，她上前一步，乘警眼睛瞪着她："坐回座位！"

"我和他是一起的。"杨昭说。

陈铭生看着她，乘警一愣，转过头对陈铭生说："站稳了！"

另外一个乘警从地上拿起拐杖，递给陈铭生："站稳，证件出示一下，还有车票。"

地上那个人爬起来，指着陈铭生，大骂道："警察同志，他随便打人！"

陈铭生依旧看着杨昭，杨昭有点着急，她用眼神示意陈铭生让他快点说些什么。陈铭生这才把目光转向乘警，低声说："厕所里还有一个。"

乘警看了看紧锁的厕所门，说："有啥？"

那男人大叫道："警察，他打人！你快把他抓走！"他捂着自己的脸，弯着腰，似乎还没缓过劲。

乘警看他一眼，说："别吵，你也出示证件。"

男人慢吞吞地从衣服里掏钱包。

乘警转头看陈铭生："厕所里有什么？"他拉着厕所门，拽了两下，里面锁着。

陈铭生用下巴示意了一下那个男人，低沉着声音说："一起的。"

乘警敲敲厕所门："有人没？"

里面没有声音。

乘警用力敲了敲，说："有没有人？！"

还是鸦雀无声。

乘警也觉得有些奇怪了，他翻出钥匙，在外面把锁开了，但是拉门把手的时候，里面明显有一股力量在顶着。

乘警："谁？"他拉住门把手，使劲一拽，门被带开了一点，又马上被关上了。

里面一闪而逝一个男人的影子。

乘警说："出来！"

他拉着门把手，一边喊一边往外拉，但是两三次都被里面的人又拽回去了。他又想再吼的时候，一只手从旁边伸过来，抓住了门把手，乘警一愣，转头看，这一转头的工夫，陈铭生左手推着墙壁借力，右手拉着门把手，牙关一咬，脖筋暴突，里面那男人被整个拽出来，双手还紧紧握着门把手。

在厕所门打开后，里面飘出淡淡的香味，乘警和坐得近的乘客都闻到了那股有些古怪的芳香味。乘客没什么反应，但两个乘警一闻到这个味道，脸色顿时一变。他们低头看着那个被拖出来的人，他浑身都是虚汗，脸色惨白，眼球血丝密布，胳膊和脚不时打着哆嗦。

吸毒。

乘警拽着那个男人："起来！"他转头，看着另外一个脸色灰白的男人，喝道，"还有你！"

乘警又看了一眼陈铭生，眼神有些考究，最终严肃地说："你也来一下。"

杨昭想说什么，陈铭生已经先一步点点头，低声说："好。"

他从怀里拿出一包烟，点着一根，乘警看见，也没说什么。

"哪个是你的行李？拿出来！"乘警押着那个从厕所里拽出来的男人，几个坐在对面的乘客都在帮忙。

"这个这个，还有这个，这几个是他们俩的。"

杨昭透过烟雾，看着陈铭生。陈铭生冲她无声地示意："回去坐着。"

乘警拎着行李，带着三个人往后面的车厢走。

杨昭想跟在后面，乘警说："这位乘客，你回座位上去。"

杨昭说："我和他是一起的。"

乘警说："那也不行，快坐回去！"

杨昭还想说什么，陈铭生开口："你在这里等我。"

杨昭看着他，他的目光很冷静，杨昭点点头，说："你自己小心。"她看了看那两个人，又对他说，"如果有麻烦就告诉我。"

他点头。

陈铭生被乘警带走，杨昭一个人坐回原来的位置，周围的人看乘警走了，一时间热闹起来，都在讨论到底怎么了。

"那人干啥的，就一条腿还那么厉害啊？"

"你们说被抓走的是因为啥？我看可能是小偷。"

"我看不像。"

"……"

杨昭对面的大学生好奇地看着她，旁边坐着的几个人也都凑过来，说："那男的是你什么人啊？"

杨昭看了问话的男人一眼，没有说话。

"他那腿怎么弄的，之前是干啥的？"

杨昭转过头，定定地看着那个男人，那人见杨昭这个表情，讪讪地坐回了原位。

那个大学生探过身，小声地问道："姐，他是干啥的啊？"

杨昭没有看她，也没有回答。她的目光看向车窗外，外面没有景色，只能看见玻璃上映着的自己。她的脸上很平静，但是脑海里却在飞速地思考。她在想，那些人到底是做什么的？陈铭生如果被反咬一口怎么办？他有足够的法律知识来保护自己吗？

她有点后悔没有跟着去。

过了好长时间，陈铭生回来了，但那两个人没有。

杨昭紧紧看着他，陈铭生冲她笑了笑，低声说："没事了。"

陈铭生坐下，车厢里很多人都在看他，刚刚那个问杨昭问题的男人再一次开口，这回他直接问了陈铭生："兄弟，你被叫去干啥了？"

陈铭生淡淡地说："没什么。"

那人又问："刚才那俩人怎么回事啊？"

陈铭生看起来并不是很想回答他，杨昭替他开了口："这位先生，如果你有任何问题，可以直接去问乘警。"

男人觉得杨昭有点多事，悻悻嘴坐了回去。

杨昭拉着陈铭生的手，低声说："来。"陈铭生顺从地跟着她起身，来到热水器旁的空当位置，她松开手，先问了一句，"他们没为难你吧？"

陈铭生摇摇头："没有。"

杨昭抱着手臂，一语不发地看着他。

陈铭生低声说："吓到你了吗？"

杨昭："嗯。"

陈铭生看了她一眼，又低下头："抱歉……"

杨昭说："他们是什么人？你为什么去找他们麻烦？"

陈铭生转头，看了看身边的热水器，下面放着一盒不知道谁扔在这儿的泡面，他静默了一会儿。杨昭说："陈铭生。"他转过眼看着她，低声说："你看到刚刚那个被我从厕所里拽出来的人了吗？"

杨昭回想了一下，说："看到了，乘警叫他，他为什么不出来？"

陈铭生说："因为他在厕所里吸毒。"

杨昭好像没听清："什么？"

"他的毒瘾犯了，在里面吸毒。"

杨昭半张着嘴，看了陈铭生好一会儿，然后看向一边，静了一下，又转过来，说："你什么时候知道的？"

陈铭生说："晚上八点四十分左右。"

杨昭一顿，陈铭生的回答让人奇怪。他那么直接地说——晚上八点四十分。

列车在轨道上行驶，车厢里味道呛人，外面的天漆黑一片。

广播播报："马上到达五台山站，请要下车的乘客提前做好准备。"

陈铭生说："等下，我得去派出所做个笔录。"

杨昭没有说话。

陈铭生张了张嘴，看起来有想说的话，可他看见杨昭的眼睛，又把嘴闭上了，最后只低低地说了一句："对不起。"

杨昭看着他，蓦然，心里的一块石头就放下了。

陈铭生待她很好。

他有尊严、有原则，也有自己的坚持。但他待她很好。

杨昭低声说："咱们回去收拾一下吧，等下我陪你一起去。"

陈铭生抬眼，目光里好像含着一股浓浓的雾气，看不真切。

杨昭转身，淡淡地说："其他的事，我们晚上再说。"

乘警在杨昭和陈铭生下车的时候一直跟在身边，他对陈铭生说："做个笔录，别紧张，很快的。"乘警事先已经同当地派出所联系好，在下车的时候，有几个警察在站台上等着。

已经快晚上十二点了，外面阴沉沉的，站台上也没几个人。

杨昭下车，看见几个警察上去把那两个男人连带着行李一起先带走了，剩下一个警察领着陈铭生和杨昭出了站。

杨昭和陈铭生被带上一辆警用面包车，他们坐在车后面。开车的警察年纪不大，一边发动汽车，一边跟他们说："派出所不远，一会儿就到，做个笔录就可以，用不了多久。"

陈铭生"嗯"了一声。

"啊，对了。"那小警察从后视镜里看了看陈铭生，说，"我听乘警说是你一个人发现的，你怎么看出来的？"

陈铭生说："看他的时候他一直在抖，我觉得不太对，就多看了几眼。"

杨昭默不作声地听着。

陈铭生说了谎，那个男人根本没有一直发抖。杨昭淡淡地看向窗外。

"不过你胆子也真够大的，这帮人都是疯子，为了吸那玩意儿什么都能干出来。"小警察又说，"你这情况也比较特殊，自己也不容易，估计能给发点奖励啥的。"

陈铭生轻声笑了笑，说："不用了。"

最近的一个派出所离车站的确没有多远，小警察在车上很能聊，他说五句陈铭生回他一句，而杨昭则是一直沉默。车停到派出所的门口，小警察领着陈铭生和杨昭进到一间办公室。

"来，你们俩先坐会儿，旁边就有热水和一次性杯子，你们喝点热水，最近天冷得厉害。"

陈铭生说了句"谢谢"。小警察说："稍等我一下。"

短短时间内，杨昭第二次进派出所，第一次因为陈铭生，第二次还是因为他。

这间派出所比凌空派出所更简陋，屋里连个像样的办公桌都没有。屋顶上是白花花的日光灯，闪得人眼睛疼。

已经晚上十二点多了，冷风呼呼地吹，赶了一天的路，杨昭的身体很疲惫，但是她的精神又必须集中，这种矛盾相互穿插，让杨昭感觉到一股异常敏锐的紧绷感。过了一会儿，来了两个年纪稍大一点的警察，他们坐到杨昭和陈铭生对面，问了几个简单的问题。

"你大概什么时候注意到他的？"

"我也没怎么注意到，就是看着有点奇怪。"

"你是怎么辨认出他是毒瘾犯了的？"

"他坐在座位上的时候，手脚一直在抖，而且经常抓挠自己的脸，我觉得正常人应该不会做这种事。我开始怀疑他是小偷来着。"

"小偷？"警察努嘴点点头，认真做了记录，"那后来你为什么知道他在厕所吸毒？"

"我在厕所门口等着上厕所，但是隐约闻到一股奇怪的香味。而且另外的那个人来赶我，我就觉得有问题。"

警察"嗯"了一声，说道："麻古，有异香。"他又抬眼看了陈铭生一眼，不经意地说，"你对这个挺了解啊？"

杨昭的心因为这个问题顿时缩紧。

陈铭生说："我以前在老家开小旅馆，要定期参加当地的防毒防淫宣讲，我去过几次，记住了一点。"

警察点点头，说："这个习惯不错，是得多参加，现在好多人一点常识都没有，解释都解释不通。"

"嗯。"

警察又简单地问了几句，就在杨昭以为快结束的时候，外面忽然传来女人吵闹的声音。

两个做记录的警察对视一眼，一个人站起身，打开门，冲走廊大喊一声："怎么回事？！"

刚刚那个带陈铭生和杨昭过来的小警察匆匆跑过来，皱着眉头，杨昭听见他低声跟那个警察说："家属来了。"

"这么快？"

"当地的。"小警察说，"家就在附近，一个电话就过来了。"

做记录的警察脸色有些不好看，他说："先去前面吧。"他转头对陈铭生和杨昭说，"你们俩也来吧。"杨昭在屋里的时候就已经听见外面的声音了。

警察领着他们去大门处，跟陈铭生和杨昭说："笔录做完了，辛苦你们了。"

杨昭说："那我们能走了吗？"

"行。"警察点点头，说，"可以走了。对了，你们是游客吗？"

"嗯。"杨昭说，"来五台山玩的。"

警察考虑了一下，说："那这样吧，你们再等一等，现在太晚了，门口也没有车了，等会儿小刘空出来让他开车送你们去宾馆。你们订宾馆了吗？"

陈铭生说："还没。"

"那等会儿我让小刘直接送你们去我们的招待所，条件还行的，我跟他们说说，还能便宜点。"

陈铭生看了看杨昭，杨昭点点头。

"那就麻烦你们了。"

"不麻烦不麻烦。"警察说，"应该的。"

他们走到大厅，那有一老一少两个女人，还有一个看起来五六岁的小孩，三个人一起在大厅里号哭。

"我家可怎么办啊！你关了他，我们一家可怎么办啊！"

杨昭和陈铭生站在后面，她看出这几个人应该是那两个被抓起来的人的亲属，就是不知道是其中哪个的。杨昭静静地打量了一下，那两个女人穿得很普通，甚至有些寒酸，看起来家里条件并不好。

薛淼说过，女人是很容易被看出生活水平的，因为女人很敏感、很柔弱，就像精美的花朵，经受任何一点风吹雨打，都会留下明显的痕迹。

"你们不能关他啊！不然我们一家都活不了了！"

那个小警察挡在女人面前，说："这位亲属请你先冷静一点，我们的调查还没结束，你这么闹我们不好工作。"

"调查什么？调查什么？！"女人拉着小警察的袖子，使劲地撕扯，"他就抽点东西，又没害别人，你们要关他，这是把我们家往死路上逼啊！"

小警察一脸愁容，说："如果真的只是自己吸毒的话，违反《治安管理处罚法》，我们会对他进行强制戒毒和治安拘留。"

"我不活了啊。妈！你听见没，咱们一家一起死算了！"女人的号叫声很大，脸上表情也很凄惨。杨昭觉得有些吵，往后退了两步。

那个做笔录的老警察看不下去了，上前一步："别吵了！"

女人被吓了一跳，然后坐在地上开始号哭。

"你再这样就算影响办案，连你一起拘留！"

"你拘啊！"女人瞪着眼睛，看着警察，"你把我也关了！把我们全家都关了！"

"你……"

警察还要再说什么，门口忽然又来了一辆车，车里下来两个男人，进到派出所。

另外一个警察在门口拦住他们："你们干什么的？"

一个男人说："啊，警察同志你好！我是《晨报》的记者，刚刚接到电话说这边有案情，来了解一下情况。"说完，他还把自己的名片递给了警察。

警察接过来看了一眼，说："谁打的电话？我们现在不接受采访。"

"我打的！"

所有人都看向那个女的，女人从地上站起来，来到记者旁边，紧紧拉住记者的手，说："我打的电话，你帮帮我！我们家是贫困户，一家就靠他一个人，他要是进去了我们可怎么活啊！"

"等等，先等等。"记者从怀里掏出录音笔，警察在一旁看见，说，"说了我们不接受采访，请你配合一下。"

女人看起来完全疯癫了，警察想要把她拉开，她就把自己上衣给脱了，露出内衣来，挺着胸脯喊叫："来啊！你来啊！"警察紧皱眉头，躲开她。

"这位女士你也别这么闹。"记者说，"具体什么情况你先解释一下。"

小警察先一步说："她丈夫在火车上吸毒，被抓了，现在在审，她就来这儿闹。"

女人嘶叫一声，对记者说："我家老母亲今年已经快八十了，根本受不了这个刺激，你看看给我儿子吓成什么样了？"

记者往厅里一看，一个五六岁的男孩皱着脸在哭，但是声音显得十分奇怪。

记者说："他怎么回事？"

女人哭道："我儿子命苦，出生没几天发烧把嗓子、耳朵都烧坏了，也说不了话，他跟他爸关系最好，他爸要是进去了，我儿子可活不下去了。"

聋哑儿童？

记者兴致上来，往前走了几步，门口的警察给他挡了回去，口气有点不好了。

"回去！"

记者把录音笔放到警察面前，语气很诚恳地说："警察同志，我们也没恶意，大晚上跑一趟总不能白来，请问你们抓人的时候为什么不避开孩子？"

警察皱紧眉头。

记者说："吸毒肯定是违反《治安管理处罚法》的，但是我们在抓人的时候是不是可以尽量避免对小孩的伤害，毕竟这孩子年纪这么小，而且还是聋哑儿童，自己的父亲在面前被抓，对孩子的心理影响肯定很不好。"

小警察有点生气地指着那个女的说："是她自己把孩子领过来的，我们又没在他们面前抓人。"

女人冲他大叫道："孩子放不下他爸有错吗？你不是亲爹养的吗？"

老警察怒吼一声："你说话注意点！"

女人又升了一个分贝，喊道："孩子只跟他爸！你要是把他关进去，孩子就留给你们了！"

"好啊！"老警察气得声如洪钟，"来！你现在就给我写个断绝关系证明，犯了弃养罪，我连你一起关！"

"老邱你冷静点。"旁边一个警察碰了碰老警察的胳膊。

女人坐在地上，抱着孩子又开始哭。

记者蹲在地上，问女人："你们家的情况怎么样？"

"我家就住火车站旁边，有个卖烤串的摊位。一个月最多就能挣个两三千块钱，全给孩子看病了，摊位上个月还被他们给查了，我老公外出去找亲戚借钱，现在刚回来就被抓，他要是被关起来，那我们一家都别活了。"

小警察说："火车站前的广场不允许摆烧烤摊，已经说了很多次了。"

"那你让我们怎么办？让我们怎么活？"

小警察皱着眉头，看向一边。

"我觉得，你也不用期待什么了。"

忽然，一道平平淡淡的女声传来，在场所有人都顿了一下。他们回过头，看向站在最里面的女人。

陈铭生嘴里叼着一根烟，他本来在低着头听屋里的闹剧，杨昭说话，他侧目。

显然，谁都没有想到她会开口。

杨昭是对那个坐在地上哭的女人说的。"你应该感谢警察，没有让你第一时间得到你丈夫已经把借来的钱花光的坏消息。"

女人瞪着她："你怎么知道花光了？！"

杨昭脸色不变，淡淡地说："因为我会思考。"

那女人反应了一会儿才明白她是什么意思，顿时跳起来往杨昭这边冲："你算什么东西？！"

警察制止住她："你注意点！"

记者也往这边看，他看见杨昭身旁的陈铭生，问了句："他们两个是？"

小警察说："他们是谁你不用管。"

记者脑袋也算灵活，想了想杨昭刚刚说的话，说："他们是举报群众吧？"

记者一看见陈铭生的腿，马上兴奋起来了，残疾人在火车上智斗毒贩，新闻稿都已经在脑子里成型了。

他把录音笔伸向陈铭生，说："这位先生，我能单独采访你一下吗？"

门口的警察再也不能忍了，推着记者往外走："说了几遍不接受采访，你再这么干就是妨碍公务了！"

记者被推着，翻出一台相机，冲里面啪啪地拍照。

陈铭生一直靠着墙上抽烟，任凭那女人在屋里骂成什么样他都没有抬一下眼皮，可在那个记者拿起相机照了两张照片的时候，他忽然抬眼，在青白的烟雾中看着那个记者。

老警察过来对陈铭生说："没事的，你不用管他们。"他转头对那个小警察说，"小刘，你先去把他们送到招待所，跟里面说一声，给优惠一点。"

"好的好的。"小警察看起来也不想跟这个女的折腾了，招呼陈铭生和杨昭往外走。

杨昭和陈铭生走到门口的时候，警察还在堵那个记者，陈铭生从他们左边过去，错身而过的时候陈铭生忽然伸出左手，从门口警察的胳膊下面探过去，食指钩住相机的带子，抬手一提，将相机从记者的脖子上拉了下来。

显然谁都没有意料到这个情况，那记者一愣，然后马上说："你拿我相机干什么？"

陈铭生没有说话，轻轻低头，把相机翻过来，删了几张照片。

"你干什么？！"记者瞪着陈铭生，"相机还我！警察同志，你不管？"

老警察烦他烦得要死，装作没听见。

陈铭生把相机还给老警察，说："不好意思，我们先走了。"

老警察拿着相机冲他点点头："行行，小刘快去开车。"

"哎？！怎么回事？抢东西不管吗？"

老警察不耐烦地说："你少说几句吧，你没经别人同意就给人随便拍照，还好意思了？"

后面还在吵来吵去，陈铭生和杨昭已经带着行李出了派出所。小刘把刚才那辆面包车开过来，接他们上车。

"招待所很近的，门口就有公交，你们要去五台山的话，坐公交车可以直接到这边，火车站旁边就有大客，每天发很多辆，直达五台山景点的。"小刘热情地说。

陈铭生点头说："嗯，谢谢。"

"不用谢，哎，今天是让你们一起闹心了，你们别往心里去，好好旅游。咱们这儿的五台山是全国四大佛教名山之首，一定要好好逛逛。"

"好。"陈铭生说，"你们也辛苦了。"

"还行吧。"小警察无奈一笑，说，"习惯了，干这行不容易。"

静了一会儿，陈铭生低声说了一句："是不容易……"

杨昭坐在靠窗的位置，她看着车窗上面映着的淡淡的看不清眉目的侧影，沉默不语。

招待所离得很近，开车十几分钟就到了，小刘一路帮着安排了房间。安排的是一间普通的标间，屋子很小，也有些旧，但好在干净。

杨昭把行李放到角落里，打开箱子，取出换洗的内衣，然后去洗手间洗澡。

她洗过之后，换陈铭生洗。

陈铭生洗澡很快，他换了件背心和一件灰色长裤，从洗手间里出来。

杨昭坐在床上整理东西，看他出来了，她抬起头，说："陈铭生，你过来。"

陈铭生拄着拐杖过去，毛巾搭在脖子上，他抬手擦了擦头发，坐在杨昭的床边。杨昭坐过去一些，拿过毛巾，帮他擦头发。他们用了一样的沐浴液，身上有着淡淡的清香。杨昭觉得这样低着头让她擦头发的陈铭生比往常乖了许多，她弯下脖子，在他的脖子上亲了一口。

陈铭生许是有些痒，低低轻笑。

杨昭将白毛巾张开，抱住陈铭生，下巴垫在他的肩膀上。陈铭生握她的手："怎么了，累了吗？"

"没事，不累。"杨昭说。

她还有些湿的头发粘在陈铭生脸颊旁，凉凉的。

已经下半夜了，夜里静悄悄的。

杨昭枕在陈铭生的脖子上，看着床头掉了漆的台灯，低声说："陈铭生，你有没有什么想要对我说的？"

陈铭生感受着肩膀上的重量，那重量磋磨着他的心口，压得他说不出的难受。

"是不是今天在火车上吓到你了？"陈铭生低声说。

"有一点。"杨昭说，"你下手太狠了。"

陈铭生低头轻笑了一声："是吗？"

"陈铭生……"杨昭缓缓开口，"你为什么对毒品那么熟悉？"

陈铭生的声音一直很低、很慢，他的话语像是跟黑夜融在一起。杨昭有一种感觉，或许如果她不仔仔细细地听的话，都不能确定他到底有没有开口。

"以前，接触过。"他艰难地说。

杨昭松开手，扳过他的肩膀，在黑暗中定定地看着他："你吸过毒？"

"没有。"陈铭生几乎马上回答出口，他握住杨昭的手，语气也比刚才快了一些，"杨昭，我没染过毒瘾。"

他看着杨昭，那么直直地看着她，又说："从来没有。"

杨昭的眼神显出一种淡漠的冷静，陈铭生忽然有些害怕。

"没染上毒瘾，也就是说，你吸过毒。"

"杨昭……"

杨昭说："什么？"

陈铭生咬了咬牙，最终放弃了一样，点了点头。

"对，我碰过。"他看向地面，缓缓地摇头，低语道，"我不想骗你，我确实碰过。"

杨昭说不出心里是什么样的感觉。在跟陈铭生交往的日子里，她一直模模糊糊地有一种直觉，陈铭生跟其他的出租车司机不太一样。

那天她在他的身上看见了很多伤口，她下意识地认为，陈铭生之前或许做错过什么事情。但是那对于她对他的感觉来说，无关紧要，而且她看出当时陈铭生并不想透露太多，所以她没有追问。

直到刚刚陈铭生在洗手间里洗澡的时候，杨昭也没有想要逼问他。可是陈铭生一句简简单单的回答，让杨昭有些迷茫了。

对于这个人的迷茫，对于未来的迷茫。

陈铭生握住杨昭的手，杨昭感觉到那只手在轻轻地颤抖。

他也在忍耐，杨昭想。对她说出这些，他自己也在害怕。

杨昭回握住他，陈铭生的手更紧了。

"你为什么要吸毒……"杨昭说，"为了玩吗？"

陈铭生摇了一下头，说："不是……"

"那为什么？"

"为了做些事……"

"什么事？"

说起来，杨昭并没有见过陈铭生现在这样的状态。在她的印象里，好像陈铭生永远都是沉稳的、镇定的。他现在看起来有些焦虑，虽然他在极力地压制，杨昭依旧看出他很焦虑。

"我不能再说了。"陈铭生紧紧握住杨昭的手,"我不想骗你,但我真的不能再说了。"

杨昭说:"为什么不能说?"

"我不想伤害你。"陈铭生的声音陡然变大,他侧过头,一动不动地看着杨昭,"我不想伤害你……"

杨昭再一次静默。

他们的手一直握在一起,杨昭低声说:"你知道吗?我一直觉得我与你之间的感情是最简单的。"

陈铭生没有说话。

"陈铭生,我问你几个问题,你愿意回答,就回答。不愿意回答,就沉默。"

"第一个,你为什么要揭发火车上的那两个人?"

陈铭生低声说:"我看出那个人毒瘾犯了,猜他会去厕所吸毒,所以就揭发了。"

"不对。"杨昭淡淡地说,"你犹豫了很久,你开始的时候也注意到了,可你克制自己,不去管。为什么最后还是管了?"

陈铭生沉默了一会儿,最后说:"我不能不管。"

不能不管。

其实他也在想,如果不管他,就这么过去,或许就不会有这些事了。那现在他和杨昭就应该在一间酒店的房间里熟睡。在车上时,他一直告诉自己,放过吧,坐着吧,毕竟,杨昭在。

可是在最后一刻,他看见那个人站起身,走进厕所。他几乎是下意识地做出了决定。

"第二个问题,你为什么对警察说谎?"

"我不想惹麻烦。"

"对警察说真话就是惹麻烦吗?"

陈铭生顿了顿:"我只是想快点结束。"

杨昭说:"那第三个问题,你为什么不让记者拍下照片?"

陈铭生说:"我不想张扬。"

杨昭冷笑一声:"做好事不留名吗?"

陈铭生低下头,他笑不出来。

"你的话漏洞百出。"杨昭说。

沉默。

杨昭说:"陈铭生,今天我有点害怕。"

陈铭生的手僵住了。

"你了解毒品，了解犯罪，不愿意对警察说实话，不愿意在记者面前留下照片。还有，最重要的——你不愿对我坦白。"

杨昭不想去追究他不对自己说，到底是出于不信任，还是出于其他什么理由。她只是觉得这样的陈铭生让她有种淡淡的疏离感和恐惧感。

陈铭生转过头，他看她的眼睛，她的表情还是像平常一样，平平淡淡。她诚实地表达着自己的感觉，就像那晚一样。

这份诚实那晚救了他，今晚却要了结他。

陈铭生的气息有些不匀。

他知道她已经察觉到了什么，并且对这些察觉做出了推断。他能猜想到她的判断是什么，他想反驳，可无从开口。陈铭生觉得自己的心被一只无形的大手硬生生地攥在了一起，他透不过气来。

他不甘心。

杨昭不去看他有些苍白的面孔和紧咬的牙关，淡淡地说："你不愿说，就不说。我问最后一个问题。"

陈铭生像是等待一个审判一样，低哑着声音："你说。"

问题幼稚而真实。

"陈铭生，你是好人还是坏人？"

听到这句话的一瞬间，陈铭生的手顿住了。他的脑海中空白一片。先是冰冷，而后就被从心底涌出的记忆烧得滚烫。他大脑中的闸门被打开，所有的回忆都倾泻进来。

他在混乱的记忆中翻转挣扎，不知所措。

黑暗中，杨昭握着他的手。

陈铭生忽然抱住了她，紧紧抱住了她。

杨昭直到今天才知道，原来一个拥抱，会让人的灵魂有如此战栗的感觉。

"我是好人。"陈铭生的声音低沉又嘶哑，"杨昭，我是好人。"

他的身体在颤抖，声音沉重、痛苦，又有着淡淡的委屈。杨昭抬手，回抱住他。她贴着他的脸颊，轻轻地说："陈铭生，你在哭？"

陈铭生当然没有回答。

他们在黑暗之中紧紧拥抱。

杨昭抱着他，心想，很多人都在说爱很复杂，可她却觉得，这世上所有的感情里，爱真的是最简单的一种。它是那么容易、那么单纯。

她有一个最简单不过的理由——跟他在一起。可往后的日子，她从他身上体会到的远远比爱复杂得多。

"睡吧。"杨昭说,"明天还要起早去五台山,早点休息。"

那晚,陈铭生在杨昭的身后,抱着她入睡,一直都没有放手。

或许是太累了,杨昭做了很多奇怪的梦。梦的最后,她在虚空之中听见他的声音,他告诉她——杨昭,我是好人。

Chapter 6

山·水·菩萨

早上，杨昭换好一身运动服，化了个淡妆，从旅行箱里拿出个小型背包，装上水和零食，还有事先准备好的地图。

陈铭生没有那么多说道，只在黑背心外面套了件外套，就坐在床边等她。

他看着她在角落里忙碌的身影，觉得昨晚的一切好像都没有发生过一样。

杨昭转过头，说："你准备好了？"

陈铭生点点头。

杨昭说："那走吧。"

招待所没有餐厅，他们拎着行李下楼，在附近的一家早餐店里吃了早饭。火车站门口就有拉客的大巴车，20块钱一位，陈铭生和杨昭上车的时候人还未满，他们坐到偏后的地方，杨昭从包里拿出一本书，翻看起来。

陈铭生说："你这时候还看书？"

杨昭说："不然干等着干什么？"

陈铭生好奇地伸手："什么书？"

杨昭把书翻过来给他看，书名是《清凉世界：五台山》。

"清凉世界……"

"嗯。"杨昭说，"书里有介绍，是《华严经》里说的，'东北方有处，名清凉山，从昔以来，诸菩萨众，于中止住。现有菩萨，名文殊师利，与其眷属，诸菩萨众，一万人俱，常在其中，而演说法'。"她把书递给陈铭生，说，"五台山是文殊菩萨的道场。"

陈铭生打开书，翻看几页，毫无兴趣地还给了杨昭。

杨昭说："你看了吗？"

陈铭生："看了。"

"一目十行？你看到什么了？"

陈铭生实话实说："图。"

杨昭说："你好像很不喜欢读书？"

陈铭生闭着眼睛休息，轻笑着说："嗯。"

杨昭的目光重新回到书本上，说："那这次正好给你好好治一治。"

陈铭生把眼睁开一丝缝隙看着她："怎么治？"

"五台山是文殊道场，文殊菩萨代表智慧。你没看很多考生家长都会来五台山给孩子拜一拜吗？"

"那你应该给你弟弟拜拜。"

"我不用给他拜。"

"为什么？"

杨昭看着书，淡淡地说："他听我的话，不需要拜。"她抬起眼，朝陈铭生看了一眼，不咸不淡地说，"不听话的才需要拜。"

陈铭生一噎，说不出话，再次闭上眼睛装睡，手却伸了过来，拉住杨昭的手，放在自己的左腿上。

杨昭说："一只手你让我怎么翻书？"

陈铭生说："不知道。"

杨昭好整以暇地看着陈铭生，陈铭生在她郑重的目光中又转过头来，伸手把书从杨昭手里抽出来，放到自己的旅行包里。

杨昭问："你干什么？"

陈铭生把杨昭的手握住，又闭上眼睛休息。

杨昭深吸一口气，也没有抽回手。她低头看着陈铭生的手掌，轻轻哼笑一声，说："陈铭生，你越来越赖皮了。"

陈铭生低沉的声音说："是吗？"

杨昭靠在大巴椅背上，看向窗外，淡淡地笑了笑。

过了一会儿，大巴拉满了人，准备出发了。车程不到两个小时，大巴车直接将他们带到五台山景区。乘客们按序下车，一下车，那股山林独有的味道扑面而来。

空气中夹杂着树木香和檀香，闻起来让人心旷神怡。汽车站点旁，有很多给宾馆旅店拉客人的当地人。他们举着牌子，对下车的乘客挨个问。

"住不住店？"

"标间三百，住不住？"

"都在景区里面，上山很快的。"

"……"

杨昭和陈铭生下了车，陈铭生问杨昭："先找个住的地方，把行李放下吧。"

"嗯。"杨昭往远处看了看，能看见一座高高的白塔立在山林之间。

"那是大白塔。"杨昭说。

陈铭生点了根烟，抬头顺着杨昭指的方向望。

"你想去那儿？等会儿去好了。"

杨昭看了看周围，说："我们在这儿找住的吗？"

"往里面走走吧。"陈铭生说，"先去把票买了。"

"嗯。"

因为是淡季，所以五台山游客不多，也没有排队买票的场景。钱包放在杨昭的包里，陈铭生去买票，杨昭翻出钱包，说："多少钱？"

"算上里面的观光车，两百零五。"

杨昭点点头，翻出四百一十块钱给他。

陈铭生正低头抽烟，杨昭把钱给他，他下意识接过来，本来要转身去买票，结果看见钱又停下了。

杨昭："怎么了？"

陈铭生把烟叼在嘴里，拿回两百给杨昭。

杨昭："嗯？"

陈铭生拄着拐杖往售票处去，边走边说："我不用买票。"

杨昭余光瞥见售票处上面的牌子。六十岁以上的老人、军人、残疾人、记者等凭证件免门票。

杨昭转过眼，看见正在买票的陈铭生，他的拐杖随意搭着，右腿的裤腿高高挽起。

杨昭移开目光，眺望那座耸立山间的白塔。

杨昭和陈铭生顺着马路一直向前走，现在是早上七点多，太阳都没有高升起来，他们走得也不快，散着步一样。五台山不算高，不像泰山、华山这些以攀爬为主的山，五台山比较平坦，众多寺庙铺散开来。

杨昭轻挽着陈铭生的胳膊，一边走一边看风景。

"你累吗？"走了一会儿，杨昭问陈铭生。

陈铭生摇头，说："不累。"

杨昭停下脚步，指着旁边的一块石头对陈铭生说："我们坐下休息一会儿吧？"

杨昭拿出了个苹果，在她吃苹果的工夫，陈铭生坐在旁边发呆。

他穿着一身黑色外套，左手随意地插在衣兜里，右手拿着烟。整个侧影在山林的映照下，显得稍稍有些不搭调。

杨昭忽然笑了，说："陈铭生，你最近怎么总发呆？"

陈铭生轻轻撇过眼看她，说："没啊。"

杨昭说："要不要下次你发呆的时候我给你照下来？"

陈铭生低头笑了笑，把烟放到嘴里，抬手揉了揉杨昭的后颈。

"你不是想去那个塔看看吗？"陈铭生说，"我们到那个方向找地方住。"

"好。"

陈铭生看着杨昭手里拿着苹果，也就吃了三分之一。他说："吃不动了？"

杨昭低头，看了看，说："等下再吃。"

"吃不动就别硬撑，给我。"陈铭生从杨昭的手里把苹果拿过来，转着圈，三口咬没了大半。

杨昭瞠目结舌地看着他。

陈铭生吃完苹果，杨昭接过苹果核，装到一个小袋子里，塞进包里。

"走吧。"陈铭生说。

顺着路又走了一会儿，他们来到一片开阔的地界，看起来像是商业聚集地。

一个个店铺，卖的都是纪念品和当地特产。五台山是中国唯一一个兼有汉地和藏传佛教的道场，所以有许多卖藏传佛教用品的商店。在琳琅满目的佛具店后是一条小吃街，再往里面则是一排一排的旅店。

陈铭生说："住那边？"

杨昭站在原地，看着旅店的方向，没有说话。

陈铭生已经很熟悉她的思维方式了，让她自己在那儿考虑，他转眼看见路边有个老头，正在编斗笠。竹篾在老头的手里上下翻飞，一圈一圈地转，不一会儿就弄出一个尖尖的头来。

陈铭生弯腰拿了一个斗笠，问那老头："师傅，怎么卖？"

老头头都没抬："十五一个。"

陈铭生从口袋里掏出十五块钱，老头指指旁边的盒子，陈铭生把钱放进去，拿着斗笠去找杨昭。

杨昭还在那儿站着不动，看着旅店的方向。她没发呆，她是在心里计算价钱。

这样的一个旅店，标间一晚至少要三百多，那他们要是住三晚的话就得一千多块钱。杨昭还在家的时候，整理行李，"偶然"摸了一下陈铭生带的钱包。

她觉得如果陈铭生没有带卡来的话，那住这里稍稍有些吃力。

还在想的时候，她忽然觉得视野一暗。抬起头，一个黑乎乎的东西罩了下来。杨昭知道是陈铭生，所以她也没躲，就仰着头看着斗笠罩在脸上。

陈铭生见没盖准，又拿了起来。

杨昭转过来，笑着说："你买的？"

"嗯。"陈铭生把斗笠又扣在杨昭的头上，然后低着头看了看。杨昭说："怎么样？"

陈铭生说："像打鱼的。"

杨昭哼笑，挽住陈铭生的手臂，说："不住这儿，我们往里面走走看。"

陈铭生说："好。"

"你们要是找便宜的，可以住菩萨顶下面。"

陈铭生和杨昭同时转过头，那个路边编斗笠的老头跟他们说："那下面有当地住家的，有的也收游客住，便宜，就是条件没有宾馆好。"

陈铭生和杨昭对视一眼，陈铭生转头对老头说："谢了师傅。"

从广场往菩萨顶去有一条不太好走的路，也是穿了一条商业街。跟外面那条街不一样，这里不卖饰品，而是多卖些当地特产的蘑菇。这条街整体向上，算是傍山而建，虽然用青石铺得比较平整，但还是有很多坑洼和绵延不断的台阶。

杨昭怕陈铭生走得不方便，来到他左边，扶着他的手臂。

"你慢点儿走。"

"没事的。"

杨昭右手挽着他，左手拖着箱子："反正也不急。"

从下面的广场上去，走了二十多分钟，到了菩萨顶下面。他们按刚才卖斗笠的老头所指的路，在菩萨顶下面的小道上朝偏处走。开始还是平坦的青石路，后来变成水泥路，再后来就是水泥、石子混杂的土路。

路边有当地人在卖水果。

一个大婶守着一筐桃子，坐在路边，看见陈铭生和杨昭过来，招呼说："新鲜的桃子！来一点儿吗？"

杨昭看见她身后有一间小屋，她问大婶说："请问，后面那间屋子是你的吗？"

"后面？"大婶转头看看，然后对杨昭说，"是啊，是我的。"

杨昭说："那你们有空房间吗？留不留游客？"

"啊，你们要住啊？"大婶从板凳上站起来，说，"留的留的，现在屋子正好空着，你们进来看看。"

杨昭和陈铭生跟着大婶进了屋子，这是间很老旧的房子，屋里霉味比较重，没有客厅，进屋就直接是厨房和大床。大婶推开旁边一个屋的门，"就是这里，你们看看吧。"

杨昭撩起门口的布帘，大婶在后面说："这屋里啊，东西是少了点，但是收拾得干净，住着也舒心。"

杨昭没有说话。

这屋何止是东西少，而是根本就没有东西。除了窗子旁的一张矮床以外，连桌子板凳都没有。

杨昭觉得这间房有些简陋，她刚要回绝，就听见大婶说："而且啊，我这间屋子的朝向最好了，从窗户能看见白塔呢。"

杨昭一愣，转头问她："是吗？"

"你自己看看呀。"大婶说。

杨昭放下旅行箱，来到窗边。

窗户是简简单单的木头窗，也没有窗帘。杨昭走近，那窗户围成的小小方块的一角上，果然有白塔的半边。那仿佛很遥远的白色和纯蓝的天空，在冷冰冰的小屋的相框里，圈出一幅宁静的画面。

杨昭转过头，看了眼站在门口的陈铭生，"这间屋子多少钱？"

大婶见她问价钱，连忙说："一晚五十。"

杨昭说："有地方洗澡吗？"

"有有，就在后面。"大婶说。

杨昭点点头，抬眼对陈铭生说："就住这儿，行吗？"

"你说了算。"

他们把行李放到屋子角落里，给了大婶五十块钱押金，大婶到外面看水果摊，陈铭生和杨昭坐在屋里休息。

"累了没？"杨昭坐在陈铭生身边。

陈铭生摇头："没有。"

"我看刚才的路有点不好走。"

陈铭生笑笑，说："没事的。"

杨昭把头轻轻枕在陈铭生的肩膀上，陈铭生侧过头看她："怎么了？"

"我有点累了。"

"这才走了几步路。"

"时间还早，咱们歇一会儿再出去。"

"你想躺一会儿吗？"

杨昭点点头。

屋里的被褥有点潮，陈铭生把床铺好，杨昭忽然说："把枕头放这边吧。"

陈铭生说："为什么？"

杨昭说："放这边躺着可以看到窗外。"

陈铭生弯过腰朝外面看了一眼，远处白色的一角矗立在山林红墙之间。陈铭生把枕头放到床尾。

杨昭和陈铭生躺在床上，杨昭躺在里面，枕在陈铭生的胳膊上，看着外面。

屋里很暗，甚至墙角的墙壁都是青黑色的。可窗外的色彩却那么清晰明亮。

床有些短，陈铭生微屈着腿，将杨昭抱在怀里。极致的细腻，无言的温柔。

"你就这么喜欢那个塔？"

杨昭没有说话。

陈铭生搂着她，从兜里摸出一根烟，抽了起来。杨昭在烟草的味道中慢慢转过头。

陈铭生的目光若有若无地看着天花板，不知道在想什么。

杨昭说："你在看什么？"

陈铭生回过神来："没看什么，你要不要睡一会儿？"

杨昭打趣道："陈铭生，有时候你就像个老头子。"

她感觉到头下的胳膊微微一僵。安静了好一会儿，陈铭生转过头来，有些疑惑地说："长得也像？"

杨昭不可抑制地笑出声，她转过头，躺在陈铭生的怀里。陈铭生愣愣地看了她一眼，然后也笑了。

杨昭抬起一只手摸他的脸，陈铭生今早刚刚刮了胡子，下巴上有轻微的摩擦感。杨昭慢慢向上，双手捧着他的脸庞，陈铭生低垂着眼睛看着她。

杨昭低头轻吻他，说："长得不像……"

陈铭生扶着杨昭的脖颈，迎了上去。

杨昭和陈铭生在中午的时候去了菩萨顶。

其实虽说现在是淡季，但是杨昭觉得深秋真的是一个旅游的好时节，天气不冷不热，不干不湿，让人舒心。

菩萨顶是满语的叫法，意思是文殊菩萨居住的地方。杨昭一边走，一边跟陈铭生解释。他们把行李放在屋子里，简装出行，只背了一个小包。

杨昭指着眼前的山，说："这个是灵鹫峰，菩萨顶在这上面。"

她带的东西少了，扶着陈铭生更加顺手，胳膊直接挽在陈铭生的胳膊上。等他们来到菩萨顶山脚下的时候，杨昭望着那长长的一段台阶，沉默了。她觉得，她好像忘记考虑了什么。

不过陈铭生还是那副样子，站到台阶的最边上，扶着石柱上了两阶。他回头看见杨昭在发呆，就说："这里有什么介绍的没？"

杨昭回过神，跟了上去，说："没什么，一百零八级石阶，好多寺院都有的。"

陈铭生低着头看路，一阶一阶地往上走。

杨昭说："按照佛家的说法，上这个就是把人世的一百零八种烦恼踩在脚下了。"

陈铭生说："那我是不是只能踩没五十四种？"

杨昭看着陈铭生，深吸一口气，淡淡地说："好像不是这么算的。"

他们周围还有其他爬山的人，少数几个旅行团的人，大多是上了年纪的老人。爬了三分之一的时候，杨昭跟陈铭生说："坐下歇会儿。"

陈铭生侧头看她："我不累。"

杨昭说："我累。"

她拉着陈铭生在台阶边上坐下，石阶凉凉的，消去了一些汗意。

杨昭看到陈铭生的目光一直看向台阶下面。杨昭看过去，那是个喇嘛，穿着一身朱红色的袈裟，一臂袒露，在长长的台阶上，垂首叩头。

陈铭生说："你说，他在求什么？"

"不知道。"杨昭说，"在藏传佛教里，磕长头主要是为了祈求智慧，是修行的一种方式。我听说，很多喇嘛一辈子要磕百万次等身长头。"

陈铭生看着那个跪在石阶上的人，低声说："百万次……"他淡淡地笑，说，"你说他们磕头磕到最后，会不会忘记自己的愿望？"

杨昭一顿，说："我不是他们，我不知道。"

陈铭生转过头看她，说："你来这里，有愿望吗？"

杨昭看着陈铭生的眼睛，他的目光似乎也染上了五台山的清凉。

杨昭有些迷茫。

一定有那么一瞬间，杨昭想，一定有那样的一刻，在他们的交往之中，成了一种标志。在那一刻之后，这个男人的一举一动，每一句话，每一个注视，都有了更深刻的意义。

那种隐藏在深处的意义，让杨昭不敢随意开口。

过了好一会儿，杨昭才说："有。"她看着陈铭生漆黑的眼睛，说，"我有愿望。"

陈铭生笑了笑，说："有什么愿望，说给我听听。"

杨昭说："这愿望是说给菩萨听的，你不能听。"

陈铭生说："菩萨那么大度，不会介意的。"

杨昭不信，推了一下陈铭生，然后站起来："走了。"

这次，他们一口气爬到了最上面。

陈铭生面不改色，杨昭却已经有些喘不过气了。她扶着一边的石柱，坐到凳子上休息。

周围还有一些休息的游客，一个老大爷坐在陈铭生对面，看了看他的腿，然后抬手给他比画了一个大拇指。

陈铭生有些尴尬地冲老大爷点点头。杨昭在一边笑着看着他。

陈铭生转过头，低声对杨昭说："笑什么？"

杨昭说："笑你也管？"

陈铭生拉过她的手，脸上也带着笑意，说："你笑我，我为什么不能管？"

对面老大爷说："小夫妻啊，哈哈。"

杨昭感觉到陈铭生的手微微一顿，她抬眼看他，挑着嘴角，说："怎么了？"

她的目光里难得地带了一点点挑衅，陈铭生考究地看了她一会儿，然后落败地转过头。杨昭捏了捏他的手，陈铭生不敢插话。

"感情真好。"老大爷评价道。

杨昭对老大爷笑了笑，淡淡地说："谢谢。"

菩萨顶各主要大殿的布置和雕塑都有着浓烈的喇嘛教色彩。大雄宝殿里，后面供着毗卢佛、阿弥陀佛和药师佛，前面则供着喇嘛教黄教创始人宗喀巴像。

杨昭准备了零钱，每个功德箱里都放了一点。不管信不信，投个礼貌钱也是应该的。

在杨昭看佛像和藏画的时候，陈铭生说："我去寺外面抽根烟，你慢慢看。"

杨昭转头说："你不喜欢看？"

"我又不信这个。"

杨昭好奇地看着他，说："那你信什么？"

陈铭生思索了片刻，然后说："好像……我好像不信什么。"

杨昭看起来也料想到了这个答案，对他说："你去吧，我很快就来。"

"嗯。"

陈铭生到外面抽烟。

菩萨顶是一座很古朴的寺庙，每一棵参天大树都讲述着这间寺庙的故事，青色的石头带着潮湿的水汽，凝成一颗一颗的小水珠。陈铭生靠在一排石柱上，远远看着文殊殿前站成排等着磕头烧香的游客。

或许寺院这种地方真的有种特殊的力量，让风吹得慢了，鸟飞得慢了，时光过得慢了。

陈铭生并不信佛。

他回想自己从前的生活，回想最紧张的、急躁的、让人透不过气的瞬间，他似乎都没有求过佛祖保佑。

那个时候，他都在想什么呢？

陈铭生默默低下头，回忆到半途，忽然自己哼笑出声。他摇了摇头，把烟放到嘴里。

想什么？

当然是想自己，想怎么活命。

风轻轻吹过，杨昭在一间小小的偏房前，停下脚步。

在菩萨顶的后面有一间院落，里面以小房间的形式，分别供奉着几尊佛像。杨昭在一个不太起眼的屋子前驻足。屋子里面是灰色的水泥地、水泥墙。在一张简单的桌架上，供着一尊小小的菩萨像。

菩萨像有些年头了，颜色并不是很明朗，上面也落了薄薄的一层灰。

这里很偏，一个人都没有，很安静。

杨昭站在菩萨像前，慢慢抬起手，双掌合十，闭上双眼，微微垂下了头。

陈铭生抽完烟，回来找杨昭的时候，看见的便是这样的景象——在寺院的角落里，有一个穿着简单的女人，在一个小小的菩萨像前低着头祈福。

陈铭生在那一瞬间停下脚步，他没有再向前，也没有出声叫她。

他很自私地想着，希望杨昭可以站得再久一点。他有一种感觉，现在在杨昭脑海里的那个人，一定是他。

陈铭生很明确，自己并不信佛。可现在，他又有些疑惑了。因为当那个女人在菩萨面前为他祈福的时候，他分明有一种被保佑的感觉。

那种感觉让他禁不住眼酸。

于是这成了陈铭生一生当中最重要的一个画面。这幅画面里的每一棵树、每一株野草、每一块砖瓦，都成了他宝贵的记忆。

陈铭生从后面抱住杨昭。

杨昭一动未动。

陈铭生说："你怎么都没被吓到？"

杨昭淡淡地说："我闻到你身上的味道了。"

陈铭生笑了笑，说："你在求什么？"

杨昭说："我都说了，这是对菩萨说的，不能告诉你。"

"好。"陈铭生不多问，捏着杨昭的下巴，把她的头仰了起来，他在她的嘴唇上，温柔地亲吻。

他身上还带着浓浓的烟草味，杨昭在温热的吻中缓过神，说："你注意点场合，这是寺庙。"

"哦……"陈铭生抬起头，对菩萨像说，"抱歉了。"

杨昭拉着陈铭生往外面走，边走边说："我觉得带你来这里是个错误。"

陈铭生说："不，我喜欢这儿。"

杨昭一愣，陈铭生很少这样明确地表现喜恶。她的步伐慢了一些，说："喜欢这儿？"

"嗯。"陈铭生看着前面,杨昭一直歪着头看他的表情,陈铭生转过来,说,"怎么了?"

"没什么。"杨昭和陈铭生从菩萨顶的后门下山。

后山的台阶比前面的陡不少,杨昭往下看了看,说:"你小心点啊。"

陈铭生把拐杖拿在手里,扶着旁边,一阶阶往下蹦。台阶有不少都是缺块的,杨昭在一边看得心惊胆战:"别急,你稳一点。"

"没事啊……"陈铭生有些无奈地对杨昭说,"你什么时候见我摔过?"

杨昭看着他:"实验中学,我不扶你你就摔了。"

陈铭生只是随口问问,没想到杨昭这么快就接上了,他摸了摸鼻子,说:"不是没摔嘛……"

"那还是平地,跟这儿不一样,你从这儿摔下去看看?"

陈铭生哑口无言。

杨昭说:"拐杖给我来拿,你扶稳了。"

从底下广场来菩萨顶的一条山路上都是饭店和小吃店,杨昭和陈铭生选了一家家常菜馆吃饭。点完了菜,服务员问:"酒水饮料来点什么?"

杨昭下意识地想说来瓶矿泉水,陈铭生却先一步说:"帮我拿两瓶啤酒。"

服务员记下。

"怎么想喝酒了?"

"反正也没什么事。"

杨昭想想,也对,旅游本来就是放松,喝点酒也正常。她对服务员说:"不好意思小姐,再要两瓶。"

陈铭生看了她一眼。

杨昭看着他,说:"我陪你喝。"

陈铭生抿嘴一笑,说:"好。"

结果饭菜上来后,两人都没怎么吃。陈铭生看看杨昭,说:"怎么不吃?"

杨昭说:"吃太多会喝不下的。"

陈铭生笑笑,说:"又不是任务,非要喝完干什么,你喝不下的我来喝。"

杨昭看着陈铭生,说:"听你的意思,好像是觉得我比你酒量差很多。"

陈铭生捏了捏手里的筷子,没有说话。但没说话,就已经完全表达了看法。

杨昭靠在椅背上,抱着手臂,冷笑着看着陈铭生,说:"陈先生,有时候我会觉得,你偶尔有一点儿大男子主义。"

陈铭生看着微微仰着头,目光冰一样冷淡的杨昭,发自内心地摇头,说:"没。"说完又补充了一句,"我哪敢。"

杨昭忽然说:"我的本科是在俄罗斯念的。"

陈铭生一愣，杨昭还没有跟他提过她从前的事情："是吗？好像去那儿留学的不多。你……"

他话说一半，面前就停了杨昭一只手掌。她五指并拢，掌心纹路干净清晰。

"我不是在跟你讲我的留学经历，陈铭生。"杨昭把手收回来，说，"俄罗斯几乎全民嗜酒，我说这个是想告诉你，我也是在一堆酒鬼的环绕下念完本科的。如果你觉得我的酒量如同儿戏，那你就错了。"

陈铭生缓缓点了点头："嗯。"

啤酒上来，杨昭把自己的两瓶放到面前。陈铭生看她那架势，觉得有些不妙。

"要不……"陈铭生说，"咱们别喝了吧？"

杨昭转头："为什么？"

陈铭生说不出理由。杨昭自行理解了一番，说："你在给我留面子？不用。"杨昭拿着瓶起子，把两瓶酒都打开了，她一边倒酒，一边说，"不喝喝看怎么知道我喝不过你？"

陈铭生无奈地开了两瓶酒，两人碰了下杯，都是一饮而尽。

陈铭生给杨昭夹了口菜，说："你别喝得太急，先吃点儿东西。"

杨昭挑了炒花生米吃，过了一会儿，又倒了一杯。

陈铭生禁不住说："慢慢喝，慢慢喝。"

结果那晚他们一共喝了九瓶，杨昭喝到第四瓶的时候倒下了，剩下的半瓶被陈铭生喝完。

喝完之后他还特地又叫了一瓶，一口喝光，把空酒瓶摆成两堆，一边四个，一边五个，拍照存证，以便于明早跟这个较真的女人理论。

他搡着杨昭出去的时候，天已经开始黑了。

店员过来问他要不要帮忙，陈铭生婉拒了。他右手拄着拐杖，左手扶着杨昭，艰难地往住地走。其实说是扶，基本上就是拎着，陈铭生的手搭在她的腰上，使劲给她抬上台阶。

陈铭生低头看见自己的腿，累得笑出声来。

"喂，你不是说你是在酒鬼的环绕中念完书的吗？"陈铭生喘着粗气，抱着她靠在路边休息。歇息当口，他不可抑制地回想从前。他很希望，此时自己可以把她打一个横抱，轻轻松松地抱回房间。

但他现在做不到。

他抬头，看见天边已经升起的月亮。或许是酒精的作用，陈铭生觉得触感更加敏锐，怀里的女人是那么温暖、那么真实，暖得他一秒钟都不想松开手。

好不容易回到房间，陈铭生把杨昭放到床上，然后关好门。

屋里再一次安静下来。陈铭生没有开灯，他只借着外面微弱的月光，看着睡着的杨昭。

他轻轻地俯下身，亲吻她。他触碰她柔软的胸口，他舔舐她白嫩的脖颈。

杨昭身上的酒味和淡淡的香水气充斥在他的鼻息间，陈铭生觉得自己也跟着醉了。蓦地，好像意识到什么，他慢慢抬起头。

杨昭醒了，睁着眼睛看着他。她的目光有些迷醉，泛着清冷的波光，她脸上带着笑，魅惑，温柔。

陈铭生有些入迷了。一双手抱住他的头，杨昭微微用力，他们的鼻尖碰触到一起。陈铭生颤抖地拥抱她。

"杨昭……"陈铭生用低哑的声音叫她的名字。

杨昭轻轻回了一句："嗯。"

陈铭生的心被巨大的旋涡淹没了，他的手臂如此用力，就像抱着一块救命的浮木。

"你愿意……"他说。

他没有说完，杨昭静静地等着他。

陈铭生的呼吸声很重，酒精、烟草和女人的香味包围着他。他想起很多很多事，想回忆的，不想回忆的，统统涌入脑海。

"你记住这一天，妈妈给你起这个名字，就是为了让你把这一天铭记一生。"

"我不知道你们为什么来这里！但是你们既然来了，就得给我守规矩！"

"你想好了。决定之前，我可以给你时间，让你充分思考。但一旦决定了，我就不会允许你反悔。"

"做，还是不做？"

"小子你不错，叫什么？"

"我叫江名。长江的江，姓名的名。"

……

那些混乱的碎片纠缠在一起，将陈铭生头脑撕得粉碎。而当一切破碎之后，最后的那一刻，所有的东西又都凝结了。

它们凝结成一幅画面。

空无一人的寺院角落里，一个女人，安静地向菩萨俯首。

陈铭生的心，就那样沉静了下来。

有没有……陈铭生想，有没有，哪怕是一瞬间，我属于我自己？

"杨昭。"青黑的屋子里，陈铭生终于说出口，"我想娶你。"

时光安静了，山林安静了，可三千世界的菩萨们，却喃喃低语了。

陈铭生抬起头，看见月光照在杨昭的脸上，冰冷的、银白的月辉下，杨昭的脸上是平和的笑意。

陈铭生哑声说:"求你说点什么……"

"你想让我说什么?"

陈铭生咬紧牙关,喉咙哽咽。

杨昭慢慢坐起身,推着陈铭生的肩膀,让他躺在床上。她的余光扫到窗外,白塔已经看不真切了,可她依旧冲那里笑,好像在感谢。

"你们真的很灵……"

陈铭生茫茫地看着她。

杨昭转过脸,在陈铭生的额头上轻轻落下一吻。

她常亲吻他,却是第一次亲他的额头。

亲过之后,杨昭坐起来:"陈铭生,一见钟情是天赐的缘分,今晚我的爱开花结果了。"

陈铭生的眼睛都要化成一股水。

杨昭摸摸他的脸,说:"干什么这么看我?"她俯下身去亲他的鼻尖,"你不要软弱,陈铭生永远都不要。"

陈铭生抱着她。

杨昭把脸埋在陈铭生肩窝里。陈铭生的声音低沉又磁性:"怎么了?"

杨昭不语。

陈铭生笑了笑,说:"以前你可不是这样的。"

杨昭抬起头,下巴垫在陈铭生的胸口,说:"那我以前是什么样的?"

陈铭生闭上嘴。

杨昭说:"说说看。"

陈铭生谨慎地说:"反正很厉害。"

杨昭还有些醉意,听了陈铭生的话,扯着嘴角摇头,说:"不像是好话。"

她躺在陈铭生的身上,觉得身下的躯体如此厚重踏实,那是一种无法形容的触感,让杨昭觉得整个世界都鲜活了。

这间屋子很小,屋里简简单单,什么都没有,就像他们的感情——晦暗、不明。一扇简陋的木门,关上之后,里面无人可见。陈铭生没有询问杨昭当初为何对他紧追不舍,他也没有问她,如果不是这一条右腿,他们还会不会有开始。

他不想假设如果,也不想追问过去,因为现在如此来之不易。

第二天陈铭生起床的时候,杨昭已经收拾妥当了。她起得比陈铭生早很多,去外面溜达了一圈不说,还到后院洗了个澡。

陈铭生从床上坐起来,杨昭刚好进屋,手里拿了一个小袋子。

"你醒了？"杨昭走过去，把纸袋放到一边，说，"我买了早餐，你要不要吃一点儿？"

陈铭生揉了揉头发，坐起来："你起这么早。"

"不早了，已经八点多了。"

杨昭到旅行箱前整理东西，陈铭生看着她的背影，一时恍惚。

杨昭转过头，正好看见陈铭生的目光，她说："怎么还不起？快点，我们还要去大白塔。"

陈铭生没有说话，安安静静地看着她，目光有点懒散。杨昭说完就回去接着收拾衣服，结果把小包装好再转过来的时候，陈铭生还坐在床上。她把包扔过去，陈铭生半空中接住。

"还没睡醒？"杨昭走到床边，说，"那我可自己出去了。"

陈铭生把包放下，拉住杨昭的手，让她坐到自己旁边。

杨昭说："去洗个澡，身上都有味道了。"

陈铭生懒洋洋地问："什么味道？"

"反正不是好味道。"

陈铭生松开手，又倒了下去。杨昭说："你再耍赖我真走了。"陈铭生凝视她，目光让她无处遁形，好像从里到外都被剥开了一样，又像有人在挠她的软肋，让她又想躲又想笑。

杨昭不打算接着让他这样看下去了，她站起身，准备出去。

"你还记得吗？"陈铭生忽然说。

杨昭转过头："什么？"

陈铭生面容温和地看着她，说："昨晚的事，你还记得吗？"

"哦。"杨昭明白他指的是什么事情，说，"你求婚了，我记得。"

陈铭生深吸一口气，慢慢转过头。

杨昭忽然觉得自己好像又不用走了。她来到床边上，高高在上地俯视着他，说："陈铭生，你不好意思了？"

陈铭生一只大手盖在自己的额头上，盖住半张脸，只剩下一张嘴回杨昭的话："没有……"

"没有？"杨昭抱着手臂，说，"那你挡着脸做什么？看我啊。"

陈铭生还当真就把手拿下来了，但两人对视一秒钟不到，陈铭生又把脸盖住了。

杨昭哼笑一声，坐到床边，说："陈铭生，你真奇怪。"

陈铭生声音低沉地说："怎么奇怪了？"

杨昭说："有时候我觉得你刀枪不入，有时候又觉得你脸皮薄得要死。"

"是吗？"

杨昭拉着陈铭生的手，把他的爪子从脸上扯了下来，郑重其事地看着他，说："昨晚你跟我求婚了，我答应了。陈铭生，我都记得。"陈铭生的耳根红了，他坐起来，把杨昭抱住。

杨昭搂着他结实的后背，轻飘飘地说："你要送我订婚礼物吗？"

陈铭生抬起头，说："你想要什么？"

杨昭笑了笑，说："我开个玩笑，我不要什么。"她站起身，对陈铭生说，"真想让我开心就快点起来，去洗个澡，你越来越懒了。"

她说完，拿着包出了屋，陈铭生顺着窗户看出去，杨昭走出屋子，跟门口卖水果的大婶聊了两句，然后顺着山路慢慢地散步。

他坐在原处想了想。

订婚礼物……

杨昭在外面逛了十几分钟，又回来了。回来的时候屋子里没有人。杨昭心想，他终于起床了。后院有水声，杨昭路过门口的时候无意地掀开门帘，这一看过去，她顿时就被钉在当场了。

这间老房子没有浴室，但是有个类似农村的小浴间，砖头砌起来的。也没有淋浴，只有个花洒接着一条软水管，杨昭在里面洗澡的时候，费了好大力气。而陈铭生可倒好，他没有进那个浴间，直接把水管子拽出来，在院子里冲洗。

他倒是没有全脱光，下面穿着一条平角条纹短裤，长度也就刚好盖过他右腿的断肢，现在被淋得湿漉漉的，紧紧贴在他的身体上，清清楚楚地勾勒出他身体上的凹凸形状。

杨昭感觉自己手一紧，差点把门帘拽下来。她冷静了一下，把帘子合上，又把后门关好。陈铭生把花洒放到自己头上，另一只手胡乱蹭了蹭。

热水散出的蒸汽在空气中形成一团白雾，杨昭走上前，陈铭生注意到她，抬起头来。

杨昭说："你在干什么？"

陈铭生说："洗澡。"

"你就这么在外面洗？"

陈铭生抹了一把脸，说："里面太小，还有台阶，我站不稳。"

杨昭挑眉，陈铭生笑笑，说："反正就是冲一下，很快的。"

"顺便把衣服一起洗了？"

陈铭生把身上冲了一遍。杨昭站在旁边看着，他左脚穿了一只塑料拖鞋，站在院子里，站得很稳。在这深山老林里，或许人也跟着变得原始了。杨昭靠在后门上，静静地笑着，看着陈铭生在水汽中冲洗身体。

洗过了澡，杨昭给陈铭生送来了换洗衣服，她把陈铭生昨天穿的衣服打了个包，放到一个大盆里，准备晚点回来洗了。

"我给你带的东西你吃了吗？"杨昭说。

"吃了。"陈铭生说，"直接去白塔吧。"

大婶给他们指路，告诉他们最近的一条道从哪儿穿。大白塔比菩萨顶矮一些，爬起来容易，在大白塔的院落里，喇嘛随处可见。这里的喇嘛像是驻扎了一样，各自带着木板、长垫，铺在一面佛墙旁边，墙面前有一排藏族群众，正对着墙磕长头。

现在游客不是特别多，杨昭和陈铭生坐在院子门口的石栏上休息，看着那些藏族群众一个一个地对着墙壁磕头。

中午的阳光温暖明亮，天空湛蓝，偶尔几片白云将天地衬得更为纯净。杨昭拉着陈铭生的手，肩膀靠在一起。

"去上面看看？"坐了一会儿，陈铭生对杨昭说。他指了指大白塔，离得近了，大白塔显得更为高大，朴拙丰韵的线条，简单圣洁的颜色，在塔下仰望，给人一股浑然天成的美感。

杨昭和陈铭生上到上面，看到白塔下面是转经圈，几百个转经筒将白塔根部围了起来。一堆僧人和游客按照顺序走着，每过一个转经筒，都会用手轻轻拨动。

转经筒发出轻轻的呼鸣声，快速地旋转，好像永远都不会停一样。

杨昭和陈铭生没有去转那一排转经筒，他们只是在一旁看着、听着。

下午，他们回到住处，稍稍休息了一会儿后，又往下面走，去了第一天来的时候路过的长街。街道上的店铺一个挨着一个，卖的基本都是藏地和西部边境国家的特产。杨昭和陈铭生走进一家店铺，里面燃着香，浓浓的檀香味让整间店铺都显得古朴陈旧。

杨昭拿起一条围巾，正方形的，很大的一条，老板走过来说："这是尼泊尔围巾，质量很好，当围巾披肩都可以，来，我给你试试。"

老板很热情，亲自给杨昭试了一下，叠了几层，围在杨昭的脖子上。围巾裹住杨昭的肩膀，显得她的脖子更加细白修长。

围巾是深绿色的，搭配着棕色的纹路，颜色很低调，跟杨昭很搭。杨昭转头，陈铭生冲她点点头："好看。"

买了围巾，两人继续逛街，又在路边买了点姜糖。

很快，店铺少了，道路两旁慢慢地布满了青石和树木，太阳落下山，天边橘红一片。杨昭和陈铭生坐到路边的一块石头上，杨昭紧了紧身上的围巾，靠在陈铭生的身上。

陈铭生说:"累了吗?"

杨昭摇摇头,说:"没有。"

陈铭生说:"坐一会儿回去吧。"

杨昭从小包里拿出手机,陈铭生说:"给家里打电话?"

杨昭没有说话,把手机打开,点开了照相机。

陈铭生一愣:"照相?"

她拿出手机的时候,陈铭生才想起来,这几天出来玩,他们都没有照过相。

杨昭把相机调成前置摄像头,然后慢慢靠着陈铭生,将手机举起来。

陈铭生看到手机屏幕上两个人的脸,看到后面的山林,看到山林中隐藏的寺庙,还有被染成红晕的天际。

"咔嚓"一声,一张相片照了下来。

杨昭把照片调出来。陈铭生低头看,照片上的两个人表情都很平和,没有很开心的笑,也没有其他什么表情。可他依旧能看出那相片里淡淡的情意,他侧过眼,四目相对。他知道她也能感受到。

杨昭觉得,这是一段懒到不行的旅途。

第三天,他们去了一趟五台山著名的五爷庙,五爷庙的香火是全五台山最旺的,工作人员都说五爷庙的很多香火钱都用来供养其他那些地理位置偏僻的寺庙的,就这样还绰绰有余。他们逛了一会儿,回到住处。从那时开始,杨昭和陈铭生就几乎不出门了。

杨昭觉得自己是被陈铭生的懒惰感染了,她看出来陈铭生对旅游的兴趣并不大。

杨昭收拾了一下行李,拿出手机查看。"我们后天走吧,周二,票比较好买。"

陈铭生说:"可以。"

杨昭收拾好东西之后,坐到陈铭生身边,想了一会儿,说:"回去后……"

她欲言又止,陈铭生说:"回去后怎么了?"

"回去后,我想带你见见我的父母。"

陈铭生拿烟的手一顿,他看了看杨昭,说:"杨昭,我……"

杨昭的目光很直白,她眼睛一眨不眨地看着陈铭生,陈铭生想起那晚她对他说的话,她说——陈铭生,你不要软弱,永远都不要。

陈铭生放下烟,点点头,低声说:"好。"

杨昭又问:"你愿意带我见见你父母吗?"

陈铭生说:"愿意。"

他一直垂着头,看着面前的地面。杨昭觉得,他还有其他的话想说。果然,安静了一会儿，陈铭生说："杨昭，我家里……我家里情况有点特殊。"

"什么意思？"

陈铭生说："我没见过我父亲，我还没出生他就已经死了。"

杨昭一愣："没出生？"

"嗯。"陈铭生说："我妈怀着我的时候，他出了事。"

杨昭看着他，陈铭生接着说："一直都是我妈带着我。"

杨昭说："那你母亲很不容易。"

陈铭生静默了一会儿，说："她这两年的状态不太好，或许因为人老了，总喜欢回忆以前，她很多次都说在家里看见了我爸。"

杨昭微皱眉头，说："这是精神方面出问题了，你给她找医生了吗？"

陈铭生摇头，说："她不让，也不让别人陪她，甚至都不让我给她打电话。"

"电话也不让打？"杨昭说，"她是性格孤僻吗？还是有抑郁或者自闭这些症状？"

陈铭生看着烟头上淡淡的火星，低声说："心理障碍吧。当初我爸就是因为给她打了一个电话才死的。"

陈铭生转头，看见杨昭紧盯着自己。他很快说："你别怕，是个意外。"

杨昭点头。

剩下的两天时间，酒池肉林，昏天黑地。

杨昭大汗淋漓地问他："你就是……就是为了这个才出来旅游的吧？"

陈铭生将她吻得透不过气，嘶哑着说："谁知道呢。"杨昭的体力跟陈铭生当然没法比，到最后，被折腾得像条死鱼一样，躺在床上。陈铭生紧紧抱着她，看着窗外的天空、寺庙、白塔。

杨昭再次觉得，这真是一段懒到不行的旅途。

Chapter 7

# 从前・告别・远方

回去的一路安稳顺畅，他们早早出发，晚上九点多的时候下火车，回到他们居住的城市。闻到这座北方城市冰冷的味道时，杨昭有种恍若隔世的错觉。

　　陈铭生挎着旅行包，对杨昭说："你在门口等着我吧，我去取车。"

　　陈铭生把杨昭送回家，自己开车往家走。他到了家楼下的时候，没有马上下车。在车里抽了一根烟，陈铭生拿出手机，拨了一串电话号码。

　　响了三声，电话接通了。

　　"喂。"电话那边传来一声简简单单的应和，声音疏离又冷淡。

　　"妈，是我。"

　　电话那头静了一会儿，然后陈铭生的母亲淡淡地说："铭生啊，怎么打电话来？"

　　陈铭生张了张嘴，说："你最近身体怎么样？"

　　"我很好。"他母亲很快回答，"你要是没事不要总给我打电话，妈是为你好，你的情况特殊，万一被……"

　　"妈。"陈铭生不得不打断她，低声说，"我已经不做了……"

　　"铭生，你别这么大意，如果你一直这么随便，很容易被人乘虚而入，你还记不记得你爸是……"

　　"妈。"陈铭生忍不住叫了她一声，"我爸已经死了那么多年了，你别总想着他了行不行？"

　　"陈铭生！"忽然一声暴喝，陈铭生猛地住嘴。

　　"你是没有见过你爸爸，但并不代表他对你的爱比别人少！就是因为你没见过他，所以你永远都不知道他有多勇敢！妈一直以来是怎么教导你的，你都忘记了？铭生，你爸苦了一辈子，如果连你都不理解他，那他就白活了！就白活了你知不知道？"

"妈，你冷静点，我知道，我都知道。"陈铭生说，"我就是想让你……"

"你不用让我怎么样，妈很好，你自己注意安全，如果有需要可以联系我，没有的话不要乱打电话。"说完，挂断了电话。

陈铭生听着电话那边的忙音，许久，才低低开口："妈，我交了一个女朋友。"他握着手机，声音几乎有些哽咽，"我觉得，她是真心对我的。"

夜很深，深得几乎看不见底。

杨昭的假期结束了。

薛淼早早就已经候着了，他给杨昭列了个单子，积攒的工作，按照重要程度，由上到下，排了四个。

杨昭看到电子邮件的时候马上给薛淼打了个电话："你开玩笑吗？我什么时候两个月能做四个单子了？"

薛淼一边打着哈哈，一边问候杨昭最近的情况，反正绝口不提减活的事情。

杨昭也知道他的性格，就说："我可以接下来。"

薛淼一听，马上说道："太好了小昭，第一个活加急，剩下的到明年三月份做好就可以。"

杨昭冷笑一声，说："不是两个月吗？"

薛淼干笑两声，连忙挂断电话。

杨昭又联系了学校的孙老师，孙老师对杨锦天最近的学习劲头大加表扬，说他成绩提升得很快。

杨昭放下电话，松了口气。她转动椅子，看向窗外，感觉一切都很顺利。

陈铭生在开车送一个客人的时候，来到位于市中心的步行街。这条步行街算是本市特色，以清式风格建设的，很多都是当年的古建筑。

刚好看见一家首饰店，陈铭生停了车。

店里的客人基本都是成对来的，陈铭生独自一人来到柜台前，看见柜台里面亮白的灯光，照得各种金银首饰华光异彩。

他的目光被一枚戒指吸引了。戒指放在一个单独的展柜里，纯白华丽，闪闪发光。

他看了一会儿，一个销售员过来，她先看了陈铭生的拐杖一眼，然后转眼问道："这位先生，请问有什么需要的吗？"

"那枚戒指……"

"哦。"销售员用手掌示意展柜，说，"这枚婚戒主钻属于公主方钻，一百五十分以上，副钻是二十四颗圆钻，钻戒经由比利时工匠优质切割加工，镶嵌材质是 18K 金，也可以定做其他材质，预估重量大概七克。"

陈铭生听不懂什么分数，也听不懂钻石类型，他看着那枚戒指，低声说："这枚戒指多少钱？"

销售员收回手，冲他笑笑，说："十万八千八百元，先生。"

戒指被摆在展柜正中的位置，两层防护玻璃让它安安全全地展示自己。陈铭生忽然觉得那枚戒指跟杨昭有些相似。

高傲，又低调，每个人都能看见它，但真正能打开那两层玻璃，接触到它的人，却没有那么多。

你可以对它品头论足，也可以对它不屑一顾，但是不管你如何看待，它都不会有任何改变。

"先生，"销售员说，"我们还有其他款式的戒指，你来这边看一下吗？"

陈铭生转过头，轻轻摇了摇，说："不用了。"

销售员貌似也不是很想接待他，见他说不用，转身就走了。陈铭生戴着假肢，拄着拐杖一瘸一拐地离开金店。

在正午炽烈的阳光下，他觉得有些晃眼。

电话响起来，陈铭生知道自己该去找杨昭了。他接起电话，那边却不是他以为的人。

"陈铭生。"

在听到这个声音的一瞬间，陈铭生从炽烈的日光中醒过神，周围一切都安静了。

"老徐……"

"你现在在哪儿？"

陈铭生说："还在这边。"

那个叫老徐的人给陈铭生报了一个地址。"晚上六点，在这儿见面。"

"怎么了？"

"你过来就知道了。"

陈铭生低声回了句："好。"

放下电话，陈铭生才意识到自己的手心出了汗。老徐已经很久没有联系他了，他有段时间甚至以为他们再也不会联系他了。

陈铭生在路边站了一会儿，然后给杨昭打电话，告诉她今天不能找她了。

"好。"杨昭不作他想，"你别太辛苦了。"

陈铭生说："我知道。"

回到车里，陈铭生靠在椅背上，大脑一片空白。

几个年轻人来到车窗边，问他："师傅，车走吗？"

陈铭生回过神："走。"

晚上六点，陈铭生依照约定，来到一家小旅店。旅店位置比较偏，但是旁边就是汽车站，人头攒动。陈铭生把车停在旅店门口，自己进去。

一楼是个老头在看店，看了看陈铭生，说："住店啊？"

陈铭生摇摇头，一句话没说，往楼上走。老头看了一眼，接着听收音机。

陈铭生来到二楼的一间房间，敲了敲门。门很快被打开，开门的人正是陈铭生之前的同事，文磊。

"生哥，进来吧。"文磊的表情有点严肃，眉头也皱着，跟之前嬉皮笑脸的形象很不一样。

陈铭生进屋，文磊在后面关上了门。

屋子不大，现在满屋都是烟味，陈铭生走到里面，看见窗台边上站着一个人。

陈铭生说："老徐。"

老徐转过头，他五十左右的年纪，头发有些花白，目光凛凛，脸上皱纹明显，他手里拿着一根烟，目不转睛地盯着陈铭生。

陈铭生说："怎么来找我了？"

老徐微微眯起眼睛："你前不久干什么去了？"

陈铭生一顿，说："没干什么。"

老徐说："我问你前不久干什么去了！"

陈铭生低声说："我出去玩了一趟。"

"光玩一趟？"老徐声音严厉，"你光玩了一趟？"

陈铭生隐约感觉他的目光有些奇怪，说："到底怎么了？"

老徐没有说话，反手从桌子上拿了一份报纸，甩给陈铭生。

陈铭生拿到报纸，翻过来看了一眼。

老徐折了角，是篇评论文章——《不可避免的社会冲突》，洋洋洒洒一长篇，分了好几段来写。第一段是医患矛盾，陈铭生翻开下一页，警民矛盾。

陈铭生的手停住了。

警民矛盾的配图是一张派出所里的照片。里面有一个女人，哭坐在地上，歇斯底里地耍泼。旁边是她的母亲、小孩，还有规劝她的警员。而在警员身后，一个男人靠在墙壁上，正抽着烟。

那就是他。

陈铭生的脑子飞速运转，他想起那天，想起那两个吸毒的人，又想起那个女人、那个记者。

他这才想起当初在那个记者身后，还有另外一个人。他看起来像是记者的手下，或者是助手。

这张照片是拿手机拍的，他当时完全没有注意到。

陈铭生的后背都出汗了。

他飞快地翻着照片。

杨昭……有杨昭吗？！

接下来的文章写的都是其他事情，他重新翻回这一页，配图一共有三张，只有那一张是关于他的。他仔仔细细地检查，在他身边，杨昭的身影埋在一个阴暗的角落里，前面还有一个挡着的警察，只能看见衣服的一角。

陈铭生的心被紧紧地攥了起来，他觉得呼吸都不顺畅了。

他强作镇定地从怀里掏出烟，说："有什么消息吗？"

"有什么消息？你以前的号码，昨天被人拨通了，你说有什么消息？！"

老徐气得手都直哆嗦。慌，谁都慌。

老徐大骂："陈铭生，你要装死就给我装得像一点！你硬出什么头？当初为了让你不漏底地抽身，咱们花了多大功夫，你现在倒好，直接给我上报了！"

陈铭生深吸一口气，靠在墙上，低声说："打电话的是谁？"

"你别管是谁，你现在只要给我老实待着，接下来几天我会再联系你。"老徐把烟掐灭，往门口走，走过陈铭生身边的时候，他停了一下，又说，"陈铭生，既然已经被挖出来了，你就要做好思想准备。"说完，头也不回地走了。

门被嘭的一下摔上，文磊抿了抿嘴，对陈铭生说："生哥，你别怪老徐说话狠。"

陈铭生摇摇头，说："是我的失误。"

安静，两人各自沉思。半晌，文磊说："生哥，两个月前，严队牺牲了。"

陈铭生猛然抬头，目光惊愕。

"你想好了，决定之前，我可以给你时间，让你充分考虑。但一旦决定了，我就不允许你反悔。"

"做，还是不做？"

……

太阳穴突突地跳。陈铭生声音嘶哑，压抑地说："怎么弄的？"

文磊的眼眶泛红："线人给的消息出错了，被埋伏了。"文磊蹭了一下嘴巴，又说，"你先等等吧，看看能不能压下去。但是生哥，说实话，希望不大的，你……"文磊抬头，刚好看见陈铭生空荡荡的裤腿，他不忍地转过头，说，"你做好准备吧。"

文磊也离开了，陈铭生还靠在那面墙上，一根一根地抽烟。

夜很深，深得看不见底。

陈铭生在那个小旅馆将身上所有的烟都抽光,才停下来。

他从怀里掏出手机,调出杨昭的号码,他的拇指在"杨昭"两个字上轻轻地抚摸。窗外车水马龙,赶来汽车站的人和赶着离开汽车站的人形成了一股喧嚣的对流,而陈铭生站在屋子里,却感觉周围那么安静,几乎把他淹没。

手机里突然传出声音,陈铭生一顿,才意识到自己无意中按下了拨通键。

"陈铭生?"

陈铭生紧紧握住手机,听着她的声音。

杨昭许久没有听到声音,问了一句:"是你吧?"

陈铭生压抑住心中的翻腾,低低地回了一句:"嗯。"

"怎么了?"

陈铭生不知道要说什么,杨昭等了一会儿,又说:"你下班了吗?"

"下班了。"

"吃饭了吗?"

陈铭生没有吃饭,但是他还是说:"吃了。"

"现在在家呢?"

陈铭生说:"对。"

杨昭轻笑了一声,说:"那为什么不给我开门?"

陈铭生心里一惊,直了直身子。杨昭说:"到底在哪儿?"

陈铭生心慌意乱:"我在,在往家赶。"

杨昭说:"按下喇叭我听听。"

他难得手足无措:"杨昭。"

杨昭说:"别慌,我也骗你呢,我没在你家门口。"

陈铭生握着拐杖的手几乎攥得发白。杨昭说:"陈铭生,我再有十几分钟就到你家了。你要是不回来就告诉我,我现在就回去。"

"我回去!"陈铭生马上说,"我很快就回去,你别走。"

电话那边静了一会儿,杨昭说:"好。"

陈铭生几乎是从狭窄的楼梯上直接蹦下去的,他快速地回到自己的车上,按下计价器往家赶。

到了小区,他一眼就看到了杨昭的车。杨昭正站在车外面等,眼睛望着下棋的老头。

不过她很快注意到陈铭生回来了,陈铭生把车停好,拿着拐杖下车。杨昭看着他,吹了一声口哨,脸带笑意地说:"陈铭生,我来找你了。"

陈铭生的呼吸有些急促,杨昭歪了歪头,目光似笑非笑,说:"上哪儿野去了?"

她是个无比聪明的女人，只需几句话，就能钓出陈铭生是不是在说谎。但她对待事物又有一种独特的方式方法，陈铭生说了谎，可她看起来毫不在意，这一句问出来，比起追根问底，更像是在开玩笑。
　　陈铭生没有回答，他拄着拐杖一路走到杨昭的面前，在杨昭有些惊讶的眼神中，紧紧抱住了她。
　　双手环抱，拐杖倒在一边。
　　杨昭显然也没有料到陈铭生会有这样的举动。陈铭生闷声说："杨昭……"
　　"怎么了？别赖皮，上楼去。"
　　回到陈铭生家，杨昭把外套脱了，挂在门口。他们进了卧室，陈铭生也没有换衣服，坐在床上一直看着杨昭。
　　"换衣服洗澡。"
　　陈铭生没有动。
　　杨昭收拾好东西后，看见陈铭生还是那副样子，她走到他面前，摸了摸他的脸，说："累了？"杨昭看陈铭生，从来都是准的。他每次赖在床上不起来，她都能看出他到底是懒惰，还是疲惫。
　　杨昭抱住他的头，说："累了就早点休息。"她那么温柔。陈铭生轻搓她的手，杨昭又悄悄在他耳边说："不过我明早要赶早回去工作，你确定要浪费时间？"
　　她的身上有淡淡的香水味，混着身体特有的香气，包围在陈铭生的身边。她在他耳边说话，声音又挑逗又蛊惑。陈铭生抬起头，看见杨昭淡笑的眼睛。
　　他猛地拉住她的手，将她扯到床上。
　　杨昭不躲不防，顺势躺了下去，她看着压在她身上的陈铭生，说："下次一定得洗澡。"
　　陈铭生低头吻她，杨昭闻到了比平日更浓的烟草味。
　　她不知道陈铭生到底怎么了，她把他回来后的日子里所有的疲惫与沉默，都归结成对接下来的婚事的迷茫和不安。
　　所以她也沉默。
　　她希望用最平常的态度面对他，让他尽量忘却一些不必要的麻烦。

　　第二天，杨昭真的很早就准备离开。
　　她虽然在家工作，但是她的工作日程安排得非常满。杨昭是一个对时间要求很严格的人，对于自己的工作计划，她不会为了任何事情分心。
　　陈铭生躺在床上，看着她穿好衣服。
　　杨昭临走前，来床边亲吻他，说："你别太辛苦，注意身体。"

陈铭生点点头，杨昭说："听到了没有？"

陈铭生没有回答，他拉过杨昭的手，杨昭脚下一个不稳，趴到陈铭生身上。

"干什么？"

"你喜欢什么样的戒指？"

陈铭生一问，杨昭愣住了："什么？"

陈铭生淡淡地说："你喜欢什么样的戒指？"

"戒指？"她想了想，说，"你要买戒指？"

陈铭生说："嗯。"

杨昭笑了，说："不用，我不要戒指。"

陈铭生说："喜欢什么样的？"

杨昭看着陈铭生的眼睛，慢慢坐起身，说："陈铭生，我说的是真的，钻戒我有几个，但我不喜欢。"她摸了摸陈铭生的脸，说，"我走了，晚些再找你。"

杨昭走后，陈铭生又在床上躺了一会儿。

其实杨昭并没有说谎，她也没有推托，她不喜欢钻戒，或者说她根本不喜欢钻石。对于她这个职业来说，钻石太过现代，太过张扬。

杨昭更喜欢古朴的、衰老的、有浓重故事性的东西，类似陈铭生。

可他并不这么想。

杨昭简短的拒绝在他眼里更像是对他的一种照顾、一种无奈的妥协。

陈铭生的手盖在额头上。他不想杨昭这样，他不想她为了跟他在一起，放弃很多她本该享受的东西。

手机响起，陈铭生接通。

"铭生，是我。"

"老徐。"

老徐在电话那边停顿了一会儿，好似叹了口气，说："昨天老地点，你吃个饭就过来吧。"

陈铭生干脆地说："好。"

陈铭生放下电话，从床上起来，他简单地洗漱了一下，穿好衣服，出了门。

老徐和文磊等了有一段时间了，陈铭生推开门进去的时候，两人正蹲在床边吃盒饭，见陈铭生进来，老徐伸手招呼他："过来，这边。"

陈铭生过去，在床对面的一个破椅子上坐下。

老徐把盒饭端起来，看着他："还吃点不？"

陈铭生摸出一根烟，摇摇头说："吃过了。"

老徐把盒饭端回去，自己接着吃。

陈铭生看见他眼眶下面泛黑，头发油腻腻地都黏在一起了，抽了口烟，说：

"昨晚没睡？"

"我睡你个奶奶。"老徐把头从盒饭里抬起来，嘴里还咬着半块萝卜，瞪了陈铭生一眼。

陈铭生嗤笑一声，低声说："以后下去了找我奶奶谈谈，没准儿有机会。"

老徐抬脚，一脚蹬在陈铭生鞋上。

陈铭生坐着抽烟，老徐扒拉一口饭，说："铭生啊……"

陈铭生"嗯"了一声。

老徐低声说："准备一下吧。"

陈铭生低着头，看着手里的烟，屋里一点风都没有，烟雾像被捏成了一条线一样，直直地向上，然后散开。

陈铭生在灰暗的视线里抬起眼，看见老徐花白的头发，看见他手里端着的廉价的盒饭，看到他衰败的面孔，那一句"我不想做了"怎么也说不出口。

老徐抬起头，看着陈铭生，咬了咬牙，说："陈铭生，我知道你不想回去，我也不想让你回去，但现在真的没办法了。从前天起，你之前的手机号就一直在被人拨，铭生，白吉知道你没死，肯定会来找你的，而且……"

老徐说到这儿，顿了顿，陈铭生看到他的眼眶有些泛红。

"严队死了，之前的计划全都取消了。打草惊蛇，现在白吉管手下管得很严，一般线人根本什么用都没有。铭生……"老徐抬眼，看着陈铭生，说，"他现在能信的人不多，你如果愿意回去，他……"

"老徐，"陈铭生打断他，他掐灭一根烟，重新点着一根，说，"嫂子安置好了吗？"

老徐一顿，而后低声说："严队跟他老婆早就离了。"

陈铭生看着他，老徐把盒饭放下，抹了一把嘴，说："谁愿意守这种活寡，他怕你们担心，一直都没说。他老婆带着孩子走了。"

陈铭生低下头，没有说话。

"其实……"老徐坐到床上，也点了根烟，"走了也好，省得伤心。"

陈铭生缓缓闭上眼睛。

老严叫严郑涛，是陈铭生当年在警校的教官，也是他将陈铭生带去缉毒大队的。一晃十几年过去，他还能清晰地记得严郑涛的脸，记得他骂他时候的神情。

陈铭生只跟他一起参加过一次抓捕行动，那时候他还只是个毛头小子，他记得当时在罪犯窝藏地点的门口，他被严郑涛拎着衣领子往后拽。

当时严郑涛一脸不耐烦地说："小崽子毛都没长齐，谈过恋爱吗？往前挤什么！"

他当时很不服，凭什么非得谈过恋爱才能上前？

他也记得严郑涛的脾气特别暴躁，陈铭生被他砸过两部手机，理由都是关机了。当时队里的规矩就是这样，手机关机的，一旦被严郑涛发现，不管多贵的手机，就地砸烂。

但严郑涛很爱他老婆，全队都知道。有一次陈铭生在他的钱包夹里看见了他老婆的照片。说实话，那女的长得着实一般，胖胖的，五官也不怎么样，可严郑涛就是喜欢。陈铭生经常看见他没事就拿出钱包看。

可现在，一切都没了。

那一句"不想做了"，陈铭生把它咽在了心里。

大家都会觉得自己不容易。其实反过来想想，又有谁容易？当年的队伍，现在还剩下几个人？你不想做，谁想做？

陈铭生看看老徐，又看看文磊。他们看起来都那么平凡、那么普通。

可这世上又有多少平凡的人，他们在承受着那似乎不该被"平凡"承受的痛苦与压力。

偶尔想到这些痛苦，谁都不满，谁都愤怒。可当真的去计较公平与得失的时候，他们又会像现在这样，抽一口烟，然后耸耸肩膀，说一句："算了，反正这么多年也都过来了……"

从陈铭生进屋之后，文磊一直站在一边，陈铭生能看出来，他有很多想说的话。

陈铭生安慰似的冲他笑了笑。

文磊皱着眉，说："生哥……"

陈铭生说："谈恋爱了吗？"

"没呢。"

陈铭生抽了一口烟，说："没谈恋爱记得别往前冲。"

文磊一脸尴尬，陈铭生和老徐跟两根老油条一样，哼哧哼哧地笑。

陈铭生弹了一下烟，对文磊说："文磊，你先出去一下。"

文磊一愣，看向老徐，老徐闷头抽烟，看都没他。文磊转身出了屋。

门关好，陈铭生开门见山："我回去。"

老徐不言。

"但我有个条件。"

老徐头都没抬："说。"

陈铭生嘴里咬着烟，淡淡地说："这次从里面弄来的钱，我要留下。"

老徐抬眼看他："你要毒贩子的钱？"

陈铭生没有说话。

老徐看着他，忽然笑了，说："谈恋爱了？"

陈铭生看他一眼，老徐说："我听老王说了。"

陈铭生把烟放下，老徐说："估计就是这几天了，你好好休息一下，调整一下状态。"他说完，站起身，拍拍陈铭生的肩膀。

拍到最后一下，他的手却没有抬起来，而是使劲握了握，然后猛地吸了几口气，说："放心，有白薇薇在，你应该不会有什么事情，等收尾工作做完，我就是拼了老命，也会让你回来娶媳妇的。"

陈铭生斜眼看了看那只手，哼笑一声，道："要不要这么郑重啊，这话还怎么接？"

"臭小子。"老徐拍了他脑袋一下，离开了。

陈铭生掐灭烟，将嘴里最后一口烟缓缓吹了出去。

杨昭接到陈铭生电话的时候，是下午两点多。

那时她正在工作。她看到手机上的来电显示的时候心里有些奇怪，陈铭生是知道她下午一点到六点在工作的，按他的习惯，应该不会这个时间打电话来。

她接了电话："陈铭生，有什么事吗？"

陈铭生说："我在你家楼下，我想见你。"

杨昭一惊："楼下？"她拿着手机来到窗边，果然看见一道人影站在路边，她一眼就认出了他，"你怎么来了？"

陈铭生的声音有些嘶哑，他说："我想见你。"

杨昭难得地在工作时间偷了个闲。"你等我，我马上下去。"

杨昭来到陈铭生面前，他看起来十分疲惫。

"你怎么这个时间来了，下班了？"

"我今天没有上班。"

杨昭点点头，说："休息一天，也挺好。"

陈铭生没有说话。

杨昭笑笑，说："你来找我，是想我了？"

陈铭生看着她的脸，淡笑着说："嗯。"

"上来坐。"

"不了，我等会儿就走。"

杨昭说："也好，我手里还有点工作没弄完，我晚上再……"

"杨昭。"

陈铭生打断她的话："我有事情想跟你说。"

杨昭说："什么事？"

陈铭生微微垂着头，低声说："我……我可能要离开一段时间。"

杨昭怔住："什么？"

陈铭生说："我可能要离开一段时间。"

杨昭说："去哪儿？"

陈铭生说："回老家那边。"

杨昭说："哦，对了，我还一直没有问你，听你的口音不像本地的，你老家在哪里？"

陈铭生说："青海。"

"青海。"杨昭笑笑，说，"还真的好远。"

她抱着手臂，在寒风中轻轻呼出一口白气。

"你回家看望亲人吗？"

陈铭生点点头："嗯。"

杨昭说："多久？"

陈铭生顿了顿，说："不知道。"

杨昭轻笑一声："不知道？"

陈铭生抿了抿嘴。杨昭看着陈铭生，慢慢地说："陈铭生，我有点儿不太明白。"

"我会尽快的，你别着急，行吗？"

杨昭看向一旁的树，树叶已经凋零了，只剩下几片泛黄的枯叶，在枝杈上打转。静了一会儿，杨昭淡淡地说："陈铭生，你不能永远都这样。"

风吹过，卷起地上的尘埃，颗颗粒粒。

杨昭看着陈铭生，说："告诉我，你要去做什么？"

陈铭生低着头，手紧紧地攥着拐杖。

杨昭说："陈铭生，我没有你想象的那么脆弱。"

陈铭生抬起头，杨昭的神情完完整整地出现在他眼前，她是那么平静，平静得几乎有些冷漠。

的确，她并不脆弱。

陈铭生恍然间回想起从前的很多片段。杨昭似乎永远都不可能跟脆弱联系在一起，从他认识她的第一天起，这个女人就一直勇往直前。

她的勇气并不容易从外表看出来，而是深入骨髓的、与灵魂同化的。她的勇气来源于自信，来源于对自己的完整认知。

其实，与其说她有勇气，不如说她坚定——坚定与毫不迷茫。

陈铭生忽然有一种想把一切和盘托出的冲动，不是为了她，而是为了他自己。他觉得杨昭会是一种支撑，一种在他精神世界里的支撑。

有她在，他就无所畏惧。

而他也真的说出来了。

"我去做以前的事情。"

杨昭说："什么事？"

陈铭生张了张嘴，他忽然意识到或许是长久以来的缄默，导致他真正想要说点什么的时候，都不知从何开口。

杨昭说："像火车上那种事情？"

陈铭生点头。

杨昭说："有危险吗？"

还没等陈铭生回答，杨昭已经接着说了下去："有危险，对不对？"陈铭生想了想，又点点头。

杨昭转身往楼里走，说："上来。"

"杨昭，我……"

"我说上来。"杨昭一字一顿。

她转过头，看着陈铭生的眼睛，陈铭生觉得，她现在的目光很像他们第一次见面的时候，肃穆的、严厉的。

杨昭轻瞥一眼，转身往楼上走。陈铭生一句话都不敢多说，默默地跟在她身后。杨昭一路把他领进屋，来到沙发前，他们一个坐左边，一个坐右边，面对面相互注视着。

陈铭生感觉这个场景有点像审讯。

杨昭说："多久？"

陈铭生说："我也不知道。"

"陈铭生。"

"嗯……半年？"

杨昭目不斜视地看着他。陈铭生说："一年？"

杨昭的眉头不可见地紧了紧。陈铭生觉得自己的手心出了点汗，这比他之前经历的所有谈话都更让他紧张。

"杨昭，我……我真的不知道要多久，如果顺利的话，可能几个月就结束了。"

"不顺利呢？"

陈铭生两手握在一起，杨昭又说："算了，不会不顺利的。"

陈铭生抬头看她，杨昭拿起茶几上的水杯，喝了一口水。那个老式的茶缸，陈铭生现在看到它，觉得分外的亲切。

"哪天走？"

陈铭生说："最近吧。"

杨昭手捧着茶缸，说："那等下跟我去趟家里吧。"

陈铭生刚开始的时候还没听懂："家里？"

"嗯。"

陈铭生过了一会儿才意识到，杨昭是想带他去见她的亲人。

"见……见你父母吗？"

"嗯。"

杨昭放下茶缸，定定地看着陈铭生，说："你等我收拾一下，我们这就走。"

"等……等等。"陈铭生完全蒙了，这就跟当时他怀着忐忑的心情来找杨昭，结果杨昭告诉他，他们要去旅游时一样。杨昭没有听他的话，站起身，准备回卧室换衣服。陈铭生一着急，直接站起来，一手扶着前面的茶几，探着身拉住杨昭。

"杨昭。"

杨昭转过头："怎么？"

陈铭生："现在要去吗？"

杨昭点头："没错。"

"可是……"陈铭生脑子一片混乱，"可我还……"

杨昭看见陈铭生弯着腰，一条腿撑着很费力，就扶着他的手，让他站直身子，说："陈铭生，你答应过我的。"

陈铭生默然。

杨昭站到他身前，微微仰着头，目光深邃。

"你在五台山的时候，你忘了？你对我求婚了。"她一直看着陈铭生，像是要看进他灵魂深处一样，"我答应了，陈铭生。"

她说："我答应了。"

陈铭生没有说话，杨昭转身往卧室走。陈铭生低着头，站在杨昭身后，在杨昭快要走进屋的时候，他低声叫她的名字："杨昭。"

那浅浅的一声低语，却让杨昭的脚步再难向前。

"我还是不去了。"陈铭生没有看杨昭的背影，他的目光停留在茶几上的那个老式茶缸上，"以后如果有机会，我再去拜访你父母。"

杨昭的手扶在门把手上，泛着淡淡金色的把手，握起来冰冰凉凉。

陈铭生抬起头，看着杨昭的背影。她没有回头，也没有说话。陈铭生觉得自己的胸口像是被压了一块巨石，他每一次张嘴，都让这石头更沉、更重。

慢慢地，杨昭转过身，她远远看着陈铭生，说："一定要去吗？"

陈铭生一顿，没有回答。

杨昭走过来，说："没有其他解决办法吗？陈铭生，如果需要用钱，你……"

"不需要。"陈铭生很快对她说，"不需要用钱。"

杨昭看着面前这个高大的男人，感觉到一股深深的无力。那是一种从多方面而来的、无法扭转的、现实的无力。那是他自己的选择，杨昭知道，他做出这样的选择，一定也经过了深思熟虑。

杨昭从茶几上拿起烟盒，从里面抽出一根烟，点着。

"陈铭生，这是你的决定，我不能干涉什么。"她抽了一口烟，然后双手抱在一起，就像是一个保护自己的姿势。

"但是我想你需要知道一点。"她看着陈铭生，说，"如果你什么都不肯做，那我也不能向你保证什么。"

你不肯承诺，不肯见我的父母，不肯道出归期。

杨昭没有拿烟的一只手紧紧地抓住自己的手臂，说："陈铭生，走不走是你的自由，等不等是我的自由。"

陈铭生脸色苍白，多日以来的精神疲惫积压至此，杨昭的话成了最后一根稻草，他几乎站不住了。

他一边在脑海中告诉自己，她说得没错，她凭什么等他？陈铭生低着头，看见自己残缺的身体、廉价的衣服、磨得破烂的拐杖。

她凭什么等他？

陈铭生深吸了几口气，拄着拐杖背过身，低哑着说："你不用等我，杨昭……"

他弯腰拿起放在沙发上的外套，慢慢地走向门口。

"如果你有其他……其他喜欢的人，你不用在意我。"陈铭生走到门口，打开房门，用最后一丝力气，将话说完。

杨昭看着他微微有些弯曲的背影，看着他坐在门口的地上把鞋穿好，然后打开门，离开这间屋子。

她觉得浑身的力气都被抽走了。

杨昭坐下，怔怔地看着对面的沙发。

屋里静悄悄的，就像平日一样。她忽然意识到，她坐的这个位置，就是当初她第一次看到他睡颜的地方。那时，她也是从这个位置坐起身，而陈铭生就坐在对面的沙发上，睡着了。

杨昭的眼前似乎浮现了当初的影子。

他闭着眼睛，手臂抱在一起，低着头。他的唇边有淡淡的法令纹的痕迹，双唇紧紧闭在一起，甚至眉头都轻微皱着。

她当时想，这个男人是不是在做什么梦？梦里有些让他紧张的事情发生，所以他在梦里也没有笑颜。

当初那么平淡的事，如今回想，却让人想要落泪。

杨昭想从理智的方面思考，她到底为何要承受这些？她明明只是享受他的身体，在一片黑暗的沼泽里，她明明只看到了毫无牵挂的欲望。可为什么现在她会有这样的感觉？

杨昭终于意识到，她已经被泥沼里伸出的藤蔓牢牢捆绑。

陈铭生的车停得有些远，他拄着拐杖，往车的方向走。路过一盏路灯的时候，他忽然听到身后有开门的声音。

陈铭生转过头，看到一个人从单元门里跑出来，一直跑到他面前。

她咬着牙，似是忍耐到了极致，可她依旧没有大声吵嚷。她看着他，目光就像刀子一样。

陈铭生忽然紧紧抱住她，杨昭的身体在他的怀抱里显得有些瘦弱。他在她头顶，问出了一直压在心底的话："杨昭，要是我回来，能不能再给我一次机会？"

杨昭的脸埋在他的胸口，她没有说话，但她伸出手回抱住了他。

她说："陈铭生，你浑蛋……"

陈铭生笑了，杨昭不会骂人，她骂得最狠的，也就是浑蛋了。

他静静地感受那一双轻柔的手，抱在他的背上。

他想，果真是这样。这个女人，是他的支撑，是他最大的依靠。

他的心里忽然产生一股不能形容的感觉，这是之前他执行任务的时候绝对不会有的感觉。

他会回来，他一定会回来，回到这个女人身边。

"你相信我。"他低声说，"我做这个十几年了，说危险，其实也就那样。"

他扶开杨昭，看着她的眼睛，说："主要是我以前的同事工作上出了点问题，加上我这边也弄出点岔子，才需要回去处理一下。"

杨昭低声说："你什么时候走？"

陈铭生说："就是最近吧。"

杨昭没有说什么，从怀里拿出一张卡，递给陈铭生。

"拿着。"

陈铭生看着那张卡："这是干什么？"

杨昭说："我让你拿着。"

"不用。"

"陈铭生。"杨昭的声音冰冷，她轻轻地眯起眼睛，看着面前的男人，"我说，我让你拿着。"

陈铭生伸手接过。

"陈铭生，我知道你有自己做事的原则，但是，"杨昭抿了抿嘴，说，"这世上不一定所有事都只有一种解决办法。如果有需要花钱的地方，你一定告诉我。"

陈铭生看着银色的银行卡，那是一张中行的储蓄卡。他开玩笑地晃了晃卡片，说："里面有多少钱啊？"

可当他的目光与杨昭对上的时候，他那半截的玩笑却怎么也开不下去了。

杨昭很紧张，她的脸比平日更加白了，呼吸也有些急促，她就那么直直地看着他。

陈铭生握住杨昭的手，说："我说的是真的，没有那么吓人，你别这样。你好好工作，等你手里的活做完了，我差不多就回来了。"

杨昭开口，还想说什么，陈铭生的手机响了。

陈铭生接通电话："文磊？哦，好的，我知道了。"

通话很快结束了，陈铭生放下手机，说："我……我今晚走。"

杨昭说："嗯，我能联系你吗？"

陈铭生犹豫了一下，摇摇头。

"知道了。"

陈铭生看着杨昭，说："不过你放心，有空我会联系你的。"

杨昭点点头，陈铭生说："那……那我走了。"

"嗯。"

陈铭生上车，杨昭在车窗旁站着，她看着陈铭生的眼睛，最后淡淡地说了一句："注意身体，别太辛苦了。"

陈铭生笑了笑，摇下车窗，揽过杨昭的脖颈，轻轻吻了吻她，说："我知道。"

陈铭生出门很快，他回家，只装了两件衣服，把那个黑色的旅行包拿出来，在里面发现了上次旅游还没来得及收拾的景点票根。

陈铭生坐在床上，把票根拿出来看了一会儿，然后折好，重新放回旅行包里。

如果是之前，或许他会直接将它扔了，可现在不一样了。很多看似一点都不重要的东西，在陈铭生心里，都染上了更深一层的意义。

下午五点半，陈铭生的手机再次响起，陈铭生接通电话，是文磊。

"到了？"

"嗯。"文磊说，"生哥，我就在你家楼下。"

"好。"

陈铭生拎起包，撑起拐杖到门口，他最后把屋里的总电闸关掉，然后看了一眼小小的屋子，轻轻关上房门。

文磊的车就停在楼道门口，陈铭生打开前座门，把包扔在后面。

文磊麻利地发动汽车，一边往院外面开，一边说："老徐已经在机场了。"

陈铭生点了一根烟，说："他上飞机吗？"

"上了。"文磊说，"他把东西给你准备了一下，这趟飞机经停的，他会在重庆下飞机，生哥，你大概晚上十一点半到昆明。"

"嗯。"

现在正好赶上下班晚高峰的时间，主干道上车水马龙，陈铭生给文磊指路，让他从小道穿过去。

"生哥，你来这儿也没多久，街道已经记得这么熟了。"

陈铭生说："我开出租，道记不熟怎么拉人？"

"嘿。"文磊笑了笑，余光看了陈铭生一眼，陈铭生开着窗，一条胳膊搭在车窗上，看着窗外。

文磊说："生哥，你跟……"

陈铭生问："跟什么？"

文磊犹豫了一下，说："你跟嫂子，打招呼了吗？"

陈铭生静默了一会儿，文磊以为问了不该问的，连忙打岔说："啊对了，你吃饭了吗？老徐说……"

"打招呼了。"陈铭生看着窗外一闪而逝的街道，淡淡地说。

文磊握着方向盘，说："你……你全都告诉她了？"

陈铭生说："我只说要走，其他的，都是她猜到的。"

"那嫂子她……她说什么了没？"

陈铭生静静地看着外面，半晌，摇摇头，说："没说什么。"

"没说什么啊……"文磊努了努嘴，转头看了陈铭生一眼，说，"生哥，没说啥就是好消息。"

陈铭生转眼看他，文磊又说："真的，要是气急了保不齐就放狠话了，啥都没说就证明还有戏。"

陈铭生笑了笑，看着文磊，说："你又知道了？"

文磊说："你别看我没谈过恋爱，但电视剧还是看过不少的。这种情况就是这样。对了，你跟嫂子出去玩了一趟，有啥进展没？"

陈铭生说："我怎么觉得你比我都关心这个？"

文磊梗着脖子乐，说："我这不是没处过对象吗？学习学习。"

陈铭生抬手，在文磊的脑袋上按了一下，文磊"哎哟"了一声，说："不问了不问了，我不问了还不行吗？"

从市里出去，上了高速后车速就明显变快了。开了四十分钟，就到了机场。

"生哥，我直接给你送到二楼，你从二楼进去，我就不停车了。"文磊说。

"嗯。"陈铭生说，"你什么时候回去？"

文磊说："后天，我买的火车票。"

把陈铭生送到航站楼，文磊开车离开。陈铭生拎着包，挂着拐杖进机场。他掏出手机，给老徐打了个电话："喂，我到机场了，你在哪呢？"

老徐在电话那边说："我也在机场，到F区，我正排队换登机牌呢。"

老徐也没什么行李，就一个挎包，这一行的男人们，真是来去子然。

老徐白天又没洗澡，邋里邋遢，背着个深棕色的包，看着就像进城的民工一样。陈铭生哼笑一声，接过老徐的挎包，站在一旁等着。

老徐换完登机牌，走到陈铭生面前，他有点老花眼，眯着眼睛看登机牌上的信息，然后随手塞给陈铭生一张卡。

陈铭生把那一张轻巧的身份证拿在手里，看着上面的照片，那是他二十几岁的模样，头发比现在长不少，身子骨也有些稚嫩。在照片的旁边，写着公民姓名：江名。

"看什么？"老徐总算分辨完登记信息了，他转头，对陈铭生说，"有啥可看的。"

"有啊。"陈铭生不紧不慢地把身份证在指缝中翻转了两圈，然后微微弯下身，一边弹了两下证件，一边在老徐面前低声说，"你见过这么帅的警察吗？"

老徐说："我见过这么不要脸的警察。"

过了安检，陈铭生和老徐往登机口走。

老徐一边走，一边说："我给你打电话的时候，你在哪儿呢？"

陈铭生说："干什么？"

老徐说："是不是跑去找女朋友了？"

陈铭生没说话。

老徐说："所以说你们这些年轻人，就是太嫩。"他拐进一家小超市，拿了瓶矿泉水，陈铭生在一边等着。

老徐结完账出来，跟陈铭生一起来到登机口，座位还空出不少，他们挑了个靠边的位置坐下。

"不过可以理解。"老徐把手里的矿泉水拧开，说，"我年轻的时候也这样，满脑子都是搞对象。"

陈铭生笑了一声："谁跟你一样？"

老徐喝了口水，说："我让你回去调整状态，忘后脑勺去了吧。"

陈铭生靠在椅背上，双手抱在胸前，无所谓地说："有什么可调整的？"

老徐说："精力集中点行不行？"

陈铭生说："我集中了啊。"

老徐有些昏黄的眼珠盯着陈铭生，陈铭生回视着他。

老徐看了一会儿，忽然说："刚才我买水的超市叫什么名字？"

陈铭生说："和营。"

老徐问："收银台站了几个人？"

陈铭生说："两个。"

老徐问："给我结账的那个人戴了什么颜色的帽子？"

陈铭生嗤笑一声，说："没戴帽子。"

"喊。"老徐白他一眼，靠坐回去，颇为感慨地说，"年轻就是好。"

陈铭生没理他，翻出手机看。

老徐斜眼："看啥呢？"

陈铭生说："没什么。"

老徐凑过来，陈铭生把手机拿开，皱着眉头说："也就半年多没见面，你现在闲成这样？"

老徐瞬间就瞪大了眼睛："我闲？我两天两宿没睡觉为了谁？陈铭生你还有没有良心？我拼死拼活地给你忙活，你连个手机都不给我看？"

"好好好，你看，给你看。"陈铭生不想惹他，把手机递给他。

手机屏幕上是普通的屏保画面，老徐把手机拿在手里，鼓捣着玩。"哎哟，现在这手机越来越先进，我都跟不上潮流了。"

陈铭生笑笑，说："我也跟不上，这手机是老式的，新的我也不会用。"

老徐抬眼看他一眼，说："你还年轻，跟我可不一样，新东西还是要去尝试尝试。"

陈铭生懒洋洋地"嗯"了一声，没说话。

老徐用手指头在手机上点来点去，最后不知道翻着啥，表情一下子就变得很玩味。

陈铭生眯起眼睛："看什么呢？"

老徐撇撇嘴，瞄了他一眼，说："行啊你小子。"

陈铭生探身过去，看见手机屏幕上是一张照片，他难得脸一红，把手机抢了回来。

老徐一脸笑意："女朋友啊，漂亮啊。"

陈铭生看了看那张照片，老徐要是没翻出来，他都快忘记了。在五台山的最后一天，陈铭生抱着杨昭睡觉，凌晨的时候他醒了一次，就再也没睡着。

他看着窗外漆黑的山林，想起杨昭曾照的那张相片，他忽然很想再看一眼。

杨昭和陈铭生的手机晚上睡觉的时候都放在床边，陈铭生伸手拿过来，在杨昭的相册里找到了相片。他把相片发到了自己的手机上。

此时再看这张照片，陈铭生的心里有种说不出的滋味。

老徐说："听小磊说，你女朋友家里挺有钱啊？"

陈铭生轻笑一声："也许吧。"

老徐想了想，说："你跟她说你是干啥的没？"

陈铭生说："没明说。"

老徐一副恨铁不成钢的表情，说："你得告诉她啊。"

陈铭生说："告诉她干吗？"

老徐说："别的不多说，你最起码跟她说一下你以前是警察啊。"

陈铭生问："警察怎么了？"

"啧。"老徐皱着眉头，说，"你总不能让她觉得你一直就是个开出租的吧？"

陈铭生简直不知该做何感想。

"警察比开出租的能强到哪儿去？"

老徐拍拍腿，说："反正肯定是强的，最起码说出来好听点。"老徐又说，"等干完了这趟，回去好好哄哄，平时嘴甜点，你就是太闷。"

陈铭生用拇指轻轻摸了摸屏幕上的照片，过了一会儿，低低"嗯"了一声。

飞机整点出发，陈铭生和老徐的座位挨在一起。

陈铭生说："这次待遇不错啊。"

老徐斜眼看他。

"以往都是火车，这次给买飞机票了。"

老徐冷哼一声，说："赶时间，要不一水硬座。"

陈铭生笑了一声，老徐看了看他，陈铭生与他眼神对上，觉得他目光中带着一股探究。

"怎么了？"

老徐摇摇头，说："比我想的好。"

"我？"

"嗯。"

陈铭生说："哪儿好啊？"

"说不出来。"

陈铭生耸耸肩，没有说话。

老徐感叹一声，说："有了女人就是不一样了。"

陈铭生一顿，低声说："哪儿跟哪儿啊？"

老徐吸了一口气，说："下飞机后，你联系吴建山。"

"好。"

"也没什么要交代的,怎么说你都知道吧?"

"知道。"

"还是老规矩,别断了联系。"

"严队走了,谁顶位置了?"

"刘利伟。"

老徐微微侧过头,冲陈铭生拍拍胸口,说:"以后,我就是你的上司,你的直接联系人,有什么问题和要求,都可以跟我提。"

陈铭生说:"都能提?"

老徐郑重地点点头。

陈铭生拍了拍自己的衣服,然后转头,说:"那下次见面的时候能洗个澡吗?"

老徐一巴掌呼上去:"去你的,以前咋没见你小子这么事多呢。"

太阳落山了,窗外黑乎乎的一片,只能看见机翼上一闪一闪的指示灯。经停重庆的时候,老徐下了飞机。

"我等会儿去赶个火车,明天到昆明。"

陈铭生说:"那以后见了。"

老徐使劲握了握陈铭生的肩膀:"以后见。"

## Chapter 8
# 昆明・黑暗・公主和女巫

晚上十一点四十分，飞机降落在昆明长水国际机场。

陈铭生下飞机的时候，闻到一种熟悉的味道，那是与北方城市的凛冽与冰冷不同的，温热的味道。陈铭生拎着旅行包从机场出来，已经是最后几班飞机，机场里的人也不多了，出来的人都急急忙忙地赶着找车，陈铭生拄着拐杖，在路边抽了一根烟。

抽到一半的时候，他从旅行包里翻出手机，他把手机打开，想了一会儿，最后还是放下了。

他将手机翻过来，把手机卡卸了下来。

那张薄薄的卡片在他的手里显得很脆弱，好像两指随便一用力就能捏个粉碎。陈铭生咬着烟，看着那张有些磨损了的电话卡。一根烟抽完，他把最后一口烟吐出，看着半空中消散的烟雾，手里"啪嚓"一声，将卡片折断，扔进了垃圾箱。

他将另外一张卡放进手机，再次开机。

刚刚打开，手机就震了好几下，陈铭生看了一眼，未接来电、未读短信，哗啦啦的一堆。

陈铭生没有去看那些短信，他点开通信记录，差不多都是一个号码打进来的。他拨通最上面的一个号码，只响了两下，就接通了。

"喂，谁？"电话那边是一道男声，声音带着些不确定，"是不是你？"

陈铭生深深地呼吸，缓缓道："建山，我是江名。"

我是江名。

长江的江，姓名的名。

说完，正好一辆出租车停到机场门口，陈铭生招呼了一下，打开车门坐进去。

他把门关上，又说："我回来了，你们在哪儿？"

电话那边安静了好一会儿，才爆出一句脏话。

那边有噼里啪啦的声音，听起来像是麻将，陈铭生说："在刘伟的棋牌社？"

"不是，你……"吴建山好像还没反应过来，他挪开凳子，来到一边，说，"江名，真是你？"

陈铭生沉了一口气，说："是不是我你听不出来？"

"你——！"吴建山又骂了一句，"你真没死啊，我一直以为他们看错了。"

陈铭生说："我没死好像很不合你的心意啊？"

"滚！"吴建山说，"你没死怎么躲起来了？你等着，我给白哥打电话。"

"等等。"陈铭生说，"你们现在在哪儿？"

"刘伟这儿啊。"

"那我现在过去吧。"

"你别！"吴建山说，"你来这儿干啥？打麻将啊，等着吧，我一会儿给你消息。"

吴建山说完，不等陈铭生说话，直接挂了电话。

司机从后视镜看了陈铭生一眼，说："去哪儿啊？"

陈铭生说："先往市中心开吧。"

司机按下计价器，掉头行驶。

陈铭生已经有一年多没有回这边了，可是现在下了飞机，也没有丝毫的陌生感，好像只是出去随便逛了逛而已。道路两旁栽着树木，如今依旧浓密，生机盎然，不像在那边，现在已经看不到绿叶了。

或许，陈铭生想，这次唯一的变化，就是他会对比了。不管看到什么，想到什么，他都会不自觉地跟那一边比较。

陈铭生的手臂搭在车窗边框上，他无法抑制地想着杨昭。她在干什么，已经半夜了，她睡了吗？她有没有给他打电话……不，她应该没有打过。虽然那张电话卡已经折断了，他无从判断，可他就是知道，杨昭是不会给他打电话的。

因为他告诉她不要联系，而杨昭在承诺上，绝不会食言。

陈铭生想起杨昭最后的拥抱，感觉心里压抑得很，他从怀里拿了包烟，抽出一根，点着。他告诉自己现在不是想这个的时候。

路过一个十字路口的时候，陈铭生的手机再次响起，他接下电话，是吴建山。

"阿名，白哥让我告诉你，今晚你先去翠湖宾馆，明天他在明都给你接风。"

"他现在在昆明吗？"

"在啊。"

"那好。"

"啊对了，"吴建山说，"他让我问你，你原来那个银行账户还用不用了？"

陈铭生斜眼看了下自己的旅行包，老徐在临下飞机之前给了他点东西，里面就有原来的手机卡和存折。

这张存折在警队是有备份的。

陈铭生淡淡地转回眼，说："不用了，我给你个新号，你记一下。"

"行，你说吧。"

陈铭生报了一串新号，吴建山记下来，说："那我把这号给白哥了。"放下电话，陈铭生对出租车司机说："师傅，麻烦去翠湖宾馆。"

到宾馆的时候，已经是下半夜了。

陈铭生拎着包从车上下来，拄着拐杖走进宾馆。

翠湖宾馆在昆明算是不错的宾馆，陈铭生进了大堂，来到前台。前台值夜班的是两个男人，看见陈铭生后，说："先生，请问有什么需要吗？"

陈铭生抬头，看了一眼后面墙上挂着的牌子，上面显示着今晚的房间价格。

他说："大床房，还有吗？"

"有的先生。"前台服务员在电脑键盘上噼里啪啦地打了一会儿，说，"大床房还有三间。"

服务员态度十分到位，很快安排好房间。陈铭生掏出一张卡，直接刷了一周的房费，服务员让他签字的时候，他看着那五千多的消费记录，心里一时变得复杂。

屋里很宽敞，又干净，桌子上还准备了一份果盘。

陈铭生把包扔下，一头倒在床上。折腾了一天，他脑袋有些发沉。

陈铭生从床上翻了个身，迷迷糊糊间好像听见了杨昭的声音，平平淡淡的语调，在自己的耳边说："下次记得要洗澡。"

陈铭生猛地从床上翻身起来。

屋里空荡荡的，茶几、电视、柜台，还有小桌子上放着的玻璃花瓶，都安安稳稳地摆在原位。

陈铭生揉了一下脸，下床。他也懒得去够拐杖了，直接穿上拖鞋，单腿蹦了几下，去洗手间里。

他把水温调到最凉，洗了一把脸。陈铭生扶着洗手台，抬眼看向镜子里。

这个男人看起来有些深沉，也不怪杨昭会说他像老头子一样。

陈铭生想起当初在杨昭家，她说他笑起来很好看。陈铭生试着对着镜子笑了一下，然后很快转开眼，不去闹心了。

他回到屋子里，整理了一下旅行包里的物品。两部手机、四张银行卡、一张存折；两件外套、一条裤子、一件背心、一条内裤，还有些零零散散的东西，陈铭生把它们都抖了出来，堆在床上。

他最先拿起来的是一张银色的储蓄卡，那是杨昭临走前给他的。这卡看起来非常新，就像从来没动过一样。他把卡翻过去，看见后面贴了一张小小的胶带，上面写着六个数字——863942，毫无规律可言，陈铭生也不知道有什么意义。但他依旧记下了这串数字，然后把胶带撕掉，将卡放到旅行包的最里层。

然后他拿出另外一部手机，拨通电话。

老徐接电话的时候有些迷糊，明显是从睡梦中被吵醒了。

陈铭生说："我到了。"

老徐说："废话。"

陈铭生笑了一声，说："你睡着了？"

老徐困意明显地又说了一遍："废话。"

"明天白吉会来见我。"

"嗯……嗯？"老徐的声音在电话里拐了个弯，从平平缓缓直接吊了起来，"已经联系上了？"

"联系上了。"

"你现在在哪儿？"

"翠湖宾馆。"

电话那头一时沉默。

陈铭生靠在床头上，说："怎么了？"

"臭小子……"

陈铭生笑了笑，说："硬座舒服不？"

他隔着手机几乎都听见老徐磨牙的声音了，陈铭生见好就收，说："好了，不跟你说了，你休息吧，明天见到白吉，我再联系你。"

"铭生，"老徐在电话那头沉着声音说，"记住，集中精神。"

陈铭生说："放心。"

第二天一早，他在宾馆吃早餐的时候，电话来了，是吴建山。

"醒了？"

"嗯。"陈铭生咬了一口馒头，说，"白哥来了吗？"

"快到了。"吴建山说，"你直接过来吧。"

"好。"

明都这个酒吧是白吉老婆韩娟名下的产业，位于盘龙区人民东路，门口普普通通甚至看起来有点不太起眼，但内含乾坤。这是个地下酒吧，陈铭生推开酒吧门，看着一路向下的有些狭窄的楼梯，将拐杖拿在手里，撑着一旁的墙壁一阶一阶往下下。

走到最下面，陈铭生看到酒吧大厅里只有两三个整理打扫的人。明都酒吧的营业时间是晚六点到早六点，现在没有客人。

陈铭生拄着拐杖往里面走。

扫地的服务员看见他，上下打量了一番，然后说："现在不营业，你晚上来吧。"

陈铭生低头看路，没有理会他。

服务员皱了皱眉，说："听不懂话啊，我说现在……"

"名哥？"在吧台里擦杯子的调酒师抬起头，抻着脖子朝这边看，"名哥？！"他认出陈铭生，把手里的杯子放到一边，冲了过来。

"名哥真是你啊。"他一巴掌打在那个扫地的服务员脑袋上，"谁你都敢吼，想不想干了？"

那服务员显然没有意识到赶一个瘸子也这么多事，连忙低头："对不起对不起。"

调酒师冲陈铭生笑笑，说："新来的。"

陈铭生貌似跟这个调酒师关系不错，他拍了拍他的肩膀，说："阿言，好久不见。"

阿言被他这么一叫，眼眶差点红了，他一个"恶狗扑食"，把陈铭生抱住。

陈铭生差点被他撞倒，他一手扶着他，说："干什么啊？"

"名哥！"阿言号叫一声，"他们都说你死了，我就知道你肯定没事！"

陈铭生笑笑，说："你怎么知道的？"

"你命大啊！"阿言说着，低头看看陈铭生的腿，说，"名哥，是不是那次……"

反正白吉没到，陈铭生闲着也是闲着，他放开拐杖，在身边的一张沙发上坐下，拿了根烟，阿言手快，直接掏出打火机给陈铭生点着了。

"名哥，这一年你去哪儿了？"

陈铭生说："问什么问。"他抽了一口烟，说，"我走一年，这边怎么样？"

"名哥。"阿言搬了个凳子凑过来，转头看了一眼还在看热闹的服务员，骂了一句，"去那边干活！"

服务员缩着脖子赶快走了。

阿言转头，小声对陈铭生说："名哥，你走这一年，白便宜那个刘伟了。"

陈铭生说："是吗？"

"当然是啊。"阿言说，"现在你回来了，他就是这个。"阿言一边说，一边伸出小手指头，一脸不屑。

陈铭生冷笑一声，冲他吹了口烟。

这时，门口传来声音，陈铭生转过头，听见开门的声音，然后是不紧不慢的脚步声，从楼梯上面一点一点地向下。

陈铭生看见一双白色球鞋，然后他低了下头，把烟掐灭。

等他再抬起头的时候，白吉已经下到大厅里了。

白吉四十八岁，中等身材，他的长相很斯文，甚至还戴了一副眼镜。从外表来看，他完全不像一个犯罪分子，而更像一个大学老师，他不喜欢正装，每天都是休闲服装，他最喜欢穿白色的球鞋。

白吉的身后跟着三个人，陈铭生认出了吴建山、刘伟，还有一个是他没见过的。

白吉刚一下来，就看见了陈铭生。

陈铭生从沙发上站起来，说："白哥。"

白吉的眼睛在那副银色的眼镜框后面带着些许的探究，他上下打量陈铭生，然后了然地对后面的人说："看见没，我就说吧。"

吴建山也看见了陈铭生，他的目光落在了陈铭生的腿上。

"江名，你……"

白吉抬起一只手，吴建山闭上了嘴。

"来来，别在外面站着，咱们进去。"白吉率先迈步，进了里屋。陈铭生拄着拐杖跟在他后面，吴建山等人也一同跟进屋。陈铭生无意间看了刘伟一眼，刘伟长得是这几人中最凶的，一脸煞气，他也看了一眼陈铭生，然后很快移开了目光。

最后进屋的那个人反手将门关好。

"开灯开灯。"白吉说。

陈铭生进屋，随手把灯打开，屋子很宽敞，几张长沙发摆在当中，旁边还有一张桌子。白吉坐到沙发上，刘伟过来，问道："白哥，吃点什么？"

白吉晃了晃肩膀，说："火锅，这几天有点阴，吃点火锅充充阳气。"

刘伟笑着说："好。"他去外面叫人准备，跟陈铭生错身而过的时候，他不动声色地看了一眼陈铭生的腿。

"来，阿名。"白吉拍拍身边的座位，陈铭生坐过去。吴建山和另外一个人坐到沙发对面。

白吉从怀里掏出一盒烟，拿了两根出来，一根递给陈铭生。

"谢谢白哥。"陈铭生接过烟，自己掏出打火机，先给白吉点烟。

白吉抽了一口，放松地躺在沙发上，目光刚好跟对面的吴建山对上，银框眼镜后的目光显出淡淡的笑意。

"我说什么了？"白吉弹了一下烟，说，"我就跟你们说，他不出来，肯定是有什么事。"白吉说的这个"他"，毫无意外地是指陈铭生。

白吉转过头，他长得偏瘦，这么微微侧着头，脸颊上的轮廓特别明显。

"阿名，"白吉淡淡地说，"不想回来？"

陈铭生摇摇头，说："不是。"他看着面前的地面，地上铺着一张暗红色的地毯，"白哥，我是觉得……觉得有点累了。"

"啧。"白吉很快地转过头，嗤笑一声，说，"累了，你才多大你就累了？"他拿手指头点了点陈铭生的胳膊，身子凑过来，说，"才挣了几个钱，你就累了？"他说完，咧着嘴在陈铭生身边笑。陈铭生也低下头，笑了。

白吉靠坐回去，说："阿名，少条腿而已，怕什么。"他看着陈铭生，缓缓地说，"是不是不信我啊？"

白吉的目光看着有些冷，陈铭生抬头瞧了一眼，又低下头，说："不是，白哥，我信你。"

白吉抬手，掀捡着陈铭生的衣服角里外看了看，皱眉说："你看看你，把自己搞成什么样子了。"

陈铭生低着头，没有说话。

吴建山说："江名，你这事干得有点儿不地道，不管怎么样，你总得告诉我们一声。一句话不说就走，这算什么？"

陈铭生点点头："是我的错。"

"阿名，"白吉轻轻地吸着烟，说，"你跟了我多久了？"

陈铭生不自觉地咬了咬牙，说："八年了。"

白吉似乎也被这漫长的一段时间吸引住了，他看着缓缓而上的烟雾，好像在回忆一样。

过了一会儿，门被敲响，吴建山说了句"进来"，外面两个服务员推着个小车进来，小车里摆着的都是火锅用料。

白吉垂下手，将烟掐灭在烟灰缸里，一边说："来来来，先吃饭。"

陈铭生跟着白吉来到桌边，服务员在桌子上陆陆续续地摆放了十几个盘子，肉菜、海鲜样样俱全。

火锅被最后端上来，白吉拿了块湿手帕擦了擦手，对上菜的服务员说："去开两瓶好酒。"

"好的，请稍等。"

服务员下去拿酒，白吉拍拍陈铭生的肩膀，说："早上吃饭了没？"

陈铭生说："没吃多少。"

白吉说："来，正好，边吃边说。"

吃火锅是白吉的几项癖好之一，他的口味很重，尤其喜欢吃味道辛辣甚至犯冲的东西。餐桌上的气氛很轻松，吴建山和刘伟还有剩下的那个人轮番敬酒，陈铭生一一接下。

白吉吃火锅喜欢自己动手，他挥挥手，让几个服务员都下去，等火锅开了，他自己夹了一筷子羊肉放进去。

"阿名，这么长时间都干什么了？"白吉随口问道。

陈铭生说："也没做什么，大部分时间都养伤了。"

白吉点点头，他涮了几下羊肉，侧过眼，看了看陈铭生的腿，说："怪不怪我？"

"嗯？"陈铭生没有反应过来，他看了白吉一眼，注意到他的目光，才明白过来。

"不。"陈铭生说，"白哥，那事儿跟你没关系。"

白吉吃了口羊肉，叹气道："我也是没办法，当时事发突然，我只能自己先撤。"他拿手帕擦了一下嘴，又说，"后来我让建山他们找你，找了半个多月也没找到。"

"是啊。"吴建山说，"后来我带人去东兴找了你整整十五天，一点信儿都没有。"

刘伟忽然说："是啊，名哥。当时我也去了。"他看了一眼吴建山，然后又转过眼，表情看起来稍稍有些玩味，"名哥，我们找了你好久，你一点消息都没有，你去哪儿了啊？"

白吉又涮了一块肉，吃起来似乎有些烫嘴，呼了几口气。

陈铭生说："出事之后我在东兴躲了几天，后来花钱跟一趟运水果的货车去了北边。"

刘伟说："我们放消息出来，你都没有注意到吗？"

陈铭生说："没有。"

刘伟笑了一声，他年纪三十左右，看起来比陈铭生小一点，人长得不算难看，但是脸上总是似有似无地带着一股狠意。尤其是在看到陈铭生的时候，十分明显。

他叫了一声"名哥"，可那声音里没有一丝一毫的恭敬，在座的都是混场子的老油条，听都听得出来，可并没有人表现出什么。

陈铭生看了他一眼。

这个刘伟，他是在五年前认识的。当初他已经跟了白吉几年了。

刘伟最开始在一家麻将馆干活，白吉当时想要盘下那家店，但是店主不想卖，十分不配合。白吉就想办法在麻将馆里认识了个小工，就是刘伟。

白吉给了刘伟一笔钱，刘伟十分爽快地给自家老板下了套，让他被关了进去。白吉买下店铺，刘伟顺理成章地跟着白吉混了起来。

说起来，刘伟能从一个麻将馆小工走到今天，还多亏了陈铭生，因为当初去麻将馆找人的，就是陈铭生。

这算不得知遇之恩，恰恰相反，在某种程度上说，这也决定了陈铭生和刘伟两个人未来的相处之路。

陈铭生之所以找到刘伟，是因为他看出来，刘伟是那种不屈于现在的人，不仅如此，他还看出来刘伟是一个自私自利、心肠狠毒、为了自己什么都肯做的人。

正因为看出了这些，所以虽然是他把刘伟带了进来，但是他并不怎么跟刘伟接触。

刘伟一开始的时候是想跟着陈铭生的，但是后来他发现不管是送烟送酒，还是献其他殷勤，陈铭生好像永远不为所动。

人往往就是这个样子，在相处的过程中，每个人都会发现其他人与自己不同的地方，而当他们意识到这种不同带来的内在差异时，原本积极的感情也会转化为无形的恶意。

刘伟这种人尤其如此。

后来，他做了吴建山的手下，吴建山也是白吉身边的红人，对他也不错，可他一直对陈铭生耿耿于怀。

他觉得陈铭生有些不一样。

跟其他混这个道的人比起来，他身上有些特殊的东西，具体是什么，他说不出来，可他就是觉得陈铭生不一样。

而且似乎很多人都能察觉出他这种不一样来。他们为了这种不一样，凑到了陈铭生身边。

如果非要形容他的那种不一样的话，或许有人会用这样的词——沉稳、勇敢、男人，甚至于还有些似乎不该出现在他们这样的人当中的词汇，比如坚定，比如忠诚。

陈铭生做事，白吉永远是最放心的。

所以刘伟厌恶陈铭生，那种厌恶是深埋于心的，陈铭生不会多看他一眼，所以他的厌恶只会越来越深。

"名哥，你有什么事非要走啊，大伙儿也不是不帮你。"刘伟看着陈铭生，说道。

吴建山说："这个倒是真的，我可是一直在找你的。"

陈铭生说："我知道。"

"你知道怎么还跑啊？"刘伟笑了笑，眼睛若有若无地看了一眼白吉，说，"是不是对咱们有什么意见啊？"

说到这里，懂的基本都懂了。

陈铭生手里拿着筷子，但是一直都没有吃东西，他听见刘伟的话，静了一会儿，然后忽然低声一笑，再抬眼，目光又冰冷，又沉静。

"我走什么？"陈铭生低声说，"我一条腿被车碾碎了，藏在一家饭店的厨房里，所有的宾馆外面都是警察，你说我走什么？"

刘伟耸耸肩，底气稍有不足地说："那有什么？我们又不是不在，都去找你了。"

陈铭生说："过了封锁期，我很快就离开了，我的腿需要尽快治疗。当时东兴很乱，到处都是警察……"陈铭生说到这儿，微微顿了顿，看了刘伟一眼，嘴角轻扯，笑得有些意味深长，他低声说，"你敢在警察面前露脸吗？"

刘伟的脸色瞬间就有些不对劲了，他的目光变得有些狠戾："我怎么不敢？警察算个屁。"

或许是因为陈铭生的神色过于无所谓，刘伟的语气因为那股狠劲甚至已经有些变调了。

陈铭生轻轻动了动筷子，缓缓道："嗯，警察的确算不了什么。"

"你！"

"好了。"白吉的声音响起，所有人都闭上了嘴。

白吉吃得热火朝天，脸色红润，额头上渗出薄薄的一层汗，他拿筷子敲了敲火锅，说："都说了吃饭吃饭，怎么总聊这些？"

陈铭生伸手夹了一瓣糖蒜放到碗里，刘伟抬头看了他一眼，两人都没有再多说什么。

又吃了一会儿，白吉开口，说："阿名啊，你现在住在哪里啊？"

陈铭生说："在翠湖那儿。"

白吉点点头，说："你刚回来，先休息两天。"说着，他朝桌上那个一直都没有说过话的人比画了一下，又说，"你要有什么需要，直接联系郭子。"

那个叫郭子的人年纪看起来是最小的，也就二十几岁，长得不算高大，也跟白吉一样，戴着一副眼镜，长相斯文。

郭子冲陈铭生点点头，说："名哥。"

陈铭生稍稍打量了他一下，然后看向白吉，说："他是？"

"啊，我还没来得及给你们介绍一下，这个是郭子，是我从家那边带来的，年轻人，什么都不懂，锻炼锻炼。"白吉拍拍郭子的肩膀，说，"这个是江名，你该听说过吧?"

"听说过听说过。"郭子连忙说,"薇薇姐提过好多次,每次都说名哥是这个。"他一边说,一边举起大拇指。

"嘿。"白吉看着,一下子乐了出来,说,"这丫头,啥也不懂,多大人了还跟小孩儿似的。"

郭子也笑了,说:"薇薇姐就是小孩儿啊。"

他话一出口,马上意识到不对劲,再想改口已经来不及了,白吉看向他,眼睛一眨不眨,透着火锅的热气看着,就像蜡人一样。郭子的手一哆嗦,一根筷子落下去,磕在瓷碗上,发出清脆的一声。

"不是,白哥……我,"郭子脸上还挂着笑,可笑得很难看,他的话有些语无伦次,"我是说,薇薇姐她、她……"

陈铭生的筷子尖抵在糖蒜上,没有动。桌上所有人都没有动。

白吉的神色又在一瞬间轻松了下来,他语气轻快地说:"吃饭吃饭,都干什么呢?"

吴建山点头:"吃吃,大家吃饭,锅都开了。"

陈铭生夹起糖蒜,放到嘴里。

白吉给陈铭生开了瓶红酒,说:"等住几天缓过神来,记得去花园那边看看。"

陈铭生明白他的意思,点点头,说:"我明天就会去的。"

白吉听了他的话,咧嘴一笑,银色的镜框反着丝丝的光。"好好,这就对了。"

他们碰了一下杯,陈铭生将酒一饮而尽。

吴建山看他这么喝酒,笑着说:"阿名,这酒可不是这么喝的。"

陈铭生笑笑,说:"是吗?我没喝过几次这个,不知道规矩。"

吴建山说:"我也是被白哥教育了好几次才学会。"

白吉摆摆手,说:"规矩都是拿来骗人玩的,酒只要喝得爽,想怎么喝就怎么喝。"

吴建山说:"白哥说的是。"

刘伟抬头看了陈铭生一眼,白吉的包庇偏好太过明显。他拿起酒杯,也把酒一口喝光。

这顿饭吃了两个小时,之后众人散伙。

白吉坐了吴建山的车先走,临走的时候留给陈铭生一把车钥匙,白吉说:"外面停了一辆,你先开着。"

陈铭生点头:"谢谢白哥。"

他们走后，陈铭生靠在酒吧门口的墙上抽了一根烟。

白吉有事没有跟他说。他跟吴建山离开后，刘伟和郭子的车就跟在后面，陈铭生回忆他们最后走时的神色，刘伟在看见他单独留下来后，神情里藏着按捺不住的兴奋。

陈铭生不紧不慢地抽完最后一口烟，把烟头掐掉。

他没有离开，而是转身回了明都。

阿言就在下面，听见有声音，抻着脖子往这边看。

"名哥！"阿言看见陈铭生回来，放下手里的活奔过来，说，"名哥你没走啊？"

"嗯。"陈铭生转了下头，说，"来这边。"

陈铭生带着阿言来到酒吧角落里，他们坐进一个半圆的沙发里，阿言说："名哥，我叫人把灯打开吧，这儿太暗了。"

"没事。"陈铭生坐下，说，"不用开。"

阿言说："那我叫他们拿个果盘来。"

陈铭生没有反对，阿言冲里面喊："拿个果盘！"

没一会儿，一个服务生端来一个大果盘，双层的，里面水果切得花样百出，摆得漂漂亮亮。

阿言给陈铭生拿了叉子，说："名哥，你吃水果。"

陈铭生接过叉子，没有叉水果，而是在手里晃了晃，说："阿言，最近有什么事吗？"

"什么事？"阿言想了想，说，"最大的事就是你回来了！"

陈铭生笑笑，说："除了这个呢？"他抬眼，看了阿言一眼，阿言一下子就明白过来，这个"事"究竟指的是什么事。

阿言凑过来，在陈铭生耳边小声说："名哥，确实有事。"

陈铭生叉了一块哈密瓜，放到嘴里。

阿言又说："具体什么事我也不知道，但是听人说，白哥好像要运一批货。"

陈铭生说："不是前不久刚被查了一次，怎么这么快又运？"

阿言皱着眉头说："没办法啊，那边催得紧，上次那批货被那伙警察搅和得都完了，白哥至少损失了这个数。"阿言一边说，一边在陈铭生身边伸出四根手指头。

"不过还好，人都跑出来了。"阿言说，"后来还找机会把那个条子头做了，也不算赔。"

陈铭生在吃过一口哈密瓜之后，手里的叉子就一直没有再用过，而是有一下没一下地敲着果盘。

"这事我倒是第一次听说，这么重要的事，你们都知道？"

"肯定知道啊。"阿言瞪了一下眼睛，说，"他恨不得让全天下都知道。"

陈铭生："谁？"

"刘伟啊。"阿言压低声音，小声对陈铭生说，"虽然没证据，但咱们这儿的都知道，就是他把那个缉毒队的头儿给……"阿言没有说完，手指并拢，在身前轻轻一划。

陈铭生看着那只手，干净利索地比画了一道，他的目光落在阿言的指尖上，不可闻地说了句："是吗？"

阿言说："要不他怎么爬这么快的？"他的语气有些酸，"这次运货，白哥很有可能让他去。"

他说完，见陈铭生没有说话，一直低着头，又说："不过名哥你也不用太担心，毕竟你走了这么久了，突然回来，而且还……"阿言不敢提陈铭生的腿，一带而过地说，"凭你跟白哥的交情，不用多久，这条道就还是你的。"

他笑嘻嘻地说："到时候名哥多罩罩我们啊。"

陈铭生依旧没有说话，在黑暗的角落里，阿言看不见他的脸，只能看到他手里拿着的银色小叉，在果盘上一下一下地敲着。

沉稳、冷静、规律，就像是在拟定着什么。

当天晚上，陈铭生回到翠湖宾馆，给老徐打了个电话。

"你说他们要运货？"老徐的语气有些凝重，"什么时间知道吗？"

陈铭生坐在床边，说："具体的我还不知道。"

老徐说："白吉……你觉得他现在态度怎么样？"

陈铭生点了一根烟，说："我觉得还行，应该没有什么纰漏，不过……"

老徐说："不过什么？"

"不过，我感觉他现在比较谨慎，我刚回来，而且还残废了，重要的活儿应该不会让我做。"

老徐说："你觉得他是故意避开你的？"

"这事应该计划了一阵儿了。"陈铭生抽了一口烟，说，"我看他们走的时候很果断，应该是去讨论什么。"

老徐那边沉默了一会儿，然后说："铭生，你得想办法把事情弄清楚。"

"我知道。"陈铭生说，"我明天去花园一趟，会找机会跟白吉谈谈。"

老徐说："如果真的有情况，一定要把时间弄清楚。"

陈铭生说："好的。"

"铭生，"老徐说，"万事小心。"

"放心。"陈铭生把烟灰弹掉，静了一会儿，然后对老徐说，"老徐，严队是怎么死的？"

电话那边安静了好一会儿，陈铭生只能听见呼呼的喘息声。

老徐说："铭生，你不要管这些。"

"我问你严队是怎么死的？"

老徐深吸一口气，说："中套了，我们本来准备实施抓捕，但是消息是假的。在行动的前几天，严队就已经被盯上了。"

陈铭生沉默了一会儿，低声说："他走得痛苦吗？"

老徐的语气有些急促，像是压抑着什么，他对陈铭生说："铭生，你不要想这些，以现在的工作为重，你要记住，你是警察。"

陈铭生过了许久，才回答了一句："好。"

第二天，陈铭生驱车前往晋宁。

晋宁位于云南中部，三面环山，一面是平坝。在晋宁县昆阳镇有一座纪念园林——郑和公园，算是当地重要的旅游景点。

在郑和公园的北边，不远的地方，有一座独门独栋的房子，隐匿在街道深处，一般路过的人都不会注意到。

白吉的女儿白薇薇就住在这里，白吉把这个地方叫"花园"。

其实叫它花园也算是名副其实，这座小别墅的院子里种满了花花草草。

陈铭生把车停到门口，拄着拐杖下去，花园没有锁门，陈铭生推开铁门直接进去。他在花园里面看见了吴建山。

"江名。"吴建山也看见了他。

陈铭生走过去，说："你怎么在这儿？"

吴建山说："白哥怕你离开久了不熟，让我在这边迎迎你。"

陈铭生和吴建山一起往屋子里走，陈铭生说："你来了多久了？"

吴建山说："今天凌晨到的。"

陈铭生看了他一眼，不经意说："昨天跟白哥待到很晚？"

"嗯。"吴建山打了个哈欠，推开门，"去了趟洗浴中心，一直弄到半夜。"

这座小别墅面积不大，但是内部装潢很精致，房间整整齐齐。墙壁上贴着碎花壁纸，地上也铺着小方毯，茶几和灯座上都摆着鲜花，看起来十分别致。

"薇薇呢？"

"还没回来。"吴建山带着陈铭生来到客厅，两人坐到沙发上，这时从里屋出来一个家政打扮的大婶，吴建山对她说，"拿点瓜子、花生什么的，再泡壶茶。"

大婶点点头，什么都没说，转身去后厨准备吃的。

陈铭生跟吴建山面对面坐着，陈铭生说："她什么时候回来？"

吴建山掏出烟，点了一根，又递给陈铭生一根，说："不知道，应该还有一会儿吧。"

　　陈铭生借着吴建山的手点着烟，说："她现在干什么呢？"

　　吴建山说："白哥找人给她安排了个工作。"

　　陈铭生说："在哪儿？"

　　吴建山说："在小学里面，当个英语老师。"

　　陈铭生一愣，说："老师？"

　　吴建山笑笑，说："嗯。"

　　他们谈话期间，外面有车笛声，陈铭生和吴建山同时看向门口。

　　没一会儿，大门被推开，一个女人走了进来。

　　女人年纪看上去有二十四五，个子不高，但长得很清秀。她几乎是跑着进的屋，一推开门，她的目光直接定在了坐在沙发上的陈铭生身上。

　　"阿名？"女人微微张着嘴，看着陈铭生，似乎愣住了，"阿名？"

　　陈铭生看着她，说："薇薇。"

　　白薇薇的眼睛睁得大大的，慢慢地，那双眼睛渐渐红了。她扔了手里的包，向陈铭生冲过去。陈铭生站起来，白薇薇直接冲到他怀里。

　　"阿名！我就知道你没死，我就知道你没死！"白薇薇拉着陈铭生的胳膊，眼泪哗哗地流。

　　陈铭生被她撞得失去平衡，重新坐到沙发上。白薇薇的身子也跟着倒了一下，她才看见陈铭生的腿。

　　"呀。"白薇薇似乎吓了一跳，"阿名，你的腿怎么了？"

　　陈铭生说："没什么。"

　　白薇薇低头看着那截残肢，她的目光似乎有些疑惑。她又问了一遍同样的话："阿名，你的腿怎么了？"

　　陈铭生看着白薇薇的眼睛，那双眼睛跟刚才有些不太一样。陈铭生知道她原来的毛病要犯了，拉过她的手，转移她的注意，说："我听吴建山说，你在小学当老师？"

　　白薇薇刚刚还低着头，听到陈铭生的话，她反应了一会儿，然后抬眼，目光又变得清澈了。

　　"是呀。"白薇薇说，"我在小学当英语老师呢。"

　　陈铭生说："喜欢吗？"

　　"喜欢。"白薇薇像个拿到花裙子的小姑娘一样，说，"我喜欢教英语，那些小孩都很聪明。"

　　陈铭生点点头，吴建山在一边说："薇薇，你去收拾一下，等会儿白哥也来，晚上大伙儿一起吃饭。"

白薇薇说："爸爸也来？"

吴建山说："嗯，还给你买了礼物。"

"真的？"白薇薇转头看陈铭生，说，"礼物在哪儿？"

陈铭生和吴建山同时一愣，白薇薇的目光充满期待。吴建山张口要说什么，陈铭生给了他一个眼神，又对白薇薇说："在我车里，晚上给你。"

白薇薇高兴地笑了，她抱了陈铭生一下，然后转身上楼。

吴建山看她走了，对陈铭生笑着说："你给她买礼物了？"

陈铭生无奈地摇摇头，吴建山看了一眼楼上，说："她那毛病我一时半会儿都反应不过来，也亏你能应付。"

陈铭生低头抽了口烟，说："应付什么，顺着她就好了。"他看了吴建山一眼，说，"白哥等会儿要过来？"

"嗯。"吴建山说，"也是你面子大，他难得来这边一趟。"

陈铭生低头抽烟，没有回话。

白吉在晚上八点多的时候到了，只有一个司机送他来。

白薇薇换了一身花裙子，坐在陈铭生身边。晚饭是自家厨子做的，在一楼餐厅里吃。

开饭前陈铭生找到白吉，跟他说了一下刚才的情况。

"哟，借花献佛。"白吉笑着说，"我给女儿买的东西，变成你送的了。"

陈铭生无奈一笑，说："我忘了，下次一定补上。"

"给你给你。"白吉从车里拿了一个小礼物盒，递给陈铭生，说，"你送和我送，她肯定是高兴你送。"

陈铭生把礼物送给白薇薇，白薇薇当场就拆开了。

里面是一顶帽子，长檐花边，清淡的颜色。

白薇薇把帽子戴到头上，问陈铭生："阿名，好看吗？"

陈铭生点点头："好看。"

"快把帽子拿下来，先吃饭。"白吉说。

一顿饭吃得气氛很愉快，饭后，白薇薇缠着陈铭生，把他拉到自己的房间说话。

"阿名，你怎么这么久都不来找我？"

陈铭生说："我在外面养伤。"

白薇薇低头看了看他的腿，脸上的表情有些哀伤："你是不是因为腿坏了就不想找我了？"

陈铭生笑了笑，说："没。"

白薇薇说："你别怕，我可以照顾你的，我去找爸爸帮忙。"

陈铭生低头看着白薇薇。

白薇薇的目光很清澈，就像小孩子一样。而她在某种意义上讲，也的确是个小孩子。

八年前，在陈铭生刚混入白吉的组织里的时候，白薇薇刚刚上高中。白吉把白薇薇保护得很好，他并没有让她知道自己究竟在做什么行当。她只隐约知道自己的爸爸开了几家歌舞厅，她也不知道那些地方究竟是什么样子。

有一次她放学早，心血来潮去了其中一家，里面的人不认识她，问她要做什么，白薇薇懵懵懂懂地说要唱歌，然后等她爸爸来。

歌舞厅的人就给她开了一间屋子，白薇薇进去，里面的小茶几上放着果盘、茶水，还有歌单。那个时候的歌舞厅跟现在不同，都不太正规，里面乱得很，白薇薇进去后就有些后悔了，想走的时候看见门口的走廊里有几对男女，脏兮兮地抱在一起。

白薇薇吓得不行，反身把门锁上。那个时候她还没有手机，只想着等她爸爸来带她走。

而刚巧的是，门口来了几个醉汉，认错路了，使劲敲白薇薇的房门，还在门口叫嚷。歌舞厅都是木头门，被几个醉汉连踢带踹地砸开了。

白薇薇就是那么被吓出毛病的。

而那个时候，陈铭生也在那个歌舞厅干活，他听到有人喊救命，就冲进包间里把白薇薇带了出来。当时他问她家里人在哪儿，白薇薇已经什么都说不出来了。

陈铭生把她带去医院，白薇薇整整昏睡了两天才醒过来。

她把那段记忆忘了，可她还记得陈铭生。

当她告诉陈铭生她爸爸是白吉的时候，陈铭生就知道这一次他赚到了。当时陈铭生一心想要接近白吉，而白薇薇是天赐的机会。

白吉对于白薇薇的遭遇愤怒异常。那家歌舞厅的所有工作人员都遭了殃，只有陈铭生例外。

"阿名……"白薇薇仰着头，对陈铭生小声说话，就像是在说什么秘密一样。

"我知道你给我爸爸工作，你不要怕自己腿坏了他会开除你，我会帮你说情的。"

陈铭生冲她笑笑，说："谢谢。"

他顺着屋门缝隙往外看了看，吴建山和白吉在客厅的沙发上坐着，不知道在聊些什么。陈铭生转头对白薇薇说："我送你的礼物你喜欢吗？"

白薇薇笑了，说："喜欢。"

陈铭生淡笑着看着她，目光里似乎有话要说。白薇薇愣了愣，然后马上笑道："你也想要礼物对不对？"

陈铭生说："或许。"

白薇薇兴致勃勃地说："你想要什么？"

陈铭生说："哪有送礼物还问的？"

白薇薇皱了皱眉头，说："可我不知道你喜欢什么啊。"

陈铭生淡淡地说："你可以问问别人。"

白薇薇自顾自地嘟囔："问谁呀……啊对了！"白薇薇一拍手，也没有管陈铭生，直接跑出屋，一路到楼下。陈铭生跟在她后面，慢了几步下楼，他到楼梯拐角处的时候等了等，没有露脸。

白薇薇把吴建山从白吉身边拉走，到另外一间屋子里说话。陈铭生这才从楼上下去。

白吉看到他，招招手："阿名啊，来，过来坐。"

"白哥。"陈铭生拄着拐杖，坐到白吉身边。他叫了白吉一声后，就一直低着头，没有吭声。

白吉说："怎么，脸色不太好啊？"

陈铭生摇了摇头。

白吉靠在沙发上，看着陈铭生，说："怎么，有什么话不能跟白哥说？"

陈铭生似乎有些犹豫，吞吐好久，才抬起头，对白吉说："白哥，你是不是觉得我没用了？"

白吉笑笑，说："乱说什么呢？"

陈铭生看着白吉，目光坚定，说："白哥，你相信我，我还能做。"

白吉迎着陈铭生这样的目光，叹了口气，说："哎，我就是怕你有这样的想法。"白吉身子微微靠前，说，"你脑袋够用，我知道你应该是看出了点什么。"

陈铭生说："你要是觉得我不行了，就直接跟我说，我不会赖在这里的。"

"啧。"白吉皱眉，说，"你别这样想，这一年来发生了很多事，我总不能说你一回来我就把别人的活给你干，也要给其他兄弟留个面子。"

陈铭生低着头，默然。

白吉拍拍陈铭生的肩膀，说："阿名，你几乎是我一路带过来的，你要信我。"

陈铭生忽然说："白哥，刘伟那个人杂心太多，成不了事。"

白吉的手微微一顿，而后冲着陈铭生慢慢咧嘴笑了。

他靠回沙发上，缓缓地说："阿名，机会总是公平的。"

陈铭生看着那个笑容，最后点点头，低声说："嗯。"

那天晚上，白薇薇留陈铭生住在花园，白吉极力赞成，陈铭生晚上没有走，住在客房里。

半夜，他躺在床上，思索着晚饭时候的事。不管如何，有一点是可以确定的，那就是运货确有其事，而且是刘伟负责。

陈铭生一边想着如何才能得到准确时间，门被悄悄地推开了。

陈铭生看向门口，白薇薇穿着一身丝绸吊带睡衣，怯生生地站在门口。她看起来刚刚洗过澡，头发还有些湿。

"阿名……"

陈铭生看着她，白薇薇说："我能……我能跟你一起睡吗？"

陈铭生躺在枕头上，歪着头看了看她，然后笑着说："来吧。"

白薇薇高兴地一耸肩膀，上了床，躺在陈铭生身边。陈铭生不动，她也不敢伸手，就在一边安安静静地躺着。

陈铭生侧过头，看着她有些胆小的神色，忽然不可抑制地想起了杨昭。

陈铭生看着睡在一边的白薇薇，想着，女人真的是很神奇。

他仰着头，头枕在自己的胳膊上，看着天花板。在那一刻，他停止思索任务，停止思索白吉、刘伟和其他任何事情。他所有的注意力都因为脑海中出现的那个女人而集中了。

杨昭。

很多人都说，如果分开的时间长了，会记不住人的长相。每当回忆的时候，脑中都只是一个模糊的影子。

可陈铭生却清清楚楚地记得杨昭的长相，记得她淡淡的嗓音，还有冷笑时候的表情。

陈铭生在回忆中笑了。

他果真是被这个女人欺负得体无完肤。

在这样安静的夜里，陈铭生思念杨昭。那种思念几乎将他吞噬了。

他在床边摸索了一下，将手机拿到手里。手机里并没有杨昭的电话号码，可那十一位数字已经牢牢地刻印在陈铭生脑子里，他觉得这一辈子都不会忘记。

黑暗中，他紧紧捏攥着手机。

身边躺着的人忽然动了动，陈铭生侧过头，看见白薇薇睡眼蒙眬地看着他，小声说："阿名，你还没睡吗？"

陈铭生没有说话，白薇薇抬起头，说："有什么事吗？"

陈铭生低声说："没有，你睡吧。"

白薇薇又躺了回去，迷迷糊糊地说了一句："你也快睡吧，好累的。"

陈铭生："嗯。"

手，终于慢慢地松开了，刚刚那一抹强烈的冲动也被他慢慢地压下去了。

陈铭生闭上眼，无声地咬了咬牙。

白薇薇说得对，的确，有些累……

陈铭生动了动，躺下来，白薇薇似乎是察觉到了，不自主地将胳膊伸过来，抱住陈铭生。陈铭生没有动，他看着胸前的那只手，她的手和陈铭生胸口间还隔着一床软软的被子。

被子是公主被，上面有很漂亮的花纹。白薇薇喜欢这种调调，白吉吩咐照顾她的人，一切按她的喜好来。

是不是女人都喜欢生活在童话世界里？陈铭生的想法一冒出来，马上低低地笑了笑。

如果白薇薇在童话世界里是个人畜无害的公主，那杨昭呢？

陈铭生回想杨昭，第一个画面就是她靠在自家公寓的厨台旁抽烟，那种冷淡的神情湮没在昏黄的余晖中，模糊不清。

她或许是一个反派人物，陈铭生想，一个女巫，或者是冷漠的皇后。在那个世界里，王子对她毫无招架之力。

之后的几个星期里，刘伟出现的次数越来越少。陈铭生敏感地觉得，似乎运货的时间快到了。

陈铭生一直在翠湖宾馆里闲着，一个多星期后，吴建山找到他，问他感觉怎么样。

陈铭生说："有什么怎么样的？"

吴建山笑笑，说："你这不是刚回来嘛，都适应得差不多了？"

陈铭生说："没什么要适应的。"

吴建山坐在陈铭生房间的沙发上，说："哎，你是身在福中不知福，我现在是巴不得有点空闲。"

陈铭生坐在床上，看着他，说："怎么，现在很忙？"

吴建山撇撇嘴："可不忙吗？"他揉了揉脖子，说，"我都两天没睡觉了。"

陈铭生嗤笑一声，说："你来我这儿是要睡觉的？"

吴建山说："要睡我也找个美女睡，我在你这儿睡个屁。"他手指头敲敲凳子沿，说，"是白哥让我来的，问问你歇够了没有，想不想做点什么？"

陈铭生一顿，缓缓问道："做什么？"

"谁知道你想做啥？"吴建山说，"这一年烦事多，也没开什么新场子，就你知道的那些，白哥让我问问你，有没有什么想干的？"

陈铭生低头看着自己的手，沉思。

"要我说，你就直接把盘龙区的那个饭店要来得了。"吴建山说，"那里事情少，闲差，油水又多，关键还不累。"

陈铭生说："白哥会让吗？"

"当然啊。"吴建山说，"这会儿就是他让我来找你的，你有什么想干的，直说。"

陈铭生说："万发棋牌社行不行？"

陈铭生一说完，吴建山就愣了一下，他看着陈铭生，过了一会儿，表情就有些无奈了，他说："江名，你这就有点不给面子了啊。"

陈铭生点了一根烟，淡淡地说："不给谁面子？"

吴建山说："谁都不给。"

陈铭生轻笑了一声，没有说话。

吴建山等了一会儿，又说："江名，万发棋牌社一直都是刘伟管着的，你现在这么突然地要过去，就不怕出事？"

陈铭生一直低垂着眼睛，不知看着何处，听到吴建山这句话，他微一挑眼，一双漆黑的眼睛透过薄薄的烟雾看过来。

轻松、无所谓。

"出什么事？"陈铭生淡淡地说，"你觉得，会出什么事？"

吴建山看着陈铭生的眼睛，面无表情地坐了一会儿，最后忍不住哼笑一声，说："我都说了……"

陈铭生又低下眉眼，抽烟。

"我早就告诉过刘伟了，让他说话注意点。"吴建山说，"你知道的，那小子从前就这样，现在还不懂收敛。"

陈铭生冷笑一声，没有说话。

"我知道你看不上他。"吴建山说，"他处处跟你过不去，还不是因为你根本没正眼瞧过他。"

陈铭生弹了一下烟灰，说："有你瞧就行了，用不着那么多人看。"

吴建山说："他最近几件事做得干净，现在也是能在白哥面前说上话的人了，你就算看不上他，也得卖白哥个面子，不然咱们都难做。"

陈铭生没有回应他，而是开口道："万发棋牌社，行不行？"

行，还是不行？

吴建山叹了口气，说："行当然是行，白哥既然发话了，你当然随便挑，但是……"

"行就可以了。"陈铭生说，"明天我会过去一趟。"

吴建山看着陈铭生，笑了笑，说："江名，刘伟可是狠茬子，你可别装大发了。"

陈铭生把抽完的烟掐掉，抬头，看着吴建山："不就是杀了个警察吗？"

吴建山一顿，说："你怎么知道的？"

"啧。"陈铭生冷哼一声，说，"他巴不得我知道。"

吴建山也懂了，说："确实，这是他一大头功。现在这事也确实能压住你。"吴建山停了停，又说，"不过，能杀严郑涛也是本事，不怪白哥最近器重他。"

陈铭生说："我们俩辛辛苦苦地给白哥卖命这么多年，他杀了个警察就赶上来了，你受得了？"

吴建山听到这儿，脸色也不是很好看，说："那有什么办法，你也知道我，自从我老婆生孩子之后，我就把命当命了。你现在又是这样，拿什么跟刘伟拼？"

陈铭生静静地看着吴建山的表情，半晌，轻笑一声，说："看你急的，我随便说着玩玩，他愿意干活让他干好了，反正获益的是大家。"

吴建山也想通了，笑着跟陈铭生说："就你小子脑子最贼。"他从沙发上站起来，来到陈铭生身边，压低声音说，"你知道吗？过几天他还要走批货，等他回来，全是……"吴建山没有把话说完，而是用拇指和食指在身前来回捏搓。

陈铭生摇摇头，有些不上心地说："现在查得这么紧，他能走多少？回来自己都不够分，哪还能给咱们？"

吴建山一脸看不上的表情，把手在陈铭生的身前放平，然后缓缓地伸出四根手指。

陈铭生脸上不动声色，心一下子就紧了起来。"开玩笑的吧……"他说。

吴建山冷笑一声，没有说话。

陈铭生忍不住，又拿出一根烟抽。

四根手指，四号——海洛因。

海洛因号称世界毒品之王，属于一种提炼品。经过不同的提炼过程，海洛因会有不同的纯度，四号海洛因，纯度高达百分之九十。之前白吉也卖过四号，但是量很少。

陈铭生对吴建山说："这个刘伟，胆子当真不小。"

"呵，恶狗命，胆子当然不小。"吴建山坐在陈铭生身边，也抽起烟来。

陈铭生说："这是趟肥差啊，也不知道这小子能捞多少？"

吴建山的脸色难掩一股酸气，比画了一根手指："至少这个数吧。"

陈铭生默默地吸了一口烟。

这趟出货，重量至少在 1.5 千克以上。如果抓住的话，刘伟必死无疑。

吴建山一根烟抽完，起身离开。

陈铭生一个人躺在宾馆的床上，思索了半天，最后给老徐打了个电话。

"消息是准确的。"

"弄清了？"

"嗯。"陈铭生靠在床头，说，"老徐，这次是海洛因。"

老徐长长地"嗯"一声，语气明显更加严肃了："你能确定吗？"

"我是从吴建山那儿知道的，应该没有错。"

电话里静了许久，老徐说："你打算接下来怎么做？"

陈铭生说："我把刘伟的棋牌社要来了，明天会过去。"

"好。"老徐说，"这一步不错，铭生，按刘伟这个人的脾性，要是知道你把他的地盘占了，肯定不会善罢甘休，到时候你细心处理。还有，他大多时间留在棋牌社里，里面的服务员你也多留心，应该会有愿意讨好新老板的，看看有什么消息没。"

陈铭生说："嗯，到时候有消息了我会通知你。"

老徐说："这几天辛苦你了。"

陈铭生说："大家都一样。"

"铭生，"老徐深沉地说，"记住，万事小心。"

陈铭生笑了一声，说："我知道。"

## Chapter 9

# 画・毒・家

外面几个人离开，不一会儿，一个服务员扛了一箱啤酒进屋。

"名哥，打开吗？"

陈铭生说："你不用管，出去吧。"

"好。"服务员转身离开，把门关好。

刘伟脸色阴狠，皮笑肉不笑地盯着陈铭生，说："你跟我在这儿装什么好人呢？"

陈铭生坐在沙发上，抬眼看了他一眼，说："我本来也不是好人啊。"

刘伟眯眼看着陈铭生，说："江名，现在屋里没别人，我就跟你放开了说。"他抬起手指，指着这间屋子，又指了指自己，说，"这间万发棋牌社是老子的。我劝你识相一点，别到时候大家都难看。"

陈铭生开了一瓶啤酒，放到刘伟面前，说："你想多了，我是看你最近太忙，棋牌社没人管，我来帮你看两天。"

刘伟："我忙不忙是我的事，这地方不是你能管的。"

陈铭生静了一会儿，然后低头笑了笑，说："你现在真是今非昔比了。"

刘伟不知想到什么，脸上有些得意，说："老子厉害的日子还在后头呢。"

陈铭生点点头："嗯，等你忙完，说一句，这里就还你。"

见陈铭生这么配合，刘伟倒是有些奇怪了。他上下打量了陈铭生一遍，说："怎么回事，你以前可不这样啊？"

陈铭生说："我以前什么样？"

刘伟冷笑一声，没有说话。

陈铭生又开了一瓶啤酒，放到自己面前，说："以前是以前了，现在我成这个样，很多事由不得自己。"

刘伟瞄了一眼陈铭生的腿，终于坐到了沙发上。

"江名，你也知道你现在这么个样不方便对不对？"刘伟胳膊搭在沙发上，跷着二郎腿，说，"那你就跟白哥明说得了。"

陈铭生说："我明说什么？"

"干不了啊。"刘伟说，"你看，你现在回来，冲你和白哥之前的关系，他不管你肯定是不地道，但是管你，你说说你这……啊……"刘伟指了指陈铭生的腿，说，"就这情况，你能干什么？"

陈铭生笑了一声，喝了一口啤酒。

刘伟又说："你跟白哥说清楚，把活儿留给别人做，反正有那个傻子在，你又不用愁。"

陈铭生看了刘伟一眼，说："你要在白哥面前这么说白薇薇，也不用再干了。"

刘伟脸色一变，说："你要告诉白哥？"随即，他有些不屑地一笑，说，"你装什么装啊，我就不信你把她当正常女人看。"

陈铭生说："我把她当什么看不重要。"

刘伟凑过去，笑得有些猥琐，说："怎么样，试没试过，啥滋味的？"

陈铭生看着刘伟，说："你知道为什么白哥很少让你见白薇薇吗？"

刘伟看着陈铭生的表情，他也不是真傻，自然懂了他的意思。他白了陈铭生一眼，往后一靠，不在意地说："嗨，我告诉你，女人这玩意儿，就是用来往床上带的，想那么多没意思，知道吗？"

陈铭生笑了笑，把一瓶酒放到他面前，说："确实没意思，来。"

刘伟用手指头捏着啤酒瓶子头，一边抖着脚，一边敲了敲，说："你这是啥意思？"

陈铭生淡淡地说："来也来了，不如喝一顿。"

刘伟"哼"了一声，拿起酒瓶子，对瓶喝了起来。

要说刘伟这种人，自私自利、贪得无厌，而且十分冲动，冲劲儿上来，不管是谁他都敢上去捅一刀。但是反过来讲，这种人也好哄，只要顺着他的意思，给足他面子，根本不需要再多做什么。

三瓶酒下去，刘伟已经有点飘了。

这酒要是别人敬的，刘伟还真不至于这样。最关键的就是这酒是陈铭生敬的，那个当年把他从这间棋牌社里带出去，又从来没有给过他好脸看的陈铭生。

刘伟透过醉眼，看见陈铭生缺失的右腿，他打从心眼里高兴，高兴得差点笑出声来。

"我说江名……嗝。"刘伟打了个酒嗝，又说，"你没想……没想到老子有今天吧？"

陈铭生喝酒的速度不快不慢，刘伟喝一杯，他喝一杯。

刘伟抬起手，使劲拍打了陈铭生的残腿，脸都皱到一起了："哎哟喂……就剩这么一截，我说名哥，你也是真惨。"

陈铭生看着刘伟那只手，不经意地皱了皱眉，但很快又舒展开了。他笑着看着刘伟，说："是啊，照这样下去，保不齐哪天，我就得喊你哥了。"

刘伟听得心里舒畅，半瓶酒一口喝掉。喝完他爽得不行，往后一靠，倒在沙发上。他"嘿嘿"地笑了两声，满是醉意。"呵……用不着哪天，马上你就、就……嗝！就准备喊吧。"

陈铭生拿着酒瓶碰了刘伟的酒瓶一下，说："看看明年有没有机会吧。"

刘伟不耐烦地一翻眼，酒瓶往矮茶几上一放，说："明年？下个礼拜吧！"

陈铭生略有惊讶地看着他："逗我呢？"

刘伟看来不想多说，给陈铭生留了个意味深长的眼神，然后就看向一旁，自顾自地喝酒。陈铭生又开了两瓶酒。

接下来，刘伟嘴严实了，陈铭生又套了几句话，都没有问出来，也就索性光陪他喝酒了。

刘伟酒量一般，今天算是超常发挥，喝了九瓶不到，人才不行了。陈铭生趁着他晕乎的时候，跟他说："躺会儿，等下酒就醒了。"

刘伟本来是想去吐的，听了陈铭生的话，还真的就倒在沙发上了。他把衣服一撩，露出肚皮，挠了两下，开始呼呼大睡。

陈铭生把自己酒瓶里剩下的几口酒喝完的时候，已经听到刘伟的呼噜声了。

他转过头，冷冷地看着这个倒在一边的男人，听着他均匀的呼吸声。又过了五分钟，陈铭生放下手里的酒瓶，侧过身，在刘伟的衣服里摸了摸。他在刘伟的上衣兜里找到了手机。

刘伟的手机款式很新，陈铭生按开后，看见屏幕上一个火辣的模特写真。

陈铭生看了一眼通话记录，将最近的十个电话都记了下来，又打开短信，一条一条翻看。

最近的几条都是跟女人发的，陈铭生刚开始还没看懂，觉得刘伟的女人有点精神分裂，又看了一会儿才反应过来，那是他在跟三个不同的女人进行聊天。陈铭生不想看这些，刚要退出去换下一条会话时，忽然被里面的一句话吸引了。

那个被刘伟标注为"小婧"的女人似乎想跟刘伟约个时间开房，在短信里跟刘伟百般腻味，其中有一段对话是这样的。

——下周不行，我周二要出远门。

——去哪儿啊，我跟你一起呗。

——去办事，你跟着干啥？
——我想跟着嘛，我还可以给你洗衣服做饭。还是你出去找其他女人，不管我了？
——你个小骚货，成天想啥呢都，老子有正事，不能带你去。
——你去哪儿啊？
——你少管。
陈铭生看了下时间，这几句话差不多是一个时间的。之后的十几分钟，刘伟发了三四条，但那个叫小婧的女人并没有回应。
刘伟或许是感觉到这个女人有些闹脾气了，他哄着说——行了，我也就走个四五天，很快就回来了。
那个叫小婧的女人总算是回话了。
——怎么那么久，你要去哪儿？
——说了你也不知道，演变，你听过吗？
——啥呀……
——就说说了，你也肯定不知道。
……
再之后就是两人打情骂俏，陈铭生看了一会儿，把手机扣上。
字是错别字，但音没错。
延边。
陈铭生又翻了几条短信，里面都没有什么实际内容。他把手机关好，重新放回刘伟的口袋里。
陈铭生在刘伟醒之前就离开了。他开车来到一家酒店，没有找前台，直接上了电梯。
陈铭生来到五楼的一间房间，敲了敲门。
开门的是老徐。
陈铭生拄着拐杖进屋，一进去就皱起了眉头，"我还以为你这屋着火了，开会儿窗户行不行？"
老徐把门关好，说："你在这儿坐一会儿就适应了。"
算上陈铭生，屋里一共有四个人，有老徐、文磊，还有个高高瘦瘦的中年人。
陈铭生看见他，愣了一下，然后站直身子，行了个礼，说："刘队。"
那个中年人就是顶替严郑涛的人——刘利伟。
刘利伟冲他点点头，说："这些天辛苦你了。"
陈铭生摇摇头，把最近得到的消息都整理了一下。

"我这里有几个电话，你们跟踪一下。"陈铭生把记录手机号的纸递给文磊，文磊很快地往电脑里收录。

老徐和刘利伟都抽着烟，老徐细细地想了想，说："延边……"他看了一眼刘利伟，说，"会不会是卖给韩国那边的？"

刘利伟说："还不清楚，得抓紧时间跟吉林警方联系一下。"

陈铭生拄着拐杖，来到文磊身边。文磊手指翻飞，在电脑上噼里啪啦地打着字。

"生哥。"文磊看见陈铭生，陈铭生坐到他身边。老徐和刘队正认真地讨论什么，陈铭生看着电脑屏幕，说："录完了？"

"录完了。"文磊说。

陈铭生看着屏幕上有日历和天气，他忽然问文磊："这个天气，全国都可以看吗？"

文磊一愣，转头看了看屏幕，明白了陈铭生的意思。

"都能看的生哥，这是联网的。你……"文磊偷偷看了一眼老徐，发现他们注意力都没在这边，他小声问陈铭生，"生哥，你是不是想看看嫂子那儿……"

陈铭生点点头。

文磊把那个冰冷的北方城市点开，陈铭生看着那个蓝色的标牌，上面有一片小小的雪花片在慢慢地转着。

陈铭生恍然大悟，今天，那里下雪了。

陈铭生怔怔地看着那片小雪花，半天都说不出话来。

文磊转头看看老徐，又转过来，压低声音说："生哥，你跟嫂子……有联系吗？"

陈铭生缓缓摇摇头。

文磊说："回来后一次都没有联系？"

陈铭生低下头，轻轻"嗯"了一声。

文磊说："你怕他们发现？"他看着陈铭生的脸色，说，"没事，这伙人查不到那边去的。"

陈铭生低声说："不是怕发现。"

文磊说："那怕啥？"

陈铭生恢复沉默，他低着头，没有出声。

文磊小心翼翼地说："是不是……是不是怕分心啊？"

陈铭生抿了抿嘴，最后轻轻点点头。

文磊叹了口气，说："也对，毕竟不是寻常工作。生哥，你再忍一忍吧。"

陈铭生笑了笑，拍拍文磊的肩膀。

那边老徐和刘利伟已经商量好了，老徐转过头，看着陈铭生和文磊："哎！你们两个老爷们儿凑一起玩啥呢？"

文磊嬉笑着说："玩电脑！你也玩不？"

老徐瞪他一眼："我玩个球。"像老徐这种警局里的老一辈，都不太爱用电脑，也不怎么会使。老徐伸手招呼陈铭生，说，"铭生，过来一下。"

陈铭生坐到老徐身边，老徐把面前摊开的一个小笔记本给他看，一边指着上面一边说："你来瞧瞧，我把消息归拢了一下，你看有错没？"

陈铭生把笔记本拿过来，从头开始，细细地看了一遍。

这些消息是从陈铭生回来后就开始记录的，包括白吉等人的言行、动向，还有今天刘伟透露出来的消息。老徐把这些整理了一下，列了两页。陈铭生看了十几分钟，然后把笔记本放下，说："没问题。"

"好。"刘利伟放下烟，说，"那就这样了，老徐，咱们俩先回去尽早布置。"

"嗯。"老徐把烟也掐了，站起身。

陈铭生跟在他们后面站了起来。刘利伟看着他，说："陈铭生，这几天你按兵不动，交给我们处理。"

陈铭生没有说话。

刘利伟没有听到回话，抬头和老徐对视了一眼，刘利伟说："怎么，还有什么想法吗？"

陈铭生看了他一下，又低下头。刘利伟和他面对面站着，说："不要紧，有什么想法就说出来，不管什么都可以讨论一下。"

陈铭生犹豫了一下，低声说："刘队，我能一起去吗？"

刘利伟和老徐同时一愣，老徐说："一起去？你去干什么？"

陈铭生说不出理由。

老徐皱了皱眉，说："不行。你没有理由去，一来你不能跟着我们走；二来这件事在白吉那儿也算与你无关，你要贸然参与，会引起他的怀疑。"

老徐说完，看着依旧沉默的陈铭生，他开口还要说什么，被刘利伟拦下了。

"陈铭生，你是不是想给严队报仇？"

陈铭生抬起头，看着刘利伟。老徐听了这话，有些苦涩地摇了摇头。刘利伟脸色严肃地说："你是不是想亲手杀了他？"

陈铭生听到"杀了他"三个字，神情好似有些恍惚，好像眼前浮现了那个已经在他脑海中重复了许多遍的场景。

他的视线凝在虚空中的某一处，而他的目光因为头脑中的场景变得深邃而狠戾。

"陈铭生！"

忽然一声暴喝，陈铭生猛地看向刘利伟，刘利伟双目含威，在紧紧地盯着他。

陈铭生看着那双眼睛，好一会儿才回过神来。他抬起手，揉了揉自己的脸，哑声道："对不起，是我愣神了。"

刘利伟静默，他的目光依旧看着陈铭生，似乎在等他完全冷静下来。

"陈铭生，我知道严队长的牺牲对你触动很大。"刘利伟说，"但是你要记住，你是警察。"

陈铭生深吸一口气，点点头，低声说："我知道。"

"以前是有的……"老徐忽然开口，说，"进去卧底的同志，有人染上了毒瘾，也有人完全沉浸在那边的世界，不愿意回来。"

陈铭生低着头，站在一旁。

"但我相信你不会。"老徐看着陈铭生，语气甚至有些轻松，"当年严队跟我介绍你的时候就说过，你小子，这里强……"老徐说着，拍了拍陈铭生的左胸口。

他拍着拍着，自己的眼眶却红了。

"这里强，你小子，这里强！"

陈铭生咬了咬牙，闭上了眼睛。刘利伟看他们这样，心里也被触动了。

"这是干啥？"刘利伟说，"现在还是任务紧要关头。"他拉了拉老徐，又说，"等这次任务告一段落，咱们有的聚呢。"

老徐一直看着陈铭生，刘利伟说："我们就先走了，你过一会儿再出来。"

文磊在那边收拾好了电脑，也到这边来了。

老徐对陈铭生说："保持联系，如果有什么一手消息我会通知你。"

陈铭生点点头，说："好。"

老徐他们离开后，陈铭生坐回床上，他把脸埋在自己的掌心中，想让自己静下心来。

他刚刚，确实有那么一瞬，想要亲手杀掉刘伟。不用法律、无须审判，只用最简单的方法，最原始的方法。

陈铭生紧咬牙关。

他最近有些急躁，他以前从没有像现在这样。为什么呢……

陈铭生不可避免地想到了杨昭。一想起她，陈铭生的心里就静了。

他站起身，拄着拐杖到窗户边。

从窗户看出去，外面的树木还很繁茂，充满生机。可是今天，她所在的那个地方，下雪了。

陈铭生试图用想象来给面前的这片景色添加雪花，可他发现自己做不到。

这是两个完全不同的地方，这是两个完全不同的世界。

在这个空荡荡的房间里，陈铭生对杨昭的思念犹如潮水，随着屋外的每一片绿叶、每一缕清风，奔波翻涌。

她在做什么？她的工作顺利吗？她的弟弟有听她的话吗？

她有想他吗？

……

陈铭生低下头，不知不觉中，他的手已经紧紧握成了拳。

他强迫自己不要去想，可是这一次，却没有之前那么顺利。

陈铭生翻出手机，按下关机键，然后把手机扔到床上。可没一会儿，他就把手机重新拿回来了。

再一次开机后，陈铭生的手像不受自己控制一般，迅速地拨通了一串号码。

然后，他将手机拿到自己的耳边。

"对不起，您拨打的用户暂时无法接通。"

陈铭生愣住了。

他把手机拿下来，看了一眼屏幕。虽然没有看出问题，但是他还是挂断了电话，重新拨打了一遍号码。

手机里那个礼貌柔美的声音依旧没有改变："对不起，您拨打的用户暂时无法接通。"

陈铭生的手心几乎渗出汗来。

他重新思考了一下号码，想着是不是自己记错了。虽然他知道这根本不可能，就算是其他人的电话号码，只要是他用心记过的，就不可能会出错，更何况是杨昭的。

陈铭生拿着手机一连打了十几遍，都是同样的话。他把手机打到发烫，打到低电量，都没有接通。

天黑了，手机的电量只剩下不到百分之三。

陈铭生最后给文磊打了个电话。

文磊那边似乎还在忙。

"喂，生哥？"

"小磊。"

"怎么了生哥，要找老徐吗？"

"不，我找你。"

"找我？什么事？"

陈铭生深吸了一口气，尽量平缓地说："你现在身边有人吗？"

文磊说："没有，他们在开会呢。"

陈铭生说："小磊，我想请你帮个忙。"

文磊吓了一跳，连忙说："干啥啊生哥？你想吓死我，还请我，你直接说让我干啥吧。"

陈铭生说："你能帮我联系一下……联系一下你嫂子吗？"

文磊顿了顿，说："联系嫂子？现在吗？"

陈铭生的声音有些颤抖，他尽力地控制自己，说："我刚才给她打了个电话，可是打不通。"

"嗯？"文磊说，"打不通？是不是正在通话啊？"

"不是。"

文磊说："生哥，你别着急，你把嫂子电话号码给我。"

陈铭生报了杨昭的号码，文磊说："生哥你等一会儿，我给你查查。"

陈铭生说："好，小磊你快点。"

"好好，马上马上，你等我电话。"

挂了电话，陈铭生坐到床上，几乎是数着秒过。他一遍遍地告诉自己杨昭不可能会有事，可是背上的冷汗却不知不觉地渗了出来。

过了二十几分钟，文磊的电话打来，陈铭生马上接了。

"喂，小磊。"

"生哥。"

"怎么样，查到了吗？"

"查到了。"文磊说，"生哥你放心，这个卡前几天在营业厅办了挂失，估计是嫂子倒霉，手机丢了。"

陈铭生说："能确定吗？"

"能啊。"文磊说，"嫂子是拿身份证去补办的，卡已经重新补办好了，现在还没开通，估计是嫂子还没来得及买新手机呢。"

陈铭生沉默不语。

"喂？生哥？"

陈铭生回过神，对文磊说："谢谢你了。"

"跟我客气啥？"文磊说，"以后有用得着的尽管找我。"

陈铭生放下电话，手机也刚好没电了。他看着自动关机的屏幕，长长地出了一口气。

一颗心放下了吗？也不完全。

陈铭生往后一仰，倒在了床上，他一只手盖在自己的额头上，用力掐了掐太阳穴。

杨昭……

杨昭……

还是杨昭……

陈铭生不知自己到底怎么想的,他"噌"的一下起身,拿过拐杖,直接出了门。

他把车开到一家地下停车库放好,然后出来,在路边拦了一辆出租车。

上车后,司机打了个哈欠,瞄了一眼陈铭生的拐杖,说:"去哪儿啊?"

陈铭生关上车门,目光深沉。他将拐杖放到后座,低声说了一句:"机场。"

杨昭打开门,面无表情地看着门外那个笑眯眯的男人。

"薛淼,你的公司散伙了吗?"

薛淼故作惊讶地看着杨昭:"你怎么知道的?"

杨昭没有心情跟他开玩笑,冷哼一声,转头进屋。

薛淼跟在她后面,把门关好,一边在玄关脱鞋,一边说:"小昭,有吃的没?"

杨昭说:"你真当我这儿是酒店,什么都给你准备齐了?"

薛淼说:"你这儿可比酒店强多了。"

他换上拖鞋,在屋里转来转去,最后走进厨房。

"小昭。"薛淼在厨房门口露出半个头来,"给我做点饭。"

杨昭坐在沙发上,说:"没有米。"

薛淼说:"那……有什么菜?"

杨昭说:"没有菜。"

薛淼脱力地靠在厨房门口,说:"小昭,你要这厨房到底给谁用?"

杨昭坐在沙发上,她似乎陷入了沉思,喃喃道:"是啊,到底给谁用……"

那个男人已经走了一个多月了,他一点消息都没有。杨昭已经忘记自己有多少次从睡梦中醒来,看着黑漆漆的屋子,凝神发呆。

薛淼坐到杨昭对面,低声说:"小昭,我很担心你。"

杨昭抬眼,淡淡地说:"不用,我没事。"

薛淼说:"你现在不像是没事的样子。"

杨昭点了一根烟,靠在沙发上,说:"所以你一周来三次?"

薛淼说:"没错。"

杨昭说:"你放着你的生意不管了?"

薛淼说:"我承认我是个彻头彻尾的商人,但是小昭,我还不至于利欲熏心,比起钱,我还有更重要的事情。"薛淼看了一眼杨昭,接着说,"比如说你。"

他的坦然承认,让杨昭又停顿片刻。她看着薛淼的眼睛,薛淼长了一双很漂亮的眼睛，有着混血独特的美感。杨昭不得不承认，当初她第一眼见到他的时候，不是没有被他的外表所吸引。

杨昭忽然说："薛淼，你离婚了。"

她的语气十分肯定，薛淼也不想隐瞒，无奈地说："你看出来了？"

杨昭没有说话，把烟放在嘴里。

薛淼看着这样的杨昭，缓缓地摇了摇头，说："小昭，你不能这样……"

杨昭问："怎样？"

薛淼说："你早就已经看出来了，那时的我痛苦难过，可你一直沉浸在自己的世界里，对我不闻不问。现在你从那个世界清醒过来了，你需要找与你同样感觉的人，这时你才想起我。"

杨昭放下烟，说："那你为什么不告诉我？"

薛淼没有回答，在他不笑的时候，他的目光里会有一种独特的冷静。

杨昭忽然轻笑一声，说："薛淼，你真的很聪明。"

这绝对是一句赞扬，可薛淼听到后，却并没有露出高兴的神色。

你真的很聪明。杨昭心想。

没有把握，不会下手。

情感跟生意不同，在这个世界，薛淼从不冒险。他聪明地与你暧昧，与你周旋，等到他知道你对他抱有同样的感觉时，他才会真正地放开自己。其实从前的杨昭，也是这样的。

"我并不担心。"薛淼说，"你不可能真正跟那个人在一起。"

杨昭抬眼，看着他。

薛淼说："你还记得我之前说过的吗？小昭，你那个时候就像一个陷入初恋的高中生，知道为什么是高中生吗？"

杨昭冷眼以对，薛淼又说："因为那个年纪的孩子最敏感，敏感又冲动，他们刚刚了解世界，却又依旧懵懂。他们为了感情可以不顾一切——只是因为他们还没有触及那些需要他们顾及的东西。"

"小昭，"薛淼最后说，"你不是高中生了。"

杨昭掐灭烟，站起身："你要在这里留多久？"

薛淼说："我给自己放假了。"

"放假？"杨昭不可谓不惊讶，虽然薛淼此人深谙生活趣味，但是他还真的很少给自己放假。很多时候杨昭都觉得，他做人最大的乐趣就是挣钱。

当然了，他也喜欢跟那些古董周旋，这一点，他和杨昭很像。

杨昭说："你愿意留就留好了，我要去干活了。"

"啊，对了。"薛淼像忽然想起什么了一样，说，"刚刚忘记告诉你一件事，我给你也放了个假。"

杨昭这回真的把眉头皱起来了："薛淼，你没事吧？"

薛淼认认真真地回答她："没事，真没事。"

"活儿不用做了？"

"当然用。"薛淼说，"只不过不是现在，你手头在做哪项？哦，应该是那件瓷器，我可不想让它落得跟你的手机一个下场。"

杨昭沉默了。

那是四天前，那天薛淼也来了，那时杨昭已经在屋里闷了好几天了，她一直在工作，手机放在工作台旁边。

因为一些显而易见的原因，杨昭不能集中注意力，她试图用工作来分散精力，但是收效甚微。不管她把手机放到什么地方，她都会不由自主地看过去，她强迫自己不要想，不要看，但是每过一个小时，她还是会把手机拿过来，然后看着上面干干净净的屏幕发一会儿愣。

每次手机响起，她的心都会不知不觉地快一拍，可到头来，不是推销电话，就是垃圾短信，杨昭听了一句就会挂断。

她痛恨这样的生活。

所以那次薛淼来，把她生拉硬拽地从屋里拖出去，让她吃点好吃的，顺便散散步。

夜晚，她和薛淼顺着门口的小路走，在路过一条人工河的时候，杨昭站在桥上不动了。

薛淼看她那个表情，感觉下一秒她就要跳下去一样，他简直都要吓死了。他紧紧拉着杨昭的手腕，说："小昭，小昭？"

杨昭当然不会跳河，她淡淡地看了薛淼一眼，然后转头，将手里的手机使劲扔了出去。手机在空中画了个弧线，然后"扑通"一声，落进了水里。

虽然不是杨昭自己跳，但他还是有些惊讶。他看着还泛着波纹的水面，又看看杨昭，最后吹了一下口哨。

"哇哦……"薛淼感慨地说，"小昭，你真是……"

杨昭没有理会他，扔完了手机，转身就走。

薛淼看着她的背影，沉默了片刻。

杨昭的性格内敛，喜怒不形于色，可以说，她很少直白地表达情感。那天的一扔，薛淼便知道了杨昭有心事。

"放不放假是你的事，我要进屋了，你自便。"杨昭说完，转身走进书房。

她坐到书桌边，随手拿了一本书看。

没一会儿，薛淼走进来，杨昭听到声音，但是没有抬起头。

薛淼一进屋，就闻到一股浓浓的颜料味。他来到书房正中央，看着一幅画，静默了。

仔细说来，那是一幅没有完成的油画，大概已经画了三分之一。它被架在一个规整的画架上，旁边有个凳子，画架下面是调色盘和颜料箱。

那幅画通篇都是冷色调，画的是一个夜晚，视角像是在一间屋子里，阴暗的屋子，青蓝色和紫色的调子，浓郁得近乎黑。

在屋子里有一扇窗，窗子位于画面的边缘，开了半扇，能看见外面同样青黑冰冷的天。

远方似乎还有什么，画面没有表现出来，而是模糊的一片。

薛淼在画前驻足，许久。

杨昭终于放下书，说："你在看什么？"

薛淼没有转头，说："看你的画。"

杨昭也看了一眼那幅画，可她很快就移开了目光，那是她自己的画，可她却不能冷静地观看它。

杨昭低下头，听见薛淼说："好久没有动笔了，想不到你的技法还是一样娴熟。"

杨昭淡淡地说："薛大老板见过的名画太多，我这只是班门弄斧罢了。"

"那不一样。"薛淼说，"那不一样，小昭。你的画里有一种冷漠的热情，你从来没有告诉过我你能画这样的画。"

杨昭随手翻了一页书，说："你也没有问过我。"

"我问你，你就会说吗？"

杨昭的目光落在书上，又好像没有在书上，她平淡地说："什么问题，你总要问问才知道。"

"那我问你……"

杨昭一愣，薛淼已经走到她身边，他伸出一只手轻轻地盖在杨昭的书本上。她看着那只大手上的纹路，清晰而干净。

薛淼俯下身，杨昭闻到他身上淡淡的香水味。

"我问你……"薛淼在她耳边轻声说，"画里的那个男人，哪儿去了？"

杨昭在某个时间的节点上，迷失了。

薛淼的问话，好像从很远的地方传来。

从某个下着瓢泼大雨的雨夜，从某个狭窄的洗手间，从某个能照进夕阳的小卧室，从某个闪着刺眼白光的大排档，从某个黑暗潮湿却能看见佛塔的山间小屋……

杨昭听见自己的声音，轻轻地回答："薛淼你疯了，这画里没有人。"

薛淼没有说话，杨昭知道，他不信，她自己也不信。

薛淼看透了她。他很聪明，又充满了对艺术的感觉。

杨昭扣上书，站起身，来到窗边。

外面下雪了。这是今年的初雪，雪不大，但是下了足足两天。

这座城市的冬天，是彻彻底底的。在下雪的时候，天地都是灰白色的，那是一种不能形容的苍茫和空旷。

薛淼看着杨昭，那个女人在窗前的剪影显得冷漠又脆弱，灰白的雪似乎泛着淡淡的光，让她的身影微微柔和了一些。

她是一个矛盾的个体，薛淼想，可她依旧如此独立而完整。

薛淼走到她身后，轻轻抱住了她。

"现在，可以说说我了吗？"站在窗户边，他们都感觉到了一股淡淡的冷气，薛淼的侧脸贴在杨昭的发丝上，他嗅到她身上的香味，慢慢地闭上了眼睛。

"小昭，我也很难过。"天地一片寂静，薛淼磁性的声音在杨昭的耳旁响起，"就算我不在意，你也不能太欺负我……"

杨昭看着外面冰冷的雪，脸上的神情清清淡淡。

在那片安静的雪里，杨昭似乎又听见了陈铭生那有些低哑，又有些忍耐的声音。

他说："杨昭，我想娶你。"

陈铭生赶了当天最后一班飞机，近五个小时的飞行时间，落地的时候，已经是半夜一点了。

陈铭生的脑中混乱一片。

他一边告诉自己这样做不对，他几乎能预想到老徐知道了他这么干的时候会如何暴跳如雷，可他忍不住。

下了飞机之后，从机场出来，外面的冷风夹着细小的雪花，瞬间扑面而来。

陈铭生低着头，等这阵强风过去。再次抬起头时，他才意识到这里已经这么冷了。他来的时候一心只想着杨昭，没有考虑太多，更别说穿戴的衣物，他现在穿的还是在昆明的那一套初秋衣服，衬衫、薄薄的夹克，还有一条棉料长裤。

深夜，气温格外地低。

陈铭生喘着气，看见随着他的呼吸而吐出的白色雾气。冰冷的天气有一个好处，那就是让他的头脑冷静了一些。

外面的风太大，陈铭生很快拦了一辆出租车。这个点来机场的出租车基本都是蹲点的，不打计价器，直接按地点要价。陈铭生自己也是开出租车的，他知道司机要的价钱远远高于应该花的价钱，但是他也没有多说一句话，直接报了目的地。

车开了，街道上几乎空无一人。

陈铭生拿出手机，他在昆明机场充了一会儿电，现在开机，里面没有未接来电和短信。

陈铭生深深地呼吸，靠在车座椅上，看着窗外。昏黄的路灯下，能看见雪花的飘落。随着风，显出角度奇怪的轨道。

陈铭生面色宁静地看着外面，脑中思索了片刻，终于把一条短信发了出去。

电话随即而来。

老徐劈头盖脸就是一顿痛骂。

"你在想什么？！你告诉我你到底在想什么？！现在是你这么胡闹的时候吗？你怎么能这么冲动？！"

"老徐……"

"你给我马上回来！"

陈铭生看着窗外，说："我已经到了，今天已经没有飞机了。"

老徐静了一下，然后又是大骂："我真想捶死你！"

陈铭生说："我明天就回去。"

或许是他的声音太过低沉，也太过压抑，老徐终于不再骂他了。

"那边有没有跟你联系？"

陈铭生说："还没有，我现在还一个人住在翠湖，晚上一般没有人打扰我。"说完，他又说，"我明天就回去。"

老徐思索片刻，说："如果明天有人给你打电话，你就说你要去白薇薇那里，正在给她挑选礼物。"

陈铭生说："好。"

"具体的你要先构思一下，把细节都给我想清楚。"

陈铭生说："好。"

沉默。

电话里，老徐也没有说话，两个人听着对方的呼吸声，足足半分钟。过了一会儿，老徐低声说："铭生，你是不是太想你女朋友了？"

陈铭生不由自主地握紧电话，咬着牙，硬是没有出声。

老徐知道陈铭生的脾气，也知道他的性格，如果不是真的戳他心窝子的事，他是绝对不可能做出这种冲动的事情的。老徐说："我答应你，等这次事情过去，你就回去娶老婆。"

陈铭生低声："嗯。"

他的这声"嗯",更多的是对老徐这番话的承认。因为他知道,老徐是真心对他的。

老徐说:"很快了。"

陈铭生看着外面飘落的雪花,怔怔地道:"快……哪有什么快慢?"

也许是这样的夜晚很容易勾起人的回忆,陈铭生淡淡地说:"老徐,你还要做多久……"

他听到手机那边一声轻微的打火机声,老徐似乎是点了根烟,语气淡然地说:"做多久?不知道,没想过。"

陈铭生说:"你干了快三十年了吧?"

老徐那边笑了笑,似乎也被这个数字吓到了。他说:"有那么久了?我都没注意过。"

陈铭生安静。

老徐说:"你现在让我干其他的,我也干不了。我觉得我这一辈子就交这事上了。"

陈铭生说:"那白吉的事情结束了呢?"

"结束?"老徐又乐了,说,"有没有结束,你该比我清楚。"

陈铭生低下头,说不出话。他的确清楚。

老徐在那边接着说:"你说你干的这七八年里,结束了多少人了?从一开始的明坤,到曹南山,到虎哥,再到现在你一路扶起来的白吉,你说,有结束的时候吗?"

这个世界上,不缺恶人。

当年严郑涛在警校给陈铭生上课的时候就说过这样的话:

"这个世界上,不缺恶人。不管你抓了多少,杀了多少,不管之前的那些人有什么样的下场,还是会有人前赴后继地扑上来。这是为什么呢?至于这个为什么我就不给你们分析了,我说这些是想告诉你们——这是个好消息,也是个坏消息。坏的是你们就算累死,也完不成任务;好的是,咱们警察永远都不会失业!"

陈铭生记得,他当时听完严郑涛的话,自己乐出声来。他周围的学员也跟他一样,都哈哈大笑,甚至严郑涛自己也在笑。

那时的陈铭生并没有注意到严郑涛的笑容跟他们的不一样。现在,经过了这么多的事情,陈铭生在回想严郑涛的话时,还是会笑。他想,他现在的笑,应该跟严郑涛当年的笑一样了。

"白吉倒了,还会有下一个。"老徐说,"我给你透点消息,你应该也听过,有个被人叫'九头蛇'的缅甸佬,去年就开始频繁跟这边搭线了。上面给的消息，我们已经派人盯着了。"

陈铭生笑了一声，说："听你的语气，兴致勃勃啊。"

老徐嘿嘿地笑了，说："老是一个人，我们也烦，白吉收拾了，我们也好换换口味。"

陈铭生说："你倒是会自娱自乐。"

老徐说："啥叫自娱自乐？我告诉你，我还真有乐趣。别人不干这个，他们不懂。行了，不跟你说了，你回去见见你女朋友，明天一早马上给我滚回来。"

陈铭生说："好。"

从机场出来，车开了一个多小时，来到华肯金座门口。

整个小区，加上外面的街道，空无一人。小区大门紧闭，门卫值班室里没有人，也没点灯，陈铭生拄着拐杖，费力地从围栏上面跨过去，左脚落在湿漉漉的地上，一打滑，他险些摔倒。

陈铭生的手赶紧握住围栏，围栏上面的铁皮冰凉锋利，他把手拿起来的时候，手心上划了一道不深不浅的口子。陈铭生回头看了一眼那个一米高的围栏，然后转过头，把手往夹克上随手蹭了蹭，抹去血迹。

他拄着拐杖往院子里走，路灯很暗，雪花缓缓落下，细小得就像是雨一样。这个小区很宁静，宁静得让陈铭生原本紧张的心也慢慢静了下来。

他来到杨昭的楼下，在单元门旁并排停着的两辆车旁，驻足许久。

那两辆车都是银白色系的，虽然色调不是完全一样，可这样细微的差别，让两辆车看起来更加地搭调。车身因为下雪而湿漉漉的，融在一片迷茫的雪雾中，好像离他很远很远。

陈铭生低下头，他的左手有些疼，那是刚刚在门口围栏上划破的伤口。他握紧手掌，伤口被绷得紧紧的，反而不是那么疼了。

陈铭生看向单元门，门是锁着的。陈铭生没有门卡，他想上楼，只能按杨昭家的通话机，要么就得等别人出来。

他能去吗？他可以按下她的门铃吗？

她家里，现在都有谁……

雪，一直在下。

薛淼难得起了个大早，他从客房里出来，到冰箱里拿了瓶水，拧开喝了几口。

他来到落地窗边，然后惊喜地发现雪停了。

"终于停了。"薛淼说了一句，他把水瓶放到茶几上，然后去浴室洗了个澡。等他收拾妥当出来的时候，杨昭的卧室依旧很安静。

薛淼笑着摇了摇头，她昨晚睡得太晚了，事实上，杨昭已经很久没有好好休息过了。

薛淼不想吵醒她,他穿好衣服,准备出门。他已经给自己放假了,难得的假期,他要好好享受生活,而假期生活的第一步,就是——洗车。

薛淼轻轻地关好门,然后往电梯走。

就在他路过楼梯口的时候,他的余光似乎看见角落里有个人影,还没等他反应过来,身子已经被一股大力拉到了一边。再一回神,薛淼闻到了一股浓浓的酒精味。

他被一个男人按在了墙上。

薛淼抬眼,看了看面前的男人。

"哦,是你?"薛淼认出了陈铭生。

陈铭生此时看起来有些可怕,他似乎熬了夜,眼睛里血丝密布,下巴上也有了淡淡的胡楂。他喝了酒,或许是酒精的作用,陈铭生的目光显得格外地阴沉。

薛淼在看见陈铭生时,心里很诧异,在诧异之中又感觉到一股说不出的古怪。

"你在这里干什么?"薛淼看了看旁边。这里是楼道,在他的认知里,没有人会无缘无故地在这种地方闲待着。

陈铭生没有说话,他的右手拄着拐杖,左手紧紧攥着薛淼的西服。薛淼低头看了一眼,又说:"或者,你在解释之前可以先把手松开。"

陈铭生依旧没有开口。

薛淼的表情有些变了,他说:"我再说最后一次,你可以先把手松开。"

"你……"陈铭生终于说话了,他的嗓音有些低沉,也有些沙哑,话语中带着一丝不易察觉的狠戾。

他一字一句地对薛淼说:"你给老子离她远点。"

薛淼当然明白他口中的那个"她"指的是谁。于是薛淼不再追究陈铭生将他的衣服攥变了形,他看着陈铭生,说:"你是威胁,还是忠告?"

陈铭生好像是真的醉了,他将刚刚的话重新说了一遍:"你给老子离她远点。"

薛淼冷笑一声:"你以什么立场跟我说这些?"他上下打量了陈铭生一眼,又说,"你没有,这位先生,你没有资格要求我。"

陈铭生的目光有些混乱,他只能看见薛淼挺拔的身材,看见薛淼俊朗的面孔,看见他刚刚洗过,还没有干的头发。

陈铭生身上的戾气更重了,他的手、腰身、背脊,全都紧紧地绷着,好像下一秒,他就要使出全力。

薛淼当然看出了陈铭生的意图，但他也没有慌张。他看了看旁边，冷淡地说："一般来说，我是不会轻易对别人说出这种话的。"他慢慢转过头，看着陈铭生，目光带着淡淡的疏离，"你不配。"

薛淼想起了杨昭疲惫的神态，想起她站在那条人工河前的脸色，想起她没日没夜地工作……最后，他想起了那幅画。

薛淼看着面前这个男人，忽然感受到一股出奇地愤怒。他缓缓开口，确保每一字每一句都清清楚楚地传入陈铭生的耳朵里。

"你不配和她在一起。"

陈铭生停住了。

"听不懂吗？"薛淼抬起空出的两只手，相互解开了袖口的纽扣，说，"或者，你更愿意用另外一种方式对话。"

薛淼的眼睛微微眯起，他看了看陈铭生攥着他衣服的手，又看了看他，说："男人的方式。"

说罢，薛淼猛地一推，陈铭生陷入沉思中，完全没有反应过来，被他直接推到后面的楼梯扶手上，紧接着，薛淼抬起右手，一记长拳！

陈铭生总算是回过神来，他来不及挡住拳头，就侧过身，躲了过去。

可他站在楼梯边上，拐杖没处着力，只能杵在下一阶台阶上，这样一来，他右边身子就矮了下去。

他昨晚在二十四小时便利店买了很多啤酒，就坐在杨昭楼下的单元门口，一罐接着一罐喝。

其实按照他本来的酒量，是不会醉的。但他心里堵得慌，加上一天一夜没有休息，几罐啤酒下去，他头也有些晕了。今早，他跟在一个出门锻炼的老大爷后面进了楼。当他看见薛淼从杨昭的家里出来的时候，他真的忍不住了。

但他现在的身体状态，吃不消这样的打斗，而且，薛淼也不是酒囊饭袋，甚至可以说，他的身手还是挺不错的。他在美国练过拳击，只要有空就会去健身房，加上他本来身材高大，所以拳头是实打实地硬。

陈铭生头一晕，没有躲过下一拳，他的拐杖歪倒，人从楼梯上摔了下去。

薛淼松了松衣领，下楼，来到陈铭生身边。

他低声在陈铭生耳边说："我在她还是学生的时候，就已经认识她了。她从来没有那个样子过，她也绝对不该是那个样子。不管你、我，还是其他任何人，都没有这个资格。先生……"薛淼站起来，最后说，"该离她远点的人，是你。"

杨昭听见门铃声，从睡梦中醒过来。

她的头有些沉。

打开门，外面站着薛淼。杨昭微微有些惊讶，说："你什么时候到外面去了？"

薛淼低着头，手扶在门边上，半晌，才抬起头来。

杨昭看着他的脸，薛淼的脸色是很难得地正经。他眼睛一眨不眨地看着杨昭，就好像有无数话想要对她说。

杨昭等了一会儿，他也没有开口。

"你起这么早干什么？"杨昭说。

薛淼定定地看着她，时间久了，杨昭觉得有些古怪。"怎么了？"

"跟我回去吧。"

"嗯？"薛淼一开口，杨昭没有反应过来，"回去？回哪儿去？"

"美国。"薛淼低沉地说，"回加州，回你原来的工作室。"

杨昭说："你到底怎么了？"

"小昭。"薛淼缓缓地说，"跟我回去吧。"

杨昭终于明白，他是认真的。

她摇了摇头，只说了一个字："不。"

"你留在这儿，是为了什么？"薛淼说，"你弟弟？真的是为了你弟弟？"

杨昭说："为了什么不重要，重要的是，我不会走。"

薛淼咬了咬牙，没有说话。

杨昭看着薛淼的脸，说："你的下巴怎么了？"

薛淼说："没怎么。"

杨昭低下头，靠近了一些，"好像有点青了。"杨昭说，"真的青了，怎么弄的？"

薛淼无所谓地说："昨天睡觉的时候滚下床了。"

杨昭听出了他的隐瞒，无意去追究薛淼到底是不是真的滚下去了，转过身，走进客厅里。

"等下你自己叫外卖。"杨昭说，"我要出去一趟。"

薛淼在杨昭身后皱起眉头，说："去哪儿？"

杨昭说："商场。"

薛淼问："干什么？"

杨昭说："买手机。"

对话简明扼要，内容回味深长。

薛淼说："等会儿再去吧。"他心里想，终于，终于有这么一次，他用了这种卑鄙的伎俩。

从前在情场上，薛淼几乎是无往不利的。所以，他也是自信的，在面对任何对手的时候，他都意志满满，他对女人、对爱情，都是开放的，他认为这些都是世间最自由的事情。他也有自己的行为准则。

可今天，他打破了自己的准则，他对杨昭说了谎。

"我刚刚下去了，门口有修路的，现在车开不出去，要到中午才行。"

杨昭并没有怀疑他的话："那好吧。"她去洗手间梳洗了一下，然后打电话叫外卖。"你也要吗？"她问薛淼。

薛淼进屋，关好门，说："要。"

杨昭点了一份面条，薛淼点了一份煲汤。

"煲汤很慢的。"杨昭说，"而且送来就凉了，味道会变，没有刚做好的好喝。"

薛淼冲她笑笑，说："不要紧。"

外卖一个半小时才送来，杨昭拿过汤，问薛淼："要不我给你热一下？"薛淼点点头。

整顿饭下来，薛淼只喝了屈指可数的几口。杨昭看了他一眼，对于他这种自作孽的做法不予评价。

在杨昭吃面的时候，薛淼站起身，来到窗户边。

偌大的落地窗，将外面的景色完完全全地映照出来。薛淼双手插在西服裤子里，不动声色地看向楼下。

楼下并没有人。

薛淼又看了看周围，凉亭、草地、小林子，都没有陈铭生的身影。

虽然在刚才他就已经看出陈铭生会离开，可现在当他真的看到楼下空荡荡的小道时，心中的感觉依旧微妙。

这不是胜利。

薛淼抬起一只手，松开领口的纽扣。就算是胜利，也不算光彩。

中午的时候，杨昭出门，去最近的商场买了一部新手机。她把补办的卡插进手机里，然后把手机放进自己的背包。

薛淼坐在杨昭的车上，对她说："难得的假期，有没有想要做的？"

杨昭想了想，说："昨天小天给家里打了个电话，今天要回来一趟。我等下去接他吃饭。"

薛淼一听这个话题，马上来了兴致，说："吃饭？可以加我一个吗？"

杨昭斜眼看了他一眼，说："可以。"

薛淼笑着说："好好，我做东，今晚请你们两个吃饭。"

杨昭说："你做什么东？"

薛淼说："因为我不放心你找的饭店。"

杨昭一愣，两人都静了。他们不可避免地回想起上一次出门吃饭的经历。

杨昭恍然，只觉得现在回想起那一天，心里说不出的压抑。

她也没有推辞，点了点头，说："好。"

晚上放学，杨昭的车停在实验中学的门口。

学生大批大批地往外走，薛淼第一次来，饶有兴致地看向窗外。等了一会儿，或许是觉得车里有些闷，薛淼打开车门，在车外等着。

杨锦天走到学校门口的时候，老远就看见了薛淼。

要知道，薛淼身高将近一百九十厘米，而且锻炼得当，身材比例好得惊人，穿着高档的定制西装，神色轻松又稳重，站在一辆明显不便宜的车旁边，气质突出。远远看着，就跟男模在拍画报封面似的。学校里的学生不常见到这种场面，一走一过之间，都盯着薛淼看。

薛淼在人群中看见杨锦天，朝他抬了一下手。

杨锦天身边的同学看见，惊讶地看着杨锦天，说："那人是不是跟你打招呼呢？你认识他？"

杨锦天不经意地耸耸肩，说："认识。"说完，他忽然想起来，身边的这个人，就是上次在陈铭生来学校后，问他，他的姐姐是不是也是残疾人的那个。

杨锦天想到这儿，转身对身边的同学说："他是我姐的男朋友。"

"哇……"那些同学早就已经忘记了之前的事情，听见杨锦天这么介绍，都夸张地张大嘴。

"你姐好厉害啊，这男的看起来超给力啊！"

"我去，真帅……"

"这身材……"

杨锦天看着他们望向薛淼的表情，心里有些小小的得意。

其实说起来，杨锦天并不算是个爱慕虚荣的小孩。因为杨家根底不错，不管是学识涵养，或者是金钱，都远高于平均水平线。而且杨昭并不限制杨锦天的生活，杨锦天可以算得上衣食无忧。可他究竟还是个孩子，别人的羡慕和崇拜，总会让他心情好起来。

杨锦天来到车旁，薛淼笑着跟他打了招呼："你好，男孩。"

杨锦天皱了皱嘴，说："我叫杨锦天……"

"哈哈。"薛淼拉开车门，"上车吧。"

杨锦天上了车，看着驾驶位上的杨昭，说："姐。"

杨昭冲他点点头，说："累吗？"

杨锦天摇头："不累。"

薛淼也坐上了车，侧过头看着杨锦天，说："小弟弟，想吃什么，今天我请客。"

杨锦天说："我又不是你弟弟……"

薛淼说："以后没准儿呢。"

车上的都不是傻子，都听出了薛淼的话的意味。杨锦天偷偷地看了看杨昭，杨昭面无表情，他又看了一眼薛淼，薛淼冲他眨了眨眼。

最后他们挑中一家日本料理店。

这家餐厅十分高档，装修考究，小桥竹林，相得益彰。店面不小，但位置却不多。每个位置都被景物巧妙地隔开，静谧又雅致。

三人入座，服务员过来点餐。薛淼将菜单放到杨昭面前，杨昭也不同他客气，翻开了点菜。

"你的课程怎么样了？"点好了菜，杨昭问杨锦天。

杨锦天说："还好。"

杨昭说："有什么困难吗？"

杨锦天说："没啥，多看看书就好了。对了……"杨锦天想起什么，反身从书包里翻出一张纸，犹豫着想要递给杨昭。

杨昭说："是什么？"

杨锦天看起来有些不好意思，又有些跃跃欲试："是……是成绩单。"

杨昭说："给我看看。"

杨锦天这才把纸递给杨昭。

杨昭打开折叠的纸，看了一眼，然后有些意外地看向杨锦天。杨锦天抿了抿嘴，说："怎么了？"

杨昭又看了看成绩单，然后说："小天，你成绩提升得很快。"

杨锦天有些无所谓地盯着面前的盘子看，随口说："是吗？"

杨昭笑了，说："嗯。"她拿着成绩单，又说，"我说怎么突然打电话说要回来，原来如此。"杨昭晃了晃手里的纸，轻声说，"好孩子。"

杨锦天愣了愣神，然后脸上有些红了。

他打电话说要回家一趟的目的的确是这个，当他昨天拿到成绩单的时候，心里想的第一件事就是把成绩单拿给杨昭看。他的成绩提升速度在年级里都是排得上的，孙老师也颇为惊讶，有人私下说他考试作弊，杨锦天也一听了之，完全没有在乎。

现在看见杨昭的笑，杨锦天觉得，他这一个多月每天玩命看书做题到两三点，都是值得的。

其实杨昭也不过表扬了那么一句，但是杨锦天听完，似乎连胃口都变好了，一连吃了三份章鱼刺身。

"这个东西别吃太多。"薛淼在一边提醒他，"小心刺激胃。"

杨昭和薛淼的用餐方式是相同的，不快不慢，不急不躁。

杨锦天喜欢看他们这样。

他们两个人身上擦了不同的香水，在有些凉意的小桥流水间，混合，碰撞，最后凝成一股天然的冷香。

杨昭站起身，去了洗手间。

杨锦天看着她的背影消失在视线里，放下筷子，开口。

"所以……"他转过头，看着薛淼，说，"你们现在怎么样了？"

薛淼说："你想问我的想法，还是你姐姐的想法？"

杨锦天皱眉："有区别吗？"

薛淼转过头，看了他一眼，认真地说："有很大区别。"

杨锦天好像明白了，他转过头，夹了一块生鱼片，可夹起来却没有放进嘴里。他的筷子就那么悬在半空中，人不知道在想些什么。

薛淼看了一眼，打算开口问一问，可还没等他出声，杨锦天忽然转过头，直直地看着他，说："你是真心的吗？"

薛淼："嗯？"

杨锦天说："你对我姐，是真心的吗？"

薛淼放下筷子，凝神看着杨锦天。那种目光，是他第一次没有把杨锦天当成一个孩子，而是当成一个真正的男人。他对他说出的话，像是认可，更像是一种承诺。

"是。"薛淼说，"我是真心的。"

杨锦天被触动了，他转过头，低声说："是真心的就好。你要是敢伤害我姐，我不会放过你的。"

杨锦天和薛淼，这两个男人就目前来看，差距可谓天壤之别。但是杨锦天依旧对薛淼说出这样的话，认认真真、郑重其事地说出这样的话。

薛淼拿起桌上的烧酒，在杨锦天的杯子里倒了半杯。

杨锦天说："干什么？"

薛淼没有说话，又给自己倒了半杯。他拿起杯子，对杨锦天说："你姐姐说得对，你是个好孩子。"

杨锦天静了片刻，然后在他的注视下拿起了酒杯，清脆的一声碰响，一饮而尽。

杨昭回来时，薛淼和杨锦天一起抬头看她。她一顿，脚步放缓了些。"你们吃完了？"

薛淼点点头："吃完了。"

杨昭问杨锦天，说："小天，太晚了，你明天还要上学，我把你送到我爸妈那里。"

杨锦天说:"好。"

结过账后,薛淼趁着杨锦天不注意,低头小声对杨昭说:"我是否也可以去拜访一下?"

杨昭说:"今天吗?我也有半个多月没有回过家了,我也会上楼坐一会儿,你要愿意的话就一起吧。"

薛淼说:"当然愿意。"

杨昭父母住在离实验中学不远的一个花园小区里。

杨昭的父亲是一位医生,早年在英国爱丁堡大学做教授,后来去香港大学教书,这几年回到内地,担任中国医科大学附属盛京医院的副院长。她的母亲则是一名律师,从前在美国的一家律师事务所工作,后来跟杨父结婚,有了杨昭后,就回到国内,专心抚养杨昭。在杨昭考上大学之后,她又签了一家国内的律师事务所,做咨询顾问。

杨父杨母住在一个独门独栋的小别墅里,杨昭把车停好,按响门铃。

不一会儿,有人来了。

"哪位?"

杨昭说:"妈,是我。"

门打开,一个穿着得体的女人迎了出来。现在已经晚上十点多了,杨母的打扮依旧一丝不苟。杨昭知道,她的母亲只有在睡觉前才会洗漱散发,平日里永远都是这样正经的模样。

杨母看见杨昭,点点头,说:"回来了?"

"嗯。"杨昭看见母亲的目光落在她身后的薛淼身上,她开口说,"妈,这是Kevin,是我老板,我之前提过。"

薛淼听了她的介绍,笑着补充道:"也是朋友。"

杨昭看了他一眼,薛淼看着杨母,有些歉意地说:"这么晚了还来打扰,真的十分抱歉。"

杨母摇摇头:"不会,欢迎你来。"

三个人一起进了屋,杨母叫杨父,说:"小昭和小天回来了。"杨父正坐在客厅的沙发上看书,听见杨母的话,目光转过,杨母又说,"那位是Kevin,是小昭的老板。"

杨昭不太向家里提及自己工作上的事情,但是薛淼作为她的顶头上司,她也或多或少地在家提过薛淼,杨父杨母对这个名字并不陌生。杨父站起身,薛淼先一步迎了上去,两个男人握了握手,杨父拍了拍薛淼的手臂,说:"小昭还需要你多关照了。"

"她不是我的下属。"薛淼说,"她是我的同事,我们是合作伙伴。"

他的解释显然是把杨昭完全当作了自己人,给足了杨昭面子,杨父笑着说好。杨母在厨房准备了茶水和点心,薛淼在与杨父聊天的时候看见,起身去搭手。

杨父和薛淼颇为聊得来,杨昭坐在一边休息,听他们的谈话。她转头看了看杨锦天,小声对他说:"小天,把成绩单给大伯看一看。"

杨锦天死命地摇头:"不用了不用了。"

杨昭说:"怎么不用?"

杨锦天的脸有些红,他嘀咕着说:"也不是多高的分,不要看了……"

要是换一个地方,换一个环境,相信杨锦天都会把成绩单拿出来的。但是他现在面对的是杨昭的父母,比起亲人,他们更像是老师,像是教授,他取得的这点成绩,完全不敢拿给他们看。杨昭似乎也明白他的心理,没有逼迫他。

这时,杨母对杨锦天说:"小天,你带着叔叔去屋里转一转。"

杨锦天巴不得地站起来,领着薛淼上楼。

客厅里剩下杨家三口。

杨母倒了一杯茶,放在杨昭面前,笑着说:"是他吗?"

杨昭说:"什么?"

杨母说:"上次你打电话来,说要带一个男人回来看看,是他吗?"

杨昭这才想起,从五台山回来的第一天晚上,她就给家里打了个电话,当时是在报平安,随后随口聊了些别的。那时杨昭就告诉了他们,近期可能会带个人回去看看。

杨昭看着母亲的目光,低下头,淡淡地说了一句:"不是。"

杨父杨母同时一怔,然后杨母说:"不是他?哦……我还以为是这个人,你们看起来很般配。"

杨昭说:"他是我老板,也是我的朋友,但我和他没有什么。"

杨母说:"那你要带回来的那个人,怎么一直都没有来?"

杨昭说:"他……他最近有事,回老家了。"

杨母说:"他家是哪里的?"

杨昭说:"青海。"

"那还真是有点远啊。"杨父也开口了,他推了推自己的眼镜,说,"他是因为工作原因调度到这边的吗?"

杨昭说:"或许吧。"

杨父说:"他是做什么工作的?"

杨昭顿了一下,然后说:"他现在在开出租车。"

杨父和杨母同时愣住了，他们对视了一眼，都在对方的目光中看见了疑惑。杨父又问了一遍："他是……做什么工作的？"

　　杨昭感觉到心里有些莫名的焦虑和烦躁，她说："是开出租车的。"

　　"出租车司机？"杨母说。

　　"嗯。"

　　杨母放下茶杯，又说："你们是怎么认识的？"

　　杨昭说："偶然认识的。"

　　"那……"

　　"妈。"杨昭抬起头，打断了杨母的话，"他现在不在这边，等他回来了，我会带他来见你们的。我希望到时候，你们不要让他难堪。"

　　"不，小昭，你误会了。"杨父说，"我和你妈妈不会因为别人的工作嘲笑他，我们只是很奇怪，你是怎么跟他在一起的？"

　　杨昭说："为什么奇怪？有什么奇怪的？"

　　杨父听出杨昭的抵触，他说："小昭，我希望你可以心平气和地跟我们谈一谈。"

　　杨昭看着面前收拾得干干净净的桌子，一时间有些愣神了。

　　这一套红木家具已经有几十年的时间了，从杨昭很小的时候就在使用，杨父很喜欢这套家具。红木因为时间的流逝，沉淀出一种古朴的氛围。杨昭小时候喜欢坐在这里看书，当她看书看得久了，会自然而然地嗅到一股深沉的木香。

　　由于家庭原因，这座房子充满了书香之气，就算是客厅里也摆着两柜子的书。父母都喜欢看书，也喜欢收藏书，柜子里有很多书都是绝版的珍品。

　　杨昭看着看着，闭上了眼，再睁开的时候，她低声说："他是个残疾人。"

　　桌上的茶杯里，铁观音的叶子尖细狭长，在白瓷的茶杯中缓缓地旋转。

　　杨父的声音很稳重，也很冷静："残疾人？他身体哪里不方便？"

　　杨昭说："腿。"

　　杨父说："严重吗？"

　　杨昭顿了一下，说："他右腿，截肢了。"

　　她听见父亲沉沉地压下一口气，然后整个客厅都安静了下来。

　　半晌，杨父开口："小昭，爸爸妈妈不同意。"

　　其实从小到大，杨昭的父母很少对她约束什么。但是一旦他们提出要求了，那就是必须要达成的。他们的意见就像棋盘上的围棋子，非黑即白。

　　现在，他们说不同意。

　　杨昭说："是你们问起了，所以我告诉你们一声，同意不同意，等你们见过他之后再说。"

杨母说:"你想让我们见他吗?"

墙上的时钟一秒一秒地向前跃动,杨昭无法开口。

她想吗?

她当然想。

可来了之后呢?

陈铭生不可能像薛淼那样对他的父母应对自如,他们没有任何共同语言。

而她的父母也不可能像她一样,愿意迁就他。她几乎能想象到,陈铭生坐在沙发上,面对她的父母,尴尬又沉默。

杨昭忽然站起身,说:"我先上楼了。"

"小昭,"杨母也跟着她站起来,叫住了她,说,"坐下。"

杨昭说:"我去洗手间。"

杨母的表情很平淡,但是又很坚决,她的眉眼同杨昭很像。

"你不想去洗手间。"杨母说,"坐下。"

杨昭没有动。

杨母说:"小昭,你现在逃避,就等于这件事根本没有讨论的价值。"

两个人僵持了一会儿,杨昭终于转过身,重新坐了下来。

"跟我们说说,你是怎么跟他认识的?"杨父说。

其实杨昭这样,做父母的奇怪大于不满。杨昭一直以来都很让他们省心,不算规规矩矩,但也几乎没有叛逆时期。

所以杨昭现在告诉他们这样一个消息,他们心里是非常奇怪的。

杨昭张了张嘴,却不知从何说起。"他……我和他是一次意外认识的。"

杨母说:"什么样的意外?"

杨昭简单地把杨锦天当初的事情说了一遍,说完,她抬头看了一眼母亲,又说:"那是场误会。"

杨母又问了些陈铭生的其他情况,杨昭像是机器一样,她问一句,她就答一句。说到最后,她甚至觉得自己的喉咙生了锈,每一字,每一句,都摩擦在一起,在她脑中形成一股刺耳尖锐的声音。

杨母倒是一脸平淡,她听过后,端起面前的茶杯,喝了一口茶,然后说:"小昭,和他分开吧。"

杨昭面无表情,没有说行,也没有说不行。

杨母说:"他也喜欢你吗?"

屋顶的灯光温和明亮,可照在杨昭的脸上,却显得她的面色有些苍白。

"喜欢。"杨昭低声说,"他喜欢我。"

"他有什么吸引你的地方?"

杨昭没有说话。

杨父开口了，他看着杨昭，用的是绝对的长辈的目光。

"小昭，爸爸妈妈无意对这个人评价什么，但是我们要告诉你，你现在的行为是不负责任的。"杨父的目光和口气都有些严厉。

"你考虑过之后的生活吗？不光是你，还有他的。我知道你现在执意跟他在一起，肯定是因为他身上某一点特质吸引了你，可这么一点点的东西，能持续多久？你们没有共同的生活圈子，没有共同的话题，这样的感情根本维系不了。"

杨昭的呼吸声有些重，她看着桌子上的那个白瓷茶杯，一语不发。

"婚姻不是儿戏。"杨父说，"你要对你自己负责，也要对对方负责。小昭，爸爸妈妈了解你，你一直都是理智的。我们不会逼你，你自己好好想一想吧。"

说完，他站起身，又说了一句："像他这样的人，投入感情会很快。你与他纠缠的时间越久，到与他分别的时候他受到的伤害就越重。"

杨父说完话，起身去了书房。

杨母对杨昭说："小昭，你别怪你爸爸说话说得直，你听也好，不听也好，道理就是这样的。其实妈妈觉得，你现在只是一时有些迷惑了，或许你想在他的身上挖掘出什么，但是妈妈告诉你，这世上，大多数都是普通人。你与他相处时间久了，就明白了。"

说完，她也站起了身，将身上的黑色披肩整理了一下，然后说："你不要把他带到家里来了，没有这个必要。"

杨母也离开了，客厅里只剩下杨昭一个人。

她似乎看着那白瓷的茶杯，入神了。

杨锦天和薛淼有说有笑地从楼梯上下来，杨昭抬起头，看向他们。他们有些相像的地方，优渥的生活，让很多人有了相像的地方。

薛淼注意到杨昭的目光，他来到她身边，脸上带着笑，刚要开口说话，杨昭却忽然站起来，和他错身而过。

"小昭？"

"失陪一下。"

薛淼敏感地听出杨昭的声音有些不同平常的沙哑，他若有所思地看着空荡荡的客厅，又看了一眼杨昭离开的方向。

杨锦天说："我姐怎么了？"

薛淼静了一会儿，对杨锦天说："你去跟你大伯打声招呼，我去看看你姐。"

"好。"

薛淼跟在杨昭后面上了楼，二楼的右侧是一间盥洗室。此时盥洗室的门开着一个缝隙，里面传来哗哗的流水声。

薛淼在门口敲了敲，轻声叫了一声："小昭？"

里面没有声音。

薛淼不知为何，忽然想起了前不久杨昭站在人工河边的情景。他的心莫名紧张了起来，直接推开了门。

杨昭的双手拄在洗手台两侧，头低着，水龙头里的水不停地流。

薛淼看着杨昭瘦弱的肩膀，忽然说不出话来。

杨昭抬起头。

那是薛淼这一生中第一次，也是唯一的一次，看见杨昭这样脆弱而愤怒。两种极端的情绪夹杂在一起，让她双眼微红，几乎战栗了。

她一眨不眨地看着薛淼，又好像不只在看着他。

"小昭……"

"凭什么？"

哗啦啦的水声让薛淼几乎觉得这句轻轻的话只是他的幻觉。他向前走了一步，可杨昭的目光，却让他不能再迈步。

"凭什么？"

这一次，薛淼终于听清了。

她的目光，薛淼无法形容。好像迷茫，却又无比的坚定。她的双手紧紧握着洗手台，关节几乎泛白了。

她与他只有两米不到的距离，薛淼却觉得杨昭离他好远。她就像是一个被逼到尽头的荒野流浪者，一片偌大的土地，却没有供其生存的地方。

"凭什么……"薛淼只能听见杨昭反复地说着这样一句话。

"你们凭什么……"

那天晚上，杨锦天留了下来，杨昭和薛淼回华肯金座。从他们离开杨昭父母的住处起，到回到公寓洗漱睡觉，一句话都没有。

起初薛淼试图说些什么，让杨昭分分心，高兴一点，可杨昭一直都是一个表情。只有最后进屋之前，杨昭对薛淼说了一句话："明天早上我要出去，你自己叫外卖吧。"

薛淼问了一句"去哪儿"，杨昭没有回答，直接关上了门。薛淼知道杨昭现在的状态不会告诉他什么，所以他也没有追问。

第二天一早，他直接在客厅里等。

七点多的时候，杨昭从卧室里走出来，那时她已经收拾妥当，穿戴整齐。她看到坐在沙发上的薛淼，淡淡地说："早。"

薛淼指了指桌子。

杨昭看过去，桌上摆着早餐。

薛淼准备的早餐都是西式的，鲜奶、麦片、通粉、火腿、煎蛋，还有水果沙拉。装摆在一个盘子里，摆放精致。

杨昭看了一眼，说："我没有胃口。"

薛淼平和地说："没有胃口也要吃饭。"

杨昭看向薛淼，薛淼脱了西装后，似乎身上那股子凌厉气势也少了许多，他穿着宽大的家居服，淡淡地看着杨昭。杨昭从他的脸上看到了关心。

杨昭坐到餐桌前，一口一口地吃着餐盘里的早餐。

她吃完后，漱了一下口，然后走到玄关口，对薛淼说："我出去一趟。"

薛淼说："什么时候回来？"

杨昭说："中午吧。"

薛淼点点头，并没有问她要去哪儿，杨昭走后，薛淼又在沙发上坐了一会儿，然后站起身，端起桌上的餐盘，拿到厨房收拾了。

他从厨房出来的时候，打了个哈欠，然后揉了揉自己的后脑勺。

抬眼看去，宽敞的客厅整整齐齐，杨昭生活很规律，也很整洁，这间公寓的物品摆放，永远规规矩矩。薛淼看了一圈之后，又打了个哈欠。他打哈欠之时，余光看见自己穿着的衣服，轻松妥帖，柔软异常。

就在这个瞬间，他忽然感觉到由心底蔓延出来的舒缓的感觉。他觉得自己有些留恋这样的感觉。

薛淼走进书房，打算找本书打发一下时间。可他一进去，来不及看向书柜，目光就再一次被那幅画吸引了。

画，完成一半了。

那色调更深、更沉、更浓郁了。

杨昭出门后，开着车直接去了最近的移动营业厅。营业厅刚刚开门，里面没有多少人，因为时间太早，营业厅只开了一个窗口，窗口前有两个老人在咨询事情。

杨昭排在后面等。

她觉得自己的心口有点发紧。她忍不住到门口抽了根烟，后面又有一对小夫妻排到前面。

烟草吸进肺腑，她终于感觉能松一口气了。

有人进到营业厅里，路过杨昭的时候，无意间瞄了一眼。杨昭出门并没有化妆，头发也只是梳理了一下，散开着。

她穿了一身黑色的修身长裙，披着一条围巾。她的皮肤很白，发丝又很黑。

清清冷冷地站在台阶上抽烟，冷风一吹，发丝和白烟一同飘荡。

杨昭的右手抱在胸前，垫着拿烟的左手。她右手里握着一部手机，紧紧握着。

她看着街道上来来回回的汽车，心里想着，本来不用紧张的。如果她到的时候，营业厅里没有其他人，她下车、上台阶、推开门、坐下。如果这一系列事情连续地发生，她本是不用紧张的。

可在这串事情中间，偏偏加进了一个等待。

"伸头缩头都是一刀……"杨昭吐出最后一口烟，平淡地对自己说，"给个痛快的好不好？"

她把烟掐灭，进到营业厅。

那对办理宽带业务的小夫妻正好咨询完了，杨昭坐到营业员面前。

营业员是个小姑娘，她看了一眼杨昭，问道："小姐，请问需要什么服务？"

杨昭说："你好，我能查一下手机号码的通信记录吗？"

营业员说："可以的小姐，请问您要查哪个号码？"

杨昭说："我之前手机丢了，可能有些电话没有收到，能查到吗？"

营业员说："可以查，小姐请问您的身份证带了吗？"

"带了。"杨昭翻开包，把自己的钱包拿出来，掏出身份证。在递给营业员的时候，营业员抬头看了她一眼，杨昭才后知后觉地注意到自己的手在微微地颤抖。

"小姐，手机号码请报给我。"

杨昭低声说了一串号码，营业员说："好的，请稍等。"

营业员受过培训，声音又轻又温柔，营业员核实了证件之后，把身份证还给杨昭。杨昭手拿着身份证，一直维持着那样的姿势，手没有伸出去，也没有收回来。

她微微低着头，看着手肘下面黑色的大理石平台，干净光滑，又散着丝丝的凉意。

杨昭不知道过了多久，或许很快，或许很慢，她的视线集中在那块大理石上，看着里面透出的星星点点的纹理，久了，就像是在凝视夜空一样，她似乎入迷了。

"小姐，查好了。"营业员开口了。

杨昭的视线缓缓移动，看向那个小姑娘。

"需要打印出来吗？"

杨昭的声音很低，又有些微微的颤抖："有很多么……"

营业员看着电脑上的记录，点点头说："啊，大部分都是重复的，有一个电话打了好几十遍呢。"

杨昭的心猛然间剧烈地跳动起来。

她的嗓子一点一点地缩紧，杨昭觉得自己的声音说不出的纠结。她向营业员又报了一串号码，然后问她："是这个号码吗？"

营业员摇头："不是啊，是这个。"她热心地把屏幕转过来，把排在最上面的一串号码给杨昭看。

杨昭看了一眼，是一个陌生的号码。

营业员问："小姐，请问您需要把记录打印出来吗？"

杨昭回过神，对营业员点了点头："需要，麻烦你了。"

营业员说："我们这儿打印记录的话要两元钱。"

"好的。"杨昭深吸一口气，在钱包里翻零钱。她翻到一半，手忽然停住，抬头问营业员，"请问……这个号码是哪里的？"

营业员说："请稍等，我帮您查一下号码归属地。"

营业员的业务素养很高，手指头在键盘上噼里啪啦，杨昭还没等看出什么个数，她已经开口了："小姐，这是云南昆明的号码。"

"昆明？"

"对的。请您稍等，我把打印好的记录给您。"

营业员去拿记录，杨昭的目光一直追随着她，没一会儿，营业员就把一张薄薄的纸张拿过来，递给杨昭："给，小姐。"

"谢谢……"

"请问还需要什么服务吗？"

杨昭看着纸上的号码，一动不动。

"小姐？请问还需要什么服务吗？"

杨昭回过神，连忙摇摇头，说："不，不需要什么了，谢谢。"

"那请您为我的服务质量打个分。"营业员笑着指了指大理石台上放着的小小打分器，杨昭看了一眼，随手按了个满意。

杨昭给接下来的人让了位置，排在她后面的是一个年轻人。

杨昭站起身，拿着自己的东西来到一边。营业厅里的人依旧不多，她慢慢走到一面墙边。墙壁光滑冰冷，反射出杨昭的轮廓。

她看着那串号码，心里隐约知道了一个答案。最紧张的一段时间过去，她现在胸口松了气，却也不放松，依旧带着刚刚紧张时的刺疼。

杨昭拿出手机，站了足足一分钟。

她身后的营业厅里，每个人都在做自己的事情。一个中年女人进来，看似有些着急，直奔服务台。她的高跟鞋在大理石地面上，一下一下，敲出响亮的声音。

手机屏幕上，早已经显示好了十一位数字。

又站了一会儿，杨昭终于按下通话键。

隔了几秒钟，忙音传来。

一声、两声……

在响到第三声的时候，电话被挂断了。

杨昭放下手机，看了看屏幕。她的手重新悬在通话键上面，却再也按不下去了。

杨昭背靠在冰凉的墙上，抬头看着高高的天棚，不知该想些什么。

如果说刚刚拨打电话的时候她依旧有一丝紧张的话，那她现在就已经完全脱了力气。

墙壁的寒意透过围巾，透过衣服，渗进体内。杨昭的头轻轻靠在墙上，看着面前人来人往，心里茫然一片。

忽然的一声嗡鸣，打断了她的思绪。

手中的振动感安稳又有序，一下又一下。

杨昭把手从背后拿出来，屏幕上显示的是刚刚的那个号码。

杨昭的拇指缓缓滑动接听，将手机拿到耳边。她轻声地说了一句："喂？"

电话那边静了两秒钟，这两秒是漫长的，漫长到杨昭听清了对面的呼吸声。

杨昭几乎在瞬间捂住了嘴。

电话里传来一道低沉嘶哑的男声，也是一道熟悉的男声："杨昭，是你吗……"

杨昭听着那个声音，心里一下子就镇定了。

"陈铭生，我是杨昭。"

她说完，忽然莫名地想到，从她和陈铭生认识的那天起，一直到现在，他们都不曾用什么其他的昵称来称呼对方。

只有陈铭生和杨昭——普通、简单，又格外的直白。

就像他们之间的感情。

陈铭生的声音从手机的另一端传来，杨昭不自觉地站直了身体。

"陈铭生……"

在分开的时间里，她设想过很多次，如果他打来电话，她要跟他说些什么。

聊些近况，叮嘱他按时休息，告诉他注意安全……

可是真当电话接通的时候，她听见了他低低的声音，那些想好的话却都说不出来了。

他的声音是那么低哑，就好像好久都没有好好休息过。杨昭只听了那么一声，心里就酸了起来。"陈铭生，你有好好休息吗？"

陈铭生说："有。"
"你有个屁。"
杨昭难得地说了句粗话，陈铭生在电话那边低声说了句："真的有……"
他就像一个做错事了被老师揪出来，还兀自狡辩的大孩子。
杨昭无声地笑了笑。笑过之后，她猛然想起来一件事。
"陈铭生，我这样给你打电话会不会有事，你方便接听吗？"没等陈铭生开口回答，她又紧接着说，"对不起，我不是一定要打，我说几句马上就——"
"没事！"陈铭生几乎立刻打断了她，"没事……"他低声说，"没关系，我方便接，你不用……不用挂断。"
他的语气虽低沉，却紧紧跟随着杨昭。杨昭听见他的话，考虑了一下，声音恢复了以往的平静："是吗？"
杨昭的这一句"是吗"，带着她独特的语气和强调，让人不得不答。
"真的。"
杨昭听着陈铭生那明显带着心虚语气的回答，本能的第一反应就是说出"你在说谎"。
可在那四个字就快脱口而出的时候，她又很快地想到，现在说出这四个字有什么意义吗？没有，什么意义都没有。
于是她换了四个字，她把很多很多的话融进这四个字里，对陈铭生说："我很想你。"
我很想你，尤其是在黎明和深夜。我在想你的时候，会画一幅画。那是我在梦里无数次看到的景象，我每一次想你，都会在脑海中浮现那个画面。
我在回忆，也在期待。
陈铭生的呼吸有些沉重了，她能想象到他紧握着手机的大手，她听见他说："我也是……"他的语气比刚才快了很多，"我也是，杨昭，我也是……"
杨昭用安抚的语气，慢慢平稳他的心情："我知道，你也想我。"
陈铭生因为她的话语，真的慢慢镇定了下来，他拿着手机，声音低沉又温柔："你过得怎么样？"
杨昭靠在墙壁上，说："还好，你呢？"
陈铭生说："我也还好。"
杨昭说："打电话真的没事吗？"
陈铭生说："没事，我现在身边没有人。"
"你……"杨昭顿了顿，低着头，又说，"你怎么这么久都不联系我？"
陈铭生没有解释，也没有说任何理由，他只低低地说了一句："对不起……"
杨昭笑了笑，说："没事，你还好就行了。"

"嗯。"

两人同时安静了下来。

有时候想说的话太多，反而不知要如何开口。但这种静是美好的，是安逸的。

很像当初他们真正意义上的第一次见面的时候，杨昭开车送他去康复中心，那一路上的安宁。

杨昭已经满足了。

她轻声说："陈铭生，你好好工作，我先挂了。"

陈铭生犹豫了许久，艰难地开口说："你有事吗？"

杨昭说："没，我怕打扰到你。"

陈铭生说："我没事，没关系。再……再说一会儿吧。"

杨昭十分难得地从陈铭生的语气中听出了一种成熟的撒娇。她的心里一软，连脸上都不自觉地轻松了一些。"好啊，你想说什么？"

陈铭生不是一个挑话题的高手，而且他近来心思很重，尤其是昨天从杨昭那里回到昆明，他回宾馆补觉，睡得很不安稳，几乎十几分钟就要睁开眼一次。

杨昭那边安安静静地等他说话，陈铭生怕等得太久，她不耐烦了，匆忙之间脱口一句："你……你吃饭了吗？"

杨昭差点笑出来，说："吃饭了吗？我吃了。"

陈铭生说："哦……"

杨昭觉得这样的陈铭生十分有趣，她开口道："你呢，吃饭了吗？"

陈铭生说："吃了。"

杨昭笑了一声，淡淡地道："又说谎。"

陈铭生沉默。

杨昭说："你要好好休息。"

陈铭生说："嗯。"

"那我先挂了，注意身体，别太辛苦了。"

"杨昭……"在杨昭快要挂断电话的时候，陈铭生忽然叫住了她。

杨昭问："怎么了？"

陈铭生说："你——"

你和那个男人，究竟怎么了？

陈铭生脑袋一热，话就要说出口，可就在他马上要说的时候，身后忽然传来轻微的开门声。陈铭生瞬间闭上了嘴。

而后杨昭就听见一个轻轻柔柔的声音，似乎从陈铭生的身后传来："阿名，你怎么还不来呀？我给你煎了一条鱼。"

白薇薇似乎有些胆小，不敢打扰陈铭生，就站在门口，手扒着门边，露出半个脑袋往里面看。

　　陈铭生侧过身，看了她一眼，说："我有些事情处理，很快过去。"

　　"好的好的。"白薇薇连连说，说完就退后，随手关上了门。

　　或许在白薇薇的记忆深处，对男人有着一种无法磨灭的恐惧。她在面对一切男人的时候，都十分小心。尤其是在工作中的，表情严肃的男人，她完全不敢上前。

　　现在花园里只有她和陈铭生，刚刚杨昭打来电话的时候，白薇薇正跟陈铭生讨论中午要吃些什么。陈铭生感觉到手机振动，他拿出手机看了一眼，只那一眼，陈铭生的心瞬间缩成一团。

　　他挂断了电话。

　　白薇薇还在一脸热切地研究着午饭。

　　陈铭生的手抓紧手机，人呆愣住了。白薇薇连续问了他几次，他才反应过来，随口说："吃鱼。"

　　白薇薇兴高采烈地去厨房做鱼。陈铭生迫不及待地进了房间，拨回了杨昭的号码。

　　现在，他再次把电话拿起来，听见杨昭的声音："阿名？"

　　陈铭生这才意识到，刚刚白薇薇的话，杨昭听见了。

　　陈铭生瞬间就语无伦次起来。他解释道："杨昭，不是……她，她不是……"

　　"不是什么，阿名。"

　　杨昭的声音带着浓浓的调笑，细细听来，根本一丝一毫的怨意都没有。

　　陈铭生知道自己又被耍了，有些脱力地闭上嘴。他的脑海中几乎浮现了杨昭那带着些许凉薄的神情，他轻笑了一声。声音透过手机，低低地，短促地，传入杨昭的耳朵。

　　陈铭生觉得，刚刚那种透不过气的感觉，慢慢消失了。

　　他对杨昭说："那个是工作原因接触的。"

　　杨昭的声线轻飘飘的，听着很随意："嗯，没事。"

　　陈铭生从怀里摸出烟盒，咬了一根烟出来，点着，又说："你没误会就好。"

　　杨昭说："好了，去吃煎鱼吧，我挂了。"

　　陈铭生把烟从嘴边拿开，手掌随意搭在玻璃窗上，说："你好像一点都不担心……"

　　杨昭说："我为什么要担心？"

　　换到陈铭生无言以对了。

他听见杨昭在电话那边轻声一笑,像是开玩笑般的漫不经心:"怎么,那小丫头喜欢你吗?"

陈铭生嘴角轻扯,没有出声。

杨昭又平平淡淡地笑了一声,说:"有本事,来我这儿抢啊。"

陈铭生终于笑了。

果然,在那个童话世界里,她是一个女巫,是一个坐在山顶城堡王位上的女王,在不经意间,她欺负了所有的人。

杨昭说:"你好好保重,陈铭生,我要求的不多,你好好保重身体。"

陈铭生说:"我知道。"

杨昭说:"下次我不会打电话给你了,你……你要是有空……算了。"杨昭断断续续地说了一会儿,最后果断地道,"不要联系了,等你工作告一段落,我在家等你。"

陈铭生说:"嗯。"

电话挂断,两个人在不同的地点,在原地站了同样的时间——用着同样的心情。

门又被轻轻敲响了,白薇薇把头探了进来,小声说:"阿名,鱼都快凉了……"

陈铭生转头,冲她笑了一下:"我来了。"

这短暂的一通电话,在两个相隔千里的人心里,同时埋下了一颗镇定的种子。

其实他们通话的内容很简单,杨昭没有告诉陈铭生那些失眠的夜晚,也没有告诉他她的父母说的那些话。同样,陈铭生没有告诉杨昭他工作上的困难,也没有告诉她他回去那天的情形。

在这通电话里,这些都没有必要。

Chapter 10
# 刘伟·暗算·新年快乐

两天后，陈铭生在翠湖宾馆接到电话，电话是老徐打来的，内容只有一个——刘伟跑了。

要说这个刘伟，也是命硬，他们一伙人在延边州图们市的一个偏僻地点交易，当天也是老天执意给两边都捣乱，吉林东部下了一场大雪。

交易时间是深夜，黑灯瞎火，刘伟一行八个人，跟对方的人在一个桥口交易。

两边都是坐在车上，直接开窗户交易，方便出了事快些逃跑。警察悄无声息地将桥两边都堵住，等待他们交易完成，抓他个现行。

警察抓人的时候，遇到了强烈的抵抗。刘伟带着人不要命似的把货往桥下的水里倒，在冲突的过程中，异常混乱。

而这个刘伟也是鬼道得不行，趁着双方冲突之际，偷偷摸摸地跳进了图们江。

"其实死活还说不准。"老徐说，"当天晚上吉林的温度是零下七度，江水上面都是一层冰，他砸了个冰窟窿进去，不知道是不是还活着。"

"尸体找到了吗？"陈铭生问。

"找到了我还跟你说个屁。"老徐说，"其余人都抓住了，就他妈跑了这个浑蛋。"筹备得这么详细，居然还跑了一个人，老徐也是格外气愤。

"这次我们就背了这个黑锅了。"老徐说，"这几天你盯着点，看看刘伟有没有回去。"

陈铭生没有答话，老徐说："听——"

"没死也行。"陈铭生忽然说。

"嗯？"

"我说，刘伟没死，也可以。"陈铭生说，"等等看吧，如果他回来，我觉得效果会更好。"

老徐说："你想什么呢？"

陈铭生说："你等我的消息吧，白吉应该已经知道了，如果有什么信儿，我会通知你。"

老徐说："好。"

老徐说："那我就先挂了，你精神集中一点，别出什么岔子。"

老徐挂断前一秒，陈铭生叫住了他："你等一下。"

"怎么？"

陈铭生坐在床上，透过玻璃窗看向外面，昆明的夜色很美。

他没有马上说话，老徐也不急，他们认识多年，虽然是两个大老爷们儿，但也在冥冥中培养出一种默契的感情来。

老徐知道陈铭生在思考。

过了大概半分钟，陈铭生开口，说："我给你一个电话，你把这个人查出来。"陈铭生点了一根烟，又说，"应该也不是什么好货色，你们查仔细点，拿刘伟这事吓唬吓唬，最好能逼着换个地方。"陈铭生顿了顿，眉头轻轻一皱，说，"不，暂时一定要逼着这人换地方，还有，这个手机号码必须要停掉。"

老徐反应了一下，说："你怕他回来？"

陈铭生抽了口烟，淡淡地说："不管死活，做个打算也好。"

老徐严肃地说："我明白了，你放心好了。"

一连半个月，刘伟都没有什么消息。就在大伙儿都认为这个人葬身图们江的时候，他回来了。

那天，白吉叫了几个人，在酒楼里吃饭。

陈铭生注意到，白吉的眼眶深沉，泛着一股诡异的青黑。在餐桌上，他的话也很少，脸色阴霾。

陈铭生知道，白吉这次损失惨重。

时间往回推两年，那算是白吉混到巅峰的时刻，扳倒了一直杵在他前面多年的虎哥，又接二连三倒了一批人，白吉算是混出头了。

可他运势着实不好，上位以后，好几次大型交易都失败了。

最严重的一次，就是陈铭生腿出事的那次。那次连白吉自己都差点搭进去。

这回刘伟又搞砸了，白吉的心情可想而知。

大家在餐桌上都极尽小心，不敢多说一句话，多说多错。

吃饭吃到一半，吴建山接了个电话，他刚一接通，脸色马上就变了。

"你躲哪儿去了？！"

他的话一出口，全桌人的眼光都看了过去，陈铭生不动声色地看了一眼白吉，白吉的目光透过镜框，僵直地盯着吴建山。

吴建山低声紧说了几句，然后抬头，对白吉说："白哥，刘……刘伟他跑回来了。"

白吉忽然笑了，他脸皮木然，笑的时候就像蜡像一样，十分瘆人。他轻声细语地对吴建山说："既然回来了，就来一起吃饭啊。"

吴建山不敢多看白吉，转头对刘伟说了几句话，然后挂断电话。

餐桌上的气氛紧张起来，白吉看着一桌子不动的人，抬起筷子比画了一下，说："都干什么呢？来来来，吃火锅。"

没过多一会儿，刘伟就来了。看这时间，他应该是早早就来世纪大酒楼门口蹲着了。

他进来的时候，陈铭生差点没认出来他。

不过半个月的时间，这刘伟像是变了个人一样，他大致扫了一眼，刘伟至少瘦了十斤，脸色青黑，都脱相了，腮帮子干瘪，眼睛鼓鼓的，满是血丝，看着就像是病入膏肓的瘾君子一样。

他弓着腰，小心翼翼地进屋，来到白吉面前，叫了声："白……白哥。"

白吉坐在凳子上，侧过身，朝他招了招手，刘伟像条狗一样，往那边走了几步。

"白哥，我……"在他走到离白吉两步远的时候，白吉忽然从桌子边上的酒箱里抽出一瓶啤酒，一句话都没有，照着刘伟的脑袋就砸了过去。

酒瓶被砸碎，刘伟满身都是洒出来的啤酒。他被砸得有些蒙了，重心不稳，坐到地上。刚好坐到砸碎的酒瓶子碴儿上，手掌、大腿都出了血。

可刘伟并没有在意，他倒地之后马上爬了起来，跪着来到白吉跟前，神色都癫狂了："白哥……白哥！我不是，我不是故意的……我没想到会有警察，我，没想到……"

白吉站起来，手掐着刘伟的下颌，他的声音依旧很轻："我不管你想没想到。"他抬起另外一只手，在刘伟面前比画，"我的钱呢，嗯？"白吉提及钱，似乎眼神更凶狠了，"我的钱呢？！钱呢？！"

刘伟哆哆嗦嗦，字不成字，句不成句："白……白哥，我……我真的不知道……我真不知道会有警察，我……"

白吉对刘伟的求饶姿态视若不见，照着他的肩膀狠踹了几脚。刘伟被踹倒在碎玻璃上，背上也划破了，血流到地上，抹出道道的血痕。

刘伟是真害怕了，他跪着拉着白吉的腿，哆哆嗦嗦地说："白哥，白哥你再给我次机会，你再给我……"

刘伟脸色煞白，白吉一边大骂，一边又抽了一个酒瓶子，狠砸在刘伟的脑袋上。

刘伟的头上流下血，他昏昏沉沉之际，人也癫狂了起来。"我……我不知道，我怎么知道为什么有警察？！"他大声吼叫。桌上一个人站起身，到门口望风。

"我不知道！我……"刘伟语无伦次地骂着，忽然，他透过两个人之间的缝隙看到陈铭生，刘伟一瞬间停住了。然后，他本来浑浊的眼神慢慢清晰了，他抬起一只手，那只手因为激动，止不住地打战。

"他……他他，"刘伟紧紧拉住白吉的腿，说，"白哥，是他——他！"

白吉转头看了一眼，陈铭生就坐在他的左手边。

刘伟回想起当天的情形，声音也变大了。

"一定是他告诉警察的，一定是他！白哥！"刘伟说得激动，从地上站了起来，他恶狠狠地盯着陈铭生，说，"你不是看我不顺眼吗？你不是不想我好吗……你阴我……"

刘伟的恨意让他整张脸都变得狰狞了，他的眼里只剩下陈铭生。他忽然从地上抓起一片碎玻璃片，锋利的边刃让他的手满是鲜血，可他毫不在乎，他大吼一声，朝陈铭生就冲了过去！

"谁让你动了！"还没等刘伟往前走两步，坐在桌子边上，离他最近的男的就站了起来，给他一脚踹了回去。这一脚威力不小，刘伟抱着肚子跪在地上。

白吉摆摆手，那个男人又坐回原位。

白吉蹲在刘伟身边，说："你想说什么？"

刘伟嗫嚅道："是他……白哥，是他……"

桌上的人都看向陈铭生，陈铭生脸上没有一丝一毫的表情。只有白吉，他蹲在刘伟面前，没看陈铭生。

"是他什么？"白吉说。

刘伟说："我去过……我在出货前，去过他那里……"

白吉说："去他那儿干什么？"

刘伟停顿了一会儿，说："他，他把我麻将厅抢了，我去，我去找他要……"

白吉说："然后呢？"

刘伟说："我喝醉了……白哥，他给我灌醉了，他肯定是在我脑袋迷糊的时候套出话了！肯定是他，白哥……白哥你再给我一次机会……白哥……"

白吉缓缓站起身，转过头，他的眼睛一眨不眨地慢慢定格在陈铭生身上。他说："阿名，你有什么想说的？"

陈铭生低沉着声音，说："他在胡说。"

白吉往前走了几步，来到陈铭生身后，他弯下腰，在陈铭生的耳边，轻声说："是不是你？"

　　陈铭生坚定地说："不是我。"

　　他说完，忽然感觉脖子上传来一股大力，他不及防备，被白吉狠狠地按在了桌子上。他的脸磕在装佐料的盘子里，右侧的颧骨在剧痛之后，开始慢慢发麻。

　　他不敢还手，任由白吉按着。

　　白吉低下头，又问了一遍："是不是你？"

　　陈铭生深吸一口气，语气平稳地说："不是。那天他来棋牌室找茬，我现在这样，动手肯定不占便宜，我不想惹麻烦，就叫人搬来啤酒，想他喝醉了就没事了。"

　　"是他灌我！"刘伟在桌子另一端大喊，"白哥，我没找他麻烦，是他把我灌醉的！"

　　陈铭生的语气依旧低缓："他有没有找我麻烦，可以去问当时在场的人。"

　　刘伟从地上站起来，破口大骂："那里都是你的人！肯定跟你串通好了！江名，你敢阴我，老子宰了你！"

　　白吉的手在陈铭生脖子上掐着，卡住他脖颈上的血管，陈铭生脸涨得通红，双眼充血。

　　慢慢地，白吉的手松开了。陈铭生缓和了一下，然后就感觉到一个冰冷、坚硬的东西抵在了他的后脑上。

　　白吉拿枪，手很稳。

　　"江名，我给你三次解释的机会。"

　　陈铭生紧咬牙关，说："白哥，不是我……"

　　白吉声音平淡："第一次。"

　　陈铭生说："白哥，你信我……我没理由去找警察，就算我再烦刘伟，我也不可能串通警察！"

　　白吉说："第二次。"

　　白吉的拇指在枪身上敲了敲，那份震动感透过一层薄薄的皮肤传到陈铭生的神经中，他感觉到一股触电般的麻木。在那个紧张得让人汗毛直立的瞬间过去后，陈铭生缓和了一下，然后一拍桌子，将身体撑了起来。

　　白吉后退一步，枪仍指着他。

　　陈铭生用手紧紧抓着桌子，盯着刘伟。

　　"你有病吧！"陈铭生的声音变大了，"你自己蠢成猪一样，你瞎往谁身上赖呢？！我阴你？我告诉你，我要是想阴你，你现在坟头已经长草了！"

刘伟刚刚看到希望，当然不会放弃救命的机会，他站起来，浑身菜汤、血迹混杂。

"不是你是谁，就你玩着背地的一套！我这次就是栽你手里了！"

陈铭生眯起眼睛："几瓶啤酒你就能把货运地点说出来，那给你来瓶白的你是不是连你家祖坟都爆了？"

刘伟暴跳如雷，破口大骂。

陈铭生猛地一拍桌子，吼道："你就这点定力的话，之前吃喝嫖赌的时候早把这事儿说过一百遍了！"

"跟谁说？"刘伟大叫，"我能跟谁说？我吃喝嫖赌我能跟……"

就那么短短的一秒不到。

可能就半秒钟的时间——刘伟停顿了。

然后他马上用更大的声音吼道："我吃喝嫖赌我能跟谁说？！就你！就是你，杀千刀的江名！"

陈铭生一直在等着那个停顿，他当然注意到了，而他浑身都因为这短短的半秒钟紧绷了起来。他开口，打算接着冲刘伟喊，在他张嘴的前一刻，他感觉到一直抵在脑后的枪，移开了。

陈铭生在枪离开身体的时候，全身的皮肤都麻了一瞬，稍微松懈一些后，他感觉到耳根僵硬，背后湿了一片。

白吉慢慢绕过桌子，顺手把枪放到桌面上，他来到刘伟面前，缓缓地说："你跟谁说了？"

刘伟心里虚，语气都没有刚刚那么冲了："白哥，我没说……我就跟他说了！肯定是他，白哥！"

白吉忽然间转过身，迈了一个大步到桌边，双手抓住饭桌上的那个铜火锅把手，再一个转身，把滚烫的火锅整个扣在了刘伟的头上。

"啊！啊啊啊啊！"刘伟瞬间惨叫起来。

白吉把烤得近乎焦了的火锅皮压在刘伟的身上，大吼一声："我问你跟谁说了！"

一股焦煳味从刘伟身上传出来，刘伟贴着火锅的皮肉几乎被烫熟了。

刘伟崩溃了。

"一个女人！我就跟一个女人说过！啊啊啊啊！"

白吉问："什么女人？！"

"发廊的小姐！白哥，她就是个小姐，肯定是江名，肯定是……"刘伟使劲往陈铭生的身上推。

白吉一甩手，把火锅扔到一边。火锅滚了两圈，滚到角落里。

刘伟已经没有人形了。

白吉踩在他手上，刘伟哼哼唧唧的，连疼都没有力气喊了。

"哪家发廊？"

刘伟哆哆嗦嗦："魅……魅心发廊……"

"在哪儿？"

刘伟报了一个地址，桌上马上有人站起身，出门了。

屋里安安静静，掉一根针的声音都能听见。枪摆在桌子上，不知是有意还是无意，枪口对着陈铭生。

白吉擦了擦手，来到一边的沙发上，他点了一根烟，闭目养神一样。

一个半小时后，那个人回来了。

他进屋先看了一眼刘伟。刘伟见到他的表情，似乎预料到什么，原本血肉模糊的脸更加瘆人了。

"跑了。"那人来到沙发前，对白吉说，"手机号也打不通，听人说，半个月前就跑了。"

刘伟忽然号哭起来，边哭边骂。

白吉在那一片号哭声中慢慢吹出最后一口烟。他回到餐桌旁，把那把指着陈铭生的枪拿了起来。

白吉拿着枪，来到刘伟面前。

刘伟可能是知道自己完蛋了，连求饶的话都说不出了，看着黑洞洞的枪口，发出的声音都是气声，颤抖得连自己都不知道在说什么。

白吉举起枪，枪口顶在刘伟的脑门上，刘伟尿了裤子。

白吉的神色很沉，看着刘伟烂成一片的脸，似是考虑，又似是沉思。

屋里的人都安安静静，陈铭生的手掌依旧握着桌子，目光低沉地看着前面。

过了半分钟，白吉把枪放下了。

他放下枪的时候，脸色很轻松，不过那是一种病态的、略微有些神经质的轻松。白吉把枪扔到桌子上，"咣当"一声。

"说白了。"白吉说，"你也不是故意的。"

白吉一边说，几乎还温柔地冲刘伟笑了笑，别人都看着那笑容发麻，刘伟却跟着一起笑了，他一边笑，两片嘴唇一边剧烈地颤抖。

"你也跟了我好几年了。"白吉说，"没有功劳也有苦劳。"白吉转过身，冲着桌子上的人一摊手，说，"我这个做老大的，总不能因为一次无心之失，就要了人家的命，对吧？"

桌子上的人不知道他有何打算，都怕殃及池鱼，不敢回话。只有少数几个人配合他点点头。白吉又转回去，绕到刘伟身边，弯下腰，低声说："去给江名道个歉。"

刘伟透过血糊糊的眼睑，看见不远处站着的陈铭生。

现在只要能活命，让刘伟吃屎他都愿意。刘伟双膝跪地，跪着来到陈铭生两米开外的地方，冲他咣咣地磕头，那声音响得让人觉得他都快把地磕穿了。

"名哥我错了……我错了名哥，"刘伟的脸上鼻涕、眼泪加上血，混在一起，要多恶心就多恶心，他又往前蹭了几步，拉住陈铭生的裤脚，"名哥，名哥你原谅我！我就是一条狗，我就是一条狗！"

白吉站在他身后，面无表情地看着他。

陈铭生抬起头，白吉有所意识，也转过眼，他冲陈铭生笑了笑。

"阿名，大度点。"白吉说，"给个机会。"白吉走到陈铭生身边，他比陈铭生矮了很多，抬起手，拍拍陈铭生的肩膀，又说，"让他以后在你手底下做事怎么样？"

陈铭生没有说话。

白吉说："怎么样？"

陈铭生说："我不想要他。"

刘伟哆哆嗦嗦地给陈铭生磕头。

"名哥，名哥我跟着你做事，我跟着你做事！以后你说什么是什么，你让我干啥我就干啥！名哥，名哥你救救我……"

白吉侧眼看了他一眼，又转过头接着对陈铭生说："怎么样？"

陈铭生脸沉如潭，他暗自咬紧了牙，他感觉到白吉在他肩膀上搭着的那只手，格外的沉重。

就这样，不知僵持了多久，陈铭生终于点了点头。

白吉一拍他肩膀，说："好。"

一顿饭，前半顿吃得憋屈，后半顿差点把前半顿那点东西都呕出来，白吉一说散了，桌上的人都巴不得赶紧离开。只剩了几个跟白吉关系最近的人。

吴建山说："白哥，警察都还在找他，让他先到外地躲一阵儿。"

白吉到一边的柜子里抽了条新的湿手帕，擦了擦手，淡淡地"嗯"了一声。他一边擦手，一边转头看了陈铭生一眼："吓着你了？"

陈铭生低下头，没出声。

白吉走过去，说："回去吧，我叫人给你卡里打点钱，买点好酒好菜，再睡一觉，压压惊。至于你，"白吉转头看了看刘伟，然后说，"找人安排一下，让他躲两天。"

吴建山点点头。

半夜一点多的时候，他们才散伙。

陈铭生开着车，开了一会儿，把车停到路边，点了一根烟抽。

他看着路边昏暗土黄的路灯，头靠在椅背上，安安静静地抽烟。

在另外一条路上，一辆车在向另外的方向行驶。开车的是吴建山，副驾驶上坐着郭子，后座上是白吉。

吴建山说："白哥，你刚刚……"

白吉懒洋洋地说："嗯？"

"你刚刚，真的要对江名下手啊？"

吴建山问完，郭子也透过后视镜偷偷地瞄了一眼后面，他也好奇。

是真好奇。

江名和白吉的关系，郭子略有耳闻，在白吉还是个小混子的时候，江名就跟在他身边。他一路跟着白吉摸爬滚打，早年是白吉手下的第一号人物，话不多，但是刀山火海地跟着白吉混，白吉才这么快地有了今天。

白吉点了根烟，看着车窗外，说："你们说，如果刘伟说的是真的，阿名为什么要这么做？"

吴建山笑笑，说："不会是真的，江名都跟了你多少年了，比我都久。"

白吉说："如果呢？"

吴建山沉默了，车在街道上行驶迅速，路边的电线杆、树木、房子都刷刷地往后退去。

过了一会儿，吴建山说："要是真的，他可能是恨刘伟恨得有点魔障了。"

郭子在一边说："名哥跟刘伟关系特别不好？"

"不好。"吴建山说，"刘伟这人……脾气大，爱得罪人。现在江名残废了，被他压了一头，心里肯定不爽快。"

郭子说："那就是……给警察，做线人了？"

吴建山说："要真是他干的，那就是这样了。"

他们俩在前面聊得热闹，忽然听见后面的一声浅笑。

两人声音一停，吴建山透过后视镜看着白吉，说："白哥，我们这瞎猜呢。"

白吉嘴角弯着，他把窗户打开了些，在外面弹了一下烟灰。夜风吹进来，吹得头发乱飞，他也没在意，眯着眼睛，看着外面。

他不知想到什么，又笑了一声，说："你们知道吗？这小子刚刚跟我那两年，那时是明坤做老大。那时候我也只是个跑腿的，他就跟着我混。"

白吉似乎陷入了回忆。

"那时候，坤哥被人黑了一次，就让我们报复。当时我们四五个人晚上去砸他们的歌舞厅，我们以为没人呢，结果谁知道对方一伙人就在旁边的烧烤摊吃烧烤。一个报信的一跑，没一会儿工夫，哗啦啦来了一堆人。"白吉想起当年，也有些感慨。

"当时我们几个砸得爽了，没想到后面有人来包抄。之前江名跟了我，我对这人没怎么注意，直到那次砸歌舞厅，我才注意到他。"

白吉很少跟别人说自己以前的事情，吴建山和郭子都听得很专心。

"直到那次？"吴建山想了想，然后说，"江名挺能打的吧。"

白吉哼笑了一声，因为这声哼笑，被一口烟呛了一下，他咳嗽两声，说："何止能打，平时他人比较蔫，我都叫不出名字，一直以为就是个一般的小混混。"

吴建山赞同地说："嗯，我认识江名要晚一些，他是不太爱说话，但是下手也真是狠，胆子很大。"

白吉接着说："那次他一个人撂翻了四五个，但是后来人太多，我们几个就被人家给抓住了。"白吉又弹了一下烟，说，"这种事，人家肯定不能吃亏，我们几个也被揍得很惨。江名打人打得最狠，所以换人家修理我们的时候，也是他被揍得最惨。"

时隔多年，再提起这些事情，大家听的也就是个热闹，当时的紧张血腥，根本不能再体会到了。

可白吉依旧陷入了沉思。他缓缓地说："你们知道吗？江名是我们当中被打得最惨的，也是我们当中唯一一个没有求饶，甚至连一声疼都没有喊的。"

车里安静了。过了一会儿，吴建山才说："江名是挺有骨气的。"

白吉说："你说，这样一个人，会不会为了一点蝇头小利，给警察做线人，阴刘伟？"

吴建山说："那肯定不会啊。"

他通过后视镜看了白吉一眼，白吉也刚好在看着他，吴建山觉得那眼神有些奇怪，很快地转开了目光。

身后传来白吉淡淡的声音："嗯，我也觉得，他不会。"

不会，做线人。

如果不是线人，那其他的呢？

夜里的昆明，格外的宁静。

白吉对吴建山说："当时找到江名的那份报纸，你还留着吗？"

吴建山说："报纸，啥报纸？"

白吉说："江名被登报的那张。"

"啊啊。"吴建山想起来，说，"好像还留着吧，当时看完直接让我扔家里了。"

白吉说："他当时在一个警察局。"

吴建山有点记不清了，一边的郭子说："对，我记得，是在一个派出所里。"

吴建山有些奇怪地说:"他怎么被抓到局子里去了,太不小心了。不过看来没出什么事,也没查到啥。"

白吉说:"郭子,你还记得是哪家派出所吗?"

郭子皱着眉头想了想,说:"不记得了,好像是外省的,挺远。"

白吉说:"回去把报纸找出来,查一下是哪家派出所。郭子,你来办。"

郭子连忙点头,说:"好的。"

吴建山说:"白哥,你查那个干什么?"

白吉对他笑了笑,说:"刚刚想起来,怕他在外面惹了什么麻烦,弄清楚好些。"

吴建山说:"对对对,还是弄清楚好些。"

白吉说:"这件事,你们两个都不要告诉江名。"

吴建山和郭子两人对视一眼,两人都在对方的眼里看见了疑惑,但是他们没有多问,都点了点头,说好。

陈铭生回到宾馆的时候,已经后半夜了。他洗了个澡,给老徐打了个电话。

老徐看来已经睡觉了,接电话的声音迷迷糊糊的。陈铭生上来就是一句:"你给老子起来。"

陈铭生一般不骂人,骂人了就说明他的情绪异于平常。

老徐精神了一点,说:"来了,出什么事了?"

陈铭生听到老徐下地的声音,看来是进了洗手间,打开水龙头,他抹了一下脸,声音严肃地说:"是不是有什么情况?"

陈铭生听着他被折腾起来的声音,笑着说:"没事,逗你玩呢。"

老徐安静了两秒钟,然后说:"我一榔头锤死你啊。"

陈铭生抽着烟,坐到床边,说:"是有点事。"

老徐问:"怎么了?"

陈铭生说:"刘伟回来了。"

老徐差点没蹦起来,"回来了?!没死?"

陈铭生说:"难道是魂回来吗?当然没死。"

老徐说:"躲哪儿了?我叫人去抓。"

陈铭生说:"我不知道,白吉找别人安排的,我现在的情况不能多问。"

老徐严肃地说:"刘伟指你了?"

"嗯。"陈铭生想了想,把今天晚上的事情都对老徐讲了一遍。气氛瞬间就变得有些凝重了。

两边都安静了,都在思考。

过了一会儿,老徐说:"你觉得,白吉开始怀疑你了吗?"

"怀疑了。"陈铭生毫不犹豫地说，他把烟放到嘴里，又说，"不过，现在这会儿，谁干都有可能，白吉怀疑过很多人。他现在怀疑我，多半是因为他之前从来没有想过我会出卖他。"

老徐这时候都不忘挤对陈铭生："看来你在毒贩子里面吃得挺开啊。怎么在警队这边打个扑克都有一堆人抓你？"

老徐逗了他两句，又变严肃了。

陈铭生说："这边我会小心，你们那儿，别被人抓到马脚了。"

老徐说："放心。"

又说了几句，陈铭生挂断电话。他站起身，到洗手间里，对着镜子看了看。

他的脸因为白吉那狠狠的一下，被磕得有些青了。他活动了一下下巴，感觉还是很疼。他把衣服脱下来，随手扔到一边，站在淋浴下冲了个澡。

凌晨三点多的时候，陈铭生躺倒在床上，但是怎么都睡不着。他把手机拿出来，手指按了几下，一串十一位的号码出现在屏幕上。

他按完之后，就再也没有别的动作了，没有关掉，也没有按下拨通。

就这样，他看着那一串号码，屏幕灭了，就按亮了继续看。

半个多小时后，他终于有些困意，扣上了手机，入眠。

足足花了一个月，郭子才联系到那家派出所。

他找得慢，不是因为找寻过程复杂，而是因为他根本就没有上心。

其实他的心里对这件事也不是很看重，毕竟不是他自己的事。他是个新人，不了解过去发生的事情，所以白吉对失去了一条腿的江名依旧如此关注，这一点让他有点妒忌。

查到五台山派出所的时候，按白吉的意思，是让他亲自去问一问，或者找到当时那个拍照的记者。但郭子偷懒了。

白吉给假的那几天，正好是他女朋友过生日。郭子就没有亲自去，只是给派出所打了个电话，空出的时间偷偷带他女朋友上九寨沟玩了。

他打通电话的时候，正好是中午。他把自己伪装成了一个寻亲的人。

"喂喂？哎，你好，警察同志，我想问一下这里是不是五台山派出所？"

"哦，是这样的……"

他将自己事先准备好的理由往外一摆，然后说："警察同志，能帮个忙吗？"

电话里的警察说："哎哟这个……这个事我不太清楚，我给你问一问吧。"

郭子连忙说："好的好的，麻烦您了。"

那个警察好像冲办公室另外一个人问了几句话，郭子隐约听见他说："哪天？"

"啊对，是谁负责的？"

"好的。"

然后，他对郭子说："你等一下。"警察冲着屋外大叫一声，"老邱，老邱在不？"

过了一会儿，来了个人，看来就是那个老邱。

老邱问道："叫我干什么？"

那警察说："有个人问个案子，说是好像在报纸上看见自己离家出走的哥哥了，那案子你负责的吧？"

老邱问："什么案子？"

警察说："不知道，报纸光登了张图片，那图片是当时在场记者用手机拍的。你忘了？因为这事头儿还给我们使劲训了一遍。"

老邱静默了一会儿，再开口时，声音忽然明朗了起来："啊啊，我知道了，来，我跟他说。"

老邱接了电话，对电话里的人说："喂，你好，我是当时负责案子的警察，有什么想问的？"

郭子心想真是容易，他对老邱说："警察同志辛苦了，是这样的，那张照片，后面靠墙站着的人，您还有印象吗？"

老邱毫不犹豫地对他说："有印象，怎么了，他是你哥哥？"

郭子开始装上了："我看着像，他都离家出走十年了，全家都在找他，请警察同志帮帮忙，他当时是因为什么情况被带到警察局的？"

老邱说："吸毒。"

郭子吓了一跳，因为他本身的职业原因，一听到跟毒沾边的就特别敏感，加上这还是从一个警察嘴里说出来的，他再开口时都有点哆嗦了。"吸……吸毒？"

老邱说："对，当时他在火车上，毒瘾犯了，就去厕所吸毒，被抓住了。你看当场那几个，都是。怎么，你有什么问题吗？"

"没没没，我，我就是有点惊讶。"郭子连忙说，"哎哟喂，我哥哥他怎么染上这么个毛病啊……"

老邱好像是笑了一声，说："谁知道呢，当时拘留了几天就放了，你要找他我们是没有线索的。"

郭子说："那……那他当时的身份证信息……能透露一下吗？"

"嗯？"

"我是想确认一下，确认一下……"

老邱说："你等等。"

郭子听到了键盘打字的声音，过了五六分钟，老邱又开口，报了一串身份证号，然后说："就是这个身份证号，你看看是不是你哥吧，人叫江名。"

　　郭子说："啊，是的是的，就是他，就是江名。那……"郭子问到了，就不想再跟警察多说话了，说了句"多谢警察同志"，就直接挂断了电话。

　　派出所里，一边的同事一脸看神经病的表情看着老邱，说："我说你自己在电脑键盘上乱按什么呢？"

　　老邱把自己的手机关上，说："你别管。"

　　同事说："怎么回事？你事先把人家身份证号记在自己手机里了？"

　　老邱不耐烦地瞪他一眼，说："告诉你别管别管，干活！"

　　同事一撇嘴，转过去接着干活。

　　老邱来到走廊里，又掏出自己的手机，翻出一个电话，打了过去。电话响了三声，接通了。

　　"喂？喂？哎，你好，是徐庆国吗？"

　　"……"

　　"我这儿是五台山派出所，我是老邱啊。对对对，你之前还找过我的。"

　　"……"

　　"哎哟，还真被你给料中了！"老邱说，"刚才有个人打电话来，问之前那个人的情况。"

　　"……"

　　"放心，没有纰漏，我都是按你说的跟他讲的，身份证号和名字也都是你给的那个。"

　　"……"

　　"不用不用，应该的，你们这工作危险啊。咱们地方虽然不一样，说起来大家也都算是同事。"

　　"……"

　　"没错，那年轻人也不容易，当时给我留的印象就很深，没想到还有这么一出，哎。"

　　"……"

　　"那好，就这样了，如果有什么需要帮忙的地方，你就给我打电话，在这个问题上我们一定全力支持。"

　　"……"

　　郭子觉得，简直是太顺利了。

　　不过有一点他没有料中，那就是陈铭生居然染了毒瘾。

　　"啧啧。"他跟吴建山说起的时候，还带着点感触，"你看，你们都说这人有骨气，还不是一样。"

吴建山皱着眉头，抽烟。

"不过也能理解，毕竟腿成这样了。"郭子说，"看他现在这个程度，感觉瘾也不是很大。"

吴建山说："先把事情跟白哥说了吧。"

这天，陈铭生被白吉叫到家里吃饭。

他到的时候，屋里只有白吉一个人，桌子上已经准备了饭菜，白薇薇不在，甚至连打扫卫生的阿姨都不在。

"白哥。"陈铭生拄着拐杖过去。白吉指了指自己身边的位置，说："坐。"

陈铭生坐下。

白吉在抽烟，陈铭生见他没有说话，自己也就不方便开口。

半晌，白吉终于说话了："阿名啊，怎么不说话？"

陈铭生不知道白吉这次叫他来的目的，他说："说什么？"

白吉说："还气呢？"

陈铭生没有吭声。

白吉说："你知道的，我们做这个，本来就是刀口上舔血，没什么不可能的，你别怪我。"

陈铭生低声说："没。"

白吉说："阿名，咱们俩算是有缘分，我待你，跟待他们不一样。"

陈铭生侧过头，看着白吉。

缘分。

的确，缘分这个东西，说起来是如此的讽刺。

白吉有些老了，当初他第一次见到他时，他虽是中年，可目光中还带着精气神，而现在，陈铭生已经能很明显地从他身上感觉到老态。

他低下头，看见自己残缺的腿，无言。

不管是谁，都逃不过岁月。时光荏苒，所有人，都伤痕累累。

"阿名，我是拿你当兄弟的。"白吉说。

陈铭生低声说："我知道。"

"所以阿名，你绝对不能骗我。"白吉说，"不然我一定杀你。"

陈铭生的心底就像一个无底的深渊，他轻轻点头，说："我知道。"

"你是不是吸毒了？"

陈铭生猛然抬头，看着白吉。

白吉抽着烟，淡淡地说："你是做这个的，你应该清楚，什么东西能碰，什么东西不能碰。"

陈铭生抿抿嘴，低下头，复又抬起。

他的声音有些沙哑："白哥，你查我？"

白吉没有否认。

陈铭生拄着拐杖要站起来，白吉伸出手，拉住他的胳膊，制止了他。

"江名，坐下。"

陈铭生咬了咬牙，说："既然你已经不信我了，那我留着也没什么意义了。我实话跟你说，我现在身体变成这样，心里也累了，我早就不想干了。你放心，我自己找个小地方生活，你所有的事，我都不会说的。如果你连这个也不信，那你就直接杀了我好了。"

白吉叹了口气，说："阿名，你听我把话说完。"

陈铭生从那一声叹气里听到了浓浓的疲惫，他慢慢地坐了下来。

白吉又说了一遍："我拿你，是当兄弟的。"

那股烟将白吉的面容淡淡地隐去一些。他对陈铭生说："阿名，明年吧。"

陈铭生说："明年什么？"

白吉说："明年，我带你做一票大的。然后你就退了吧。"

陈铭生觉得白吉还有没说完的话，果然，白吉放下烟，转头对陈铭生又说："我给你拿钱，你带着薇薇出国吧。"

陈铭生怔住了："什么？"

白吉说："我在美国买了个房子，在那个什么得克萨斯州。"白吉自己出身不好，全是靠之后贩毒一点点攒了身家，他跟陈铭生说起那个房子，脸上神情还带着些孩子气，"我跟你说阿名，那些鬼佬跟咱们是真不一样，他们那儿的房子比我们这儿的便宜多了。我直接买下了两栋别墅，都是人家装修好的。你们明年过去，你多照顾一下薇薇，钱的事情，不用担心。"

陈铭生说："那你呢？"

白吉笑了两声，说："等我赚够了钱，就过去养老。"

白吉一边笑着，一边抽着烟，靠在沙发上。

陈铭生看着他，过了许久，才点点头，说："好。"

明年，做一票大的，然后就回家养老。

又下了几场雪，便到年关了。

北方的天气一天比一天冷，地上已经积了很厚的一层雪。路边上的树也都掉光了叶子。这边空气不怎么好，大雪下过几天后，就已经不再是雪白了，而是蒙上了一层淡淡的灰尘。人们穿着雪地靴，走在雪里，踩得雪嘎吱嘎吱响。

路边上满满的都是过年的气息，楼层住户、商铺、酒店，甚至连路边的路灯都挂着红灯笼，一到晚上就点亮，吹着风雪，照出一片安逸的红光。

这是一年最慵懒，也最忙碌的一天。

杨昭早上起来精心准备了一下。今天是除夕夜，杨家历来的规矩便是除夕夜的家庭聚会。这是一年里人到得最齐的一天。

她早上起来后，顺便把杨锦天也叫醒了。对于高考生而言，这是高考前最后一个疯狂的放松。杨锦天难得连续睡了两三天的懒觉。他放假之后就一直住在杨昭这里，杨昭问他想不想回她父母那边住，方便照顾他，杨锦天说什么也不同意。

杨昭把杨锦天弄起来，给他叫了一顿早餐，然后拿进屋一个大兜子。

杨锦天迷迷糊糊地揉了揉眼睛，说："姐，这啥啊？"

杨昭说："衣服，今天晚上你穿这套。"

杨锦天把兜子拿过来，将衣服拿出来看了看——一套裁剪得体的中山装。

杨锦天挠挠头发，说："姐，你给我买的啊？"

杨昭说："嗯，我找人做的，你等下试试看。"

关于这套中山装，不得不说，这是杨昭爷爷的偏好。杨昭爷爷是他那个年代少有的知识分子，进步青年，他对中山装的偏好已经达到了一种痴迷的程度，家里的中山装不管能穿的不能穿的，足足有半个衣柜。而他年岁已大，大家为了哄老爷子开心，过年聚餐的时候，都会穿中山装。

杨锦天打着哈欠进了洗手间，把衣服换好，然后出来，对杨昭说："姐，咋样？"

杨昭收拾好袋子，抬头看了一眼，然后笑了笑，说："嗯，不错。"

杨锦天被她表扬了一句，瞬间精神了不少，说："等我去把头发弄一弄，更精神。"他兴致勃勃地跟杨昭说，"就跟历史书上的那些民国男学生一样。"

杨锦天比之前有活力了许多，杨昭看着他的笑脸，心里也有些欣慰，她点点头，刚要开口，手机响了。

杨锦天看着杨昭把手机拿出来，然后看着手机屏幕上的号码，半天都没有动静。

手机响了一声又一声。

杨锦天有些奇怪地说："姐，谁啊，怎么不接电话？"

杨昭好像没有听见他的话。

"姐？"

杨昭猛地回过头："啊？"

杨锦天指了指手机，说："你怎么不接啊？"

"啊……哦。"杨昭有些慌乱，她对杨锦天说，"你，你先收拾一下，我去接个电话。"

杨昭出了屋，回到自己的卧室，反手关好门，这才接通电话："喂。"

电话那边是一道低沉又有些温柔的声音："杨昭，是我。"

杨昭说："陈铭生？"

陈铭生轻声笑了笑，说："怎么，听不出来了？"

杨昭说："你怎么给我打电话了？"

陈铭生说："不能打吗？"

杨昭听出陈铭生的声音带着点懒散，比起之前轻松了很多，她被他感染，自己心里也慢慢地放松了。

杨昭来到窗边，外面的院子里铺满了雪，今天有些雾气，天地都是白茫茫一片。她靠在窗户边上，感觉到窗子散发的淡淡的寒气。

"陈铭生，你在做什么？"

陈铭生说："给你打电话。"

杨昭笑着说："打电话之前呢？"

陈铭生说："准备给你打电话。"

杨昭嘴角轻弯，忍不住低下头，她说："陈铭生，看来你现在真的很闲啊。"

陈铭生说："你干什么呢？"

杨昭肯定不会跟他玩"给你打电话"这种游戏，她告诉他："我在给小天准备衣服。"

陈铭生说："要出去吗？"

"嗯。"杨昭说，"下午出去，晚上要回我爸妈那里吃饭。"

陈铭生笑着说："年夜饭？"

"对啊。"杨昭说："你……你今晚怎么过？"

陈铭生说："还不知道。"

杨昭说："没有假期吗？"

陈铭生笑了，说："哪有假期？"

杨昭说："别太辛苦了。"

"别担心我，我没事的。"陈铭生说，"你爸妈家离你那儿远吗？你带你弟弟去，是一家四口的聚会？"

"不是。"杨昭说，"还有一些人，是一个大聚会，我家每年差不多最齐的一次聚会。我爸妈那儿离我不远。"

杨昭报出一个地址，说："开车的话……"她顿了一下，不知想到什么，笑了笑，说，"我开车的话，大概一个小时，你的话，二十几分钟吧。"

陈铭生也笑了，说："那还真的不算远。"

杨锦天在外面喊杨昭，陈铭生听见了，说："就到这儿吧，你去看看你弟弟。"

"好。"

陈铭生说："新年快乐。"

杨昭说："你也是。"

杨锦天小心翼翼地敲了敲门："姐？"

杨昭打开门，说："我在，你整理好了？"

"嗯。"杨锦天后退一步，挺直腰板，说："你觉得怎么样？"

杨昭点点头："很好。"

杨锦天笑了。十七八岁的年纪，永远是美丽的。有些幼稚，也有些冲动，常常犯错，但是依旧美丽。

下午，杨昭带着杨锦天回到父母家。每个人都会为这场聚会准备礼物，杨昭给杨锦天准备了一盒精美的糖果，她知道聚会会有其他的小孩来。杨昭自己准备了一瓶红酒——她接到陈铭生的电话后，心情一直很好，她从酒架里挑选了一瓶最好的红酒。

下午五点半，杨昭准时到达。门口停了一排车，杨昭认得其中的一些牌子，那都是她的亲人。杨父杨母为了迎接宾客，将门大敞着，门口挂着两个红灯笼，还贴着一副春联。

鞭炮声从早上起就一直没有停过。而越接近夜晚，鞭炮声就越密集，将过节的气氛烘托得越来越热闹。

杨昭领着杨锦天进屋，杨母在门口迎接，看见杨昭，笑着说："小昭，怎么来得这么晚？"

"给他准备衣服来着。"杨昭指了指杨锦天。

"哪有……"杨锦天小声嘀咕。

杨母笑着说："快进屋，去给爷爷拜年。"

"好。"

杨昭和杨锦天进屋里，一楼的客厅里已经来了不少人了，老人们都坐在沙发上，父辈们在一边的桌子旁聊天。一楼没有小孩子，孩子们都在楼上。

杨昭对杨锦天说："小天，去给爷爷拜年，然后上楼去。"

杨锦天整理了一下衣服，然后走到沙发前，给各位老人拜年。

杨昭的爷爷已经快九十岁高龄了，他眯着眼睛看着杨锦天，认出了这个孩子。他连连招手，让他靠近些。

杨锦天过去，杨昭爷爷一句一句地询问他的近况。过了好长时间，才给了他红包，放他离开。

换到杨昭拜年的时候，她爷爷对她说："小天是个可怜孩子，你做姐姐的，要多照顾他。"

杨昭低头称是。

晚上六点半，准时开饭。

家里一共来了近四十人，都是杨家直系亲属。一共分了三桌，杨昭坐在第二桌。

爷爷开了这一顿饭，讲了祝贺词，又喝下第一杯酒。老爷子的贺词带着老学究特有的冗长晦涩，年轻一辈根本听都听不懂，但是没人敢插嘴，在老爷子说完话前，也没有人敢把手放到桌子上。等他总算讲完了，大家都迫不及待地动筷吃饭。

杨昭朝杨锦天那儿看了看，杨锦天跟其他孩子坐在第三桌，他算是里面的大哥哥，他把带来的糖果分给几个小孩，小孩都喜笑颜开。杨昭也笑了。

外面的鞭炮声此起彼伏，饭桌上也渐渐热闹起来。杨昭倒了一杯酒，准备去给长辈们敬酒，就在她要站起身的时候，手机忽然振了一下。

杨昭心想或许是薛淼发来的短信祝贺新年，他们不过春节，因为知道参加不了杨昭的家庭聚会，所以薛淼抽空回了公司一趟。

杨昭一手端着酒杯，一手把手机拿出来，她看了那一条短信，瞬间就怔住了。

鞭炮声、酒席声、热闹的祝贺声，一切声音都消失了。

杨昭的眼里只有那短短的一行字——吃饱了，就出来见见我。

杨昭反复地看着那一串号码，反复地看，反复地验证。直到一边的亲戚碰了碰她，问道："杨昭，你还好吧，怎么愣神了？"

杨昭来不及说什么，放下酒杯，退出餐桌。

大家都在吃自己的，没有人注意到她。杨昭来到门口，穿鞋。她拉那靴子的拉链时，连续好几次都没有拉上，她的手一直在轻轻地抖。

她推开门，外面的冷风一下子灌入，杨昭被吹得眯起了眼睛。

她喘息着，一呼一吸间，吐出白白的雾气。

外面的鞭炮声更响了，杨昭慢慢关上门，往前走了走。她手里紧紧攥着手机。

她转过头，忽然看见转角处停着一辆红色的出租车。

杨昭的心不可抑制地快速跳动。她向着那辆车紧走了几步。

刚走到转角，杨昭的胳膊忽然被拉住了。她惊呼了一声，身子被一股大力拉到一边，她刚想叫喊，就被搂在腰上的那种熟悉感觉打断了。

陈铭生靠在墙上，一手抱着她的腰，一手放到她的臀上。他低着头，笑着看着依旧满脸震惊的杨昭，带着调笑地低声说："这么快就吃饱了？"

杨昭看着那张熟悉的脸，愣了许久。

陈铭生手掌微微一收，掐在她腰上，说："不认识我了？"

杨昭这时候才回过神来，她瞪着眼睛看着陈铭生，惊讶得说不出话来。

陈铭生说："怎么了？"

杨昭说："你怎么回来了？！"

陈铭生说："我不能回来吗？"

"不是……"杨昭还是没有理解这个场面，她张了张嘴，半天，又说了一句，"你怎么回来了？"

陈铭生的手松了松，人靠在墙上，装作一副失落的样子，说："怎么，你不想我回……"

陈铭生话说了一半，就停下了。

因为他的嘴被堵住了。

杨昭两手捧着他的脸颊，狠狠地吻了上去。

风雪飘落，除夕将临。

那来不及说出的所有话语，还有她的思念，全部都融在了雪和这一个浓烈的吻中。

陈铭生很快地回应她。

今天的气温将近零下二十度，冰天雪地，寒冷异常。可角落里互相亲吻的两个人却都觉得如此的燥热。

杨昭双手下是陈铭生健硕的脖颈，因为这激烈的拥吻，他的脖筋突出，温热的皮肤下面是冰冷坚硬的夹克领。

在这个阴暗的角落里，他们吻到疯狂，吻到忘情。

她低头靠在陈铭生的胸口上，低声问道："那辆车，是你的吧……"

陈铭生"嗯"了一声。

杨昭松开手，拉着他，陈铭生拄着拐杖，被她带着来到车边上。

"开门。"杨昭说。

陈铭生似乎懂了杨昭的意思，他的目光深沉了。

"不用现在……"他沉着声说，"你还在吃年夜饭，杨昭，我要明天才走，你今……"

"打开！"杨昭忽然大声说。

陈铭生闭上嘴，乖乖打开了车门。

杨昭扶着陈铭生坐进后座。

陈铭生的拐杖还没收进来，杨昭就探过身。

陈铭生穿得依旧不多，一件黑夹克下是一件衬衫。

她从衬衫领口处，看见了一件黑色的背心。

杨昭微微顿了顿。

或许，每一段感情，每一段时间，或者每一个小小的故事，都能找到一个承载的物品。就像她的长裙，就像他的黑色背心。

像南方的山峦，像北方的雪，像他们的烟，像那一幅暗淡的油画。

车外，鞭炮声响个不停，杨昭透过陈铭生的发丝，看见窗外的天空上，炸开了七彩的烟花。

车里狭窄黑暗，这是一个完全封闭的空间，在这个小小的地方，杨昭和陈铭生相互依偎。

两个人都没有说话，车里一片寂静之时，杨昭的手机忽然响了。

陈铭生似乎一下子被惊醒，语调都有些破碎了。

"接！"

杨昭努了努嘴，拿起手机在陈铭生面前晃了晃，手机依旧在振动。

陈铭生："快接！"

杨昭不再逗他，接通了电话。

"喂？"

那边是杨昭的母亲，她问杨昭："小昭，你不在家吗？我怎么找不到你。"

杨昭说："嗯，我刚刚出来了，买点东西。"

杨母说："怎么也不跟妈妈说一声，要买什么？"

杨昭说："我就在外面的超市，很快回去了。"

在杨昭打电话期间，她目光一直落在陈铭生的脸上，陈铭生也看着她。

杨母觉得有些奇怪。

杨昭看了陈铭生一眼，陈铭生微微扬起下巴，回应她。

杨昭无声地笑了笑，对着电话说："我很快回去，不用等我。"

杨母说："好，那你快一点。"

"嗯。"

放下电话，杨昭搂住陈铭生的脖子，嘴巴贴在陈铭生的耳边，低声说："陈铭生……"

陈铭生和杨昭更紧地抱在一起。

又过了一会儿，杨昭贴在陈铭生的胸口，说："我要回去了。"

陈铭生说："嗯。"

杨昭说："你呢？"

陈铭生说："我在外面等你。"

杨昭抚摸着他的后脑，她的心底有些难过。

她很想把他带进屋里，想当着全家人的面，向他们介绍他。

可她知道不行。如果她真的这样做了，屋里那些欢声笑语会在一瞬间停止，每个人都会带着奇怪和不解，看着他。

她无法忍受。

杨昭扣好衣服，从大衣兜里拿出一串钥匙，放到陈铭生手里。

"回家等我。"她说。

陈铭生拿着钥匙："不用，我在这儿等就……"

"回家等我。"杨昭说，"单元门的密码是9231，大门的密码锁是4763。"

"4763？"陈铭生听见这串数字，意味深长地笑了笑。

J-4763——他们相识的契机，他的车牌号。

杨昭凑过去，吻了吻他的唇角，轻声说："回家等我。"

那一整晚的聚会，杨昭都心不在焉。桌上精美的食物、亲人的交谈、孩子的笑声，都离她好远好远。他们的所思所想，所牵所挂，都无法走进她的心。

可她又一点都不孤单。当她凝视着别人的笑容，她想：我也有。

我也有能让我仅仅是想着，就忍不住笑出来的事，我也有单单念着名字，就会弯起嘴角的人。

我也有。

于是她找到了一种奇怪的方式与他们交流，他们交谈，她也交谈。他们笑，她也笑，并不做作，也不违心。只是他们在交流的过程中，仿佛有一层浅浅的膜在。薄薄的、透明的，相互过滤了对方的声音。

杨昭好想回家。

老爷子年岁已大，熬不了太晚，晚上十点不到就回去休息了。杨昭的父亲负责将老人送回家。另外的人留在这里迎接除夕。

杨昭的母亲趁着空闲，来到她身边。"小昭，你一个人在这里坐着干什么？"

杨昭冲她笑笑，说："没什么，刚刚有点吃多了。"

杨母说："我也没见你吃多少，怎么就吃多了？"

杨昭说："那是你没看清楚，我吃了很多。"

杨母点点头。

她没有离开，稳稳地坐在了杨昭身边，杨昭看了看她，杨母说："小昭，你今晚有些心不在焉。"

杨昭低下头，淡淡地说："没有。"

杨母说："我是你妈妈，自己女儿的状态会看错吗？"

杨昭没有说话。

杨母也静了一会儿，一阵突如其来的安静横隔在这对母女中间。

母女连心，慢慢地，这阵安静变了。

她们互相知道对方心里在想着什么。杨昭在等她开口，但是杨母神色平淡，一点要说话的意思都没有。

在杨家，不说就代表没有价值。于是，沉默变成了对峙。

杨昭不想退让。

半晌，过来一个亲戚，同杨母聊起天来。

杨母顺畅地与之聊起来，就像刚刚的事情完全没有发生一样。

杨昭站起身，离开了。

杨母在后面，看着杨昭的背影，默然不语。

"怎么了？"那个亲戚注意到杨母的神情，她也转头看了一眼杨昭。

"没什么。"杨母冲她笑笑，淡然地说，"女儿长大了。"

"是啊。"那个亲戚自己也有个女儿，感慨着说，"女孩大了，就不太好管了。不过小昭性格随你，凡事看得清楚，也不需要多费心。"

杨昭母亲淡淡地说："嗯，总会想清楚的。"

晚上十二点，屋里所有人一起迎接新年。

联欢晚会上几个主持人在倒数着读秒，杨昭低下头，偷偷把手机拿出来，编辑了一条短信。

"十、九、八……"

杨昭写好短信，在收信人的一栏里，熟练地打好一串号码。

"五、四、三、二、一！新年快乐！"

最后一秒过去，窗外的鞭炮声一下子密集起来，从窗外看过去，烟花点亮了半座城市。

屋里的所有人都笑脸盈盈，相互祝福。

杨昭轻轻按下发送。

那是一条简短的信息，就像所有人相互说的一样，杨昭想要对他说——新年快乐。

下半夜一点半，杨昭收拾好东西，回家了。

杨锦天本来想跟杨昭一起回去，但是杨昭没有同意。她让他留下，当杨锦天询问原因的时候，杨昭只告诉他一句："姐姐今晚有事。"

杨昭开着车，这座城市的除夕夜是不眠的，已经凌晨一点多了，街道上依旧很热闹。有人在放鞭炮，有人在赶路，也有人在路口烧纸。

杨昭在等一个红绿灯的时候，看见十字路口有一个老人在烧纸，北方的冬天风很大，吹起烧着的纸片，在空中仍闪了几下橘红的火星，最后化成灰烬，消散。

其实按照城市规定，是不允许在街头烧纸的。杨昭从没有烧过纸，但是她也并不讨厌，甚至于可以说，她对那淡黄色的老旧纸张和点着时泛着橘红的火光，带着充分的理解。

那简简单单的纸，带着人最纯纯本本的愿望。

杨昭回到华肯金座，已经凌晨两点多了。她虽然不想打扰陈铭生休息，但是他在等她，这个事实让她平白无故地有些雀跃。

如果她按下门铃，他就会来给她开门，这让她对这个地方产生了近乎家的错觉。她的手微微抖了抖，按了下门铃。

几乎立刻地，门里传出声音："来了。"

声音和他平时的声音很像，低低的，平缓的。

杨昭听见拐杖和拖鞋交替的声音。

原来——她心想，原来站在外面，等候开门，是这样的心情。

"咔嚓"一声轻响，陈铭生从里面打开了门。

他的眉眼在开门的一瞬，正低头看着门锁，打开缝隙后，他的目光由下往上，最后落在杨昭身上。杨昭双手背在身后，站在门外看着他。

陈铭生脱了外套，就穿了件背心，屋里很暖和。

杨昭往旁边看了看，说："哟，还把空调打开了。"

陈铭生笑了笑，懒洋洋地说："冷啊。"

杨昭说："不请我进去坐？"

陈铭生侧开身体，杨昭走进去，擦身而过之间抬起手，把手里的塑料袋在他面前晃了晃。袋子里飘出饭菜的香味。

杨昭说："饿了没有？"

说到这个，陈铭生开口了："你这冰箱是摆设吗？里面什么都没有。"

杨昭说："有水。"

陈铭生点头，拄着拐杖走在杨昭身后，杨昭拎着塑料袋进了厨房，没一会儿就把饭菜装到盘子里。

"我帮你热一下。"杨昭说。

"不用了，也不怎么凉。"

杨昭只觉得眼前一黑，一条胳膊伸到自己面前，把她手里的盘子端走了。

他个子高，杨昭仰着头看着盘子被拿走，毫无办法。

餐桌上，陈铭生大口大口地吃饭。

杨昭坐在他对面，说："什么时候回来的？"

陈铭生塞了满嘴的饭，说："早上。"

杨昭说:"那就是打电话之前了?"

陈铭生笑了笑,点头。

杨昭说:"为了给我个惊喜吗?"

陈铭生不经意地抬眼看了她一眼,说:"你惊喜了吗?"

杨昭抱着手臂,淡淡地说:"惊喜了。"

陈铭生笑着说:"还真不容易看出来。"

杨昭一愣,然后许久没有说话。陈铭生注意到,问她:"怎么了?"

杨昭想了想,说:"陈铭生,我是不是很冷漠?"

陈铭生一顿,没想到杨昭为什么突然问这个,他摇头说:"不啊,为啥这么想?"

杨昭说:"你第一次见到我的时候,有什么感觉?"

陈铭生拿着筷子,靠在椅背上,貌似真的在回忆,最后他敲了一下自己的下巴,颇为郑重地说:"我第一感觉,你很有钱。"

杨昭一时语塞。

陈铭生端起碗,又扒了几口饭,说:"说真的,就这个。其实你在上楼之前我就看见了。"

"嗯?"

"在楼下的时候。"陈铭生说,"当时我站在墙角,旁边就是窗户,你停车的时候我就看见了。我当时就在想,我这次算倒霉了。"

杨昭有些不理解:"为什么?"

陈铭生说:"你们这种人,损失钱是小事,受了委屈是大事,我当时觉得,你肯定要狠讹我一笔,要么就上法院折腾。"

杨昭问:"我讹你钱了吗?"

陈铭生看着她,没说话——或者说,没敢说话。

杨昭面无表情。

陈铭生终于开口了:"不算讹,小数。"

杨昭没有说话,其实当初,她确实有为难他的意思。

陈铭生倒是完全不在乎,说:"其实真的不算讹钱,我以前有一次,给人剌了这么长的一道小口子。"陈铭生抬起拿筷子的手,把筷子握住,然后食指和拇指张开,比画了一个五六厘米长的距离,说,"那人要我赔十万。"

杨昭说:"你赔了吗?"

陈铭生笑道:"怎么可能?"

杨昭说:"然后呢,怎么了结的?"

陈铭生夹菜的手一停,不知是回想起了什么,目光似是凝神了一瞬,而后他看向杨昭，轻声笑着说："没怎么，就那样了。"

杨昭没有再问，她看着那只拿着筷子的手，淡淡地说："别只顾吃肉，也吃点青菜。"

陈铭生点头："好。"

吃完饭，洗漱好，已经凌晨三点了。

他们躺在卧室的床上，杨昭穿着一身睡衣，靠在陈铭生的胸口。她很累了，也很困了，她不想睡，可眼皮忍不住地向下。

她给自己分神，跟陈铭生说话："你睡了吗？"

"没有。"陈铭生说。

杨昭说："已经这么晚了，为什么不睡，不困吗？"

陈铭生说："我没关系。"

陈铭生的胸膛宽厚又温暖，就像一个巨大的温泉漩涡，将杨昭整个包容在里面。她闻到他身上淡淡的皂香和那似乎一辈子也洗不掉的烟草味道，她有些沉迷了。

她说："我画了一幅画。"

"是吗？"陈铭生说，"画了什么？"

杨昭说："没什么。"

外面的鞭炮声总算少了一些，但偶尔还是会有声音从城市的最深处传来。

在这样的夜晚，说话的内容对于他们来说一点都不重要，重要的只是说话的过程。

这些对话可能都没有经过大脑，而是反射性地、缓慢地说出，或许等太阳升起的那一刻，他们都不记得自己说过什么，也不记得对方说过什么了。

唯一能记住的，只有他们曾经交谈过。

在漫长的除夕夜里，拖着疲惫的身躯，他们彼此相拥。

等天亮了，他们就会再次分开。

杨昭一直没有问他，什么时候回来。就算时间，远远超出了她原本的想象。

当初他说，等她手里的活做完了，他就回来了。

可杨昭早早就完成了工作，等到她另外接下的工作也完成的时候，陈铭生依旧杳无音讯。

冬天过去了，春天也过去了。

杨昭习惯了等待。

或者说，有时候，她几乎已经忘记了她还在等待。

那幅画早就完成了，杨昭把它装裱好，锁在了柜子里。只有翻找书籍，查看资料的时候,她才会看到那幅画。

从除夕夜后,陈铭生再也没有回来过,也没有任何消息。

起初,杨昭看见那幅画,心里会有种说不出的压抑。过了好一阵,她再看见,会觉得有一点点难过。最后,等到夏天来临,等到街道边的梨树开了花,她偶然间看见柜子里摆着的那幅画时,心里已经很平静了。

或许,所有的感情都是这样。

起于兴起,发于浓烈,最终,归于平淡。

Chapter 11

高考・明月・自我

从五月份开始，杨昭就再也没有想过陈铭生。

因为杨锦天的高考要来了。

墙上计时牌的数字终于变得屈指可数。杨锦天的成绩在短短几个月里突飞猛进，到后来，他学习劲头高到需要杨昭劝他休息。

他之所以这么努力，是因为他看到了希望。

如果真的毫无奔头可言，那人是不会努力的。而完完全全掌握了未来的人，也是没有劲头的。只有那些还在路上的，甚至于刚刚发现指路灯的人，才会拼死拼活地努力。

最后的那几天，老师也不让往死里学习了，反而主张心里要放松，不能太过紧张。

高考前三天，实验中学放假了。放假第一天晚上，班主任给家长开了一个小班会，是杨昭去的。

班会上，孙老师主要还是讲了一下学生最后几天的心理调整问题，还叮嘱了一下饮食方面的事情，最后告诉家长，不要给孩子太大压力。

班会解散的时候，孙老师特地把杨昭留了一下。她跟杨昭说，刚刚那些对杨锦天不适用，他必须还要加大力度，绷紧最后一根弦，一直到考完最后一科。

"杨锦天最后这一年成绩突飞猛进，最后这一哆嗦了，一定要看好！"到了这种关头，考生班的老师也都像疯了一样，眼珠子瞪得溜圆，跟斗鸡似的，"杨锦天要是好好发挥，考个985院校不成问题！"

杨昭也没怎么被她这股热情感染，但她还是很感谢孙老师："您放心，我一定会叮嘱他的。"

"好！"

一路平平淡淡，可真到了考试当天，杨昭才知道，自己还是会紧张的。毕竟不管嘴里怎么说，在中国，高考对于一个人来说都是无比重要的一步。

杨锦天被分在三十一中学的考场，离杨昭家很远。当考场通知下来的时候，杨昭问过杨锦天，要不要去近的地方住，杨锦天说不用。

跟杨昭比起来，杨锦天似乎很淡然。他每天六点十分起床，晚上十一点半休息，中午固定四十分钟午觉。

杨昭很欣赏他这样的生活作息，从五月中旬开始，她就推掉了所有工作，专心陪杨锦天迎接高考。

考试当天，考场门前的路离得老远就被封上了，车进不来，杨昭就跟其他家长一样，挤在校门口等着。

别的家长都扎堆聊天，杨昭没有认识的人，自己靠在道路旁的一棵树边上抽烟。

杨锦天早上的时候一直在杨昭车里坐着，坐到最后要进考场了才走。临走前他看了杨昭一眼，杨昭对他说加油。

杨锦天笑着说："姐，总会有件让你开心的事情的。"

杨昭愣了片刻，杨锦天已经走远了。她觉得杨锦天的话有些莫名其妙，可是再一想，她或许也明白他的意思。

短短的几个小时。

上午。

下午。

杨锦天结束了第一天的考试。

杨昭在闲着的时候想了想，她发现其实杨锦天并没有什么明显的弱项。

就算是杨昭也不得不承认，杨锦天的脑袋很聪明，尤其是数理化，杨锦天性格虽然刚烈，但是他的思维是理性的，非常冷静的理性。这一点让杨昭也很意外。

而英语，杨昭父母一辈基本都是海归学者，杨昭和杨锦天在小的时候就经常接触，成绩不会差。唯一一个杨锦天不太喜欢的科目，可能就是语文了。杨锦天不喜欢那些咬文嚼字的内容，不喜欢那些风花雪月的诗句，甚至只有八百字的作文也会让他头疼。

所以等第一科语文考完之后，杨昭仔细看了一下杨锦天的脸色，最后杨锦天都忍不住转过头，对杨昭说："姐，你就问呗。"

"嗯？"杨昭很快地移开目光，说，"什么？"

杨锦天笑了，说："你是不是想问问我考得怎么样？"

杨昭摇头："没，考完了就不要再想了，准备下一科吧。"

中午时间，杨昭问杨锦天想吃什么，杨锦天想了想，说："吃什么都行吗？"

杨昭发动汽车，说："当然。"

"我想去吃那家日本料理。"杨锦天似乎心情不错，坐在后座上，扒着前面的座椅，说，"行吗？"

杨昭有些意外："日本料理？"

"之前去过的。"杨锦天说。

"我知道，我记得。"杨昭想了想，那家店离这里说远不远说近不近，可是，"怎么忽然想去那儿了？"她虽然问了一句，但是车子还是掉转方向，往另外一条街道上开过去。

杨锦天笑着说："我是考生，今天权利最大。"

杨昭笑了，说："对，今天你最大。"

车里静默了一会儿，杨昭不经意地侧过头，刚好看见杨锦天在看她。他在接触到杨昭目光的一瞬间转开了头。

杨昭淡淡地说："怎么了？"

杨锦天笑着摇摇头："没什么。"

那家日本料理店依旧安静，没有多少客人。杨昭和杨锦天找到座位，杨昭问他："你想吃什么？"

杨锦天说："都行。"

杨昭把菜本给他，说："想吃什么就点吧。"

杨锦天点了两盘寿司和一份三文鱼，还有两瓶饮料。杨昭没什么胃口，杨锦天倒是吃得很欢。

料理店的灯光很暗，一直都是那么暗。他们坐在一条长吧台前，吧台上面的小灯将杨昭的脸照得很白，很干净。

杨锦天吃完饭，离考试时间还有很久。

"要不要走？"杨昭说，"去休息一会儿吗？"

杨锦天摇头，他看起来干劲十足："不用，我一点都不累。"

杨昭点点头，说："那就再等一会儿吧。"

"姐，"杨锦天拿纸巾擦了擦嘴，然后说，"你陪我聊聊天吧。"

"好啊。"杨昭说。

杨锦天说："你知道吗，我今天一点都不紧张。"

杨昭笑了，说："嗯，当年姐姐高考的时候，也没觉得紧张。"她的手扶着装饮料的杯子，但是却没有喝，"不紧张是好事。"她说，"不紧张意味着你胸有成竹。"

她抬起头，看着杨锦天，说："小天，天道酬勤，你的努力会有回报的。"

"嗯。"杨锦天低着头，过了一会儿，又重重地"嗯"了一声。
　　两天的考试顺利结束。
　　最后一科是英语，考场里，离考试结束时间还有二十多分钟的时候，屋里就有很多人已经完成试卷了。杨锦天也是其中之一。
　　他很早的时候就答完了试卷，但是根据班主任的叮嘱，他要坐到最后一分钟。
　　杨锦天坐在窗边，他转头，看向外面。今天的天气很好，外面的天蓝蓝的，白云稀疏地飘着。窗户开着一道缝，外面的风吹进来，刮起窗帘，在杨锦天的脸前晃了晃。
　　外面的天上飞过了几只鸟。杨锦天看得久了，微微有些愣神。他忽然想起了杨昭，想起他的姐姐。
　　她在外面等着他吗？杨锦天的眼眶有些热。
　　杨昭对他的意义，杨锦天说不清楚。他有时会觉得自己对杨昭的感情很淡，可是有时又会觉得她对他来说意味着一切。
　　她给了他希望，给了他未来。
　　当结束的铃声响起的时候，屋子里的考生都欢呼出声。一开始只是几个人，后来变成一个班，然后一层楼道，最后整个学校都欢呼起来了。解放了，不管考得好，还是不好，对于这些学生来说，即便是短短的几秒钟，他们也是如释重负，真真正正地解放了。
　　考场还在收试卷的老师脸上都带着理解的神态，他们忍着笑容，把试卷都收好，然后对学生说："解放了，走吧！"
　　走廊里瞬间挤满了人。
　　杨昭在一群家长里，被挤得有些头晕。可她也没有后退。她觉得，她应该站在最前面。
　　她一眼就看见了杨锦天，杨锦天也很快地发现了她。人群中的杨锦天穿着一件干干净净的半袖衣服，单肩背着书包，虽然还是很年轻稚嫩，但是他看起来带着一股充满活力的帅气感。
　　杨昭冲他打招呼的手忽然停了下来。
　　她远远看着杨锦天的笑脸，忽然有种难言的感动。他变得阳光了，他最终还是听了她的话，回到了他原本应该在的地方。
　　杨昭清清楚楚地记得那一天。
　　那是杨锦天的放榜日。
　　他之前的报考，第一志愿填写了北京航空航天大学。杨昭看他的填写，对他说："看来感觉真的不错啊。"

"嗯。"杨锦天笑嘻嘻地看着杨昭，说，"姐，你有想让我去的大学吗？"

"那是你的事情。"杨昭说。

杨锦天对她的反应毫不意外，他说："那我第一志愿就填这儿了。"

杨昭说："你事先查好了吗？"

"嗯。"

"有想去的专业吗？"

杨锦天抬头："有。"

杨昭说："什么专业？"

"电子信息工程。"

杨昭一抬眉，这个专业出乎她的意料。他们家至今为止还没有人涉足这个领域。

她问杨锦天："你怎么想到报这个？"

杨锦天耸耸肩："报着玩呗。"

"喜欢？"

杨锦天没回答，过了一会儿，才低声说："嗯。"

杨昭抬眼，摸了摸杨锦天的头，说："喜欢就好。"

杨锦天好像有点不好意思，他缩了缩脖子，说："哎呀，痒。"

下午学校放榜，杨昭带着杨锦天一起去了。

学校门口挤满了人，家长带着孩子围在红榜旁边。有人在打电话，有人在聊天，气氛火热非凡。

下了车后，杨锦天对杨昭说："姐，我进去看一眼，你等我就行。"

杨昭点头："好。"

杨锦天没有打查询分数的电话，而是选择亲自来学校看。他喜欢这种方式，喜欢这种直接的方式。

杨锦天在挤进人群中的前一刻看了杨昭一眼，那一刻杨昭低着头，好像在翻手机。

杨锦天从人堆里挤进去，站到榜单前面。他很快就发现了自己的名字，他的成绩跟自己的估分就差了一分。杨锦天笑了笑，没有特别的开心，因为这是他预料之中的结果。他只是在想，杨昭说得对，胸有成竹的感觉的确很好。

杨锦天转过头，招呼着杨昭，他高举着手臂，想让杨昭看到他。他想把这个好消息第一时间让杨昭知道，他迫不及待。可他慢慢地发现，杨昭好像一点看过来的意思都没有。

在密密麻麻的人中，杨昭微微低着头，杨锦天只能看见她的侧脸，黑色的头发挡住了她的眼睛，他看出她在打电话。

六月的天，晴朗干爽。

杨锦天在清澈的天空下，在人群中看着杨昭沉默的侧脸，他的心底涌出一股别样的情绪。

他想起了之前他对杨昭说的话。

"姐，总会有让你开心的事。"

总会有的。

这一天，杨昭接到了文磊的电话。

文磊的声音很低，他们的通话很简单，文磊问她："是……嫂子吗？"

杨昭不知道文磊的电话，但是她感觉出来了："你是文磊。"

"对。"文磊说，"嫂子，你……"

杨昭安安静静地等他把话说完。

可文磊似乎对接下来的谈话并不是十分确定，他以为杨昭接到他的电话后会急切地询问陈铭生的情况，可杨昭的声音很冷静，她甚至一个问题都没有，这让文磊有些心慌。

又等了一会儿，文磊有些忍不住了，他有些着急地说："嫂子，你还……你还在意生哥吗？"

杨昭愣住了，她张了张嘴，却没有回答他。她觉得，有些事情，她是说不清楚的。

"他现在怎么样？"杨昭直接开口。

她终于发问了，文磊咬了咬牙，说："你要是……我是说，你要不那么在乎他了，我就不跟你说了，他……"

"他现在怎么样？"杨昭又问了一遍。

文磊被杨昭这种平淡的语气逼得更急了，他的声音都变大了，他也不再喊嫂子，直接说："我问你还在不在意他？！他……他都……你怎么能……"

杨昭的手，在夏日的阳光下，冰冰凉凉。

如果是陈铭生——杨昭想，如果是陈铭生，他一定能在她第一次开口的瞬间，就听出她的思念，听出她的牵挂。

杨昭在文磊的吼声中低下头，轻声说："我在意他，你不要急，告诉我他怎么了。"

陈铭生在医院。

文磊铺垫了许久，说正文倒是简洁明了。

"他在医院，如果你愿意，可以……可以过来看看他。"

杨昭尽量控制着自己的声音，她说："医院，他受伤了吗？"

文磊顿住一段时间，然后他忽然压低了声音，有些急促地说："他现在……他现在情况不是很好，他不想让你来，但是……"

"我知道。"杨昭没有再让他多说，"你告诉我，医院在哪里？"

杨锦天还没来得及将自己的消息说出口，就知道另外的事情已经占据了杨昭的心。

杨昭当天回家就整理了一个行李箱，杨锦天就站在一边看着她。他问她："你要去哪儿？"

杨昭只告诉他："要出一趟门。"

杨锦天默不作声地回到房间，等他再回来的时候，将另外一个箱子摆到杨昭面前。

杨昭看着那个白色的旅行箱，然后抬头，看着杨锦天的眼睛。

"我跟你去。"杨锦天说着，又换了一个说法，"我陪你去。"

他只改了一个字，可当他说完这句话的时候，他和杨昭的心同时感受到了一种轻微的变化。

杨锦天长大了，从前，他一直站在杨昭的身后，他服从她的话，听着她的教诲，跟随着她的脚步。可现在，他多迈了一步，站到了杨昭身边。

可他觉得他并没有追逐，他按照自己正常的步伐前进。是杨昭——是她，停下了脚步。

杨锦天很清楚，她停下是为了等谁。

杨昭淡淡地说："不用。"

杨锦天说："你不让，我也会跟着。"

杨昭皱眉，杨锦天说："我十八岁了，我成年了。而且……"杨锦天耸耸肩，有些放松地说，"我有钱。"

他高考的好成绩让他终于能在杨昭父母面前抬起头了，杨昭父亲给了他一笔钱，用作他的暑期旅行费用。

杨锦天本来想去一趟埃及，可他现在改变主意了。

"我一定会跟着你。"

因为你不知道自己现在的脸色究竟有多苍白，杨锦天默默地想。

杨昭最终没有再理会他，但是第二天，她买了两张机票。

杨昭用最快的时间赶到昆明，她打了一辆车，在下飞机后两个小时内，在找好的酒店安置好了一切。可当她真正要去医院的时候，她的脚步又放慢了。

杨锦天已经知道她要做什么了。

他对杨昭说："你现在要去见他吗？"

杨昭坐在宾馆的床上，她抬起头，目光有些微微的茫然。

"对吗？"杨锦天说，"那个司机。"

杨昭说："他叫陈铭生。"

"你要去见他？"

杨昭说："对。"

"走吧。"

杨昭抬起头，杨锦天说："他生病了？还是受伤了？"

杨昭说："你留在这里。"

杨锦天说："我陪你到医院，我在医院等你。你放心，我不会打扰你。"

杨昭在下午来到医院，她在医院里打了文磊的电话，文磊很快找到了她。

时隔一年，他看起来没有任何变化，只不过他的神情没有第一次见面时那么轻松了。他的眉头轻皱着，来到杨昭面前，他还是很礼貌地跟她打了招呼。

"嫂子，你来了？"

杨昭点点头，杨锦天在送她到医院之后就离开了，杨昭嘱咐他不要乱走，杨锦天告诉她结束后给他打电话。

"跟我来吧。"文磊说。他把杨昭带到五楼，他没带她到病房，而是来到楼梯的拐角处。

医院里有着浓浓的特殊味道，杨昭看着来来往往的医生病患，问道："他情况怎么样？"

"很不好。"文磊皱着眉，对杨昭说出了实情，"生哥是……是一周前出的事。"

杨昭轻声说："很严重吗？"

文磊抿了抿嘴，说："有个毒贩，是个疯子……"文磊想起刘伟，眼神里是说不出的厌恶和憎恨，"他在被抓之前，给生哥打了一针。"

杨昭没有说话，文磊看了她一眼，很快又说："不过我们解毒做得快，所以……"

杨昭说："治好了吗？"

文磊闭上了嘴，把后面半句话咽了下去——所以没有当场死亡。

"嫂子。"文磊的声音有些沙哑，他说，"生哥不想告诉你，他之前醒过一次，我……我问过他，他不让我说，他不想让你看见。"

文磊说着说着，眼睛有些红了。

"嫂子，你不知道，生哥想的全是你，包括在这边工作的时候，他都想着你……他现在情况很糟，你……你……"

文磊看着这个有些冷漠、有些高傲的女人，终于明白了老王当初的话——"不是一类人"。

他对她并不信任，可他又不得不求她。

"只有你了，嫂子……生哥现在能靠的，只有你了。"文磊说着说着，有些激动了，"咱们是穷，没啥钱，但生哥不一样，他是英雄，真的嫂子，你不知道，他是英雄，他现在……"文磊说到一半，再也说不下去了，他捂住自己的脸，终于无声地流下眼泪。

杨昭说："带我去见见他吧。"

几日前。

天空雾蒙蒙地飘着些雨丝，显得"缘来是你"歌舞厅上刺目闪烁的霓虹灯有些凄迷。

透过震耳欲聋的舞曲和电音，吴建山压着怒气，靠近领班的耳朵又大声吼了一遍："刘伟！在哪儿？！"

陈铭生站在三步之外，身边是冷着一张脸的白吉。

陈铭生环顾这个装修有些陈旧的歌舞厅，旋转着射出五颜六色光芒的球形灯还带着些老旧气息。舞池中密密麻麻的人狂热地甩着头，摆动臀胯，如同群魔乱舞。

上一次被白吉打了之后，刘伟着实萎靡了一阵子。陈铭生知道他就是一条野狗，已经疯了的野狗。他越是老实地跟着他，越是说明他的内心已经扭曲畸形了。

陈铭生去花园，刘伟也跟着。有一回，白薇薇看到刘伟在陈铭生身后对她阴狠地笑着，露出白森森的牙就像狼狗一样，当即就吓得犯了病。

白吉把一家靠近远郊的歌舞厅给他容身。

那领班很快地带着陈铭生一行人来到一间包房。包房外面的走廊，红绿色的光线诡异而晦暗，散发着一股子怪味。

吴建山猛地一敲门。

屋里的声音戛然而止，在短暂而奇怪的安静中，陈铭生看到领班靠在墙上，冷汗直流，双腿发抖。

他丢了个眼色，领班如释重负，哆哆嗦嗦地撑着墙拖着腿跑了。

猛然间，就像从喉咙间挤出来的，房内爆发出一连串痉挛一般的女人的叫声。

那是一种失去了理智的叫法。

白吉一直没有说话，这时候的眼神愈发阴冷。吴建山和陈铭生交换了一个眼色，操起旁边的一个灭火器猛地朝门锁砸去。

"刘伟！你玩够了没有！"

并不牢固的老式房门被砸开了，刘伟赤着身子跪坐在床上，同样一丝不挂的女人躺在凌乱的被褥里面，仍然一阵一阵地抽搐。

"嘀——嘀嘀——"刘伟怪怪地笑着，脸上疤痕扭曲。他有一只眼被滚烫火辣的火锅底料浇进去，视力受损，这时以一种怪异的角度看着陈铭生几人。

"白哥，你怎么来了？"刘伟的语气仍然是恭恭敬敬的，爬下床迎过来，手底下却是不慌不忙地扯了条内裤套上。

白吉冷冷地在落地灯旁边的单人沙发上坐下来，跷着腿，一双白球鞋在这个装饰俗艳的包房中格外地白、干净，甚至是雅致。

他掏了一根烟点上。

"不错啊，刘伟。"烟雾袅袅地从白吉的鼻腔透出来，让他的脸在本来昏暗的灯光下变得更加模糊，"生意好得很。"

刘伟干干地笑了两声，舌头舔了舔牙齿。没待他说话，白吉猛然间吼道："现在什么时候？你吃喝嫖赌不说，还在舞厅大大方方地卖摇头丸！"

刘伟穿好衣服，抹了一把嘴，就说："白哥，我有分寸……"

"你有个屁分寸！"白吉想起上一回刘伟泄密的事，看着床上的女人，愈发的怒不可遏，操起旁边桌上的空啤酒瓶子就向刘伟头上砸下去。

"白哥。"陈铭生把烟叼到嘴里，眼疾手快地挡住了白吉这一下。他向床上抬了抬下巴，"白哥，这女人我查过，没事。"

刘伟偏过头，看了陈铭生一眼，因为毁了容，他瞄向陈铭生的表情看不清楚，好像是在笑一样。但是很快，他转过头，向白吉摊开右手手掌，一支微型注射器躺在掌心。

"白哥，试过了，九头蛇的这批货确实是真的。"

白吉的手缓缓落了下来。

陈铭生吐了口烟，双眉微皱，扫向床上的女人——她紧闭双眼，仍在昏迷状态，脸上一副欲仙欲死的表情。他进门时便观察得清清楚楚，这女人全身皮肤白皙，并没有半点毒品过量导致中毒后产生的紫绀。

这说明什么？

说明刘伟下的量恰到好处。

刘伟的量下得这么准说明什么？

说明那缅甸佬的货，纯度和说的一模一样。

这批货是陈铭生主动请缨接的。和九头蛇的第一次交易，白吉很谨慎。为了将两边的毒贩一网打尽，陈铭生示意老徐，对这次交易放了水。

这货他也验过，白，比珍珠粉还细腻。他指头上沾了点抹在手臂上，眨眼就融进了毛孔，消失不见了。

只有这样的一批货，才能促使白吉下定决心，干这一票大的。

"白哥，这纯度，倒手卖到北边去，起码得四千五、五千一克，咱们再多掺些石灰、咖啡因……"刘伟的眼睛里因为纵欲而布满血丝，闪烁着凶狠而狂热的光。

"呵……"白吉忽然笑了一声，弹了一下烟灰，似乎是感慨地说，"马克思说，有百分之五十的利润，人就会铤而走险；有百分之一百的利润，敢践踏人间一切法律；有了百分之三百的利润，就敢犯下任何罪行，死都不怕——咱们这是多少的利润了？"

白吉穿得像个文化人，说话也像。陈铭生知道他最引以为傲的就是当年蹲监狱的时候，牢里精神生活空虚，他把马克思的《资本论》给啃完了，出来之后简直脱胎换骨。

刘伟站起身来，狠着声音说："白哥，再给我一次机会。"

白吉的目光扫向陈铭生，陈铭生没说话，一口一口不疾不徐地抽着烟，目光淡然而明朗。吴建山说："白哥，我去！"

白吉猛烈地抽着烟，烟卷很快就短了。待吐出最后一口，他用力将烟头摁灭在烟灰缸里："这一趟，我走。"

或许是连续几次大型交易的失败刺激了白吉，也或许是天生的疑心，白吉这回下定了决心，要亲自去做成这笔大交易。他甚至避开了身边的人，单线去和九头蛇联系。

陈铭生拿不到消息，心中焦躁，但他如今已经忍得住，有耐心。

白吉丢给他一本护照、一套钥匙、一张印着白头海雕和星条旗的信用卡。

"薇薇我已经送去美国了。等这一票办完，你就过去。"

崭新的护照上是他失去右腿前的照片，容貌未变，只是尚年轻，在笑。

白吉拍拍他的肩，道："这条腿，我欠你的，以后就享福吧。我老了，你照顾薇薇，我放心。"

陈铭生蓦然抬起头来。

"等我赚够了钱，就过去养老。"

"白哥，这回你真要自己去？"陈铭生捏着卡，有些迟疑地问道。

白吉点点头。看着陈铭生，他脸色凝重："你们几个也要跟着。你收拾一下，明天和郭子一路出发，带好家伙，不准带手机。"

"怎么联络？"

"十点半在芒市客运站会合。"

芒市，德宏州的州府，紧邻缅甸。

陈铭生是跟着白吉从明坤手底下一步步爬上来的。白吉本人有多谨慎多狡猾，他最清楚。说是在芒市会合，却不一定在芒市交易。

白吉应该已经确定了在缅甸交界处的德宏州交易，然而德宏州茫茫大山，白吉到底会定在什么地方？

不准带手机。

事实上德宏州那边许多地方的通信基站都还没有完全修起来，有手机，信号也极弱。如何告知老徐具体的交易时间和地址？

陈铭生独自一人在房中思考。

他有些急切，也有些期待。

因为白吉说，这是最后一次。

最后，一次。

将至下半夜，陈铭生和老徐通了个电话，仍是想不出一个好些的办法。他坐在床上，丢开手机，一脚踹倒了旁边的桌子。

白吉给的那串钥匙，连着护照、信用卡一起哗啦啦地掉在了地上。

人的记忆是一种极神奇的东西。它是一种声音、图像、气味、感觉以及其他一切的混合。任何一种重复的刺激，都可能唤醒整个沉睡的情境。

那串钥匙间脆生生撞击的声音，让陈铭生呆住了那么一瞬。

杨昭清冷干净的脸浮现在他眼前，那露在大衣外的脖颈雪白修长。

她拿出一串钥匙，放在他手中。

"回家等我。"

"大门的密码锁是 4763。"

4763。

J-4763。

陈铭生忽然笑了。

"杨昭……"

他拨通了老徐的电话："云 A-8118。让各个路卡盯住云 A-8118，雷克萨斯越野。"

老徐问："什么？"

陈铭生这时候已经变得极其确定，清晰地说道："白吉的保命车，加厚加固过，防弹。这回和九头蛇交易，他一定会开这辆。后面可能会套牌，盯紧了就行。"

"车在哪里，白吉的交易就在哪里。"

芒海。

瑞丽。

陇川。

盈江。

……

白吉带着陈铭生等一群人几乎是在德宏州的边境线上打游击。

每个人都极其警惕。尤其是刘伟，陈铭生偶尔与他目光交会，都能从他眼睛里看到不同寻常的狠戾。他觉得，刘伟是把这次当成翻身的机会了。

九头蛇也是极精明的人。

两边都晓得这批货出不得半点差池，都是格外地谨慎小心。有一回在芒棒险些就要开始交易，白吉不知道怎么嗅到了些风吹草动，两边人很快便散了。又过了半个来月，又约在了盈江。

陈铭生知道，这中间最苦的就是一直跟踪过来的老徐和弟兄们。吸取了芒棒的教训，他们愈发不敢轻举妄动。有时候白吉进一个小镇子，就要打听有没有外人来。估摸着老徐他们风餐露宿，都是常有的事情。

然而缉毒这件事情，什么时候容易过？

没有安逸。没有止境。

他们只知道奋不顾身地向前。出来一个毒贩，捉一个。再出来，再捉。

这夜是十四，月亮特别大，薄薄的，纸剪的一般挂在天上，安静又冰凉。

陈铭生伏在草丛中，心中有着异常的静谧。透过瞄准镜，他看见刘伟、吴建山、郭子已经和九头蛇的人交接货物和美金，白吉没有出现在瞄准范围里。

他的腿坏了，不方便直接参加交易，所以充当的是狙击与护卫的作用。

九头蛇亦有武装。

天晓得这芭蕉山口的寂静之下，有多少杀机暗藏。

陈铭生在等。

还有许多人也在等。

老徐告诉过他，这一年他们和缅甸正式开展了国际禁毒合作，建立了瑞丽、腾冲、南伞三个边境联络官办公室。这次行动，正是他们和缅甸警方在德宏州地区的首次合作，上头指示，必须一网打尽，树立标杆。

山林安静，月光似水。只有芭蕉山口地点的交易在有条不紊地进行着。

缉毒这种事情，不可避免地会使用钓鱼执法。货不过手，定不了罪。

陈铭生的心情很复杂，他是紧张的，可是在那份紧张里，又带着一丝丝的安宁。

一切都会结束在十四。

十五便是团圆。

他有家了。

家里有那个女人，在等他。

钱货两清。刘伟几个每人提了个箱子，匆匆离开。

缅甸那边忽地一声枪响，九头蛇的团伙中，一人应声扑地。

"快退！"

刘伟几个飞跑了起来，几乎与此同时，密集的枪声响了起来，九头蛇的武装狂乱地扫射，掩护撤退。

有人疯狂地在喊："丢货！丢啊！"

郭子怒吼了一声。混乱的枪声中，他左腿一弯，跪倒在地，痛苦地号叫起来。

已经丢了货跑在前面的吴建山啐骂一声，回头来拉郭子。他的整个背部正暴露在陈铭生目标范围内。

陈铭生的眼睛漆黑，冷漠而稳定地拉开枪栓，手指压在了扳机上。

"你也知道我，自从我老婆生了孩子之后，我就把命当命了。"

锐利的十字定在吴建山的膝盖位置——他扣下了扳机。

枪林弹雨之中，一辆纯黑的雷克萨斯碉堡一般奔突了出来，目标是郭子和吴建山丢下的那两箱货。车顶探出黑洞洞的枪口，无情射击。

亡命之徒。

"名哥！掩护我！"

刘伟大叫着，箱子挡在身前，向陈铭生这边冲了过来。陈铭生身后不远处还有一辆车，这是事先策划好的撤退方案。

刘伟身强力壮，跑得奇快。

他冲向陈铭生的位置，陈铭生刚要转身坐起来，忽然感觉有一丝不对劲。

那种不对劲来源于他的经验，就像一根蜘蛛丝一样细，轻轻一颤，让他再次转头——刘伟。

刘伟从一开始，目光就没有离开过他。他那张面目全非的脸慢慢露出了狰狞的笑容。

陈铭生反射性地反手拿枪，却已经来不及了，刘伟咧着嘴，大笑着："名哥！名哥！"

陈铭生完全没料到，刘伟对他的恨已经深入骨髓，濒临绝境时竟不首先想着逃命，却是要报复他！

刘伟已经红了眼睛，双腿双脚将陈铭生狠狠地压制在地。陈铭生亦是和他搏命，双臂筋骨暴起。

"刘伟，警察来了，你是不是疯了？！"

刘伟嘿嘿地笑着，脸上的疤痕狰狞可怖。

"名哥，我有腿，跑得掉。你就不行了，哈哈哈！"

白吉的雷克萨斯抄了那两箱货，便要撤退。有人摇了窗子大喝道："刘伟你在干什么！还不快走！"

陈铭生趁刘伟这一分神之际，猛一记勾拳打在了刘伟胃部，那寸劲十足，刘伟闷哼一声，胳膊上的劲道便松了。陈铭生猛地翻身，将刘伟压在身下，他掐住刘伟的脖子，两人再次缠斗在一起。

刘伟的脸被掐成了猪肝色，他一双手乱摸，眼睛中竟然没有半点惧色，张着嘴"嗬嗬"呼吸，唾沫星溅在陈铭生的脸上。

刘伟的力气好像在一瞬间松懈了一点。

陈铭生的腿撑不了太久，他想速战速决，举起拳头朝他的鼻梁骨狠狠打下去。

那脆弱的鼻骨在他的拳头下瞬间变了形，刘伟的脸侧到一边，鼻腔和嘴里都喷出血来。

陈铭生打算直接制伏他，却忽然觉得大腿根部蜂蛰般的一疼。

陈铭生稍稍一顿，一种前所未有的、猛烈的凉意从腹股沟爆发出来，暴风闪电一般袭向他的全身。他的十指指尖剧烈颤抖，头皮都在发麻。

那一瞬间，久经毒场的经验带给他的直觉让他意识到——刘伟给他注射了海洛因。

怪不得刚刚那一刻，他的力量松懈了。他是在找位置，找准位置——血液在人体循环一周的时间只需要二十秒。

高纯度的海洛因溶液从陈铭生的股静脉进入，瞬间进入他的心脏、他的大脑、他的神经中枢。

他没有多余的时间思考，他用残余的意识，伸开双臂和腿，死死地缠住了刘伟。

陈铭生的双目直勾勾地望着天边，冰冷苍白的月色下是飘雪的影子。

雪飘着飘着，燃烧了起来。

刘伟的拳头癫狂地打在他脸上、胸口、腹部。

刘伟狠命地去掰陈铭生的手指，终于拔出自己的腿来，他狠狠地一脚踹在陈铭生的头上，拎着箱子奔向那辆车。拉开车门的时候，一颗子弹准确地击穿了他的心脏。

"生哥！"

"别动！纳洛酮解毒！这是我们的人！我们的人！快点！你们，去接应二队，包抄白吉的那辆车！"

枪声乱，血腥味重。人影交织，叫声起落。

一切都和陈铭生无关了。

他瞳孔极度缩小，皮肤开始发紫。他瞪着天边的冷月，嘴唇一张，一合。再一张，一合。

所有的景象，都混乱了。

它们像一滴落入清水的墨汁，在一瞬间四散开来，烟雾越来越大，最后又刹那间扭曲在一起，然后一同爆炸开来。

在那迸发的最深处、所有动态的最深处，有一幅淡淡的静止的画面。

一座空荡荡的寺院后院，有一个女人，在低头祈福。

十四之月，将圆，不圆。

毒解得很及时，但是伤害在所难免，而且深入骨髓。

陈铭生被安排在一间单人病房里，杨昭推开门的时候，他正在休息。

文磊在她身边轻声说："他的精神状态不太好，时常陷入昏迷，你……"

"我陪他一会儿。"杨昭说。

文磊点点头，反手关上了门。

他靠在门上，浑身脱了力一样。他还记得那天抢救陈铭生时的场景。老徐像疯了一样，在医院里大喊大叫，连跑掉了一只鞋都不知道。

那是漆黑的夜，比什么都黑。

抢救室外有一排凳子，可谁都没有坐，老徐使劲捶着病房外面的墙，捶得声音像闷雷一样。医院的医生、护士出来，看见一排穿得脏兮兮的人，他们出言制止，老徐憋气地蹲在了门口，他按着自己的脸，手都在抖。

一起来医院的有四个人，除了老徐和文磊，还有一个跟他们一起来的人，文磊没有留在现场，他找了个借口，去洗手间。

他想起陈铭生的脸，想起他紧紧拉住他的手，那时他的眼神已经有些涣散了，可他依旧跟他说："抓住他们。"

文磊在洗手间哭成了一个傻子。

纯度这么高的毒品，直接大剂量地注入，陈铭生生死未卜。而且，就算他被抢救了过来，如此剧烈的中毒，也会给他的身体带来不可磨灭的损伤。很多不能预料的后遗症很有可能会伴随他一生。

一生。

文磊想着陈铭生，他最后想到的不是他的英勇事迹，而是那一天，冬日的那一天，陈铭生和他在那间小标间里，他就坐在他身边抽烟，然后从他的手里把电脑抢过去，把桌面的天气系统打开，找到了杨昭的城市。

而后，他看着那片小小的雪花，静默不言。

文磊把水龙头的水调到最大，把自己呜咽的声音盖住。

杨昭来到陈铭生的病床边。

几个月了？

杨昭问自己，也在问他。

她没有马上想到答案，但是不要紧，她有很长的时间，她可以坐下来，慢慢想。

好像只有半年不到，四个月？五个月？可你为什么变成这样了？

陈铭生的手露在外面，杨昭看了一会儿，她慢慢抬起胳膊，拉住了他的手。

这只手依旧很宽，很大，可是却不再有力。

陈铭生消瘦了许多。他的脸色很差，非常差。

他的头上还缠着厚厚的纱布，脸上也带着伤痕。

他的头发稍稍长长了一些，遮在眉毛上面，眉头微微皱着，嘴巴也有些干裂。

陈铭生的手忽然动了一下。

杨昭紧张了起来，她以为他醒了。后来才知道，那只是他无意识地抽动。

她很快发现，这样的抽动有很多次。杨昭不知道坐了多久，陈铭生的手抖了一下，杨昭抬起另一只手，将他的手稳稳地包在了里面。

可这一次，真的是他醒了。

他睁开眼，没有完全睁开，他像一只疲惫的鸟，好像马上就要再次闭上眼睛。

可他在最后一瞬，看见了杨昭。

他的目光慢慢移向她。他一直、一直看着她。

终于，他认出了她，也认出了这不是幻觉，也不是梦境，这是真实，是真实的她。

陈铭生的嘴唇忽然颤抖了，他的手似乎想用力，可是却没能抓住她。

他还很虚弱。

杨昭低下头，她的发丝垂在陈铭生的脸边。

窗外，是一大片火红的天。

杨昭轻轻地说："陈铭生，我来找你了。"

陈铭生闭上了眼睛，他的牙也咬紧了。

"是文磊吗……"他的声音弱不可闻。

杨昭直起腰："你怪他？"

陈铭生的嘴角似乎动了动，杨昭觉得，他好像是想笑，可是看不出来。

陈铭生晃了晃头，说："不……不怪。"

杨昭依旧握着他的手，她说："你累了吗？休息吧。"

陈铭生说："你住在哪儿……"

杨昭说："我自然有地方住，你不用担心我。"杨昭说话过程中，陈铭生的手又抽搐了一下，杨昭顿了一下，说，"你好好养病。"

陈铭生沉默了。

门开了，杨昭看过去，是文磊带着医生来了。

"嫂子，大夫要检查一下。"

杨昭点点头，让开了地方。

在医生给陈铭生做检查的时候，杨昭和文磊在屋外等着。杨昭说："检查要多久？"

文磊说："十几分钟吧，很快的。"

杨昭点点头，说："跟我来一下吧。"

杨昭和文磊下了楼，天已经暗了，杨昭站在路灯下抽了一根烟。

"你跟生哥说话了吗？"文磊问。

杨昭说："他的具体情况怎么样？我坐在他身边，他的手总是发抖，一下一下的。"

"是……"文磊想尽可能地说得轻松一点，"就是一点小毛病，没什么影响的。"

杨昭抬起眼，直直地看着文磊。

文磊被那双漆黑的眼睛看着，忍不住移开目光。

"别骗我。"杨昭说，"你不说，我也会去问医生。"

文磊咬了咬牙，说："海洛因中毒，他现在还没完全好，会有点这类的反应。"他仔细看着杨昭，观察着她的表情，然后他发现，杨昭在他说话的过程中，甚至连眼睛都没有眨一下。

文磊很快说："不过都会好的，真的，嫂子，对生活没有影响，一点都……"

"是因为神经吗？"杨昭忽然说。

文磊闭嘴了。

杨昭说："毒品中毒，应该会对神经系统造成创伤。"

"嫂子……"文磊哑声说，"你……"

杨昭看着他："我怎么？"

"你……"文磊艰难地说，"你别嫌弃生哥，真的，你别嫌弃他。对了！他现在有钱了，他也能让你过上好生活。"文磊似乎对杨昭有些拿不准主意，他慌乱地往前走了一步，离杨昭近了一点，他低声说，"嫂子，生哥留了一笔钱。我没骗你！他是为了你才留的，他也能给你好日子，所以……"他手握着拳，说，"你别嫌弃他，你……你留在他身边，留下来，行吗？"

杨昭听完他急促的话语，慢慢抬起头。她没有看文磊，直接越过了他，看向夜幕降临的天空。

她感觉到了一股深深的疲惫。

烟，燃尽了。

杨昭掐灭了烟头，扔进垃圾箱。

她低声说："回去吧。"

医生给陈铭生做完了检查，护士就进来给他换药，陈铭生头上的伤很重，纱布摘下来的时候，杨昭看见他额头上缝了五六针，伤口歪歪扭扭，就像一条蜈蚣一样。

陈铭生现在依旧很虚弱，他什么事情都做不了，护士甚至给他排了尿。

杨昭在一边看着，他就像一个脆弱的石像，一不小心，就会碎成片。

等到所有的事都做完，屋里重新剩下陈铭生和杨昭两个人，杨昭来到床边，她发现，他醒着。

他在看着她。

只有他的眼睛，还和从前一模一样。

不，也不是完全一样了。

他的眼神比之前更沉，更深，更静默了。

杨昭坐在他身边，拉住他的手。

陈铭生的嘴唇动了动，好像想要说什么，可是最终，依旧没有发出声音，他的目光里好像有千言万语，可是最终，依旧归为平静。

杨昭低下头，轻轻地说："陈铭生，这跟你说的不一样。"

陈铭生的目光更痛苦了，他张开嘴，没有声音，但是杨昭看懂了。

他在说对不起。

对不起，杨昭。

对不起。

"为什么道歉？"杨昭的手紧了一些，她的脸色还是平淡的，"那不是你的错，那只是你的选择。"她轻声说，"只是你的选择而已……"

陈铭生的手回应了她。

轻微的、缓慢的。

杨昭看着他的眼睛，她忽然意识到，自己知道了他目光中的含义。

他在害怕。

这种害怕来源很多，对已知的，对未知的。

而这种感觉，被他自己归总在一起，最后拧成一条叫告别的长绳，勒住了他的脖颈。

杨昭抬起手，轻轻抚摸他的脸。

陈铭生贪恋这种感觉，他的脸微不可察地向那只手的地方靠了靠。

杨昭感觉到了，她慢慢地笑了。

她开玩笑一般地对陈铭生说："陈铭生，虽然我之前说过很多次了，但是我还得再说一遍，"她缓缓靠近陈铭生，她闻到刺鼻的药水味，她在那味道中对陈铭生说，"你真是一个浑蛋……"

这一回，她看清楚了。

他的嘴角的确弯了。

他看着她，目光里依旧有那么一丝的不确定，可是害怕与恐惧却少了许多。

他一直想要托起她，这是从前任何时间都没有的感觉。他想要托起这个女人，他想要彻彻底底地拥有她。可是到了最后，他却发现，是这个女人撑起了他。

虽然时间如此短暂，可她带给他的力量却是无法形容的。

她不善良，也谈不上温柔，可她拯救了他，在那个下着大雨的夜晚——用另外一种更为突出而尖锐的东西。

虽然无人知晓，也无人在意。

陈铭生用力地握紧手，但他的手猛烈地抽动了一下，没有使出力气。

可他们的手依旧牢牢地握在一起。

她的手很干燥，就像她的人一样，冷冷的、淡淡的。只有在一种情况下，你才会懂得她热烈的灵魂——你们同时敞开心扉的时候。

像陈铭生这种人，看着坚不可破，其实只是个包着硬壳的软馒头。任何的不坚定，任何的迷茫，都会拖住他的脚步。只有最坦白的人，只有最直接的人，只有最赤裸的人，才能把他从那个幽暗安静的角落里拉出来。

她拯救了他，在那个下着大雨的夜晚。

用她的自我。

虽然无人知晓，也无人在意。

Chapter 12

# 偶然・圆满・不为人知

那天，杨昭一直陪着陈铭生，到他沉睡。

其实也没有多晚，晚上七八点钟的时候，陈铭生就休息了。杨昭离开病房，发现文磊不在了，换了另外一个她不认识的人。

料想文磊应该是对他说明了杨昭的身份，在见到杨昭从病房里出来后，那人打量了她一下，然后点头说："你好，我是来看护陈铭生的，小磊换班了。"

他年纪看起来比文磊大一点，个头不高，中等身材，穿着一件普通的半袖衣服和一条短裤。

杨昭点头，说："好，那麻烦你了。"说完，她又问他，"他现在需要二十四小时照料吗？"

那人说："嗯，队里的人也很关心，这次他立了大功，多亏他才把白吉一伙一网打尽，他绝对不能有事，我们肯定会全力救治他的。"

杨昭低声说："谢谢。"

等到她下楼走到门口了，被人叫住时，杨昭才缓过神，她把杨锦天完全忘记了。

杨昭有些愧疚。

杨锦天坐在一楼的凳子上，看见杨昭目不斜视地从他面前经过，他喊了一声"姐"，杨昭还是没反应，杨锦天叫她"杨昭"，她才站住脚。

"小天……"杨昭连忙走过来，她揉了揉自己的头发，说，"对不起，姐姐待得太晚了，我……"

"我知道。"杨锦天看起来并没有生气，也没有久候的不耐烦，他站起身，还从一边的凳子上拎起一个塑料袋。

杨昭看了一眼，杨锦天说："吃的，你肯定没吃东西吧。"

杨昭的确没吃东西。

"我没什么胃口,你自己吃吧。"杨昭说。

"你明天还要来吧,什么都不吃,抵抗力就会下降,医院这种地方说安全也安全,说危险也危险,而且,你什么都不吃,也没力气照顾人,对不对?"

杨昭忽然抬头看他。

杨锦天目光坦然,毫不在乎。

他的角色改变了,杨昭想,他改变了,他长大了。

"好。"她说,"拿回宾馆吧,我在那里吃。"杨昭说着,朝外面走去,杨锦天跟在她身后。杨昭来到停车场,找到租的车,掏出钥匙,随口问了句,"买了什么?"

"糖醋排骨。"杨锦天说,"你喜欢吃的。"

杨昭忽然定住了,她拿钥匙的手也停了下来,她似乎是惊愕于某种片段似的回忆带给她的冲击。

"怎么了?"杨锦天问。

杨昭看着弟弟的眼睛,他的目光在夜色里很清澈,带着浓浓的关心。这种关心只给她一个人。可是她又不可避免地想起另外的地方、另外的一个人。

杨昭恍然,原来那段短暂而平淡的时光,也停留了这么久。久到像流沙,一点一点渗透进她宽广的心里。

"没什么,走吧。"

第二天,杨昭早起,她想了想,穿了一条长裙子,她把头发披散下来,佩戴了简单的首饰,还化了淡淡的妆。

她来到医院,那个看护的人不知道去了哪里。杨昭进了病房,陈铭生闭着眼睛,好像在睡觉。

杨昭坐到他身边,静静地看着他。

过了一会儿,陈铭生好像有什么感觉一样,慢慢睁开眼。他看到杨昭,目光缓慢地,上下移动了一下,然后他笑了。

虽然苍白无力,但是他笑了。

"弄得这么漂亮,干什么?"他低声慢慢地说。

杨昭说:"你不喜欢我漂亮吗?"

陈铭生笑得有些纵容,也有点儿痞气:"你这是在欺负我……"

杨昭明知故问地说:"是吗?"

陈铭生胳膊动了一下,他似乎想坐起来,但是没有成功。因为这个动作,他的左腿向下蹬了一下,他和杨昭都看见了,他们也都知道,这是他无意识的动作。

陈铭生不动了，他静了一会儿，杨昭依旧拉着他的手。

"有没有想吃的东西？"她问。

陈铭生沉默地摇摇头。

他的头上还缠着纱布，将大半个头部都包了起来，杨昭抬起另外一只手摸了摸他的眉毛，又碰了碰他的鼻梁。他的鼻子还有点青，但伤势看起来并不严重。

"你难得这么乖。"杨昭笑着说。

陈铭生看她一眼，没有说话。

杨昭说："脸都被人揍成这样了。"

陈铭生低声说："是不是破相了？"

杨昭点头："是呀。"

陈铭生怔怔地看着她，杨昭说："陈铭生，我带你出国治吧。"

陈铭生摇头。

"你……"

"杨昭。"陈铭生缓缓开口，"有可能……我是说有可能，有些毛病治不好的。"

杨昭说："不治怎么知道治不好？"

陈铭生垂下眉眼，没有说话。

其实，不光是手脚抽搐，杨昭能听出来，陈铭生说话有些吃力。

杨昭说："你别担心，这几天我叫人帮你联系医院。"

"我不去。"陈铭生低声说。

"陈铭生，这不是让你闹脾气的事，你……"

"我不去！"陈铭生忽然大吼了一声。

杨昭吓了一跳，后半段话也打住了。她完全没有料到陈铭生会这么大声吼出来，似乎连陈铭生自己都没有料到。他吼过之后，很快抬起手，捂住了脸，他的胸口似乎有些闷，大口大口地喘气。

杨昭看出他有点不对劲，她站起来，要去叫医生。陈铭生忽然拉住她的手："别……别，杨昭，不用，没事，没事的。"陈铭生坐不起来，只能伸手够她，杨昭马上回来，扶着他躺下，可陈铭生似乎不想躺回去，他的手依旧没有什么力气，但是他一直拉着杨昭的手腕。

"对不起……"他说，"对不起，杨昭，我，我现在……"

他穿着宽大的病号服，杨昭看着他的肩膀，明显瘦了很多。杨昭探过身，轻轻抱住了他。

"没事的，我知道。"她的手摸到他的脊背，不知道是不是错觉，她觉得他的脊骨很明显，几乎有些硌到她的手了。

"杨昭……"陈铭生的身体靠在杨昭身上，他的声音又低，又慢，"治不好的话，你是不是……是不是就……"

"就怎么样？"她问。

陈铭生静了好一会儿，才对杨昭说："杨昭，治不好的话，我们就分开吧。"

杨昭直起身，看着他，陈铭生没有回应，他的头低着，杨昭只能看见包着伤口的纱布，还有黑浓的眉毛。

"这是你的决定吗？"杨昭说。

"嗯。"

杨昭有些奇怪地看着他，她面前的这个男人，几乎一无所有了，除了破碎的身体和那不知道是好还是不好的记忆。

就算如此，他还是选择了推开她。

"你是想做个真正的男人吗？"杨昭说，"不能握紧我的手，就松开？"

陈铭生没有回话。

"你的理由很可笑。"杨昭总结道。

她扶着陈铭生躺回床里。

杨昭不是一个会照顾人的女人，虽然她想，但是她的心思和头脑都无法满足这个需要，从她照看杨锦天就能看出来。杨昭打算找一个好的护工，帮忙照顾陈铭生。

但是她确实是一个很有效率的女人，一天下来，她安排好了很多事情。

中午的时候杨锦天来医院，给杨昭送饭。

杨昭随便吃了几口。

"你白天去哪里了？"她问他。

杨锦天说："我睡了懒觉呀，刚起来没多久。"

杨昭说："那接下来呢？"

"我打算去云南省博物馆转一转，晚上再过来找你。"

杨昭点点头："注意安全。"

"知道了。"

杨昭吃了不到十分钟，就站起身准备离开了。

"姐。"杨锦天叫住杨昭，杨昭回过头，杨锦天说，"你……你别太费心了，你现在脸色很不好。"

杨昭轻轻地说："是吗？我知道了。"

她没有直接回病房，而是来到洗手间。

镜子里，是一个穿着淡蓝色长裙的女人，其实她觉得，她的脸色还算可以。

或许杨锦天是从她的神态中判断出了她的状态。

杨昭深深吸了口气,她从包里拿出腮红,在脸上轻轻补了一点妆。

厕所隔间里出来一个女人,气色灰白,她来洗手台洗手,斜眼看了杨昭一眼,然后冷不防地说了一句:"进医院了还化啥啊?"

没等杨昭说什么,她甩了甩手上的水,就走了。

杨昭看了一眼她的背影,转过头,接着看镜子里的自己。

到中午,陈铭生一直坚持着没有休息。

"你的工作怎么办……"他问。

"没事。"杨昭说,"我现在很闲,什么事都没有。"

陈铭生说:"你不用每天都来的。"

杨昭说:"你不想见到我吗?"

陈铭生没有回答,可他的目光,让杨昭觉得自己这样的问话,多少有些残忍。

"你还是这样。"杨昭淡淡地说,"或者说,我们还是这样。"

你不停地走,我不停地追,最后在狭窄的缝隙中,你无路可退了。

没错,陈铭生想。可你还能走,如果你愿意的话,你可以随时回头。

窗外的阳光,又亮又暖。

杨昭抬起手,轻轻盖在陈铭生的胸膛上,她俯下身,隔着衣服,轻轻亲了他的胸口一下。而后,她没有停,慢慢地向下。

陈铭生拉着她的手,他在浓重的药水味中闻到了她的淡香。

就在这个时候,门开了。

没有敲门,也没有任何征兆,就直接从外面被打开了。

杨昭还俯着身,她听见声音,抬起头来。

一个六十几岁的老人,拎着两个大包裹,站在门口。

她似乎没有想到自己会看到这种画面,她看着杨昭,杨昭觉得她的眼睛,跟陈铭生有些相像。但是她很快又否认了。老妇人的眼睛很浑浊,而且带着某种拒绝的意味,跟陈铭生截然不同。

"你是谁?"她开口了,目光变得严厉起来,"谁让你来的?!"

陈铭生叫了一声"妈"。

杨昭抬起头,站直身体,说:"阿姨,你好。"

陈铭生的母亲的表情一丝松动都没有,她一眼都没有看向陈铭生。"你是什么人?谁让你来的?"

杨昭说:"我……"

她刚开了个头,陈铭生的母亲就放下两个大包,杨昭看了一眼那随处可见的大编织袋，两个大袋子都鼓鼓囊囊，不知道装了什么。

陈铭生的母亲转头开门，冲外面的一个人说："这位同志，你们领导呢？让我见你们领导！"

门外是另外一个被换来看护的年轻人，他对陈铭生的母亲说："阿姨，您先别急，我给你们介绍一下吧，她……"

"你别给我介绍！"陈铭生的母亲胡乱地大声说，"别给我介绍！带她走！快点！你们就是这么对我儿子负责的？随随便便什么人都让进去。"

"阿姨……"

杨昭在屋里，陈铭生和她都听见了陈铭生的母亲的话。

陈铭生挣扎着，想坐起来，喊自己的母亲进来。杨昭按住他，说："不用，我去跟她说清楚。"

"杨昭，我妈她……"

"没事的。"

杨昭来到病房门口，陈铭生的母亲很快发现了她。

她们身高相仿，视线也刚好对上。

陈铭生的母亲言简意赅："走！"

杨昭说："阿姨，能请您跟我来一下吗？"

陈铭生的母亲跟着杨昭，来到楼道转角。

"你是什么人？"她又问杨昭。

杨昭说："阿姨，很抱歉没有跟你介绍，我是陈铭生——我是您儿子的女朋友。"

陈铭生的母亲对"女朋友"这个词似乎反应了一会儿，杨昭觉得有些古怪。

"你多久前开始跟他在一起的？"

杨昭说："一年前。"

"一年前？"陈铭生的母亲的眼睛瞪大了，"一年前？"

杨昭觉得这个老妇人有一股说不出的神经质，但她没有表现出什么，还是正常地回答了她的话："对，很抱歉没有告诉您，我们本来想……"

"你不要想了！"陈铭生的母亲说，"你不要想了！不要想了。"她摆了摆手，好像不想听到杨昭的话。

"你根本不知道你自己在干什么！你根本就不知道。"陈铭生的母亲的语速很快，声音也不高，杨昭得很仔细才能听出她在说什么。

"阿姨。"

"你不要再来了。"陈铭生的母亲忽然抬头，瞪着杨昭，说，"你以后不要再来了。"

"阿姨，我是……"

"我不管你是谁，你什么都不知道，我也没必要跟你说什么。"她上下打量了杨昭一番。

杨昭忽然后悔了。

如果她知道今天陈铭生的母亲会来，她不会穿成这样，或许她会穿件普通的休闲装，或者穿一件薄薄的外套，总之，不会穿成这样。

"阿姨……"

"快点！"

杨昭知道，自己说不了什么了。

她转身离开。

陈铭生的母亲回到屋子里，陈铭生看着她，她脚步不停地来到陈铭生身边，说："铭生，妈妈来照顾你。"

陈铭生低声说："她呢……"

"谁？"

陈铭生说："我女人。"

陈铭生的母亲正在解行李袋上的带子，听到陈铭生的话，她转过头，说："铭生，妈妈告诉过你什么？"

陈铭生躺在床上，没有说话。

他的母亲来到床边，站在床头，挡住了阳光。她逆着光，发丝灰白，脸上的皱纹也十分明显。她认真地告诉陈铭生："她跟我说你们一年前就在一起了，是不是真的？"她没等陈铭生回答，马上又说，"铭生，我跟你说过多少次了，你到底懂不懂妈妈的心，你爸爸当初是……"

"够了！"陈铭生大吼一声，"我听够了！"

他的母亲跟杨昭一样，被他突如其来的爆发吓住了。

陈铭生努力地控制，但是脑袋里那根理智的弦不停地松懈，他头脑有些混乱，胸口沉闷，浑身散着虚汗。

"你听够什么？"他的母亲瞪大眼睛，"你听够了什么？"

"没什么……"

"你听够你爸爸的事情了？"

"妈……"

"你不犯错，妈妈怎么会跟你提这些事，你不犯错，怎么会变成现在这样？！"陈铭生的母亲的手因为过于用力，上下捶着自己的大腿。

"妈，对不起，我不是有意的，我的头有点……"

陈铭生的母亲看出他有些难过，把枕头垫得舒服了一些。她一边给陈铭生掖被角，一边说："那个女人不怎么样，她照顾不好你，你以后就别见她了，长得挺顺气，但人感觉不三不四的。"

"她……"

"你别跟我说别的，妈看得准。你现在还病着，她在屋里做什么了？她伺候过你吗？你看我进来的时候她都在干些什么！"

陈铭生闭上眼睛，不再说话。

他母亲照顾人的确很有一套，陈铭生很快放松下来，可他睡不着了。

"妈，你晚上住在哪儿？"

"妈住旁边的旅店，很近的。"

"你……"

"你好好休息。"陈铭生的母亲说，"我去外面给你打点热水。"

杨昭走出医院，艳阳高照。

这里，比家乡热很多很多。

杨昭闭上眼睛，阳光直直地照射在她的脸上，晒得她的皮肤有些轻微的刺疼。

杨昭靠在墙壁上，从包里翻出一根烟，她抽到一半，就看见陈铭生的母亲拎着包出来，匆匆忙忙，好像是要买什么东西。

她完全没有来得及反应什么，陈铭生的母亲看到她靠在墙边抽烟，很快转过头，她也只看了那么一眼。

陈铭生的母亲走远了。

杨昭慢慢拿下烟，她深深地吸了一口气，闭上眼睛，觉得自己几乎要坐到地上了。

"姐？"

杨昭睁开眼，杨锦天叼着一根雪糕，站在她不远处，满眼奇怪。

"你这是干什么呢？"杨锦天紧走了几步过来，来到杨昭身边。

等他的身影挡住了直射在她身上的阳光时，杨昭才意识到，原来杨锦天已经这么高了。

"姐，你怎么了啊？"杨昭的脸色太过苍白，杨锦天被吓得半死。

"姐？说句话啊。"

杨昭摇摇头，说："没事，我没事。"

杨锦天皱着眉头，说："你怎么出来了？"

杨昭低着头，没有说话。

杨锦天看着她瘦弱的肩膀，垂下的发丝。他安静了一会儿，然后说："姐，回家吧。"

"不。"

"你在这里一点都……"

"小天，"杨昭忽然抬起头，说，"你在这里等我，我很快回来。"

在陈铭生的母亲回来之前，杨昭又回了陈铭生的病房一次。

陈铭生见到她回来，十分惊讶，他张嘴，想向她说些什么，杨昭打断了他。

"你告诉我，你妈妈都什么时候在？"

陈铭生低声说："她晚上才会走。"

"好。"杨昭说，"那我晚上来。"

"杨昭……"

"你不想我来吗？"

"不，"陈铭生说，"我妈她对你……"

"你想我来就行，我自己也想来，其他的事情，以后再说。"杨昭站起身，很快地离开了。

回到酒店，杨昭躺在床上。她不困，但是却异常疲惫。

杨锦天就坐在酒店的沙发上，看着杨昭。

他又说了一遍："回家吧，姐。"

杨昭没有力气回答他。

杨锦天说："你教过我的，每个人都有自己的位置，待在自己该在的地方，才会舒服。姐，你跟他在一起，快乐吗？"

杨昭坐起身，她定定地看着杨锦天。

"他叫陈铭生。"她缓缓地说。

杨锦天看着她的眼睛，依旧没有叫出他的名字。

"你为什么觉得我跟他在一起不快乐？"

杨锦天说："你照照镜子，你哪里快乐？"

"小天……"杨昭低下头，按了按自己的太阳穴，她说，"陈铭生不是坏人，你为什么一直不肯接受他？"

"因为你。"

杨昭握紧了床边。

杨锦天的回答似乎完全不着边际，又似乎完全合乎情理。

——因为你，我有一种感觉，因为他的出现，你变得脆弱而难过了。

"姐，你可以喜欢他，那是你的事。我不会接受他，只要你还是今天这个样子，我就永远不会接受他。"

杨昭的头低着，杨锦天看不到她的神情。静了一会儿，杨锦天觉得杨昭或许有些伤心了，可他依旧没有改口。

杨昭抬起头，她居然在笑。

杨锦天设想过她有很多种反应，唯独没有考虑过她会笑。而且那不是苦笑，不是无奈的笑，那是真正的笑容，有些疲惫、有些苍白，可却是真真正正的笑容。

她对他说："小天，你总算有点像杨家的人了。"

夜晚，杨昭回到医院。

她偷偷来到陈铭生的病房，陈铭生的母亲已经走了。

杨昭在门口站了一会儿，她有些犹豫，到底要不要进去？

现在太晚了，她在想如果陈铭生休息了，她是不是不应该打扰他。

就在她犹豫的时候，门开了。

文磊看见她，低声说："嫂子你来了？"

"嗯。"杨昭说，"今天你在？"

"对。"文磊顿了一下，又说，"嫂子，我听说了……你跟生哥母亲的事情，她可能是误会了，我们会解释清楚的，你——"

"我知道。"杨昭打断了他的话，她知道他要说什么。

"他睡了吗？"杨昭问。

"还没，生哥白天睡来着。"文磊给杨昭让开路，说，"那我在外面等着了。"

"麻烦你了。"

杨昭进屋，没有开灯。她悄悄来到陈铭生的床边，他醒着，看着她。

杨昭转过身，拉开了窗帘。

月光照了进来。

杨昭回到陈铭生身边，坐了一会儿，屋里非常非常的安静。

"这个色调，觉得眼熟吗？"杨昭说。

陈铭生不懂什么色调，他有些费力地抬起手，搭在杨昭的手上。

杨昭看着屋外的天空。

月光将屋子扫上一层淡淡的银青色，灰冷的调子，一张床、一扇窗、一轮月亮、两个人。

"真的似曾相识……"杨昭喃喃地说。

"杨昭……"陈铭生低声说，"我妈她，有点儿怪……你别在意。"

杨昭摇头，拉着他的手，眼睛依旧看着窗外。

他们在这个夜晚讲了许多话。陈铭生明明说得很吃力，可他就是不停地在说，好像要把一辈子的话都告诉杨昭一样。

他告诉她他的身世，告诉她他这一生里，一共有两个父亲。

一个亲生却没有见过面的父亲，还有一个没有血缘却教他做人的父亲。

这两个父亲，用有声的或无声的语言，用有力的或无力的动作，将他从孩提时代起，就推向一个既定的方向。

他告诉她，他妈妈爱了他爸一辈子，爱到最后，几乎有些疯狂了。她觉得女人一定得守在男人身边，照顾他一生一世。

"你后悔吗？"杨昭问他。

陈铭生静默了许久，最终摇了摇头。

杨昭笑了一声："真的？不是逞能？"

陈铭生好像想了一下，又轻轻地摇头。

当他的人生越是跌宕，走得越是远的时候，他就会越来越相信命运。所以他没有后悔。

他相信一切都是注定的。

而且他也不能后悔。如果他在这个时候低头了，那就意味着他否定了从前的所有，否定了他的父亲，否定了严郑涛，否定了老徐、文磊，甚至否定了杨昭。

"我不后悔。"陈铭生说。

回想过去，我不后悔。

我只是有一点点遗憾。

"如果我能再聪明一点，如果我能再努力一点，或许，我会比现在更好一些。"

杨昭抚摸着他的脸，她转过头，看着窗外。

"足够了，陈铭生。"她说，"足够了。"

"如果可以，"陈铭生说，"如果我能好起来，我就去见你爸妈……"

她的头发，挡住了脸。

在陈铭生的视线里，她的形象有一些恍惚。

他没有注意到自己的手在说话期间抽搐了很多次，他全部的注意力都集中在了杨昭的身上。

"你在哭吗？"他忽然问。

杨昭握着他的那只手在轻轻地颤，他的精神有些迷茫，他把那些颤抖归在了杨昭那边。

等他问出这句话，杨昭的手真的微微地抖了。

陈铭生淡淡地笑了笑："你是不是哭了？"

杨昭慢慢转过眼，她没有哭，但是那股压抑的悲伤比哭更痛苦。

可她的声音依旧平淡："如果我哭，你愿意好起来吗？"

陈铭生茫然了，他迷茫地看了看她，又看了看天花板，最后说："对不起……杨昭，对不起。"

杨昭低下头，她的嘴唇轻轻贴在陈铭生干裂的唇上，她吻他，一下又一下。

陈铭生的气息吞吐在她的脸上，他的味道与从前一样。

你不曾见过这样的吻，它这么重，压得人喘不过气，它又这么轻，轻得好像不复存在。

你同样也不曾见过这样绝望的吻。好像吻的不是情人，而是一个残破的梦。

她与他鼻息相贴，她与他亲密无间。

陈铭生抬起手，轻轻抚摸杨昭的头发："是不是想抽烟了？"

杨昭无声地摇头。

"抽吧……"

杨昭低声说："陈铭生，这里是医院。"

"抽吧……"陈铭生的声音有些轻松，"我也想抽，好像好久都没有碰到烟了。"

"你身体还没好。"

"给我一根吧……"陈铭生好像完全不在意，他笑着对杨昭说话，就像一个大孩子，"或者我们抽一根。"

杨昭就真的从包里拿出了一根烟。

她把烟拿在手里，看了好一会儿。

她忽然问："陈铭生，你知道打一瓶吊瓶，要多久吗？"

陈铭生说："不知道。"

杨昭说："两根烟的时间。"

她点燃了那根烟，烟头在打火机的火光中明亮了一瞬，又渐渐消隐，最后融成橘色的火星，在夜里，那烟似乎离得很近很近，感觉就像绽放的烟花。

她到底没有让陈铭生碰这根烟，她只让它燃起了片刻，就熄灭了。

她说："陈铭生，我走了，你休息吧。"

陈铭生说好。

她站起身，来到门边，在开门之前，她又回头看了他一眼，夜太深了，她看不清楚陈铭生的眼睛，她只觉得，他似乎正在望着她。

他好像在笑。

"杨昭……"他轻声说，"谢谢你。"

杨昭不知道说什么，点点头，拉开了门。

文磊在门口等着，见她出来，他迎上来。

"嫂子，要走了？"

"嗯。"

"你辛苦了，也……"文磊熬夜熬到现在，眼睛也有些赤红，他对杨昭说，"也委屈了……生哥的母亲早上五点就会来的，晚上十点多走，她昨天还跟我们说要把我们换走，她晚上在这边看着就行。要是那样，你就更不好见生哥了。"

杨昭低声说："没事。"

"我再想想办法吧。"文磊说。

杨昭点头，说了句谢谢，转身离开。

她走出医院的大门，在空荡荡的街道上把一包烟抽完，然后她给薛淼打了个电话。

"小昭？"薛淼接电话的时候分外惊奇，"你那现在是几点？是我精神错乱了还是你精神错乱了？"

"老板，你帮我个忙行吗？"杨昭这一次，甚至连回应他调侃的力气都没有了。

薛淼静了一下，然后语气也认真了起来："说吧，什么事？"

杨昭说："我想带一个人去那边治病。"

"什么病？"

杨昭说："毒品中毒。"

薛淼安静了。片刻后，他开口："是他？"

"嗯。"

她听到薛淼深深呼吸："小昭，他吸毒？"

"不是。"杨昭说，"我一时解释不清楚，你帮我联系好一点的医院。"她说，"求你了……"

了解她如薛淼，此时已经知道无须再问什么了。

"我知道了，你回去好好休息，等你醒了，我差不多就会有消息了。"

"谢谢你。"

"不用，这没什么。"薛淼回答，语气有些低。

杨昭一夜未眠，她在思考如何说服他的母亲。

她想了很多很多的说辞，甚至在深夜里坐在桌前打稿，一直到凌晨，她才恍恍惚惚地捋清了思路。

杨昭洗了个澡，她熬了一夜，脸色奇差，可她不敢用妆容弥补，就简单把头发扎了起来，穿了一件半袖T恤和一条长裤。

她来到医院，在楼下的花店买了一束百合。她在交钱的时候，还在脑海中重复地演练等下要说的话。

她抱着花，走进医院的大门，她没有坐电梯，而是走着楼梯，一层一层地向上。

她紧张，前所未有的紧张。
杨昭走到楼梯的转角时，她听到了一声凄厉的嘶喊。
那声嘶喊是一把匕首，从杨昭的头顶扎进去，慢慢地，一直穿到下颌。
那是陈铭生的母亲的声音。
杨昭忽然看见楼梯旁涂刷整洁的墙壁，角落里爬着一只小虫，小虫是黑色的，趴在白色墙上，就像迷失了一样。
在漫无天际的冷光里，杨昭看到了浓黑的夜；在刺鼻的药水味道里，杨昭嗅到了一丝佛香。
陈铭生死于突发性的心脏衰竭。
没人料到这样的情况。
没人知道，陈铭生的身体已经很糟糕了，尤其是精力，当年大腿截肢的时候，他的处理就不妥当，导致他体质看起来很好，实则元气大伤。
这次，他再也没有撑住。
或者说，他没有再想往下撑。
陈铭生的母亲在走廊里疯狂地喊着。她在叫一个名字——陈国赢。
她一直一直在叫这个名字，叫到整个人垮掉。
走廊里乱成一片，杨昭抱着花，慢慢走了过去。文磊看见她，扑通一下跪在她面前，他说："嫂子，对不起，对不起。"
他们的声音很遥远，但也可以清清楚楚地传进杨昭的耳朵。
有个年轻的护士拿着一沓纸过来，先小心翼翼地看了一下杨昭的脸色，然后说："家属请节哀，我们这还有几项要签……"
另外一个护士给她拉到一边，瞪了她一眼："看看时候啊你。"
那个护士也觉得不该，闷头说："对不起。"
杨昭冲她抬起手，说："给我吧。"
两个护士对视了一眼，其中一个把纸递给她。杨昭在纸上写了自己的名字。
护士问："请问，您是……是他的妻子吗？"
杨昭怔住了。
不是。
她什么都不是。
她把笔还给护士。"对不起，我记错了……"
这个时候，那个年轻的护士看着纸上的名字："你叫杨昭？"
杨昭看了她一眼。
那个护士张了张嘴，轻声说："患者在最后，念了你的名字。"
杨昭静了一会儿，淡淡地说："是吗？"她问护士，"我能看看他吗？"

护士点点头，她们把她领到一个房间。

杨昭走进去，在房间贴着墙壁的地方放着一张单人床，上面躺着一个人，身上蒙着一块白白的布。

他右腿的地方，深深地凹陷下去。

杨昭走过去掀开白布，把陈铭生的脸露了出来。

她不能像那些电视剧和小说里说的那样，把他形容成就像是睡着了。

他死了。

与睡着分毫不相干，他已经完完全全，没有生命的迹象了。

杨昭靠近他，那种让她熟悉的温度不在了。

她在他耳边说："你想说什么？"

你想说什么？

你最后叫我的名字，是想跟我说什么？

"你不能这样，陈铭生。"杨昭轻声说，"你得把话说完。"

陈铭生安安静静。

他似乎永远都这样安静。

杨昭看着他，看到几乎不认识他。

她俯下身，亲吻他的嘴唇。

当她真正碰触到他的时候，那种空旷的沉默更加明显了。杨昭不去在意，她吻他的唇，吻他的下巴、脖颈、胸口、小腹……

最后，她的吻来到他的右腿。

那一段缺失的肢体，那一段残破的记忆，那一把开启故事大门的钥匙。

杨昭终于哭了。

在吻到他的腿时，她终于哭了。

你后悔吗？

我不后悔。

回想过去，我不后悔。

我只是有一点点遗憾。

如果当时我再聪明一点，如果我再努力一点，或许现在我能更好一些。

陈铭生的户籍，最后落在了她的家乡。

他想要葬在这里。

陈铭生的母亲的精神出现了问题，或者说，别人终于意识到她的精神有了问题。

她被送进医院疗养。

陈铭生的葬礼是警队的人办的。

杨昭开车在殡仪馆的门口停下，她没有进去。那个追悼会很简单，老徐把警队所有认识陈铭生的人都叫上，也不过才十几个人。

文磊在葬礼上给杨昭打电话，杨昭没有接。

老徐说，算了吧。

文磊说想把陈铭生生前攒的存折给她，老徐制止了。

"你给她有什么用，你把钱给了她，陈铭生的妈怎么办，老太太以后一个人怎么过？"

文磊说："这是生哥留给嫂——留给杨昭的。"

老徐说："连葬礼都不来，还留什么？"

最后，他们把陈铭生所有的钱都给了他母亲，他们联系到陈铭生的一个远房亲戚，让他们帮忙照看她。

陈铭生的葬礼，是警队的人凑钱办的。他的骨灰被存放在壁葬墙里。他们选了一个好一点的位置，很容易祭拜。

一切都安宁了。

老徐和文磊他们回到了昆明，继续他们该做的事情。

杨锦天去大学报到了。

杨昭回到了美国。

只是她每年的那一天，都会回到这里。

每次来看望他，杨昭都会说一句话："陈铭生，明年我就不来了。"

可第二年的那一天，她还是会来。

她带的东西很少，只有一枝百合、一盒烟。

她停留的时间也很短，她陪他抽几根烟，说几句话，就会离开。

有时候，杨昭的感觉会很微妙。

警队的人给陈铭生选了一张很年轻的照片，是穿着制服的。她第一次见到这张照片的时候笑了，她对他说："想不到你穿这身，还挺好看的。"

她回去了。

回到那条原本的道路，她回去了。

第一年、第二年、第三年……

照片已经有些旧了。

……

杨锦天顺利从大学毕业，他考取了本校的研究生，难得的假期，他回了一趟家。

为了给他庆祝，杨昭特地从美国赶回来。

杨锦天彻彻底底地成熟了，他的成绩优异，目标明确。

在杨昭回来的几天里，杨锦天开车带她到处转了转。

那是第四年。

那一年的夏日，就在杨锦天的车里，杨昭忽然想起来一件事——她错过了今年的忌日。

等她匆匆忙忙赶去的时候，她发现，照片还是那个样子。

她已经过了三十岁，可他还是那个样子。

他的笑容不明显，平平淡淡的神色，她跑得直喘粗气，可他，还是那个样子。

在那一刻，杨昭恍惚了。

她慢慢地走出墓地，临走的时候，她去找了记录员。她问他，这几年有没有人来祭拜他。

记录员查了查，随口说："没有，就你。"

杨昭点点头，离开了。

出去后，门口的杨锦天一脸担忧地看着她，杨昭冲他笑笑，说没事。

那天的天气有些闷热，杨锦天带她去一家冷饮店坐。

在吃冰淇淋的时候，杨昭看到杨锦天一副欲言又止的样子，她问他："怎么了？"

"没，没啥。"杨锦天塞了几口冰。

杨昭说："有什么事就说出来。"

杨锦天抿抿嘴，偷偷看了杨昭一眼，然后说："姐啊，是，是这样的……"

杨昭安静地听完他的话，然后笑了，说："我爸妈让你来催我嫁人？"

杨锦天说："不是催，是劝。"

杨昭"哦"了一声。

"姐啊……"

杨昭说："还有什么话，一起说了。"

杨锦天说："我这次找你呢，还有另外一件事。"

杨昭说："什么事？"

杨锦天把手机拿出来，自己按了一会儿，然后把手机递给杨昭看。

屏幕上显示着一张照片，一个男人，三十几岁的模样，穿着一身休闲装，戴着一副眼镜，笑得很温柔。

"这是谁？"

"姐，你感觉咋样？"杨锦天说。

杨昭看了他一眼，明白了："想自己找姐夫了吗？"

杨锦天脸一窘，说："哪有，这个是我的研究生导师，很厉害的，

"他……他……"

"他什么？"

杨锦天说："他还是单身，偶然间看见你的照片，跟我了解了一下你的情况，姐，你有……有兴趣吗？"

杨昭挑眉。

杨锦天说："他脾气特别好，老好人一个，你不知道，这是我们校多少女生的男神呢。"

杨锦天天花乱坠地说了一通，杨昭忽然说："我忘记了。"

杨锦天一愣："什么？"

"今年我忘记了……"杨昭看着窗外，车水马龙。她没有在意杨锦天是不是听懂了，淡淡地说，"等我去的时候，发现他还是那个表情，那个样子，一点变化都没有。"

杨锦天沉默了。

杨昭说："你知道吗？那一瞬间我觉得，他只是在等待。"

"等什么？"

等这个世界，将他彻底遗忘。

杨昭没有回答。

"姐，一切都会过去的。"杨锦天说，"你要照顾好自己，那些都没有什么大不了。你只是钻了牛角尖而已。"

杨昭看着面前的冷饮杯，杨锦天又说："姐，我导师现在也在这边，你要见见他吗？"

杨昭静了很久很久，才无意识地说："嗯。"

外面的树郁郁葱葱，草丛繁茂。

杨昭觉得，一切都是偶然的。

我偶然回忆，偶然思念，偶然觉得，舍不得你。

第二天，杨锦天去杨昭的公寓找她。

杨昭最终买下了这个房子，虽然她很少使用，她把钥匙留给了杨锦天，让他方便的时候打理一下。

杨锦天推开房门。

"姐，你准备好了吗？我跟你说我那导师逗死我了，跟初恋似的，紧张得要死。"

屋里很安静。

杨锦天喊："姐——"

没有人回答。

杨锦天闭上嘴，屋里马上变得沉寂。他隐约听见了流水的声音。

杨锦天走进杨昭的卧室，在洗手间里，水流的声音更大了。

杨锦天慢慢过去，缓缓推开了门。

"姐？"

……

杨昭在那个夏天，自杀在自己的公寓里。

她割断了自己的大动脉，流血过多身亡。

她死的时候，很干净。躺在浴缸里，甚至没有让血流到浴缸外面。

她的神态很安详，杨锦天觉得，他之所以没有疯掉，就是因为杨昭看起来并不痛苦。她真的很安宁。

当地的新闻想要报道，被杨家找人压了下去。

失去她的痛苦已经无以复加，他们不想再让其他人打扰她。

除了杨锦天，没有人知道杨昭为什么自杀。很多人把这个行为归结为一个艺术家的极端追求。只有杨锦天知道，不是这样的。

他第一个发现她的尸体，在报警的时候，他在她的书房里发现了摊在桌面上的一个笔记本，杨昭在上面写了一段话，不怎么规整，跟她平日的风格并不相像，倒像是随手涂鸦——

> 我曾拥有一段时光
> 在那段时光里
> 我能用我贫瘠的词语描绘出每一分每一秒
> 我能用我枯竭的心灵记住所有的细节
> 但这段时光很短暂
> 就像一个故事刚刚有了开篇就戛然而止
> 我花费了很多时间尝试着开启新的故事
> 但没有成功
> 我开始恐惧那种只能用"很多年过去了"来形容的生命
> 所以支撑了这么久最后我还是决定放弃
> 就算再索然无味的故事也要有一个结局
> 现在我很欣慰
> 因为这个不为人知的故事
> 终于完整了

在笔记本旁边还有一张小字条，杨锦天把它们一并收走。

他不知道这样做是对还是错，但他不想别人看到这些，谁都不行。

杨昭的葬礼上，她的父母极力地控制着自己的悲伤，可是依旧无济于事。杨锦天忽然有些恨，恨他、恨她，也恨自己。

他一直陪在杨昭父母身边，葬礼上的很多事都是薛淼帮忙打理的。

葬礼上的薛淼比杨锦天之前见到的时候老了许多。这种衰老是发自内心的，由内而外的衰老。

那个晚上，杨锦天从家里出来，驱车来到郊区的一座墓园。

这里的价格算是全市比较便宜的。杨锦天把车停好，走进墓园。他咨询了一下管理员，找到安置陈铭生骨灰的位置。

他在朝那儿走的时候，觉得有些好笑。

他居然，会来看他。

等到杨锦天看到陈铭生照片的时候，他终于明白杨昭所说的永远不变是什么意思了。

这张照片已经很旧很旧了，旧到他会以为这是一个完全被遗忘的角落。

"你还记得我吗？"杨锦天说。

照片上的警察静静地看着他。

"我恨你。"杨锦天淡淡地说。

"但我更恨我自己。"杨锦天的语气不急不缓，他的眼睛很涩，那是因为哭了太多。

"我有很多次都在想，如果当初我多听她一句话，少出去玩一次，如果我没有招惹你，如果我姐永远都不认识你，那该多好。

"你知道吗？在你死的那一天，我姐回来后只对我说了一句话。她说：'是我，是我把他拉出来的。'我不懂那是什么意思，你懂吗？"

天地都是安静的，杨锦天自言自语地说着。

"我今天来是要告诉你一声，从今往后，真的没有人会再来看你了。"

说完，他转身离开。

可他走了几步之后，脚步猛地停了，然后快速地走了回来。

"我恨你！"杨锦天的情绪有些激动，"我恨你，我一辈子都不会原谅你。你夺走了她，你算什么东西……"

杨锦天捂住自己的脸，因为用力，浑身都在发抖。

最后，他很快地从衣服里掏出一张东西，顺着玻璃门的缝隙丢了进去，那是张照片，照片落下，刚好翻了一圈，立在角落里。

月色下，那张图片很模糊。隐约能看出那是一幅画，照片像素不是很高，看起来是拿手机随意拍的，甚至还有些晃动。

"我姐之前经常看着这幅画,我给它照下来了。"杨锦天说,"别的,我什么都不会给你。"

那是一幅完整的油画,可惜手机没有照出它丰富的细节和色彩,只有青黑的一片。杨锦天也曾很多次地看着这幅画,他看它,是因为他不知道杨昭为什么这么钟情于它。

他对艺术的造诣不高,之前一直看不出什么奇特的地方。

可是今天,他隔着那扇小小的玻璃门,忽然注意到了一个他之前都没有注意的地方。

在画面的角落里,有一处隐约的白色。

它太模糊了,好像是个非常遥远的存在。

杨锦天摇摇头,不再看了。

"我不知道这是什么地方。"他淡淡地说,"或许你知道吧。"

他一步一步地往外走,最后,他回了一次头。

陈铭生依旧是那副平静的表情,他留着干净利索的短发,眼睛黝黑,轮廓端正,他看着他,杨锦天觉得,他好像在说话。

在对他说谢谢。

杨锦天离开了。

他蹲在墓园外的山坡上抽烟。

他平时很少抽烟,但是这一次,他忍不住了,他需要那股浓郁的烟草,压住他胸口的沉闷。

山坡的位置很高,他望着眼前的万家灯火,心里空荡荡的。

风吹过,他侧过头躲了一下风沙。

在侧头的一瞬,他看见山坡的夹缝里有一朵小小的花。

花朵在风里摇摇欲坠,但是它晃啊晃啊,始终没有折断。

杨锦天忽然大哭出声。

他被一股巨大的悲伤淹没了。

但他找不到理由。

就是因为找不到理由,所以他更加痛苦。

他隐约觉得,他不知道很多事情,他也永远都不可能知道了。

杨锦天抬起手,鼻涕、眼泪流得满脸都是。

随着他抬手,一张小小的字条随着风飘走了。纸上的字迹龙飞凤舞,好像是主人迫不及待。

或许风看到了字条上的内容,它更加用力,把它送得更远了。

纸上只有短短的八个字:"陈铭生,我来找你了。"

番外

# 雪山雪山

其实比起现在，学生时代的陈铭生要活泼得多。

陈铭生从来不是一个好学生，不爱看书，也不爱背书。但是因为家庭，陈铭生胡闹了十几年，最后还是奋发了一下，考上了青海警官职业学院。

军校、警校这种地方，一般人家接触得少，有不少不了解的家庭，都把这个当成家里男孩子没去处的时候兜底的地方。

他们不知道的是，如果没有家庭关系，完完全全什么都不懂的新人想要考上这种地方，概率是很小的。

陈铭生不一样，从陈铭生刚刚记事，还有些懵懵懂懂的时候，他妈妈就已经无数次地告诉他——长大以后要考警校，要做警察。

慢慢地，陈铭生发现，只要顺着他妈妈这个意思，他妈妈对他其他方面的管理就会很松。于是很小的时候，他没事就哄他妈，说他长大一定考警校。

说着说着，他自己也就牢牢记住了。

陈铭生没见过爸爸，后来听人说，他爸爸在他妈妈怀他的时候，因公殉职了。

他的妈妈一辈子都没有再嫁，他时常看见，她在夜深人静的时候，坐在小客厅里，客厅的墙上钉了一个小木架，上面放着他爸爸的照片。他的妈妈就对着那张照片，也不知道在想些什么。

陈铭生也经常看那张照片，但是他看照片时的感受和他母亲完全不一样。陈铭生更多的，是好奇和疑惑。

每到父亲忌日的时候，他的妈妈都会反复说着同样一句话——她给他起名"铭生"，就是让他把这个日子铭记一生。

于是那一个日期，那一段往事，虽然不明了，但陈铭生真的牢牢记住了一辈子。

他的家庭并不富裕，妈妈在他小的时候，在一家纺织厂当工人，十分辛苦。陈铭生算懂事早的，很小的时候就自己看家，做饭，等妈妈回来。

就这样，在日复一日年复一年的重复中，他慢慢长大了，他的身材高了许多，长相也越来越像他的父亲。

他的母亲经常看着他的脸发呆，然后对他说："你要去做警察。"

一件事被说一次两次，是提醒，三次四次，是叮嘱，而说了无数次的时候，便成了一种折磨。

那时陈铭生刚上高中，正处在叛逆期，在家里被他妈妈说烦了的时候，他就会逃学，上外面疯。

他的高中学校风气不好，乌烟瘴气，基本没有好好读书的，陈铭生算是里面的头头——在这种简单的地方，当头头的理由也是简单的——因为陈铭生在男生里数一数二地高大，而且有脾气，胆子大，还会玩。

这样几点因素集中在一个三流高中里，那绝对是吸引人的好招牌。

陈铭生就带着一群"小弟"，各种逃学、抽烟、泡妞。

那时候小，没有对未来的看法，陈铭生一直觉得他会这样一辈子。什么警校，什么警察，当时离他好远好远。

真正打断他这样的生活的，是一件几乎让他崩溃的事情。

在陈铭生三番五次地跟妈妈争吵，并且大叫着说要考警校你自己去考后，他的妈妈自杀了。

她把陈铭生爸爸的照片从相框里拿出来，别到自己的衣服里，然后在自己家的小客厅里吊了一条围巾。陈铭生回家推开门的时候，看见那一幕，心脏差点停了。

那次幸好他回来得早，几乎是前后脚的事，这才把他的妈妈救了下来。

在医院的时候，他妈妈醒过来，陈铭生坐在她床边，只说了一句话——"妈，我肯定会上警校，我肯定会做警察，我拿命保证。"

他妈妈看了他一眼，然后就转过头，直愣愣地看着天花板。

从那以后，陈铭生往死里看书，他那时读高二，离高考还有一年。他没日没夜地做题，数学题、语文题、理化题——甚至连公安院校几年的心理测试题都做了无数遍。

那一年高考，报考青海警官职业学院的人有很多。心理测试和体能测试的时候，好多家长在外面陪同，可陈铭生是自己去的。

心理测试那天顺利结束后，陈铭生的心基本上就放下了。

剩下一个体能测试，警校的体能测试考得不多，一共就四项。陈铭生之前查过无数次，项目和要求几乎倒背如流。

五十米冲刺，时间要求七秒一以内；一千米跑步，时间要求三分五十五秒；俯卧撑，十秒内完成六次以上；最后是立定跳远，要求两米三。

陈铭生自己私下试过一次，然后发现这几项考试对他来说基本就是小菜一碟。他就完全没有担心。

结果就是这么一放松，体能测试的那天他睡过了。

考试地点离他家很远，所以准备考试的时候，陈铭生的妈妈给了他钱，让他住在外面的旅店。当时他还没有手机，没人叫他起床，完全靠自己的生物钟。

他出门赶公交也来不及了，陈铭生绕近路，撒丫子跑了将近两公里，终于在最后时刻赶到了考试地点。跑完了这段路，陈铭生累得差点吐血，他的第一项测试是五十米冲刺，结果发令哨一响，陈铭生脚一蹬地，前腿一软，险些跪下。

最后他压着及格线，把这几个项目都通过了。

那批学员里，陈铭生的体能测试成绩排在很后很后面，不过既然过了，那也就无所谓了。

陈铭生觉得，自己后来那么不爱看书，不爱学习，完全是因为高考前学伤了。

他废寝忘食，披星戴月地坚持了一年多，最后终于如愿以偿，考入了青海警官职业学院刑侦学专业。

录取通知出来的那天，陈铭生的妈妈喜极而泣，陈铭生倒是没怎么特别的高兴。他拿着那薄薄的一个信封，感觉有点奇怪。

要知道，在此之前，陈铭生在跟学校那些小地赖混的时候，他完全没有想过自己会上大学，更没想过，那个从小到大一直在嘴里念着，可一直没有真正感悟的愿望，竟然成真了。

他真的，要去做警察了。

八月二十四号，陈铭生清清楚楚地记住了那一天，他去学校报到。

那天他穿得很简单，一件背心、一条长裤，脑袋上戴了顶遮阳的鸭舌帽，背着一个深蓝色的双肩包。

他带的东西也很少，所有衣物用品都塞在这个包里。

高中毕业，陈铭生的个子已经蹿到一米八二，但是还带着些许的稚嫩。

当他站到警校门口的时候，是一个正中午，炽热的太阳悬在空中，将大地烤得热气腾腾。报到那天，门口有很多人，多是家长在接送孩子，陈铭生背着包，一个人站在门口，看着校门外的牌子，那上面有几个大字，写着学校的名字。

他站了好一会儿,最后从裤兜里翻出一块口香糖,放到嘴里,嚼了嚼,走进校园。

八月二十四,这一天,就是陈铭生这一辈子的分界线。

分开了迷茫与坚定。

分开了逃避与面对。

分开了男孩和男人。

他在这里遇到了这一生中对他影响最大的人。

那就是严郑涛。

严郑涛是刑侦科的一个专业课老师,陈铭生和他最初的相识,并不算太愉快。

那还是在军训的时候。

男生被赶到一个危楼里,排着队,去剃头发,领衣服。剃头师傅的手法还算是熟练,可能是因为剃得太多了,那脑袋已经都不是脑袋了,在他眼里都是一个个等着撸顺的新苞米。

排到陈铭生,他坐到凳子上,就听着推子声嗡嗡地响,然后他的头发楂就落了一肩膀。剃完之后,那老师傅还在他脑袋上拍了一下,说了句:"有头发楂,上外面冲冲水。"

陈铭生到外面去,有一道水槽,并排五六个水龙头,好几个人也在那冲。

夏天,天气热,而且男生也没那么多讲究,一个个地冲得浑身湿了大半,还觉得挺爽。

陈铭生冲完,回到楼里,站在楼口的镜子前看了看。他之前都没留过这么短的头发,第一次看,陈铭生很不喜欢,他觉得有点愣头愣脑的。

他还不知道的是,就这么一个看起来有些愣的发型,他几乎顶了一辈子。

他们那儿发的作训服和其他学校的不太一样,不是绿色的迷彩,而是黑色的。

纯黑色的半袖,长裤,帽子,一点花纹都没有。

对这身衣服,陈铭生还是挺满意的,他觉得自己穿起来非常帅。

但是没让他帅多久,连续几天的高强度训练就来了。开始的时候,每天训练完,整个儿宿舍鬼哭狼嚎,后来,连号的力气都没了,回来倒头就睡。

军训全封闭管理,而且陈铭生本来也没有手机,现在连个画报都没有,也不让买零食,不允许互相串寝,什么打牌聚餐聊天,全部禁止,日子过得都淡出鸟来了。

娱乐的契机来源于一个中午。

那时他们上午训练完,吃完午饭,正好是午休时间,大家都躺床上睡觉。

其实都是大小伙子，精力充沛，没几个能真正睡着的，但是不睡觉干啥啊，也没其他事做。

陈铭生躺在床上，看着上铺的木板发呆，他开始觉得警校没啥意思了。就在这个时候，他忽然听到一声叫卖声。声音很小，只要有一点杂音就听不见了。陈铭生坐起来，让屋里人安静。

"你们听见没？"他说。

一个同寝室的人说："听见啥？"

陈铭生说："嘘，仔细听。"

大伙屏息凝神，一屋八个人，跟神经病似的，纷纷坐了起来，耳朵冲着窗外，细细地分辨。

终于，他们听到了一声："卖西瓜了，又大又甜的西瓜！"

卖西瓜，这是什么大事吗？

可实在是太无聊了，就这么一个卖西瓜的瓜农，也着实让屋里人都兴奋起来。

"有人卖西瓜！"

"西瓜！"

"有人卖西瓜了！"

"……"

陈铭生说："想吃不？"

其他几个人可劲地点头，其中一个说："可不让出去啊，想吃有啥用？"

陈铭生说："真想吃？"

他对床的一个人皱眉，说："陈铭生，你该不会要出去买吧，被抓着可就完蛋了！"

陈铭生不耐烦地看他一眼："就这点胆子，干什么警察啊！"

那人被训得缩了回去。

"陈铭生，我记得大巴拉我们来训练的时候，我看见外面有片瓜地。"

陈铭生精神一振，说："什么？有瓜地？"

那人点点头。

陈铭生陷入了思考。

最后，大家讨论到下午训练也没出什么结果，陈铭生留了一句："你们就等着吧。"

当天晚上，陈铭生在另外七人的热切注视下，像个勇士一样——跳窗溜了。

他们住在一楼，楼层门口有打更老头，不能惊动，所以陈铭生决定从窗户走。

他穿着作训服，戴着帽子，把自己的脸挡住，然后顺到后面的墙根那儿，轻轻一蹦，手就搭在了墙上。陈铭生刚搭上手就松开了，他忍不住骂了一句，然后把手拿眼前一看，两手上都扎破了，出血了。

　　墙面上压着玻璃碴儿，天黑，陈铭生没注意到。

　　出师不利，陈铭生也没泄气，顺着墙根，意外地找到了一个缺口。他左右看了看，然后从那缝隙里挤了出去。

　　缝很窄，陈铭生差点被卡住。他从缝隙挤出去后，瞬间就有了种自由的感觉，他接连呼吸了几口夜晚的空气，觉得神清气爽。

　　陈铭生抓紧时间，在地里偷了两个大个的西瓜，一手抱一个，然后往回走。

　　回到洞口的时候，陈铭生侧着身子往里进。

　　结果就出事了。

　　他西瓜垫在了手掌和胸口之间，挤到一半的时候还很顺利，但是之后就完了，他角度没找对，人就被卡住了。

　　那时候他想扔了西瓜都不行，西瓜移动，手背和墙蹭着的地方就疼得要命。

　　屋漏偏逢连夜雨，就在这个时候，严郑涛来了。

　　按理说，这么晚了，他是不会来这种偏僻的地方的，但就是这么巧，他查寝结束后，从楼里出来，走了一会儿忽然尿急了。

　　要说这人也是不讲究，他懒得回楼里上厕所，就想直接滋润一下墙根的野草。

　　然后，不可避免地，他发现了陈铭生。

　　这俩人碰面时机不可谓不尴尬，严郑涛在看见逃跑的学生时，最先的反应不是严厉训斥，而是把裤链拉上。他咳嗽一声，慢悠悠地来到陈铭生身边，上下打量了一下，然后说："你这……什么情况啊？"

　　反正都这样了，陈铭生就破罐子破摔了，说："卡住了。"

　　严郑涛乐了，他还没见过这种学生。

　　"你哪班的？"

　　陈铭生说："三班。"

　　严郑涛说："哟，那就是我班学生啊。"

　　陈铭生说："对，教员，帮个忙，给我弄出去呗。"

　　严郑涛看了一下情况，觉得他的提议不错，他说："你等着，我找个工具。"

　　最后严郑涛拿来一把镐头，把陈铭生弄了出来。

　　陈铭生出来后谢了严郑涛，然后就老老实实地站着。

　　严郑涛拿镐头的时候趁机把自身紧急情况处理了，然后好整以暇地来训话。

　　他看着陈铭生，然后说："都这时候了，你都不忘放下这俩瓜啊？"

陈铭生站在严郑涛面前，往上看，身板笔直，神情严肃，往下看，两手摊着，一手一个瓜。

严郑涛说："你这么喜欢这俩瓜，那就抱着跑圈去吧。"

陈铭生一句废话都没有，搂着瓜就往操场去。

"回来！"严郑涛没想到这学员还真的去了，他给他叫住，来到他跟前，说，"你真要跑？"

陈铭生一直目不直视他，听见他的问话，斜眼看了他一下，然后马上又转了回去，说："教员，你要怎么罚我啊？"

严郑涛说："你觉得我要怎么罚你？"

陈铭生："只要不通知家长，你怎么罚都行。"他说完，看了严郑涛一眼，说，"我去跑圈。"

严郑涛："你要跑多少圈？"

陈铭生说："你让我跑多少我就跑多少。"

严郑涛点点头，不经意地说："那就先跑十圈吧。"

陈铭生就抱着瓜，在漆黑的操场上跑了整整十圈。

严郑涛就在一边看着，看着那个年轻的学员闷声跑步。

跑完之后，陈铭生大汗淋漓，依旧抱着瓜。

严郑涛忽然发现，瓜上有血迹。

他表情严肃起来："怎么回事？"

陈铭生大声说："没事！"

严郑涛说："手手手，手拿出来！"

陈铭生终于把瓜放下，手伸出去，原本的伤口更严重了，手心磨开了一层皮。

严郑涛一看那伤口就明白了，他目瞪口呆地看着陈铭生："你这学生……"他紧皱眉头，粗声道，"跟我来！"

严郑涛把陈铭生带到医务室，给他清理伤口。

自始至终，陈铭生就跟严郑涛说了一句话："教员，是不是不用通知家长了？"

严郑涛手指头点着陈铭生，说："偷瓜去了是不？你还考警校呢，也不怕人笑话，去当流氓吧。"

陈铭生没说话。

严郑涛低头看了一眼那双包扎起来的手，又看了一眼面前这个浑身是汗的学员。

他忽然笑了。他觉得，这个晚上挺有意思。

他从这个学员身上看到了年轻，看到了无赖，也看到了血性。

他问他："你叫什么？"

陈铭生看了他一眼，说："我叫陈铭生。"

那次，严郑涛没有把这件事告诉任何人，甚至让他把瓜也拿回去了。

陈铭生一开始觉得严郑涛是个奇怪的人。后来，他慢慢折服于严郑涛的专业能力，他以前天不怕地不怕，可在严郑涛的面前，他完全是个菜鸟。

严郑涛对他，也是有意无意地照顾。严郑涛是本地人，有时候放假，还让陈铭生去他家里吃饭。

三年下来，严郑涛变得不像老师，不像教官，而像亲人。

像父亲。

陈铭生念大四的时候，严郑涛要离职了。

陈铭生知道后，去找他，严郑涛告诉他，他要调到另外的地方去。

"去哪儿？"

"去哪儿跟你报备啊，你小子有点上下级观念没？"严郑涛没理他。

陈铭生说："我跟你一起走。"

"扯什么淡。"严郑涛说，"你要退学啊，老实读书，你现在辍学出去能干啥？"

陈铭生说："你不用管我能干啥，你走，我就走。"

严郑涛看着陈铭生，三年下来，他变了很多。

最明显的是他的身体和他的目光。他不再是那种有些精瘦的身材，而是强壮了，健壮的双腿，有力的臂膀。他的皮肤因为每天的训练变得有些深，脸上的棱角也越来越明显。

他已经不是那个军训时偷瓜被抓的男孩了。经过三年的磨炼，他已经是一个男人了。

严郑涛知道，就算他不允许，陈铭生也一定会跟着他。

他对陈铭生说："你先回去吧，我过几天再通知你。"

严郑涛在思考。

要说有没有陈铭生辍学能干的事情，有，还真有一件事是他可以做的。

但是，他真的要给他做吗？

三天后，严郑涛把陈铭生叫到办公室，说了一番话，让陈铭生自己考虑。

陈铭生二话没有，当场就同意了。

"你知不知道这要面临多大的压力？"

陈铭生说："知道。"

严郑涛让他回去再考虑一下。

第二天，陈铭生带来了他完全意料之中的答复。

严郑涛说："你想好了，决定之前，我可以给你时间，给你自由，让你充分考虑。但一旦决定了，我就不允许你反悔。做，还是不做？"

陈铭生冲他笑了，他笑得有些痞气，严郑涛仿佛又看到了当年的那个小孩。

大胆的、血性的小孩。

"好，明天我给你办理手续，你需要参加一个简单的培训，然后，"严郑涛从座位上站起身，对陈铭生说，"我在云南等你。"

陈铭生说："好。"

那一年，他二十三岁。

他培训了一段时间，然后去找严郑涛报到。严郑涛没有让他直接去干，而是带着他先积累了一段时间经验。

那时也赶巧，原本急需人手的活，老天开眼，被警队解决了，于是陈铭生就留在严郑涛身边干活，就在他基本上要忘记当初严郑涛说的话时，任务就下来了。

那已经是快两年后了。

他被派任务，去卧底一个贩毒团伙，老大叫明坤。

起初，警队设计的是让陈铭生伪装成一个买毒品的顾客，引诱他上钩，从小的开始，顺藤摸瓜。但这个计划后来出现了偏差。

因为陈铭生的一次旅行。

那是严郑涛奖励陈铭生的，在执行任务前，他出钱，让陈铭生出去玩一玩。

他问陈铭生想去哪儿，陈铭生当时躺在床上睡午觉，听了严郑涛的问话，一转头刚好看见墙上贴的一幅画。他指了指画，说："这是哪儿啊？"

严郑涛说："你文盲啊，旁边不是写着吗？"

陈铭生斜眼一看，画边上写着四个字——玉龙雪山。

他说："我去这儿。"

那个时候，云南旅游业还没有现在这么发达，人也没有现在这么多。陈铭生一个人，背了个包，大理丽江玉龙雪山，一道玩过去。

结果在玉龙雪山脚底下，他碰见一件事。

那是个中午，他在一家民族客栈外吃饭。客栈外面搭着棚子，就像大排档似的，吃饭的时候一抬头，就能看见雪山。

陈铭生吃得正欢，就听见后面"哐当"一声，一个啤酒瓶子碎了。

陈铭生一听那动静，就知道不是正常的碎法，肯定是人砸的。他转过头，就看见四五个人在客栈外面，打头的一个手里拿着个酒瓶子，指着一个人。

陈铭生再看向被指的那个人，那是个中年男人，穿得很休闲，一看就是出来玩的。他身边有个小女孩，看模样应该是他女儿。男人可能是怕吓到她，把她推进客栈里面，自己一个人挡在外面。

那几个男的一看就是冲他来的，抢起酒瓶子就要砸。

"哎！"陈铭生忽然出声了。

几个人同时看过来，打量了他一下，打头的说："谁啊？"

陈铭生用筷子搅和着碗里的面条，说："人家小孩还在呢，你们就下手啊？"

那人冷笑一声："你算什么东西？管闲事？"

陈铭生说："光天化日的，你不怕别人报警啊？"

"报警？"那人一句话没有，酒瓶子就扔了过来，陈铭生侧了一下身，躲过去，酒瓶落地，摔了个稀碎。

"想报警啊？"那人指着陈铭生，说，"再废话连你一起打。"

陈铭生看着他，忽然笑了一下，说："你挺厉害呗！"

那人说："怎么的？"

陈铭生低下头，安静了。他一只手挠了挠自己的后脖子——就在所有人都没有反应过来的时候，他忽然拿起桌上的面碗，朝着那人就扔了过去。

那是新出锅不久的面，烫得不行，那人被淋了一下，杀猪一样地叫唤起来，剩下的人看见，一人骂了一句，直接冲了过来。

陈铭生跑到客栈角落堆放垃圾的地方，随后操起一把拖布，拿着两边，往中间使劲一踩，拖布把断成两半，陈铭生拿起头上的一半，转身就动手。

"哎呀呀，打人了打人了！"

"前面打人了！"

"饭店门口有人打人了！"

"……"

在不远处的一个小湖边上，有一群人正在拍照留念，不时地还围着看着什么，一边指指点点说："这也不像啊，啧啧，不咋像。"这时一听有人打架，有热闹可看，人群呼啦啦地都散了。

只剩下一个人。

刚刚那个被指指点点的人。

那是一个年轻的小姑娘，她正在完成自己的假期作业。

她坐在一个小板凳上，面前是一块油画布，手边是巨大的行李箱。

她正对面的，是一座巍峨的雪山。

明明是蔚蓝的天，洁白的雪，碧绿的湖水，可在她的画面上，却是一片火烧似的色彩。

昏黄，浓艳，就像要燃烧一样。

画里的那座山和外面的这座山，根本存在于两个世界。

难怪，有人说画得不像。

可不管别人说什么，她都一直安安静静地坐在那里。她穿了一条长长的连衣裙，头发扎成辫子，她仔仔细细地看着自己的画，一笔一笔地添加色彩。

不远处的打砸声，十分明显。

可她连身都没有转一下。

她的眼里，只有那座雪山。

那座传说中的雪山，缥缈遥远，白云飘浮。它就像一个梦，让人反反复复地领悟。

打完架，那个男人看着陈铭生，目光有些许的考究。

陈铭生打得酣畅淋漓，转头说："看啥？"

那男人笑了一下，说："小子，你不错，叫什么？"

那是白吉第一次问陈铭生的名字，陈铭生没有理会他，直接走了。

两个人，越来越远。

雪山，雪山。

如果雪山能看见，如果命运能预知；

如果时光能倒退，如果岁月能重来；

那个过客，是否还能进入你的梦？

而你，是否愿意回头？

# 后记

本文起始于我的一个梦。
　　至于梦的来源，我认为是我生活中各种莫名其妙的经历。而小说的名字——《那个不为人知的故事》，也是我当时随便一起，但当真正写到最后时，我发现这个随便一起的名字，刚好说明了故事的主题。
　　最初的最初，这个故事刚刚有雏形的时候，其实只有一个主角，就是杨昭。
　　她不是传统意义上的爱情小说女主角，她不怎么善良，也谈不上温柔，而是冷漠、尖锐、自我。
　　我给了她一个优渥的环境，她完完全全沉浸在自己的世界里。
　　在现实生活中，跟这样的女人来往一定会惹人讨厌。因为她对别人的迁就完全是出于一种理性的教养，而不是发自真心。
　　但是从另一个方面讲，杨昭也很强大。
　　不光是她，任何一个能坚定在自己的认知里、不被外界所迷惑的人，都很强大。
　　本文的的确确需要这样的一个女主角，因为这个故事有点残忍，就像山崖上摘花，我需要一个能在狂风之中站住脚的女人。
　　有了这样一个女主角，我就开始创作这个故事。
　　其实这个小说很简单，就是讲述一个有着独特癖好的女人找寻自我的过程。
　　当中也许有些爱情。
　　这个世上有数不清的人，其中一部分可能会跟其他人不同，有着一丝独特的癖好——对于年龄、性别、物品，或者人身体的某一部分。
　　外表平淡无奇，内心行走边缘。
　　我写这个故事，就是想说明，这些不被大众接受的癖好与感情，或许并不全是悲剧。人世无常，生活远比小说丰富，人也远比角色多情。

在这样的花花世界里，一定有一些边缘的感情，在某个角落，开花结果。

所有的欲望与爱，最后都会随着时间洗尽铅华，归于安稳与平淡。待到那时，同样相伴，大家又有什么区别。

说完女主角，再谈一谈男主角。

因为故事的设定问题，我在思考男主角的时候，需要找一个比较灰暗的角色。

我第一个想到的就是警察，再向深处想，缉毒警察。

可以说，陈铭生的出现，就已经让故事不由自主地压抑了。

杨昭是我自己臆想的，她的心理、她的故事都是我编出来的，可陈铭生不是，陈铭生的沉重，有很多很多的原型。

我曾在文章进行到三分之二的时候动摇了，想把故事改成美好的大团圆结局，原因就是我对陈铭生心软了。

说来也是奇怪，我能让我心爱的女主角毫不犹豫地结束生命坚定自我，却对一个虽然戴着"男主角"帽子但其实只是为了衬托女主角的陈铭生心软了。

追究原因，可能就是现实。

现实生活里很难有杨昭，但是却有很多陈铭生。

他们平日里很普通，只有当他们来到工作岗位上时，那一份不寻常的工作性质，让他们变得有些不平凡。

陈铭生是一个很普通的人，普通到我这个作者想开点金手指都无从下手。

他不算帅，没有多少钱，有些土，他唯一的优点就是坚定，就像杨昭，虽然他们的坚定来自不同的方向。

陈铭生一辈子活得都很憋屈，甚至他的死也不是轰轰烈烈，他就那么简简单单地离开了。

现实生活中，死了这样一个陈铭生，带来的平凡的破碎感比起我写下的男女情爱更加让人心碎。

很多人说，我写的这个故事太压抑。

但是我一直觉得这并不算悲剧，真正的悲剧是让人绝望的，让人无法呼吸的，就像一个漆黑空荡的山洞，可这个故事不是。

它是条隧道，过程黑暗，但尽头有光。

最后一句话，送给有缘读到故事的你——如果可以，请看清自己，然后坚定起来吧。

图书在版编目（CIP）数据

那个不为人知的故事 / Twentine 著 . -- 成都：四川文艺出版社，2020.9（2024.11 重印）
ISBN 978-7-5411-5778-3

Ⅰ.①那… Ⅱ.①T… Ⅲ.①长篇小说—中国—当代 Ⅳ.①I247.5

中国版本图书馆 CIP 数据核字 (2020) 第 146763 号

NAGE BUWEIRENZHI DE GUSHI
## 那个不为人知的故事
Twentine 著

| 出 品 人 | 冯 静 |
|---|---|
| 特约监制 | 王兰颖 |
| 责任编辑 | 陈雪媛 |
| 特约策划 | 王兰颖 |
| 特约编辑 | 马春雪　苗玉佳 |
| 封面设计 | 程 然 |
| 责任校对 | 汪 平 |

| 出版发行 | 四川文艺出版社（成都市锦江区三色路238号） |
|---|---|
| 网　　址 | www.scwys.com |
| 电　　话 | 010-85526620 |
| 印　　刷 | 天津旭丰源印刷有限公司 |
| 成品尺寸 | 160mm×235mm | 开　本 | 16开 |
| 印　张 | 24 | 字　数 | 450千字 |
| 版　次 | 2020年9月第一版 | 印　次 | 2024年11月第十三次印刷 |
| 书　号 | ISBN 978-7-5411-5778-3 |
| 定　价 | 42.00元 |

版权所有·侵权必究。如有质量问题，请与本公司图书销售中心联系更换。010-85526620